Marcia Willett

# Der verborgene Moment

Roman

Aus dem Englischen
von Barbara Röhl

# BASTEI LÜBBE TASCHENBUCH
Band 17263

Dieser Titel ist auch als E-Book erschienen.

Vollständige Taschenbuchausgabe

Deutsche Erstausgabe

Für die Originalausgabe:
Copyright © 2014 by Marcia Willett
Titel der englischen Originalausgabe: »Indian Summer«
Originalverlag: Bantam Press

Für die deutschsprachige Ausgabe:
Copyright © 2015 by Bastei Lübbe AG, Köln
Titelillustration: © Trevillion Images/Vesna Armstrong
Umschlaggestaltung: Kirstin Osenau
Satz: two-up, Düsseldorf
Gesetzt aus der Garamond
Druck und Verarbeitung: GGP Media GmbH, Pößneck
Printed in Germany
ISBN 978-3-404-17263-4

1 3 5 7 6 4 2

Sie finden uns im Internet unter www.luebbe.de
Bitte beachten Sie auch: www.lesejury.de

Ein verlagsneues Buch kostet in Deutschland und Österreich jeweils überall dasselbe.
Damit die kulturelle Vielfalt erhalten und für die Leser bezahlbar bleibt, gibt es die
gesetzliche Buchpreisbindung. Ob im Internet, in der Großbuchhandlung, beim
lokalen Buchhändler, im Dorf oder in der Großstadt – überall bekommen Sie
Ihre verlagsneuen Bücher zum selben Preis.

*Für Peter Kingsman*

# 1. Kapitel

Der alte Herm, der an der Wegkreuzung steht und nach Westen blickt, hütet die Geheimnisse aus tausend Jahren. Einst war er als Merkur oder Hermes bekannt, der kleine Gott der Reisenden, der Umgang mit den anderen Göttern der Wälder und Bäche pflegte. Diese Alten sind jetzt vergessen, und die, die sie an ihren Schreinen verehrt, ihnen Trankopfer dargebracht oder Nahrung geopfert haben, sind lange fort. Aber der alte Herm ist noch da, obwohl sein Sockel von Rissen durchzogen und sein Körper verwittert ist. Immer noch kann jeder, der sich bückt und genau hinsieht, die ausdruckslosen Augen, die leise lächelnden Lippen und den schmalen Bart erkennen, wenn er die Wildblumen und das verdorrte Gras wegschiebt, die Herm wie Rastalocken in die steinerne Stirn hängen. Er wacht über diese uralte Straße und alle, die darauf unterwegs sind.

Als Erste tauchen schwanzwedelnd die Hunde an der Biegung auf. Trotz des Weges, der schon hinter ihnen liegt, wirken sie noch eifrig und energiegeladen. Ihr weiß und braun geflecktes Fell ist glatt und glänzend und nass, weil sie im Bach geplanscht haben, und der größere Spaniel trägt einen Ball im Maul. Mungo folgt ihnen langsamer, und hinter ihm tappt seine ältliche Mischlingshündin Mopsa her. Jetzt, im August, scheint die Sonne heiß vom Himmel herab, und Mungo hat sich den Pullover um die Hüften geschlungen und die Ärmel locker verknotet. Kurz bleibt er stehen, reckt sich in der warmen, trockenen Luft und saugt den Duft von frisch gemähtem Gras und Geißblatt ein. Die Spaniels rennen zu ihm zurück. Boz lässt den Ball zu seinen Füßen fallen, und Sam will sich ihn schnappen, aber Mungo ist schneller. Er hebt den Ball auf und wirft ihn, so weit er kann. Sie jagen ihm nach und schubsen und drängeln einander, und er lacht laut, während er sie beobachtet. Wie immer ist er sich der Vergangenheit bewusst, die ihn überall umgibt: der Geister der römischen Soldaten, die zu der lange verschwundenen Festung marschieren; einer Karawane schwer beladener Packpferde, die zum Horse Brook hinabtrottet, wo immer noch die ursprüngliche Steinplattenbrücke aus Granit über den schmalen Wasserlauf führt.

Vor langer Zeit, als sein Name begann, in aller Munde zu sein, hatte Mungo als Schauspieler und Regisseur an einem Film mitgewirkt, der in Großbritannien ein Kassenschlager gewesen und zu einem internationalen Erfolg geworden war. Gedreht worden war er hier, in diesem Tal, an dieser Kreuzung, an der Furt am Horse Brook. Das untergegangene hölzerne Kastell war wiederauferstanden, und einmal mehr hatten das Klirren von Schwertern und das Geschrei von Soldaten in der Luft gelegen. Das Kamerateam hatte viele regnerische Stunden damit zugebracht, in Mungos Küche in der seitdem längst umgebauten Schmiede Kaffee zu trinken, während die älteren Schauspieler sich in ihre Wohnwagen auf der Koppel des Gutes zurückgezogen hatten.

Isobel Trent hatte neben Mungo als hartem römischem General die Rolle der widerspenstigen Schönheit vom Lande gespielt. Die beiden waren zu Kultfiguren geworden; seine Filme waren immer erfolgreich und ihr Zusammenspiel so magisch. Die Medien hatten sie wie Mitglieder des Königshauses behandelt, sie fotografiert, über sie geklatscht und darüber spekuliert, wie tief ihre Beziehung reichte.

»Lass sie doch reden«, pflegte Izzy zu sagen. »Ist besser so, Mungo, Schatz. Lockt sie auf eine ganz falsche Fährte.«

Zu diesem Zeitpunkt war ihre geheime, stürmische Affäre mit Ralph schon vorüber gewesen, und er war nach diesem letzten furchtbaren Streit in Mungos Küche für immer aus ihrem Leben verschwunden. Wie jung sie damals gewesen waren und wie ernst und tief ihre Gefühle: sein eigener Zorn und seine Hilflosigkeit, Izzys Tränen und ihre Verzweiflung und Ralphs brutale Gleichgültigkeit.

Mungo bleibt an der Wegkreuzung stehen und erweist dem alten Herm seine Reverenz. Dann geht er hinter den Hunden die Stufen hinauf und tritt durch das Tor auf das Kopfsteinpflaster des Hofes. Auf dem Fahrweg wird es wieder still, und Schatten kriechen unter die verschlungenen Eschen- und Weißdornzweige. Der alte Herm steht immer noch da, wacht über die Pfade und wahrt seine Geheimnisse.

Mungo reibt die Hunde mit Handtüchern trocken, gibt ihnen frisches Wasser und lässt sie hechelnd auf dem Hof liegen. Er stellt den Wasserkessel auf die Herdplatte und zieht ihn wieder herunter, als das Telefon klingelt.

»Mungo. Ich bin's, Kit.«

Kit Chadwick. Ihre Stimme klingt warm und eifrig, und er sieht sie lebhaft vor sich: aschbraunes Haar, graue Augen, schlank und rastlos.

»Ich hoffe, du willst mir mitteilen, dass du herkommst«, sagt er. »Gott, wäre es schön, dich zu sehen, Liebes!«

»Ja, so ist es, falls du mich gebrauchen kannst. In London ist es glühend heiß, und es ist etwas passiert, das ein wenig eigenartig ist.« Mit einem Mal klingt ihre Stimme unsicher. »Ehrlich, Mungo. Ich muss mit dir reden.«

»Dann nimm den nächsten Zug aus der Stadt.« Er ist hellwach und interessiert, aber er weiß, dass es besser ist, sie einstweilen nicht zu bedrängen. »Oder kommst du mit dem Auto?«

»Lieber wäre mir das. Du kennst mich ja. Ich würde gern ein

paar Tage bleiben, falls das in Ordnung ist, und vielleicht muss ich mich ein wenig unabhängig bewegen können.«

»Okay«, sagt er locker. »Also wann?«

»Später, wenn es kühler ist. Ich bin so ... sagen wir, gegen neun bei dir. Ist das nicht zu spät?«

»Natürlich nicht.«

»Und hör mal, es ist mir vorhin eingefallen. Heute ist Izzys Geburtstag.«

Eine winzige Pause. »So ist es. Wir veranstalten ein köstliches kleines Geburtstagmahl. Wie wäre es mit Gnocchi? Und ich habe eine Flasche Villa Masetti im Kühlschrank.«

»Klingt himmlisch.«

»Dann geh packen! Und fahr vorsichtig!«

Plötzlich ist ihm die Lust auf Tee vergangen. Er stellt sich an die Stalltür und sieht über die davorliegenden Hunde in den Hof mit dem Kopfsteinpflaster hinaus. Die große Küche, in der einst eine lange Ahnenreihe von Schmieden ihr Handwerk ausübte, hat geschwärzte Balken, die die Decke stützen, und einen Boden aus Schiefer und ist immer noch das Herz des Hauses, das im Lauf der Jahre ausgebaut worden ist, sodass auch die benachbarte Scheune zu dem inzwischen sehr behaglichen Heim gehört.

»Camilla und ich möchten, dass du die Schmiede und die Scheune bekommst«, hatte Archie vor vierzig Jahren zu ihm gesagt. »Wir finden es unfair, dass Dad mir alles hinterlassen hat, nur weil es ihm nicht gepasst hat, dass du Schauspieler geworden bist.«

Mungo war sehr gerührt gewesen. Aber die Geste war typisch für den Gerechtigkeitssinn seines älteren Bruders. Archie, der Partner in der Kanzlei ihres verstorbenen Vaters in Exeter war, hatte trotzdem noch das Haus, den Gutshof und zwei kleine Cottages, doch Mungo war dort überall willkommen.

Mungo liebte die alte Schmiede. Sie war der perfekte Schlupfwinkel, in den man aus London flüchten konnte. Wann immer er wollte, konnte er zusammen mit seinen Freunden in Paddington den Zug nehmen und Partys in der Schmiede veranstalten. Camilla unterstützte ihn nach Kräften. Sie liebte seine Freunde vom Theater, sorgte dafür, dass sein Kühlschrank immer gefüllt war, und lud sie alle zum Abendessen ins Haus ein. Die bezaubernde, großzügige und praktische Camilla mit ihrem blonden Haar und der hellen Haut, die zu Sommersprossen neigt. Munter und tüchtig jonglierte sie Archie, ihre gemeinsamen Kinder und die Hunde. Mungos Freunde verehrten sie, kauften ihr Geschenke und spielten mit den Jungs, während Archie stillvergnügt und tolerant zusah.

Archie und Camilla waren Mungos Ruhepunkt. Wenn er Premiere hatte, besorgten sie sich einen Babysitter, fuhren nach London, um ihm hinter der Bühne zu gratulieren, und kampierten über Nacht in seiner winzigen Wohnung. Als er berühmt wurde, freuten sie sich über seinen Erfolg und teilten sein Glück mit ihm, und die Feste fielen größer aus.

Im Sonnenschein lehnt sich Mungo an die Stalltür und denkt an seine Glanzzeiten zurück. Damals war es gut, in seinen Schlupfwinkel zurückzukehren, manchmal allein, aber öfter mit ein paar besonderen Freunden. Er war noch nie gern allein gewesen. In diesen frühen Jahren war meist Izzy seine Begleiterin gewesen – und ein wenig später war Ralph gekommen.

Izzys Geburtstag. Es war nicht nötig gewesen, ihn daran zu erinnern.

Die liebe Izzy: sexy, kompliziert und hypersensibel. Angefangen hatte sie beim Musical, hatte die Ado Annie in *Oklahoma!* gespielt, die Adelaide in *Guys and Dolls* oder die Lois Lane in *Kiss me, Kate*. Er hatte ihr schauspielerisches Potenzial erkannt, das sich hinter ihrem mangelnden Selbstwertgefühl und ihren dramatischen Stimmungsschwankungen verbarg, und sie überredet, bei der Königlichen Shakespeare-Gesellschaft für die Rolle des Puck im *Mittsommernachtstraum* und später für die der Ariel in *Der Sturm* vorzusprechen. Diese Rollen hatten ihr die Aufmerksamkeit der Kritiker und Applaus eingetragen – genau wie später ihre Partnerschaft mit ihm großen Ruhm –, doch im Herzen war sie diesen frühen Jahren treu geblieben.

»Ich bin einfach bloß ein Clown«, pflegte sie zu sagen. »Ich habe schreckliche Angst, alle könnten plötzlich erkennen, dass ich eine Hochstaplerin bin.«

Sie hatten in Birmingham gespielt und gerade mit den Proben für *Was ihr wollt* begonnen, als sie Ralph Stead kennenlernte. Izzy spielte die Maria, Ralph den Sebastian und Mungo den Feste. Sie wohnten zusammen in düsteren Absteigen und probten in zugigen Gemeindesälen, aber sie waren glücklich, alle drei. Izzy brachte Mungo bei, wie man seine Stimme projiziert, und sang mit ihm, um seine lyrische Tenorstimme zu fördern. *Come away, come away, death* und *When that I was and a little tiny boy*. Sie probten allein weiter in der Halle, nachdem alle anderen nach Hause gegangen waren, und Izzy spielte die Melodie auf dem uralten Klavier. Eines Abends unterbrach sie sich plötzlich. Er lehnte neben ihr, und sie sah zu ihm auf.

»Ach, Schatz, ist es nicht die Hölle? Ich glaube, ich habe mich in Ralph verliebt.«

Mungo erinnert sich an die Mischung aus Angst und Aufregung in ihren braunen Augen, den merkwürdigen Knoten aus Furcht in seinem Leib, das kurze, durchdringende Vorgefühl einer nahenden Katastrophe.

»Ja und, Liebes?«, hatte er leichthin gesagt. »Ich auch. Alle lieben Ralph.«

»Bist du eifersüchtig?«, fragte sie ihn viel später, als Ralph und sie schon ein Paar waren. »Bitte nicht, Mungo! Ich muss wissen, dass du auf meiner Seite stehst.«

»Ich bin immer auf deiner Seite«, hatte er geantwortet. Und das war die Wahrheit.

Als er sich jetzt an die Stalltür lehnt, kommt es ihm vor, als hörte er sie irgendwo an der Straße unter ihm singen, in der Nähe des alten Herm.

*A foolish thing was but a toy / For the rain it raineth every day.*


Als er – bei der Premiere und allein auf der Bühne am Ende des Stücks – diese Zeilen zu Ende gesungen hatte, wurde es im Theater kurz still, und dann explodierten die Zuschauer förmlich und applaudierten frenetisch. Sogar heute noch treten ihm bei der Erinnerung Tränen in die Augen; er denkt zurück an die herzlichen Gratulationen der jungen Besetzung, Ralphs Klaps auf den Rücken und Izzys Umarmung. »Oh, gut gemacht«, flüsterte sie ihm ins Ohr, »gut gemacht, Schatz. Das war einfach vollkommen.«

Einfach vollkommen, bis die schreckliche alte Liebe alles so entsetzlich verdarb.

»Verflucht und verdammt«, stößt Mungo heftig hervor und verblüfft sich damit selbst. Denn warum sollte die Vergangenheit ihn ausgerechnet heute so aufwühlen? Weil Izzy Geburtstag hätte?

Die Hunde regen sich. Still und wachsam sehen sie zum Hoftor und springen dann schwanzwedelnd auf. Das Tor öffnet sich, und Camilla tritt in den Hof. Sie trägt einen alten Jeansrock, ein verwaschenes Baumwollhemd und Flipflops und hat sich die Haare hinter die Ohren gestrichen. Jung sieht sie aus, die Camilla aus diesen alten, glücklichen Zeiten. Einen Moment lang steht ihm die Vergangenheit wieder lebhaft vor

Augen, doch dann tritt sie aus den Schatten, sodass er sie richtig sehen kann.

»Hi«, sagt sie. »Ich wollte die Hunde abholen. Haben sie sich benommen?«

Mungo ist froh darüber, dass sie hier ist. Angesichts ihrer ruhigen, vernünftigen Ausstrahlung fällt es schwer, sich einen Geist vorzustellen.

»Brave Jungs, gute Burschen!« Sie lobt die Spaniels, die um sie herumspringen, bückt sich, um ihre Begrüßung entgegenzunehmen, und streichelt Mopsa, die mit dem Schwanz kurz auf das Kopfsteinpflaster schlägt, ein Auge verdreht, sich aber nicht rührt. »Kommt, ihr zwei! Zeit, nach Hause zu gehen.« Sie wirft Mungo einen hoffnungsvollen Blick zu. »Begleitest du mich auf eine Tasse Tee? Archie ist noch nicht zurück. Komm und leiste mir Gesellschaft!«

Er zögert – aber er möchte nicht allein sein, nicht gerade jetzt, da Izzys Schatten an der Straße beim alten Herm schwebt.

»Ja«, sagt er. »Kit hat nur gerade angerufen. Sie hat gefragt, ob sie heute Abend herkommen kann, also darf ich nicht so lange ausbleiben.«

»Oh, das ist großartig!« Camillas Gesicht strahlt vor Vorfreude auf Kit. »Um wie viel Uhr? Willst du mit ihr zum Abendessen kommen?«

»Nicht heute Abend.« Er möchte Kit an ihrem ersten Abend für sich haben. »Sie wird erst gegen neun hier sein. Vielleicht morgen? Sie bleibt ein paar Tage.«

Camilla nickt. »Gut. Archie wird begeistert sein. Gibt es einen besonderen Grund für den Besuch? Kommt mir ein wenig plötzlich vor.«

»Sie sagt, in London sei es drückend heiß«, antwortet er ausweichend, während sie die Hunde nimmt. Er kann sich nicht vorstellen, was Kits Problem sein könnte, doch bevor er nicht etwas mehr weiß, wird er auch nicht erwähnen, dass sie eines hat. »Sie meinte, sie würde erst fahren, wenn es kühler ist, also haben wir reichlich Zeit für den Tee.«

»Hoffentlich nicht wieder ein Drama«, meint Camilla, als sie gemeinsam die Straße hinaufgehen. »Ich werde nie den Ärger mit diesem Mann vergessen, den sie letztes Jahr auf dieser Internet-Dating-Seite kennengelernt hat. Die ganze Aufregung, um dann herauszufinden, dass er verheiratet war.«

»Aber er war so ein netter Kerl. Unter diesem Gesichtspunkt eine große Verbesserung gegenüber Michael, dem Schrecklichen.«

»Oh, mein Gott! Michael, der Schreckliche.« Camilla bricht in Gelächter aus und umklammert Mungos Arm. »So ein grauenhafter Langweiler! Was in aller Welt hat sie bloß in ihm gesehen?«

»Na ja, ich glaube, zu Beginn hat sie ihn wie einen netten alten Hund betrachtet. Du weißt schon, einen edlen Golden Retriever oder einen freundlichen Labrador. Wunderbar anzusehen, aber kein Hirn. Ich konnte schon verstehen, worin die Anziehung bestand. Man hätte ihm am liebsten über den Kopf gestreichelt und ihn geknuddelt. Einen Spaziergang mit ihm gemacht. Das Problem war, dass sie das vollkommene Fehlen von Charakter und Fantasie bei ihm für Stabilität gehalten hat. Und natürlich hat seine Verbindung zur Marine sie auf die Idee gebracht, dass ihre Familie damit einverstanden sein würde. Das Establishment und so weiter.«

»Am Ende warst du allerdings ziemlich brutal.«

»Was hätte ich denn tun sollen, Millie? Er hat sie ruiniert, sie zermürbt. Sie wurde schon genauso langweilig wie er. Na, das hast du ja selbst erlebt. Ein älterer Witwer mit so und so vielen Kindern und Enkeln. Er wollte, dass sie gesetzt und vernünftig wurde, und sie sollte furchtbare Schuhe tragen. Zu Anfang war ich nett, gib es zu!«

Camilla lacht und kann sich gar nicht beruhigen. »Ich glaube, wir haben alle gehofft, wenn er oft genug herkäme, würde sie ihn so sehen, wie er war. Aber mir wurde schon jedes Mal ganz schlecht, wenn du angerufen hast. ›Michael, der Schreckliche, kommt dieses Wochenende mit uns runter‹, hast du gesagt. Archie hat dann gestöhnt und sich beklagt, Kit werde zu einer Fremden, und auch, weil er mit ihm segeln gehen musste. Und dann ist er mit ihm auf den Fluss hinausgefahren, und Michael hat ihm erklärt, wie man das Boot segelt. Wenn Archie dann nach Hause kam, hat er vor Wut gekocht. Nicht einmal Izzy konnte den schrecklichen Michael mit ihrer Magie verzaubern.«

»Wir waren alle furchtbar geduldig, Millie, doch sobald davon geredet wurde, dass sie ihre Wohnung verkaufen und in sein Haus auf dem Land ziehen sollte, da musste ich etwas unternehmen. Natürlich wollte er nicht, dass sie arbeiten ging, und er hatte etwas gegen Izzy und mich. Kit wäre schlicht und einfach vor Langeweile gestorben. Und außerdem brauchten wir sie.«

»Aber wie hast du es dann am Ende gemacht? Sie hat mir erzählt, du hättest gemeine Dinge zu ihr gesagt.«

Mungo schnaubt verächtlich. »Unsinn. Es ist einfach so, dass die Wahrheit schmerzt. Ich habe ihr ziemlich unmissverständlich erklärt, sobald sie zusammenlebten, würde sie erkennen, dass Michael, der Schreckliche, kein schöner, lieber, alter Hund ist, sondern ein engstirniger, sturer oller Langweiler. Ich habe ihr gesagt, ihre Freunde seien seiner totlangweiligen Geschichten über seine Erlebnisse im Falkland-Krieg schon überdrüssig, die er an ihren Esstischen herunterleiert, und dass es das Ende wäre, wenn sie nach Kent oder Surrey oder sonstwohin ziehen würde. Sie würde verdorren und alt werden, versuchen, Bridge zu lernen, *Die Archers* im Radio hören und nur Michael, den Schrecklichen, zur Gesellschaft haben.«

»An den *Archers* ist nichts verkehrt«, erklärt Camilla empört. »Ich liebe *Die Archers*.«

»Aber doch nicht als einzige Form der Unterhaltung, Millie. Es gibt viel mehr im Leben als *Die Archers*. Kit liebt das Theater, und sie besucht gern Ausstellungen. Wusstest du, dass sie die entzückendste Sammlung kleiner Originale von praktisch unbekannten modernen Künstlern besitzt? Sie liebt fröhliche kleine Abendgesellschaften, bei denen man zu viel tratscht, zu viel trinkt und über seine Freunde herzieht. Michael, der Schreckliche, hat sie nach und nach zerstört. Es war, als sähe man dabei zu, wie eine Kerze ganz, ganz langsam verlischt. Quälend. Eigentlich war ihr das natürlich klar, und sie war ohnehin unentschlossen. Also habe ich ihr sehr energisch erklärt, was das Beste für sie war.«

»Die gute alte Kit. Sie ist so vertrauensvoll. Sie besitzt so eine Naivität, als wäre sie nie ganz erwachsen geworden. Deswegen macht es auch so viel Spaß, mit ihr zusammen zu sein. Aber der Internet-Mann hat ihr wohl einen ziemlichen Dämpfer versetzt, und dann hat der Tod ihrer Mutter letztes Jahr sie wirklich aus der Bahn geworfen, obwohl er nicht unerwartet kam. Schließlich war sie über neunzig.«

Mungo erinnert sich noch genau daran, wie Kit ihn damals angerufen hat.

»Rate mal, was passiert ist. Meine alte Ma ist heute Morgen gestorben. Ich bin ein Waisenkind, Mungo. Die Beerdigung ist am Freitag. Darf ich danach am Samstag bei dir vorbeikommen?«

Sie trauerte, trank zu viel und ließ in der Nacht Mopsa in ihrem Bett schlafen. Mungo und sie saßen zusammen auf seinem Sofa, umringt von Hunden, die er sich zu dieser Gelegenheit geliehen hatte. »Ich brauche die Hunde«, hatte Kit Camilla erklärt, die sie vollkommen verstand und Bozzy und Sam gleich zur Schmiede brachte. Kit hatte abwechselnd geredet und geweint.

»Sie hat etwas Zeitloses an sich«, meint Camilla jetzt. »Bei Kit denkt man nie daran, wie alt sie ist. Bei dir ist das genauso, Mungo. Vielleicht liegt es daran, dass sich keiner von euch an einem Ehepartner oder Kindern aufgerieben hat.«

»Versuch mal, mit Schauspielern zu arbeiten, Liebes«, meint er. »Aufreibend ohne Ende, das kannst du mir glauben.«

Sie lacht. »Aber am Ende des Tages sagst du Guten Abend und gehst nach Hause«, entgegnet sie. »Jedenfalls freue ich mich. Es bedeutet, dass ich dich für mich habe.« Als sie von der Straße in die Einfahrt abbiegen, hakt sie ihn unter. »Trauerst du manchmal jemandem nach, Mungo?«

»Ralph«, erklärt er, ohne nachzudenken – und sie sieht verblüfft zu ihm auf.

»Ralph? Herrje, das ist lange her! War er …? Habt ihr …? Ich dachte, er hätte für Izzy geschwärmt. Sie war jedenfalls verrückt nach ihm.«

»Ralph war … vielseitig«, antwortet er. »Auf jeden Fall ist das viel zu lange her, um der Zeit heute noch hinterherzutrauern.«

»Er ist in die Staaten gegangen, oder? Ich weiß noch, dass Izzy niedergeschmettert war.«

Mungo nickt. »Ich auch. Wir steckten mitten in den Proben für *Journey's End*, und er hat sich einfach davongemacht. Er war zum Vorsprechen für eine kleine Filmrolle eingeladen, aber ich habe nie gehört, ob er sie bekommen hat. Als sich der Staub gelegt hatte, war er schon weitergezogen, hatte sich heimlich, still und leise davongemacht. Er war gut in der Rolle des jungen britischen Gentlemans, doch abgesehen von seiner Jugend und seinem spektakulär guten Aussehen nicht besonders talentiert. Tut mir leid. Das klingt jetzt gehässig, nicht wahr?«

Camilla runzelt die Stirn und versucht, sich zu erinnern. »Ich mochte ihn nicht besonders. Ziemlich von sich eingenommen.«

Die Wiese unterhalb des Hauses wird gerade gemäht, und sie bleiben stehen, um dem Traktor zuzusehen, der am Rand des Feldes entlangfährt. Hohes Gras fällt in goldenen Schwaden aus Blütenpollen und Staub. In der heißen blauen Luft schimmern Mückenschwärme, die in einem endlosen Tanz auseinanderschweben und sich wieder zusammenfinden. Die Hunde laufen zum Haus vor, einem hübschen, weiß getünchten Steinhaus zwischen Kamelienbüschen und Azaleen. Die hölzernen Fensterrahmen sind passend zur Haustür dunkelgrün gestrichen. Wenn man sich dem Haus von hier aus nähert, wirkt es am Rand des Moores und in dieser ungezähmten, uralten Landschaft wie aus einem Märchen entsprungen.

Mungo fühlt sich von dieser Vertrautheit getröstet und freut sich darüber, dass sein Bruder und Camilla es größtenteils so bewahren konnten, wie es in seiner und Archies Kindheit war. Camilla beobachtet ihn.

»Geht es dir auch gut?«, erkundigt sie sich.

»Ja«, antwortet er schnell. »Ja, natürlich. Es war nur, dass Kit mich an Izzys Geburtstag erinnert hat«, setzt er dann hinzu.

»Und deswegen hast du auch an Ralph gedacht.« Sie klingt beinahe erleichtert, als hätte sie ein Rätsel gelöst.

Die Hunde sind auf der Suche nach kaltem Wasser zum Trinken und kühlen Schieferplatten, auf die sie sich legen können, verschwunden, und das Haus ist voller Sonnenschein.

»Ja«, sagt er. »Genau. Izzy und Ralph.« Und dann wechselt er das Thema. Gemeinsam treten sie ins Haus.

Nachdem Mungo fort ist, geht Camilla nach draußen, um die Wäsche von der Leine zu holen, die zwischen den Pflaumenbäumen im Obstgarten gespannt ist. In dem hohen Gras krabbeln klebrige Wespen, berauscht von dem süßen, fermentierenden Saft, in den verfaulten Früchten herum, und unten in den Wäldern gurrt eine Taube träge ihr sommerliches Lied. Die Laken sind heiß und steif, und sie faltet sie sorgsam und legt sie in den alten Weidenkorb; und die ganze Zeit über denkt sie an Mungo, Ralph und Izzy. Wenn sie ehrlich ist, muss sie zugeben, dass sie Izzy nie besonders gern gemocht hat; sie war zu sprunghaft, zu bedürftig. Natürlich hat Archie sie verehrt – und sie hat ihn angestachelt.

»Arme kleine Izzy«, pflegte er zärtlich zu sagen. »Sie hat es schwer gehabt, weißt du. Beide Eltern bei einem Autounfall umgekommen und dann von einer strengen alten Cousine großgezogen. Sie hat sich wacker geschlagen.«

Manchmal musste sie sich auf die Zunge beißen, damit ihr keine kühle Replik entfuhr. Izzy war so dünn, so behände, so witzig, dass sie – Camilla – sich neben ihr behäbig vorkam. Sie war schwanger und hatte kleine Kinder am Rockzipfel hängen; daher hatte sie das Gefühl, das sei eine ungleiche Konkurrenz. Und doch waren es so glückliche Jahre gewesen.

Camilla faltet das letzte Laken in den Korb. Sie denkt daran, was Mungo über Ralph gesagt hat, und fragt sich, in welcher Hinsicht er um ihn trauert. Vielleicht sieht er Ralph ja einfach als Symbol für ihre Jugend. In diesen frühen Jahren am Theater waren die drei unzertrennlich, und auch noch später, als Mungo seine eigene Truppe gründete. Camilla setzt sich den Korb auf die Hüfte und bringt ihn in den Hauswirtschaftsraum. Sie hat keine Lust, die Wäsche zu sortieren; es ist zu heiß. Stattdessen schlendert sie wieder nach draußen, wo sich die Hunde im Schatten ausgestreckt haben und fest schlafen.

Kit hatte den Hunden, Rüden aus einem einzigen Wurf, die Namen gegeben, als sie sie als Welpen zum ersten Mal gesehen hatte. Camilla erinnert sich daran, wie Archie und sie sich über Namen stritten und keiner von ihnen die richtigen finden konnte. Dann war Kit gekommen, um Mungo zu besuchen, und hörte von dem Problem. Sie spazierte mit Mungo herauf, um die Welpen anzusehen, die sich in dem großen Hundekorb aneinanderschmiegten.

»Boswell und Johnson, wie die beiden Literaten«, erklärte Kit sofort und kniete sich neben sie. »Bozzy und Sam. Sammy und Boz. Der große heißt Bozzy und der kleine Sam. Sie sind *so etwas* von niedlich.«

Die Namen passten so genau, dass Camilla und Archie gar nicht begriffen, warum sie nicht gleich darauf gekommen waren.

»Ich schenke sie euch«, erklärte Kit bescheiden, hockte sich neben den Hundekorb und nahm die warmen, verschlafenen Welpen auf den Schoß. »Oh, warum bin ich nicht als Hund geboren worden? Das Leben wäre so einfach.«

Voller Zuneigung erinnert Camilla sich an die Szene und freut sich, weil Kit zu Besuch kommt. Sie ist Mungo so eine gute Freundin, und die ganze Familie liebt sie.

»Sie sollte schon verheiratet sein und eigene Kinder haben«, hat Camilla im Lauf der Jahre in regelmäßigen Abständen zu Mungo und zu Archie gesagt. »Ich kann mir nicht vorstellen, warum nicht. Sie ist so witzig, und sie ist sehr attraktiv.«

Komisch, denkt Camilla, dass es ihr nie etwas ausgemacht hat, dass Archie Kit anbetet, mit ihr flirtet und herumflachst. Noch nie hat sie dabei den Hauch von Gefahr gespürt wie bei Izzy. Izzy hatte eine Instabilität, Verletzlichkeit und Bedürftigkeit ausgestrahlt, wie sie Kit nie gezeigt hat, obwohl sie auch ihre Krisen und verrückten Einfälle hatte. Sie leitet ihre Innenarchitektur-Firma mit Zuversicht und Talent, und sie hat gute Freunde. Izzy war immer so dankbar für Aufmerksamkeit, für Liebe.

»Sie ist eben Schauspielerin, Millie«, pflegte Mungo zu sagen. Er ist von jeher der Einzige, der sie Millie nennt, von keinem anderen lässt Camilla sich diesen Spitznamen gefallen. »So sind wir Schauspieler. Wir sehnen uns nach Anerkennung. Darum geht es bei dem Ganzen ja.«

Aber Mungo ist nie wie Izzy gewesen, denkt Camilla jetzt, wohingegen Ralph immer das Bedürfnis hatte, im Mittelpunkt der Aufmerksamkeit zu stehen und bewundert und gefeiert zu werden. Vielleicht hat das ja ihn und Izzy zueinander hingezogen – und vielleicht war es auch der Grund für das Ende ihrer Beziehung gewesen.

Camilla wirft einen Blick auf die Armbanduhr. Archie müsste bald nach Hause kommen. Vielleicht versucht sie ja, ihn auf dem Handy zu erwischen und vorzuschlagen, dass er ihr in Ashburton ein paar Dinge besorgt. Es wäre nett, etwas Besonderes zu kochen, wenn Kit morgen zum Abendessen kommt.

An seiner Anlegestelle in Stoke Gabriel am Fluss Dart beobachtet Archie das Leben auf dem Wasser. Es ist zu heiß, um abzulegen, und es weht ohnehin kein Windhauch. Aber Archie kramt gern herum, überprüft alles Mögliche und sitzt hier auf der *Wave* und spürt, wie unter ihrem Kiel die Flut einläuft. Hier kann er vor der Verantwortung flüchten, die ihn zu Hause drückt: die Reparaturkosten auf dem Besitz, die Steuern, der laufende Betrieb. Merkwürdig, was es für einen Unterschied macht, wenn man das trockene Land nur ein paar Meter hinter sich lässt, dass es ihm so ein Gefühl von Distanz und Entspannung schenkt. Er hört das Pfeifen der alten Dampflock, die auf dem Weg nach Kingswear durch das Tal zuckelt, ein Klang, der Kindheitserinnerungen heraufbeschwört: Ausflüge auf den Schaufelraddampfern, die aus Totnes nach Dartmouth herunterfuhren, Segeltörns mit Freunden von der Marineakademie, als er älter war. Auf dem Fluss oder auf See fühlt er sich frei, abgehoben von seinem anderen Ich, das alles so klar sieht und gern energische Punkte auf die »I«s setzt und einen geraden Strich quer durch die »T«s zieht.

»Mungo war zum Tee da«, sagt Camilla, die ihn auf dem Handy anruft und die Idylle unterbricht, »und er war ein wenig seltsam. Anscheinend wäre heute Izzys Geburtstag, daher glaube ich, dass er sich nur ein bisschen nostalgisch gefühlt hat. Ach, und später am Abend kommt Kit zu Besuch. Ist das nicht großartig? Mungo bringt sie morgen zum Abendessen mit.«

Archie stimmt ihr zu, dass das wunderbar ist, notiert sich die Einkäufe und sagt, dass er bald nach Hause kommt. Er fühlt sich immer noch zufrieden, träge und erfreut über Kits Besuch. Sein Verhältnis zu Kit ist unkompliziert und bereichernd; sie verlangt von ihm nur, dass er sie bei ihren Überspanntheiten unterstützt. Sie geht gern mit ihm segeln, solange nichts allzu Furcht Einflößendes passiert und sie den Passagier spielen darf. Sinnlos, Kit zu bitten, das Ruder zu übernehmen oder eine Schot anzuholen. Sie würde genau im entscheidenden Moment etwas am Ufer ansehen – »Ist das ein Reiher?« – oder einem anderen Reisenden zuwinken. Am liebsten mag sie es, wenn sie an einem ruhigen Nebenarm wie dem Old Mill Creek anlegen, um eine Tasse Kaffee oder Tee zu kochen. Und selbst dann vertraut er ihr mit dem Gaskocher nicht so ganz – »Welchen Hahn soll ich aufdrehen, Archie?« –, und so sitzt sie in der Sonne und füttert die Enten mit Brotstückchen.

»Ist es nicht absolut himmlisch?«, pflegt sie in solchen Momenten zu sagen, nimmt ihren Becher und strahlt zu ihm auf.

»Ich habe keine Ahnung, warum wir nicht alle auf Booten leben, findest du nicht?«

Camilla hat nie etwas dagegen, wenn er mit Kit hinausfährt. »Das wird euch guttun«, erklärt sie dann. »Ihr braucht mich nicht. Viel Spaß!« Sie war noch nie eifersüchtig auf sein enges Verhältnis zu Kit, ganz anders als bei Izzy. Archie zieht eine kleine, betretene Grimasse – bei Izzy war das auch ganz etwas anderes. Gott, wie er sie begehrt hat, als sie alle noch jung waren! Sie war auf eine zerbrechliche, an Audrey Hepburn erinnernde Art umwerfend schön und gab ihm das Gefühl, stark und ihr Beschützer zu sein. Er war sich sicher, dass Camilla nie erfahren hat, was er wirklich empfand, und es war ja auch nie etwas vorgefallen. Aber er fragte sich, ob ihre weibliche Intuition sie misstrauisch machte. In Izzys Gesellschaft war sie immer kaum merklich gereizt, und er musste sehr vorsichtig sein und den Unbeteiligten spielen.

Izzys Geburtstag. Sie wird nicht alt werden, so wie wir Zurückgebliebenen altern, denkt er ziemlich sentimental. Jetzt fällt es ihm leicht, sich so an sie zu erinnern, wie sie damals, in ihrer gemeinsamen Jugend, war: die Ausflüge nach Birmingham, wo sie und Mungo am Theater spielten, und die Wochenenden in der Schmiede. Es war dieser elende Ralph gewesen, der Sand ins Getriebe gestreut hatte. Archie hatte Ralph nie besonders gut leiden können; er war zu gut aussehend, zu glatt. Er versetzte die arme, liebe Izzy in einen Zustand der Verwirrung, in dem sie nicht mehr wusste, wo ihr der Kopf stand, und ließ sie dann einfach sitzen. Eigentlich hatte er sie alle im Stich gelassen, ohne sich auch nur ein Mal umzusehen. Izzy war am Boden zerstört. Natürlich wurde sie noch sehr erfolgreich – dafür sorgte Mungo schon –, aber es war, als wäre ein Abschnitt ihres Lebens plötzlich vorüber. Ihre gemeinsame Jugend war abrupt zu Ende gewesen.

Archie kippt den Bodensatz aus seiner Teetasse über die Reling und schämt sich für seine Rührseligkeit. Er fragt sich, was wohl aus Ralph geworden ist, steht kurz auf, um Izzy zu ihrem Geburtstag Ehre zu erweisen, und geht dann nach unten, um abzuschließen. Vielleicht hat Kit ja Lust auf eine kleine Spritztour auf dem Fluss. Die anderen werden nicht interessiert sein. Camilla wird wahrscheinlich sagen, dass es ihr zu heiß ist, und den armen, alten Mungo zu fragen, der schon auf der Fähre nach Dartmouth seekrank wird, hat keinen Sinn. Amüsiert schüttelt Archie den Kopf und denkt daran, dass ihr Vater Mungo nach Mungo Park benannt hat, denn niemand ähnelt dem großen Entdeckungsreisenden weniger als sein jüngerer Bruder. Gleichzeitig war Mungo immer ein unartiges Kind: Er dachte sich Geschichten aus und überredete Billy Judd vom Gutshof – der alt genug war, um es besser zu wissen –, bei seinen Streichen mitzumachen. Ihr Vater verzweifelte an Mungo, und er, Archie, wurde abgestellt, um seinen lästigen Bruder im Auge zu behalten, der gegen jede Regel verstieß, die Dorfkinder mit seinen Geister- und Vampirgeschichten ängstigte und sie aufstachelte, bei seinen Spielen mitzumachen, bei denen es um Träume und Verkleiden ging. Er selbst empfand es beinahe als eine Erleichterung, als er aufs Internat kam und die Verantwortung los war. Alles wurde anders, als er älter wurde, bei einem Pferderennen Camilla kennenlernte und sich in sie verliebte. Camilla betete Mungo an; sie fand ihn amüsant, unterhaltsam.

Jetzt fragt sich Archie, warum ihm das nie etwas ausgemacht hat, wieso er nie eifersüchtig auf die enge Beziehung der beiden war. War der Grund einfach, dass er wusste, dass Mungo schwul war und daher keine Bedrohung für ihn darstellte? Camilla milderte seine kritische Haltung gegenüber seinem kleinen Bruder, sodass er seine natürliche Zuneigung zu Mungo wieder in den Vordergrund treten lassen konnte. Und dann, als ihr Vater starb und Archie alles erbte, konnte er großzügig sein und Mungo die alte Schmiede und die Unterstützung schenken, die er zu Anfang seiner Schauspielkarriere brauchte.

Gelegentlich strapazieren Mungos entspannte Haltung zum Leben und seine Fähigkeit, ein Auge zuzudrücken und die Regeln zu brechen, seinen eigenen recht strengen Moralkodex, in letzter Zeit allerdings nicht. Heute ist er auf dem Fluss, und morgen kommt Kit zum Abendessen; das Leben ist schön. Archie schließt die Kajütentür ab, klettert ins Beiboot, startet den Außenbordmotor und fährt an Land.

Mungo wartet auf Kit. Er sieht auf die Uhr, betrachtet seine Vorbereitungen für das Abendessen und läuft schnell nach oben, um ihr Zimmer und die Dusche zu überprüfen. Alles ist bereit. Als die Schmiede mit ihrer kleinen Scheune umgebaut wurde, hatte Mungo beschlossen, dass die Scheune in sich abgeschlossen sein sollte, nicht nur mit einer Tür, die in die Küche führte, mit der Schmiede verbunden, sondern mit einem überdachten Weg und einer eigenen Haustür. Mit ihren zwei Doppelzimmern, dem Bad und einer Wohnküche wäre die Scheune perfekt für seine Gäste und würde ihnen ein gewisses Maß an Unabhängigkeit schenken, sodass sie lange aufbleiben und fernsehen oder früh aufstehen konnten, ohne das Gefühl zu haben, ihm lästig zu fallen. Außerdem sieht er Frauen nicht gern *en déshabillé*, mit blassen Gesichtern und in schäbigen Morgenmänteln. Er zieht ein wenig Make-up vor, einen Hauch von Künstlichkeit. Nur Izzy und später Kit haben je das Privileg genossen, bei ihm in der Schmiede und nicht in der Scheune zu übernachten.

Izzy betrachtete das einfach als selbstverständlich.

»Nur für den Fall, dass ich schlecht träume, Schatz«, pflegte sie zu sagen. »Du kennst mich doch!«

Sie pflegte in den frühen Morgenstunden unangekündigt und zitternd an seinem Bett aufzutauchen, und er schlug dann verschlafen die Bettdecke beiseite und streckte die Arme aus.

»Na, komm schon«, sagte er dann. »Nur kuscheln.« Und er hielt sie fest und tröstete sie, bis die Albträume vergingen.

Er vermutete, dass der plötzliche und brutale Verlust ihrer Eltern, als sie gerade neun gewesen war, hinter den schlimmen Träumen steckte. Sie besaß eine lebhafte Fantasie, und die furchtbaren Details des Autounfalls ließen ihr keine Ruhe. Ganz selten schliefen sie auch miteinander.

»Nur aus Freundschaft«, pflegte sie zu sagen, doch ihm war es nicht wichtig. Er sehnte sich nach der Kameradschaft, den Scherzen, dem Klatsch. Sie saßen bei einer Flasche Wein zusammen, lachten, zerstörten oder bauten den guten Ruf von Menschen auf, lobten oder verleumdeten sie, je nachdem, wen sie gerade am liebsten mochten oder am heftigsten ablehnten.

»Warum lädst du Ralph nicht einmal hierher ein?«, fragte sie ihn während ihrer Anfangszeiten, als sie für *Was ihr wollt* probten. »Darüber würde er sich sehr freuen. Du magst ihn doch, oder?«

»Solange er in der Scheune schläft.«

Sie schnitt ihm eine Grimasse. »Vertraust du mir nicht?«

Er schüttelte den Kopf. »Ich bin derjenige, dem ich nicht traue, Süße.«

Während er das Abendessen kochte, sang sie für ihn: *I'm Just A Girl Who Caint't Say No*, *When I Marry Mr. Snow* oder *Why Can't You Behave*. Er hörte ihr ihre Rollen ab, gab ihr Tipps, ermunterte sie. Sie feilte an seinem Gesang, zeigte ihm die Atemtechnik und erklärte ihm, wie man dafür sorgte, dass die Stimme weit trug.

Während er jetzt auf Kit wartet, hat er den Eindruck, Izzy wieder zu hören.

»Come away, come away, death:
And in sad cypress let me be laid.«

Heiße Tränen brennen in seinen Augen. Mopsa springt auf, beginnt zu kläffen, und er hört den Automotor auf der Straße. Kit ist da. Erleichtert schiebt er seine Traurigkeit beiseite und eilt hinaus, um sie zu begrüßen.

In einem der kleinen Häuser, die zum Besitz gehören, ein Stück weiter an der Straße, bereitet James Hatton sein Abendbrot zu. Gebackene Bohnen auf Toast, einen Apfel und einen Becher Kaffee. Sally würde das nicht gut finden, aber Sally ist nicht hier. Sie sitzt gemütlich mit einem Glas Wein in Oxford, in ihrem kleinen Haus in Jericho. Vielleicht ist sie auch mit Freunden zusammen. Jedenfalls ist sie nicht hier, in diesem ruhigen Tal und von dieser wunderbar ländlichen Stille umgeben, und mustert nicht entsetzt den Abwasch, der sich türmt, oder das ungemachte Bett. Sally und er haben einmal kurz nach ihrer Hochzeit – das ist inzwischen eine Reihe von Jahren her – ihren Urlaub in diesem Cottage verbracht, und es gefiel ihnen so gut, dass sie noch mehrmals wiederkamen. Vielleicht haben ihm ja diese Urlaube die Ideen für den Schauplatz des Buches eingegeben, für das er jetzt recherchiert. Damals war das Häuschen bezaubernd und rustikal gewesen; heutzutage würde es den Gesundheitsschutz- und Sicherheitsbestimmungen nicht mehr entsprechen. Camilla hat ihn deswegen gewarnt, als er anrief, erklärt, das Cottage stehe seit einem Jahr leer und solle renoviert werden. Aber er könne es gern zu einem niedrigen

Preis für einen Monat mieten. Er war rasch hinuntergefahren, um es sich anzusehen, fand aber nicht viel zu bemängeln. Die Küche und das Bad müssten modernisiert werden, ja und? Für seine bescheidenen Bedürfnisse reichte es vollkommen aus; und es war der perfekte Ort, um aus seiner täglichen Routine auszubrechen und sich Gedanken über seinen neuen Roman zu machen.

»Solange Sie sich ganz sicher sind«, hatte Camilla gesagt. »Aber dass mir keine Klagen kommen, nachdem Sie eingezogen sind. Ihr Buch hat mir übrigens wirklich gut gefallen. Ich fand, Sie haben sehr geschickt Spannung und Romantik gemischt, und alles wirkte so real. Nein, keine Sorge. Niemand wird Sie stören. Demnächst zieht in das Cottage nebenan eine neue Mieterin; eine junge Soldatenfrau mit zwei kleinen Kindern, aber wir werden ihr sagen, dass Sie Ihre Ruhe wollen. Wie aufregend, dass das neue Buch in unserer Gegend spielen soll! Da müssen wir wohl aufpassen, was?«

Er lachte mit ihr. Eine unmögliche Vorstellung, dass bei Camilla und Archie oder bei den beiden alten Knaben auf dem Gutshof, Billy und Philip Judd, etwas furchtbar Aufregendes passieren könnte. Bei Sir Mungo war das natürlich etwas ganz anderes, aber auch der hatte seine Ruhmestage lange hinter sich. Immer noch lachend ging James zurück ins Haus, um einen Drink mit Archie und Camilla zu nehmen, zahlte eine Woche Miete im Voraus, und sie waren im Geschäft.

Jetzt isst James bei offener Tür sein Abendessen. Er ist am Morgen von seinem kurzen Wochenendbesuch in Oxford zurückgekehrt und gewöhnt sich wieder an die Ruhe im Tal; keine heulenden Polizeisirenen, kein Verkehr, nicht das Hintergrundgeplapper aus den Radios und Fernsehern der Nachbarn. Seine zweite Woche im Cottage beginnt, und er ist mit seinen Fortschritten zufrieden. Dieses Buch ist sein zweites; das erste hat er im Selbstverlag herausgebracht, und seine große Hoffnung ist, dass das neue die Aufmerksamkeit eines Londoner Agenten oder eines großen Verlags auf sich ziehen und er über Nacht berühmt werden wird. Er würde gern seinen Lehrerjob an der Gesamtschule in Oxford aufgeben und vollberuflich schreiben; vielleicht braucht Sally dann sogar nicht mehr als Krankenschwester zu arbeiten, und sie können eine Familie gründen. Dazu braucht es irgendeinen Glücksfall, aber der wird sich auftun, da ist James ganz sicher. Wenigstens kann er die letzten paar Wochen der Sommerferien nutzen, um den Schauplatz zu überprüfen und einen groben ersten Entwurf zu schreiben. Sein erstes Buch hat er in Gloucester spielen lassen, was dort eine ziemlich gute Werbung war. Da wurde ihm klar, wie wertvoll es ist, wirklich existierende Orte – Cafés, Pubs, Läden – einzubauen, und die dortigen Buchläden und die Lokalpresse haben ihn unterstützt. Jetzt hat er beschlossen, dass das West Country als Touristengebiet ihm vielleicht noch bessere Ergebnisse einfährt.

Sally war es gewesen, die ihn an das Cottage erinnert hatte, daran, wie nett Camilla und Archie gewesen waren, und die die Telefonnummer wiedergefunden hatte. Sal unterstützt ihn sehr; sie möchte, dass er Erfolg hat, und ist dafür bereit, sich mit dem Getrenntsein abzufinden. Sal arbeitet am Radcliffe-Krankenhaus hart – er wirft einen Blick auf die Uhr und erinnert sich plötzlich, dass sie diese Woche Nachtschicht hat –, sie müsste sogar gerade jetzt auf dem Weg zur Arbeit sein. Statt sie anzurufen und ihr zu erzählen, wie sein Tag war, wird er ihr eine E-Mail schreiben, die sie später lesen kann.

Er isst seinen Toast mit Bohnen auf, schneidet den Apfel in Viertel und wirft das Kerngehäuse in die Hecke. Dann schiebt er den Teller beiseite, klappt den Laptop auf und beginnt, eine E-Mail an Sally zu tippen.

Noch ein guter Tag. Wieder sehr heiß und jede Menge Touristen, aber so langsam kenne ich mich wirklich aus. Bin kein Neuankömmling mehr. Ich weiß, wo man das Auto stehen lassen kann, wenn die Parkplätze voll sind, kenne die Cafés abseits des Touristenrummels. Das Cottage stellt sich immer noch als idealer Ort zum Schreiben heraus. Ich mag es wirklich, so viel Platz zu haben und unordentlich sein zu dürfen!! Nicht wie unsere Schuhschachtel von Häuschen, was? Niemand stört mich, und das ist wunderbar, aber alle sind nett und winken, wenn sie mich auf der Straße sehen. Ich dachte, am Ende könnten wir vielleicht eine kleine Party geben und sie alle einladen. Archie und Camilla sind sehr freundlich. Ich habe sie taktvoll auf einen Kaffee oder Drink eingeladen, und Archie hat angeboten, mit mir noch einmal auf den Fluss zu fahren. Sehr nützlich. Vom Wasser aus sieht man die Dinge an Land so anders, und ich glaube, er freut sich, einen Vorwand für einen Ausflug zu haben. Sir Mungo ist in seinem Cottage, anscheinend hatte er mit Freunden eine Woche in Schottland verbracht. Er hat mir einen Gruß zugerufen, als ich vorbeifuhr, sehr kumpelhaft, und ich fühle mich versucht zu sehen, ob er mich und meinen Roman ein wenig anschieben kann. Die Sache ist die, dass ich meine Bücher definitiv als Material fürs Fernsehen betrachte, und er war immer am Theater, einmal abgesehen von diesen großen, epischen Dramen, die er in den späten Sechzigern und Siebzigern gedreht hat. Ich kann mir vorstellen, dass er immer noch seine Kontakte hat, obwohl Camilla sagt, dass er mehr oder weniger in Pension ist. Nebenan ist es immer noch ruhig. Kaum zu glauben, dass dort zwei kleine Kinder wohnen. Sie gehen ziemlich früh zu Bett, und ihre Mutter – hatte ich gesagt, dass sie Emma heißt? – hält sich zurück. Ich vermute, Camilla hat ihr gesagt, dass ich zu arbeiten versuche.

Heute habe ich noch einmal die Gemeinden in der Gegend erkundet. Ashburton und Buckfastleigh. Typische kleine Moorland-Städte, die aus grauem Stein gebaut und auf den ersten Blick so hübsch sind, dass ich mir nicht ganz vorstellen kann, meine unangenehmen Charaktere darin anzusiedeln. Das andere Problem ist, dass sie so winzig sind. Man kann Szenen in großen Kaufhäusern spielen lassen und damit durchkommen, so wie ich in Gloucester, aber in diesen Lädchen, in denen man nach den ersten paar Wochen jeden mit Namen kennt, würde man mich wahrscheinlich wegen Verleumdung oder so anzeigen! Ich werde ein bisschen vorsichtiger sein müssen. Natürlich liegt Exeter nur ein paar Kilometer entfernt und Plymouth im Westen, doch ich fühle mich von diesen überschaubaren Örtchen sehr angezogen. Wie ich am Wochenende schon gesagt habe, habe ich mich ziemlich in Totnes und die erstaunliche Mischung von Charakteren verliebt, die man in der Stadt antrifft. Sie hat eine gute, entspannte Atmosphäre, aber auch etwas Unruhiges, was es mir ermöglicht, meine Geschichte dort anzusiedeln. Ich weiß, dass mir dieses Buch zum Durchbruch verhelfen wird, Sal. Ich werde Totnes bekannt machen!! Doch nicht dieses Tal! Hier wird nie etwas passieren; alles atmet die friedliche Vorhersehbarkeit vergangener Zeiten, die auch bis ins neue Jahrtausend reicht. Aber eine tolle Umgebung zum Arbeiten. Ich liebe es wirklich, mich nicht nach einem Stundenplan richten zu müssen, keine Hausaufgaben und Klassenarbeiten zu korrigieren oder Stunden vorzubereiten. Ich komme mir ein bisschen egoistisch vor, Sal, dass ich das kann, während du schwer arbeitest, aber wenn ich auf Nummer eins der Bestsellerliste stehe, wird es das alles wert gewesen sein. Ich weiß, dass du dir Sorgen gemacht hast, ich würde bis Mittag im Bett bleiben, doch ich stehe hier sogar ziemlich früh auf. Ich genieße es wirklich, unterwegs zu sein, die Atmosphäre aufzusaugen, Menschen zu beobachten und dann abends den Roman zu skizzieren. Und genau das mache ich jetzt gleich. Ich habe ein paar neue Ideen, Sal, deswegen setze ich mich jetzt an den Schreibtisch. Hoffe, es ist ruhig auf der Station! Alles Liebe, J. xx

Eine Stunde später schaltet er den Laptop aus und schlendert durch die offene Tür. Die kleinen, durch eine Steinmauer getrennten Vorgärten sind ein Gewirr von Fuchsienbüschen. Er lehnt sich auf das hölzerne Tor und genießt die Dunkelheit und die Stille. Draußen auf der Straße sind die Schatten unter den Eschen schwarz und dicht, obwohl sich dort, wo im Graben Butterblumen wachsen, noch ein schwacher Goldschimmer hält. Eine Fledermaus flattert knapp an seinem Kopf vorbei und erschreckt ihn, und er stößt einen bestürzten Aufschrei aus, duckt sich und schlägt sie weg. Nebenan geht plötzlich in einem Raum in der ersten Etage das Licht an. Ein Schatten löst sich aus der Dunkelheit unter den Bäumen, und James sieht ihn an. Das Tor knarrt unter seinem Gewicht. Er fragt sich, ob Sir Mungo noch einen letzten Spaziergang mit seinem kleinen Hund unternimmt. Es bleibt ganz still, die Schatten fließen wieder zusammen, und bald hört James, wie ein Auto angelassen wird. Dann wird das Motorengeräusch schwächer und verklingt.

## 2. Kapitel

Als Kit am Morgen erwacht, weiß sie genau, wo sie sich befindet. Es gibt keine Verwirrung zwischen Wachen und Schlafen; sie ist sich augenblicklich des Musters im Laub des Baumes vor der offenen Tür und der Wärme Mopsas, die sich in ihren Kniekehlen zusammengerollt hat, bewusst.

»Wenn du hier bist, wird sie mir immer untreu«, pflegt Mungo zu sagen.

Sie streckt eine Hand nach unten aus, um das raue, warme Fell zu streicheln, und Mopsa regt sich im Schlaf und knurrt leise. Kit seufzt vor Vergnügen darüber, hier bei Mopsa und Mungo zu sein und zu wissen, dass Archie und Camilla und die Hunde ein Stück weiter an der Straße wohnen. Obwohl sie allein lebt und arbeitet, braucht sie zu ihrer Unterstützung diese Netzwerke. Ihre eigene Familie lebt kaum fünfzehn Minuten von der Schmiede entfernt: Ihr Zwillingsbruder Hal und seine Frau Fliss wohnen auf The Keep, wo seit Generationen Chadwicks zu Hause sind. Momentan leben noch drei Generationen auf The Keep – bis ihre Mutter im vergangenen Jahr starb, waren es sogar vier –, und Kit liebt diese Kontinuität, dieses Gefühl, nach Hause zu kommen, wenn sie wieder dorthin fährt.

Bei Mungo allerdings ist die Dynamik eine andere; bei ihm ist sie weder Schwester, Cousine, Tante noch Tochter. Er ist ein Kumpan, ein alter Freund; die beiden richten nicht übereinander, und über das entscheidende Kriterium der Loyalität hinaus stellen sie keine Ansprüche. Sie fühlen mit ihren jeweiligen Schwächen mit, freuen sich an ihren Stärken und bedauern einander, wenn die Wechselfälle des Lebens sie beuteln.

Zum ersten Mal gesehen hat sie ihn vor vielen, vielen Jahren, als sie in den Schulferien am Old-Vic-Theater in Bristol arbeitete: Besorgungen machen, Kaffee kochen, Requisiten überprüfen. Oh, wie sie diesen Job liebte, dieses familiäre Gefühl, das alle verband, mitzuerleben, wie eine neue Produktion entstand. Und dann Val May, der mit so viel Energie und Inspiration Regie führte. Sie sah von den hinteren Plätzen des kleinen Zuschauerraums aus zu und war fasziniert von der Bühne, fasziniert von den Stars und verliebt in das ganze junge Ensemble.

Als sie Jahre später engagiert wurde, um einige Requisiten für ein Stück zu besorgen, bei dem Mungo Regie führte, und sie ihm vorgestellt wurde, sprach sie ihn auf diese Saison in Bristol an, und sein Gesicht leuchtete bei der Erinnerung auf.

»Richard Pasco als Heinrich V.«, sagte er sofort.

»Oh ja!«, rief sie aus. »Ich war bis über beide Ohren in ihn verliebt. Und in Michael Jayston. In beide gleichzeitig.«

»Ach, meine Liebe, ich doch auch«, hatte er so tief empfunden zurückgegeben, dass beide in Gelächter ausgebrochen waren.

»Ich war so stolz«, erklärte sie ihm, »als Sie richtig berühmt geworden sind. Ich bin herumgelaufen und habe allen erzählt, dass ich Sie kenne. Nur weil ich Ihnen mal eine Tasse Kaffee gekocht oder eine verlorene Requisite zurückgebracht habe. Das war sehr schlecht von mir.«

»Das waren damals meine bescheidenen Anfänge«, sagte er. »Zweitbesetzung, oder ich habe all die kleinen Rollen gekriegt. Aber es war eine wunderbare Zeit am Repertoiretheater. Und das ist Izzy. Ich weiß einfach, dass Sie sich wunderbar verstehen werden.«

Izzy begrüßte sie, als wäre sie schon eine alte Freundin; die beiden hatten sofort ein gutes Verhältnis zueinander. Sie waren zwei alleinstehende Frauen, unkonventionell und kreativ, mit einem ähnlichen Humor und ähnlichen Erfahrungen. Mungo förderte diese Freundschaft; er sorgte dafür, dass sie einander näherkamen, und organisierte einen überwältigenden Abend. Kit konnte ihr Glück kaum fassen; sie redete, lachte und trank mit Sir Mungo Kerslake und Isobel Trent, als kenne sie die beiden seit Ewigkeiten.

So begann alles: Sie schlossen sie ins Herz und luden sie zu Premieren oder sonntäglichen Lunchpartys ein, und dafür stellte Kit sie ihren Freunden und ihrer Familie vor. Es war ein schöner Zufall, dass die Schmiede nur ein paar Kilometer von The Keep entfernt lag. Ein Abendessen wurde arrangiert, damit Camilla und Archie Fliss und Hal kennenlernen konnten, und so wurden die Bande zwischen ihnen noch weiter gestärkt.

Izzy hatte besonderes Interesse an Kits Arbeit. Sie genoss es, mit Kit unterwegs zu sein; zu einer Auktion oder einem Wertstoffhof zu fahren, ein unerwartetes Schnäppchen zu machen oder ein besonderes Objekt für einen Klienten auszuwählen. Die beiden hatten Spaß miteinander, beschützten einander vor gelegentlichen Anfällen von Einsamkeit und witzelten über ihre verheirateten Freunde, die sich zusammentaten und versuchten, sie in den gleichen Zustand des Eheglücks zu befördern. Als sie Izzy besser kennenlernte, begann Kit, die Tapferkeit hinter ihrem Lachen und den Schmerz hinter ihrer Ausgelassenheit zu erkennen. Später konnte sie Mungo dabei unterstützen, Izzys Ausrutscher vor ihren Fans und den Medien zu verbergen. Es wurde immer schwieriger, ihr Trinken zu verbergen, und unmöglich, ihre tiefen, bis zu Selbstmordgedanken gehenden Depressionen zu lindern. Ihr Tod war tragisch, aber schlussendlich fast eine Erleichterung für alle drei.

Sie fehlt Kit schrecklich; doch Mungo ist immer noch einer ihrer liebsten Freunde. Es war wundervoll, gestern Abend so empfangen zu werden: mit einem köstlichen Abendessen, einem behaglichen Austausch von Neuigkeiten und Klatsch. Sie hatten über alles und jeden geplaudert – nur nicht über Jake.

»Ich will heute Abend nicht reden«, hatte sie sofort erklärt. »Nicht heute. Es muss der richtige Zeitpunkt sein, Mungo.« Und er hatte sie verstanden, wie sie es vorher gewusst hatte; er war weder ärgerlich noch ungeduldig geworden, sondern hatte ihren Wunsch einfach gelassen akzeptiert. Sie wollte ihre Beziehung zu Jake nicht zwischen Kaffeetassen, leeren Weingläsern und abgebrannten Kerzen analysieren, als wäre er nichts als ein weiteres Thema ihres Tratsches. Dazu ist Jake viel zu wichtig.

Kit schiebt die Steppdecke beiseite und setzt sich auf die Bettkante. An der Wand hängen vier kleine Aquarelle einer fast unbekannten Künstlerin aus Suffolk, die sie für Mungo in einer Galerie in Aldeburgh gefunden hat. Sie erinnert sich an diese Reise und ihre Freude darüber, diese Malerin entdeckt zu haben; eine schüchterne, zurückgezogen lebende Frau, mit der sie immer noch über E-Mail in Verbindung steht. Die in Wasserfarben gehaltene Beschwörung einer sumpfigen Flussmündung ist so zart, die blassen Pastelltöne so wunderschön, dass Kit beinahe den einsamen Ruf des Brachvogels zu hören glaubt. Das war ihr erster Auftrag von Mungo, aber seitdem hat es noch weitere gegeben: der alte französische Bauerntisch in der Küche, die handgemalten Läden für die Dachfenster der Scheune. Eine ihrer großen Freuden ist es, auf der Suche nach dem Ungewöhnlichen zu Verkaufsräumen außerhalb der Stadt und Ausstellungen zu reisen, in einem Pub abzusteigen und die Einheimischen kennenzulernen.

Kit sehnt sich nach einer Tasse Kaffee. Alles, was sie dazu braucht, steht auf der Eichentruhe, aber sie spürt das Bedürfnis, nach draußen zu gehen, die frische Luft einzuatmen und eine Verbindung mit der Welt der Natur zu erleben. Mopsa hebt den Kopf und beobachtet sie aus leuchtenden, intelligenten Augen. Sie springt vom Bett und läuft schwanzwedelnd zur Tür. Kit steht auf, schnappt sich ihren Morgenmantel vom Stuhl und schlüpft in ihre Sandalen. Leise öffnet sie die Tür und folgt Mopsa die Treppe hinunter und in die Küche. Von Mungo ist nichts zu sehen, obwohl der Wasserkessel sich heiß anfühlt, was bedeutet, dass er wach ist. Sie stellt ihn wieder auf die Kochplatte und lässt Mopsa in den Hof. Dann zieht sie den Morgenmantel über, kocht Kaffee und nimmt sich einen Becher mit nach draußen. Wie ruhig es ist, wie warm! Von der hohen Steinmauer hängen verschlungene Geißblatt-Ranken herab; in ihren Rissen klammern sich rote Spornblumen und Mutterkraut fest. Ein winziger Zaunkönig pickt zwischen den Pflastersteinen, flattert dann an der Wand hoch und setzt zwischen den Steinen seine Futtersuche fort.

Mopsa steht am Tor und winselt ungeduldig. Behutsam, leise öffnet Kit es, und sie treten zusammen auf die Straße. Kit schlendert langsam dahin und hält den Kaffeebecher mit beiden Händen fest. Sie bleibt stehen, um zu trinken, tief zu atmen und ein Kaninchen zu beobachten, das in das hohe, ausgeblichene Gras im Graben davonspringt. Mopsa, die mit einer Fährte beschäftigt ist, sieht aus dem Augenwinkel das Stummelschwänzchen aufleuchten und flitzt dem Kaninchen mit einem Satz nach, dass trockene Erde und Steinchen nur so fliegen. Mitfühlend sieht Kit zu, wie Mopsa an dem Loch, in dem das Kaninchen verschwunden ist, kratzt und herumgräbt. Sie trinkt den Kaffee und fragt sich, wie sie damit anfangen soll, Mungo von Jake zu erzählen. Sie hat ihn schon erwähnt, ist aber nie weiter in Einzelheiten gegangen; auch nach all diesen Jahren kann sie nicht so leichthin über Jake sprechen.

Sie kommt sich töricht vor, als sie ein paar Eröffnungen probt. Wie soll man eine Liebesbeziehung erklären, die sich jahrelang dahinschleppte, die gelegentlich zugunsten neuer Erfahrungen vernachlässigt wurde und die für sie vollkommen selbstverständlich geworden war? Zwölf Jahre lang war Jake ein Teil ihres Lebens gewesen; gelegentlich hatte er ihr einen Heiratsantrag gemacht, aber sie hatte ihn nie allzu ernst genommen. Jacques Villon; sie hatte ihm den Spitznamen »Jake, der Filou« gegeben, weil er Frauen liebte. Sie waren nicht nur Liebende gewesen, sondern auch so gute Freunde, dass sie fürchtete, sie würden sich so aneinander gewöhnen, dass es gar nicht die große Liebe sein könnte. Wie furchtbar, wenn sie ihn heiraten und sich dann Hals über Kopf in einen anderen verlieben würde! Und dann, als ihr klar wurde, wie sehr sie ihn liebte, wie viel sie zu verlieren hatte, da war es zu spät gewesen.

Während sie hinter Mopsa die Straße entlanggeht, denkt sie daran zurück, wie groß ihr Schock war, als ihr klar wurde, wie tief ihre Liebe zu Jake ging. Plötzlich konnte sie sich ein Leben ohne ihn nicht mehr vorstellen.

Sie hatte ihn in seiner Wohnung besucht. Er war in Familienangelegenheiten in Frankreich gewesen. Seine Großmutter väterlicherseits, die Familienmatriarchin, war plötzlich gestorben, und es hatte viel zu regeln, viele Probleme zu lösen gegeben. Sein Vater war verstorben, und jetzt lastete eine Menge auf Jakes Schultern. Die Villons waren eine eng verbundene Familie, eingefleischte Katholiken, und sogar Jake hatte unter der Fuchtel seiner Großmutter gestanden. Er hatte sie auch außerordentlich gern gemocht.

»War es die Hölle?«, fragte Kit mitfühlend. Sie war Jakes Großmutter einmal bei einer Familienfeier begegnet, aber es war kein überwältigender Erfolg gewesen. »Es tut mir so leid, Schatz! Sie wird dir fehlen, nicht wahr?«

Jake nickte, versuchte zu lächeln, seufzte stattdessen und fuhr sich durchs Haar. Kit sah, dass sich ein paar graue Haare unter seine schwarzen mischten, und spürte einen Anflug von Entsetzen. Die Jahre waren so schnell verflogen, und sie hatte so viele davon vergeudet. Sie öffnete den Mund, um ihm das zu sagen, doch er sprach bereits weiter.

»Ich ziehe nach Paris«, erklärte er unvermittelt. »Ich habe bei der Bank um meine Versetzung gebeten. Es ist so viel, um das man sich kümmern muss, und Onkel Jean-Claude ist zu alt, um das alles zu übernehmen.«

Sie starrte ihn an. In seinem dunklen Geschäftsanzug und dem weißen Hemd mit der schlichten Krawatte wirkte er furchterregend erwachsen; nicht mehr der vertraute Jake aus Studentenzeiten, sondern ein reifer Mann mit Verantwortung und Sorgen.

Gott sei Dank, dass es mir klar geworden ist, bevor es zu spät war! Paris wird mir Spaß machen. Ich werde die Sprache richtig lernen, sesshaft werden, süße französische Babys bekommen. Er hasst den Gedanken fortzugehen, das sehe ich doch.

»Das verstehe ich vollkommen«, sagte sie laut. »Du bist der einzige Mann in deiner Generation, stimmt's? Du kannst sie nicht einfach im Stich lassen.«

Da sah er sie mit fragend hochgezogenen Augenbrauen an, und sie nahm an, dass er erstaunt darüber war, wie ruhig sie reagierte. Mit einem Anflug von Verbitterung wurde ihr klar, dass er damit gerechnet hatte, dass sie sich viel weniger erwachsen verhalten würde, dass sie protestieren oder es herunterspielen, sich weigern würde, es ernst zu nehmen. Ihr Herz zog sich mitfühlend zusammen, als sie sich vorstellte, wie er sich bei dem Gedanken an die Trennung, die jetzt bestimmt vor ihnen lag, fühlen musste.

»Nein, ich kann sie nicht einfach im Stich lassen«, pflichtete er ihr düster bei, wandte sich ab und zog sein Jackett aus. »Aber es wird höllisch schwer werden.«

Sie meinte, den Grund für seinen Kummer zu erraten; sie hatte ihn schon so oft abgewiesen, dass es unwahrscheinlich war, dass sie jetzt angesichts des Umstands, dass er endgültig nach Frankreich zurückkehrte, ihre Meinung ändern würde. Ihre gelassene Reaktion hätte er auch als Gleichgültigkeit deuten können.

»Oh, Jake«, sagte sie schnell, »das wird es sicher, das verstehe ich. Du lässt so viele Freunde und Erinnerungen hier zurück. Aber meinst du, ich könnte mitkommen?«

Sie wartete auf seinen freudigen Blick, darauf, dass er die Schultern reckte, die Arme ausstreckte, denn sie wusste, dass er sie nicht missverstehen oder Spielchen mit ihr treiben würde. Das hier war viel zu wichtig ... Er starrte sie ungläubig an.

»Ich liebe dich, weißt du«, sprach sie hastig weiter, denn sie wollte unbedingt, dass er verstand, und versuchte, ihm den Schmerz vergangener Zurückweisungen zu nehmen. »Das ist mir klar geworden, als du fort warst. Jetzt verstehe ich, dass ich dich immer geliebt habe. Ich habe zu lange gebraucht, um erwachsen zu werden. Ach, Schatz, du hast mir so gefehlt!«

Jake ließ sich auf die Sofalehne sinken und ballte die Hände zwischen den Knien zu Fäusten. Kurz schloss er die Augen, und sie kniete sich hinter ihm auf die Kissen und legte die Wange an seine Schulter.

»Das glaube ich jetzt nicht«, erklärte er leise. »Nein. Warte! Es nützt nichts, Kit. Es ist zu spät.«

Abrupt richtete sie sich auf. »Was meinst du? Oh, Jake, es macht mir nichts aus, nach Frankreich zu gehen. Wirklich nicht. Das wird lustig.«

»Warte!«, rief er. »Halt den Mund, Kit! Es ist zu spät, das habe ich dir doch gesagt. Ich bin verlobt. Sie ist eine entfernte Cousine von mir. Madeleine ...«

In dem Schweigen, das jetzt eintrat, schien der Name in der

Luft zu treiben und widerzuhallen. Er hatte ihn auf französische Art ausgesprochen, indem er den mittleren Vokal übersprang, lyrisch, romantisch. Vor Kits innerem Auge stieg ein Bild auf: ein junges Mädchen mit einem liebreizenden, sanften Gesicht und langem rötlich braunem Haar, das anbetungsvoll zu Jake auflächelte. Sie war bezaubernd zu Kit gewesen, die im Haus ihrer Großmutter zu Gast gewesen war, aber ihre ganze Aufmerksamkeit hatte Jake gegolten.

Kit straffte die Schultern. Sie kniete immer noch auf dem Sofa. Ihr Hirn arbeitete zu langsam; sie war zu schockiert, um es richtig zu begreifen.

»Ich erinnere mich an sie«, murmelte sie – und das Herz in ihrer Brust schmerzte.

»Gra'mère hat sich immer gewünscht, dass wir heiraten. Madeleines Vater war ein Cousin zweiten Grades meines Vaters, und die beiden waren eng befreundet. Aber du warst immer da, Kit, bis auf das letzte Mal. Nicht jetzt, nicht zur Beerdigung, sondern im Sommer. Weißt du noch, dass du nicht mitkommen wolltest? Du warst zu beschäftigt mit Mark und deinem neuen Job.« Er zuckte mit den Schultern. »Ich hatte das Gefühl, das zwischen uns sei irgendwie zu Ende, und du wärest in ihn verliebt. Du warst praktisch schon auf dem Weg nach draußen. Ich war ziemlich niedergeschlagen, und Madeleine war so gut, so liebevoll. Kannst du dir vorstellen, wie tröstlich das war? Wie es meinem Ego geschmeichelt hat? Jämmerlich, nicht wahr?«, stieß er heftig hervor. »Na ja, sie war da, und ich habe das weidlich ausgenutzt.« Er stützte den Kopf in die Hände. »Ich mag sie sehr gern«, murmelte er verzweifelt.

»Aber bedeutet das, dass du sie heiraten musst?« Sie versuchte, ihre Stimme trotz ihres sehr realen Entsetzens gleichmütig klingen zu lassen. »Ich kann ja alles verstehen, was du

42

gesagt hast. Doch heiraten, Jake? Ist das überhaupt fair, wenn du sie nicht wirklich liebst? Ich will jetzt nicht so prosaisch klingen, aber ...«

»Sie ist schwanger«, erklärte er ausdruckslos. »Im dritten Monat. Sie wollte es mir erst nach der Beerdigung sagen, doch es war alles zu emotional für Worte, und ihr ging es nicht besonders gut. Armes Mädchen. Ich glaube, ich habe es ohnehin erraten. Sie war so nervös und reizbar, so ganz anders als sonst. Schließlich hat sie es zugegeben, und, na ja, alles in allem schien es nicht so wichtig zu sein. Ich wäre nie darauf gekommen, dass du ...« Er hob eine Hand und schlug damit auf die Sessellehne. »Um Himmels willen, Kit!«, rief er. »Warum jetzt? Warum verdammt jetzt? Wo es zu spät ist. Zwölf verdammte Jahre, und du kommst drei Monate zu spät.«

Ein Quad biegt um die Kurve, und Kit umklammert ihren Kaffeebecher und ruft Mopsa, die sofort zu ihr kommt. Der Fahrer hebt die Hand, und Kit winkt zurück. Falls er bemerkt hat, dass sie ihren Morgenmantel trägt, lässt er sich nichts anmerken. Sie geht wieder zurück zur Schmiede und überlegt, wie sie Mungo von Jake erzählen soll, von ihrer kurzen, magischen Begegnung nach seiner Heirat mit Madeleine und dem Brief, in dem er ihr von Madeleines Tod schreibt.

Sie beschließt, es ihm nicht in der Schmiede zu erzählen, wo jederzeit Camilla oder Archie auftauchen können. Nein, sie wird einen Ausflug mit ihm unternehmen. Mungo lässt sich gern fahren und irgendwo zum Kaffee oder Tee einladen. Vielleicht nach Totnes? Oder Ashburton? Als sie in die Küche treten, hat sie eine Idee. Die Kaffeebar *Dandelion* in Haytor ist genau der richtige Ort. Dort können sie auf dem Sofa sitzen und ein langes, vertrauliches Gespräch führen.

Mungo ist dabei, das Frühstück zuzubereiten, und sie betrachtet ihn anerkennend. Er ist gebräunt und muskulös und wirkt in seiner Jeans und dem weißen Hemd und mit dem von der Sonne gebleichten, leicht ergrauten blonden Haar beinahe jugendlich.

Er wünscht ihr einen guten Morgen, und sie geht hinter ihm vorbei und drückt ihm einen federleichten Kuss irgendwo hinter das linke Ohr.

»Ich lade dich zum Kaffee ein«, erklärt sie ihm. »Oder vielleicht zum Mittagsessen. Ins *Café Dandelion*. Was meinst du?«

»Das wäre sehr nett«, antwortet er beinahe förmlich. »Und ich nehme an, du warst wieder im Morgenrock auf der Straße?«

»Mopsas Schuld«, sagt sie. »Außerdem haben wir nur den jungen Andy auf seinem Quad gesehen. Ihm macht das nichts aus. Aber für unseren Ausflug ziehe ich mich an.«

Mungo toastet Brot, stellt die Orangenmarmelade – Camillas selbst gemachte – auf den Tisch und fragt sich, warum sie für ihr Gespräch unter vier Augen das Café in Haytor ausgesucht hat. Er vermutet, dass Kit nicht weiß, wo sie anfangen soll, und wird fast nervös. Schließlich haben die beiden im Lauf der Jahre viele Geheimnisse miteinander geteilt. Was kann an dem hier so Besonderes sein? Er schüttet Mopsas Frühstück – eine Handvoll Trockenfutter und ein paar Hundekuchen – in ihren Napf und gibt ihr frisches Wasser.

»Ich hoffe, ich bin dem gewachsen«, murmelt er und zaust der Hündin die Ohren, aber die ist viel zu beschäftigt mit ihrem Frühstück, um auf ihn zu achten.


Nicht nur der junge Andy Judd auf seinem Quad, sondern noch jemand anders hat Kit auf der Straße gesehen. In dem kleinen Cottage weiter unten an der Straße kann Joe, der an seinem Zimmerfenster hoch oben unter dem Dach steht, sie gerade eben erkennen, obwohl er nicht sieht, was sie in der

Hand trägt. Er findet, dass sie in ihrem langen Gewand und mit dem kleinen Hund, der vor ihr herläuft, wie jemand aus einem Märchen aussieht, eine Prinzessin oder vielleicht eine Hexe, aber keine böse. Ihm fällt auf, dass sie ganz langsam geht und ab und zu beide Hände an den Mund hebt, als trinke sie etwas. Manchmal steht sie ganz still. Als das Quad kommt, springt sie schnell zur Seite, und das Hündchen läuft zu ihr zurück.

Als sie nicht mehr zu sehen ist, bleibt Joe noch am Fenster stehen. Er und Mummy und Dora wohnen erst seit sechs Tagen in dem Cottage, und er ist sich noch nicht schlüssig, ob er es leiden kann oder nicht. Dora ist noch ein Baby und zu klein, um das zu beurteilen, aber Mummy findet es toll.

»Es ist großartig, nicht wahr, Joe?«, sagt sie ganz aufgeregt. »Hier kann man so viel unternehmen. Du kannst auf der Straße mit deinem Fahrrad fahren, und wir können im Moor spazieren gehen.«

Er bekommt ein komisches Gefühl, wenn sie so ist; so als spielte sie ein Spiel, und das wäre nicht ganz echt. Manchmal spielt er mit, weil er sie lieb hat, dann wieder macht es ihm auch Angst, besonders jetzt, wo Daddy nicht da ist. Joe vermisst ihn, und das sagt er auch.

»Daddy musste fort«, antwortet sie dann. »Das weißt du doch, Joe. Er ist Arzt. Er muss fort, in den Krieg, damit er sich um alle kümmern kann, die ihn brauchen.«

Und natürlich weiß er das, aber sie ist irgendwie anders. »Ich weiß, Liebling«, hätte sie früher gesagt. »Er fehlt mir auch.« Aber in letzter Zeit will sie nicht viel über Daddy reden. Joe hat gehört, wie sie sich wegen des Umzugs in das Cottage gestritten haben.

»Warum wartest du nicht, bis ich zurückkomme?«, hatte Daddy gefragt. »Warum muss das jetzt entschieden werden?«

»Weil ich nicht warten will«, antwortete Mummy. »Es ist ein Riesenglück, dass wir das Cottage bekommen können, und es ist nur, weil Mum sagt, dass Camilla es leid ist, es als Ferienwohnung zu vermieten, und es mit einem langfristigen Mietvertrag probieren will. Es ist ein Experiment, und wir werden die Versuchskaninchen sein.« Sie lachte Joe zu, der mit seinen Legos auf dem Boden saß. »Gefällt dir die Idee, ein Versuchskaninchen zu sein?«

Er verstand nicht, was sie meinte, doch er merkte, dass sie versuchte, Daddy aufzumuntern, deswegen lachte er mit, weil er es hasste, wenn Daddy ärgerlich war. Aber plötzlich hatte er wieder fröhlicher ausgesehen.

»Na ja, Camilla wird dich schon im Auge behalten«, meinte er.

»Was meinst du?« Jetzt lachte Mummy nicht mehr, sondern schaute finster drein – und er zuckte mit den Schultern.

»Ich finde es nur gut zu wissen, dass du eine Freundin in der Nähe hast, wenn ich weit weg bin, das ist alles.«

»Ich habe genug eigene Freunde, danke«, sagte sie ein wenig eingeschnappt. Sie lächelte nicht. »Da brauche ich nicht noch die meiner Mutter.«

Und dann fing Dora zu schreien an, Mummy rannte hinaus, und Joe blieb mit Daddy allein. Er sah aus, als wäre er in Gedanken weit weg und sähe etwas, das Joe nicht sehen konnte, deswegen stand er auf und setzte sich auf seinen Schoß.

»Gefällt dir das Cottage nicht?«, fragte er, nahm Daddys Hand und bog die langen, starken Finger um sein Händchen.

»Ich habe es ja noch gar nicht gesehen«, antwortete er, doch er sah so traurig aus, dass Joe beide Arme um seinen Hals legte und ihn ganz fest drückte, und Daddy drückte ihn auch.

Als er sich jetzt daran erinnert und an Daddy denkt, der ganz weit weg ist, hat Joe das Gefühl, er müsse vielleicht weinen, aber dann fängt Dora an zu heulen, verlangt schreiend nach Aufmerksamkeit, daher verlässt er sein Zimmer und geht die steile Treppe hinunter, um sie zu beruhigen. Als er den Treppenabsatz erreicht, kommt Mummy aus ihrem Zimmer. Auf dieser Etage gibt es nur zwei Zimmer, deswegen hat er auch das Kämmerchen unter dem Dach. Aber es gefällt ihm, so hoch oben zu sein. Mummy steckt ihr Handy in die Tasche ihres geblümten Pyjamas, in dem sie es sich gern gemütlich macht; sie strahlt übers ganze Gesicht, als wäre sie aus irgendeinem Grund aufgeregt, und Joe wird ganz nervös, obwohl er nicht weiß, warum.

»Hat sie dich geweckt?«, fragt sie ihn. »Im Moment ist sie ganz schrecklich.«

Sie gehen in Doras Zimmer, und Mummy nimmt die Kleine aus ihrem Bettchen und wirbelte sie hoch über ihrem Kopf herum. Dora beginnt zu kichern, er lacht auch, und es ist lustig.

»Sollen wir heute aufs Moor hinaufgehen?«, fragt Mummy, legt Dora auf ihre Wickelmatte und beginnt, ihr die Windel zu wechseln. »Wir ziehen früh los, bevor es zu heiß wird.«

Sie sieht ihn an, und ihre Augen strahlen, als hätte jemand Geburtstag, oder als wäre Weihnachten, und es ist, als dächte sie an etwas anderes, nicht an ihn oder Dora, und seine leise Sorge regt sich wieder.

»Wann gehen wir?«, fragt er. Er nimmt eins von Doras Spielzeugen – eine rosa Plüschkatze – und lässt sie über ihrem Gesicht baumeln. Sie greift danach, aber er hält sie gerade außerhalb ihrer Reichweite. »Kann ich auf die Felsen klettern, und kriege ich ein Eis?«

»Ich wüsste nicht, warum nicht.« Mummy hebt Dora hoch und knuddelt sie.

Dora schreit und streckt die pummligen Händchen nach dem Spielzeug aus, aber er lässt es auf Mummys Arm hinauftanzen und gibt es ihr erst dann. Hinter den beiden zuckelt er die Treppe hinunter und denkt an die Dame auf der Straße und den kleinen Hund. Als sie in die Küche gehen, piept Mummys Handy. Sie setzt Dora in die Wippe und zieht das Telefon aus der Tasche. Obwohl sie sich leicht abwendet, sieht er, dass sie verstohlen lächelt, während sie eine Antwort auf die SMS tippt. Er hat das Bedürfnis, sie zu unterbrechen, sie abzulenken.

»Heute Morgen habe ich auf der Straße eine Hexe gesehen«, erklärt er laut. »Sie hatte ein langes Kleid an und einen Hund dabei.«

Sie tippt weiter und lächelt dabei. »Tatsächlich, Liebling?«, sagt sie munter. »Wie aufregend!« Aber er merkt, dass sie ihm gar nicht richtig zuhört.

»Es ist so schön, wieder Kinder um sich zu haben«, meint Camilla beim Frühstück zu Archie. »Joe ist so ein lieber kleiner Kerl, und Dora wird einmal eine starke Persönlichkeit. Mit ihr wird Emma alle Hände voll zu tun bekommen.«

Archie gießt sich noch eine Tasse aus seiner großen blauen Teekanne ein. Kit hat sie ihm aus London mitgebracht. Es ist eine Whittard-Kanne mit einem speziellen Siebeinsatz zum Herausnehmen, sodass der Tee in der Kanne stehen kann, ohne zu stark zu werden. Archie trinkt gern zwei und manchmal drei Tassen Tee zum Frühstück und ist gerührt über Kits Einfühlungsvermögen.

Boz und Sammy liegen an der offenen Tür und behalten Archie im Auge, der seinen Toast aufisst. Nach dem Frühstück wird er mit ihnen spazieren gehen. Sie sind zu gut erzogen, um auf sich aufmerksam zu machen, aber sie verfolgen jede seiner Bewegungen. Die Nasen auf die Pfoten gelegt und mit zuckenden Augenbrauen, lauern sie auf den Moment, in dem er den Stuhl zurückschiebt und sagt: »Na, Zeit, mit den Hunden rauszugehen.«

»Rob hat mir erzählt, dass er sich ein wenig Sorgen macht, Emma könnte sich ohne die Gesellschaft der anderen Soldatenfrauen einsam fühlen«, sagt Camilla. »Aber ich habe versprochen, sie alle im Auge zu behalten, während er fort ist.«

Archie hat nur mit halbem Ohr zugehört; wie immer sortiert er in Gedanken die dringendsten Arbeiten, die erledigt werden müssen: Rasen mähen, Zäune ziehen, renovieren. Aber weniger ihre neue Mieterin. Jetzt denkt er über Emma nach: Sie ist eine hübsche junge Frau, ganz lustig und sehr freundlich. Seine beiden Schwiegertöchter sind kompetente, beschäftigte, selbstbewusste Karrierefrauen und gehen ihm gelegentlich etwas auf die Nerven. Er weiß, dass seine altmodische Neigung, aufzustehen, wenn Frauen den Raum betreten, oder ihnen die Türen aufzuhalten, fälschlicherweise als Bevormundung gedeutet werden kann, und das sorgt dafür, dass er in Anwesenheit von Angehörigen der jüngeren Generation leicht nervös ist. Aber in Emmas Gesellschaft fühlt sich Archie sehr wohl.

Bei seinem ersten Besuch, als er sie und die Kinder in dem Häuschen traf, wo Camilla sie herumführte, nahm er die Hunde mit. Er stellte Sammy und Boz vor und sah erfreut, dass Joe über das ganze Gesicht strahlte. Es war klar, dass es für ihn ein großartiges Extra war, die Spaniels zu Nachbarn zu haben. Archies Erfahrung nach helfen Hunde immer dabei, das Eis zu brechen, bringen Ablenkung und liefern ein Gesprächsthema. Er mochte Joe, diesen kleinen, ernsten Jungen, und amüsierte sich über Dora mit ihrer leidenschaftlichen, gierigen Einstellung zum Leben. Als die Familie, dieses Mal zusammen mit Rob, zu einer zweiten Besichtigung kam, war Archie ganz gerührt darüber, wie der kleine Joe die Hand seines Vaters hielt und ihn von einem Zimmer ins andere zog. Er wollte unbedingt, dass ihm das Cottage gefiel, und beobachtete ihn nervös. Wieder einmal lösten die Hunde die Anspannung; Rob fragte, ob sie einen Hund halten dürften, und Emma sagte, das sei einer der Gründe, aus denen sie aufs Land gezogen sei.

»Ich dachte, wir könnten das Spielzeug vom Dachboden in der Scheune holen«, sagt Camilla gerade. »Den Traktor und das kleine Fahrrad. Joe hat genau das richtige Alter dafür, obwohl Dora für alles noch ein wenig zu klein ist.«

»Gut schreien kann sie«, bemerkt er.

»Ich wüsste gar nicht, dass Emma so gewesen wäre«, erinnert sich Camilla. »Sie war eher ein ruhiges, sanftes Kind. Aber es gefällt ihr hier gut, oder? Sie hat so eine positive Einstellung. Es ist bestimmt nicht einfach, wenn Rob in Afghanistan ist, doch sie ist so fröhlich und tapfer.«

»Hmmm.« Archie sagt weder Ja noch Nein dazu. Er trinkt seinen Tee, denkt an Emma und daran, dass sie ihm ein wenig aufgeregt vorkam, als sie alle am Tag nach ihrem Einzug in das Cottage zum Tee gekommen waren, so gar nicht wie eine junge Frau, die sich gerade für drei Monate von ihrem Mann verabschiedet hat. Er fragt sich, ob das einfach ihre Art ist, mit Robs Abwesenheit umzugehen. Schließlich muss es sehr schwierig sein, mit der Trennung fertigzuwerden, zu wissen, dass Rob womöglich in Gefahr schwebt, und mit zwei kleinen Kindern zurechtzukommen. Wahrscheinlich versucht Emma nur, sich nicht unterkriegen zu lassen, für ihren kleinen Jungen und auch für sich selbst.

Archie erinnert sich, wie Joe die Hunde begrüßt hat, als wären sie alte Freunde. Er setzte sich zwischen sie und ließ es sich gefallen, dass sie ihm begeistert das Gesicht abschleckten, während Dora auf Emmas Arm kreischte und sich herumwarf. Emma schrie über den Radau hinweg, den Dora veranstaltete, dass Joe und sie das Häuschen liebten und alles absolut großartig sei. Archie beobachtete den Jungen, der die Arme um die Hunde geschlungen hatte, und staunte über seine leidgeprüfte, geduldige Miene, mit der er zu Mutter und Schwester aufsah. Es war ein überraschend erwachsener Gesichtsausdruck, und Archies Herz hatte sich leicht zusammengezogen. Er fragte sich, wie sehr Joe wohl seinen Vater vermisste und ob er so glücklich in seinem neuen Heim war, wie Emma behauptete.

»Komm, alter Junge!«, sagte er. »Lass uns mit den Hunden spazieren gehen, solange der Tee gekocht wird, ja?«

Und Joe stand dankbar auf, als wäre er froh darüber, der lärmenden, geschäftigen Szene zu entrinnen.

»Joe ist ein netter kleiner Bursche«, meint Archie und trinkt seinen Tee aus. »Ich hole das Spielzeug nach dem Hundespaziergang herunter. Will es draußen haben, bevor es zu heiß wird.«

»Ich hatte mich gefragt, ob wir Emma auch zu dem Abendessen mit Kit einladen sollen«, sagt Camilla, stellt die Teller zusammen und dreht den Deckel auf die Marmelade. »Die Kinder könnten in den Stockbetten im alten Kinderzimmer schlafen.«

»Nein, ich finde nicht«, wirft Archie ein wenig zu schnell ein. Er freut sich auf einen unkomplizierten Abend. »Das wäre doch nicht ganz fair Kit gegenüber, oder? Emma und sie kennen sich schließlich nicht, und vielleicht kommen die Kinder nicht zur Ruhe.«

»Ja, vielleicht nicht«, pflichtet Camilla ihm bei, doch sie zögert. Sie gibt gern eine kleine Party. »Du könntest recht haben. Vielleicht ein andermal, wenn sie sich kennengelernt haben. Ich muss Emma Mungo vorstellen, und dann lade ich alle zusammen zum Mittag- oder Abendessen ein.«

»Genau«, sagt er erleichtert. »Gute Idee.«

»Ich wünschte, ich könnte James auch überreden. Er arbeitet

so viel, aber ich bin mir sicher, dass ein kleines Abendessen ihn nicht allzu sehr ablenken würde.«

»Lass ihn doch, er arbeitet!«, erwidert Archie, der James ein ganz klein wenig egoistisch und langweilig findet. Er schiebt seinen Stuhl zurück. »Na, Zeit, mit den Hunden rauszugehen.«

Bozzy und Sam sind schon aufgesprungen und schwanzwedelnd und mit erwartungsvoll leuchtenden Augen aus der Haustür gelaufen. Archie geht über den Hof und steigt den steilen, moosbewachsenen Garten hinauf zum Rand des Moors. Die Hunde quetschen sich unter dem Zaunübertritt durch und rennen aufs offene Moor hinaus. Archie klettert die hölzernen Stufen hinauf und hält inne, um sich zu vergewissern, dass keine Schafe in der Nähe sind. Unterhalb der zerklüfteten, hoch aufragenden Granitformation – keltisch *Tor* genannt – ergießt sich graue Glockenheide mit ihren dunkelroten Blüten wie eine Flut über die steilen Hänge, umfließt Granitbrocken und läuft zum Bach hinunter. Archie folgt den alten Graten, diesen jahrhundertealten Schäferpfaden, die sich am Hügel entlangschlängeln, und atmet die nach Honig duftende Luft. Die Sonne fühlt sich auf seinem unbedeckten Kopf heiß an, und er hebt die Arme, um die Augen abzuschirmen, als er sich umdreht und weit nach Westen blickt, wo das Glitzern und Flirren des Meerwassers das Ende der Welt zu bezeichnen scheint.

Weiter unten fällt ihm eine Bewegung ins Auge. Ein kleines Auto fährt die Straße entlang, vorbei an der Schmiede und den Cottages und auf das Gutshaus zu. Seit Archie sich erinnern kann, haben immer Judds auf dem Gut gelebt. Heute wohnen dort Billy und sein Bruder Philip, die beide Witwer sind. Ein alter Welsh Collie gehört auch zu der kleinen Runde. Sie sind Teil dieser kleinen Gemeinschaft, denkt Archie, genau wie er selbst, Camilla und Mungo – und jetzt Emma, Joe und Dora.

Aber wie lange wird er noch alles zusammenhalten und von seinem kleinen Einkommen weiter alle Rechnungen bezahlen können? Es gibt so viel zu tun; so vieles ist baufällig. Dann ist da noch das Gutshaus. Falls Philip und Billy beschließen, dringende Reparaturen durchzuführen, woher soll er dann den Anteil nehmen, den er als Verpächter beitragen müsste?

Wenigstens ist jetzt das Cottage für sechs Monate im Voraus vermietet, und es geht regelmäßig Miete ein; aber das reicht nicht, um Feuchtigkeit und Moder aufzuhalten, die das Haus bedrohen. Natürlich gibt es Lösungen, und die offensichtlichste wäre, es zu verkaufen und sich kleiner zu setzen. Aber Camilla bekommt jedes Mal einen Anfall, wenn er davon anfängt. Und natürlich müsste er dann dieses Tal verlassen, seine Heimat, diese lieb gewordene Gemeinschaft. Bewusst lenkt er seine Gedanken auf eine fröhlichere Aussicht: Kit kommt zum Abendessen, und sie werden einen Tag auf dem Fluss verbringen. Archie tritt wieder auf den Weg, pfeift nach den Hunden und setzt seinen Spaziergang fort.

# 3. Kapitel

Vom Küchenfenster aus sieht Philip Judd zu, wie seine Cousine Mags aus ihrem Auto steigt. Er geht ihr nicht entgegen; sie kennt sich aus. Die Hände auf das altmodische Spülbecken gestützt, steht er da und wartet darauf, dass sie hereinkommt. »Frettchen« nennt er sie bei sich. Die Frettchen-Frau: sandfarbenes Haar, Schnüffelnase, flink. Sie sieht sich auf dem Hof um, wirft einen Blick hoch zum Haus, schätzt es ab, kalkuliert, als hätte sie vor, es zu kaufen. Er schnaubt verächtlich. Das hätte sie gern; sie würde liebend gern zu diesem Grüppchen hier gehören, als Familienmitglied und Freundin von Archie, Camilla und Sir Mungo. So nennt sie ihn immer: Sir Mungo. Niemand sonst redet ihn so an.

»Er ist richtig berühmt«, sagt sie, als schauten sie nie in eine Zeitung oder sähen niemals fern. Aber ein Teil von ihr freut sich auch, dass Billy und er ihn Mungo nennen; das zeigt, dass sie Freunde sind. In ihrer kleinen Gruppe von Freundinnen gibt sie damit an. Für Philip sind sie der »Hexenzirkel«.

»Sie würden ihn wirklich gern einmal kennenlernen«, erklärt sie sehnsüchtig, als wäre Mungo zur Besichtigung freigegeben wie diese denkmalgeschützten Bauwerke, die sie sich ständig ansehen, aber er blockt ihre Versuche ab, sich mit Gewalt in ihre Freundschaft zu drängen. Sein ganzes Leben lang schon wehren er und sein älterer Bruder Billy sie ab, wenn sie können. Schon als sie Kinder waren, war sie ein Störenfried. Sie log und petzte bei ihrer eigenen Mom oder der Mutter der beiden. »Die Jungs lassen mich die Küken nicht ansehen. Sie lassen mich nicht auf dem Traktor mitfahren ...« Aber die Erwachsenen beachteten sie nicht, und Billy und ihm war es egal. Sie genossen das Recht der Älteren, und der Altersunterschied verschaffte ihnen Macht.

Jetzt ist Mags ganz aus dem Häuschen darüber, ihre Frettchennase in die Tür zu stecken, nachdem der arme, alte Billy ihr ungewollt die Möglichkeit dazu gegeben hat. Sie mussten nachweisen, dass er die richtige Pflege bekommen würde, sonst hätten die Ärzte ihn nach seinem Schlaganfall nicht aus der Klinik entlassen, und Cousine Mags war die offensichtliche Lösung gewesen. Sie stürzte sich so schnell auf die Gelegenheit wie ein Wiesel auf ein Kaninchen. Natürlich ist Philip ihr dankbar: Sie putzt und kocht seitdem und kümmert sich wunderbar um Billy. Sie ist ausgebildete Krankenschwester, und deswegen kann Billy zu Hause sein, statt von Fremden gepflegt zu werden. Dafür ist Philip bereit, sich ein paar Wochen mit Mags abzufinden. Schließlich hat Billy auf ihn aufgepasst, als sie jung waren. Nach dem Tod ihrer Mutter hatte ihr Vater den Hof nicht mehr weiterführen wollen. Als er Vertreter für eine Landmaschinenfirma wurde und dann in die Nähe von Bristol ziehen musste, hatte Billy Archies Vater davon überzeugt, dass Billy und er den Hof führen konnten. Zusammen mit ihrem kleinen Holzfällerbetrieb und ein wenig Gärtner-Arbeiten hatten sie überlebt und ihr Zuhause erhalten. Zu wissen, dass Billy sicher ist und es bequem hat, ist es schon wert, Mags um sich zu haben.

»Morgen, Philip«, sagt sie jetzt und stellt die Kühlbox auf den Küchentisch. Sie lädt Pasteten, Gelees und Suppen aus, die bestimmt den Appetit des Kranken anregen werden, und stapelt sie in den Kühlschrank. »Das müsste erst einmal reichen. Wie geht's dem Patienten?«

»Prima. Er hatte eine gute Nacht. Und heute Nachmittag hat er Physiotherapie.« Philip sieht zu, wie sie Gegenstände umstellt und die Regale neu ordnet. Später wird er alles zurückräumen. Wenn man ihr die Möglichkeit ließe, würde sie alles an sich reißen und einziehen. Seine Joanie hätte einen Anfall bekommen.

»Wenn man ihr den kleinen Finger gibt, nimmt sie die ganze Hand«, pflegte Joanie zu sagen. »Halt sie bloß aus meiner Küche fern!«

Nun ja, Joanie lebt nicht mehr, und er muss seine eigenen Schlachten schlagen – und für Billy eintreten.

»Tee ist fertig«, sagt er. »Möchtest du eine Tasse?«

»Ich sehe zuerst nach Billy.« Zielbewusst, fast triumphierend, nimmt sie ihre Tasche; sie wird gleich ihre gute Tat für den Tag absolvieren. »Gestern war er ein wenig verwirrt, nachdem er von seinem Schläfchen aufgewacht war. Vollkommen in seiner eigenen Welt. Hat von den alten Zeiten geredet, von Sir Mungo und Isobel Trent und ich weiß nicht, wovon noch. Immer wieder hat er gesagt: ›Er ist noch hier‹, und dann hat er sich vor Lachen ausgeschüttet. ›Natürlich ist er das, mein Lieber, er wohnt gleich unten an der Straße‹, habe ich geantwortet, aber er war mit den Gedanken irgendwo in der Vergangenheit. ›Er ist auf ihr herumgetrampelt‹, hat er gesagt. ›Jetzt trampeln wir auf ihm herum.‹ Dann ist er ganz still geworden, und ihm war kein Wort mehr zu entlocken.«

»Das kommt von seinen Medikamenten«, erklärt Philip ihr. »Kein Grund zur Sorge.«

Sie wieselt aus der Küche und durch die Diele ins Wohnzimmer, das sie zu einem Zimmer für Billy umgeräumt haben, und er hört ihre Stimmen. Einen Moment lang fühlt auch er sich in die Vergangenheit zurückversetzt; in den Glanz und die Aufregung dieser Wochenenden in der Schmiede.

»Bitte hilf uns, Philip!«, pflegte Mungo zu sagen. »Ich bin vollkommen durcheinander, und mir ist gerade erst wieder eingefallen, dass Ralph mit dem Zug um Viertel nach vier kommt. Könntest du ihn vielleicht abholen?«

Es konnte Ralph sein oder ein anderer von Mungos Schauspielerfreunden. Oder auch Izzy, und das war natürlich das Beste. Mit Izzy von Newton Abbot zurückzufahren war ein Stück Himmel auf Erden. Wenn er die Augen schließt, sieht er sie vor sich, mit dieser halb nervösen, halb erfreuten Miene. »Ach, Philip«, pflegte sie auszurufen, »wie wunderbar! Ich dachte, Mungo hätte mich vielleicht vergessen, aber dir würde das nie passieren.« Dann hakte sie ihn unter und reckte sich, um ihn auf die Wange zu küssen, und manchmal hatte er das Gefühl, schwach vor Freude und Liebe zusammenbrechen zu müssen, mit seinen ganzen ein Meter neunzig. Sie war so klein, so zierlich wie ein Schulmädchen mit ihren Miniröcken und ihrem Mary-Quant-Haarschnitt. Er nahm ihren Koffer, hielt ihr die Autotür auf und führte sie ins Haus wie eine Prinzessin.

»Erzähl mir, was es alles Neues gibt!«, pflegte sie zu bitten. »Wie geht es Camilla und Archie und den Kleinen? Was war auf dem Hof los? Hat Smudgy ihre Jungen schon bekommen?«

Izzy schenkte ihm das Gefühl, stark, verlässlich und wichtig zu sein. In der Schmiede gab niemand etwas darum, dass er der Sohn von Archies Pächter war, Mungo sorgte dafür, dass er dazugehörte. Nur Ralph wies ihn gern mit subtilen Anspielungen über seine Körpergröße und seinen West-Country-Akzent in die Schranken. Oh, Philip wusste schon, dass er nicht wirklich einer von ihnen war; er war klug genug, um zu erkennen, dass er sehr nützlich für sie alle war, und achtete darauf, immer ein wenig Abstand zu wahren und im richtigen Moment unauffällig zu verschwinden. Er wusste, wann er sich rarzumachen hatte. Und doch schätzte er seine Stellung. Sie faszinierten ihn alle, die Art, wie sie miteinander redeten, aus Theaterstücken zitierten, sangen und sogar tanzten. Besonders Izzy liebte es, zu tanzen und zu singen, und die anderen bildeten eine Art Chor um sie herum. Wunderbar war das anzusehen, als wäre man im Theater. Manchmal huschte sie zu ihm, der knapp außerhalb ihres Kreises stand, und nahm seine Hand wie ein Kind.

»Du hältst uns wohl alle für verrückt, oder?«, fragte sie ihn dann wehmütig. »Du hast ja keine Ahnung, welches Glück du hast, Philip, dass du hier so verwurzelt bist und weißt, wohin du gehörst.«

Er wusste nie so recht, was er darauf antworten sollte. Seine Liebe zu ihr und seine Zärtlichkeit schienen von seinem Herzen aufzusteigen, die Worte in seinem Hals zu ersticken und ihn sprachlos zu machen. Er hielt ihre Hand fest, und dann kam grundsätzlich Ralph mit seinem wissenden, grausamen Lächeln.

»Komm schon!«, sagte er. »Hör auf, diesen einfältigen Burschen vom Lande zu quälen, und sing uns noch ein Lied!«

Oh, wie er Ralph da hasste! Aber Izzy drückte seine Hand und lächelte mit einem leisen Kopfschütteln zu ihm hoch, als wolle sie sagen: Achte gar nicht auf Ralph! Dann löste sie sich von ihm, ging mit Ralph wieder zur Gruppe, und er blieb allein zurück.

Er steht da, und wenn er sich richtig konzentriert, kann er so gerade eben einen Hauch von ihrem blumigen Duft erhaschen. Izzy, wie sie sich reckt, um ihn zu küssen, wie sie sich im Auto zur Seite beugt, um mit ihm zu lachen, oder wie sie in Mungos Küche singt. »*I'm just a girl who cain't say no, I'm in a terrible fix ...*«

»Geht's dir gut?« Mags erscheint in der Tür, starrt ihn mit gerunzelter Stirn an und mustert ihn von oben bis unten.

»Ja.« Er erwidert ihren Blick und gibt ihr keinen Zentimeter nach. »Warum nicht?«

Sie zuckt mit den Schultern. »Du hast ein bisschen komisch ausgesehen, wie du mit geschlossenen Augen dastandst.«

Er denkt an Billy, der redet, was ihm in den Kopf kommt, und über die Vergangenheit spricht, über Dinge, die verborgen bleiben müssen. Mags stöbert gern Geheimnisse auf; sie ist gut darin, private Gedanken und verborgene Taten aufzustöbern und dann im Gespräch ihr Wissen platzen zu lassen wie kleine Bomben. Er muss wachsam sein.

»Wie geht es ihm denn? Heute nicht in einer anderen Welt?«

Mags schüttelt den Kopf. »Er ist sehr ruhig. Sieht nur aus dem Fenster. Was habt ihr mit dem Lätzchen gemacht, das ich ihm genäht habe? Er seibert immer noch ein bisschen.«

»Weggeworfen. Er ist kein Baby.« Philip hat die Wut bekommen, als er Billy da mit einem Lätzchen um den Hals sitzen sah wie ein Riesenbaby. »Er kann sich den Mund abwischen. Nicht nötig, ihn vor seinen Freunden zu demütigen.«

Er hasst es, seinen gut aussehenden älteren Bruder mit diesem verzerrten Gesicht zu sehen; Auge und Mund gelähmt nach unten hängend wie bei einer Statue, der man mit der Hand übers Gesicht gefahren ist, bevor der Ton aushärten konnte. Er hat ihm einen alten, weichen Waschlappen gegeben, damit Billy sich ab und zu das Kinn abwischen kann.

Mags nimmt sich zusammen. »Tut mir sehr leid. Ich hatte ja keine Ahnung, dass er schon Besuch empfängt.«

»Keinen Besuch. Freunde. Archie kommt uns besuchen. Und Camilla. Und Mungo.«

Er beobachtet, wie sich ihre Miene verändert; die Empörung verschwindet, und ihr Gesichtsausdruck wird grüblerisch. Sie wirft einen Blick aus dem Fenster, als könnten Archie oder Camilla in diesem Moment in den Hof treten.

»Ich mache die Küche gründlich sauber«, erklärt sie nachdenklich. »Und das Wohnzimmer.«

Philip sieht sie sarkastisch an. Er liest in ihr wie in einem offenen Buch. Erstens: Wenn sie lange genug bleibt, bekommt sie vielleicht Archie, Camilla oder Mungo zu sehen. Sir Mungo. Zweitens: Falls einer von ihnen auftaucht, möchte sie, dass Küche und Wohnzimmer blitzsauber sind, alles tipptopp.

»Wie du willst«, sagt er beiläufig. »Wenn du so viel Zeit hast. Ich gehe dann mal den Rasen im Obstgarten mähen.«

»Immer bist du in diesem alten Obstgarten.«

»Stimmt. Genau das Richtige bei dieser Hitze. Willst du jetzt Tee oder nicht?«

»Inzwischen hat er viel zu lange gezogen«, murrt sie. »Ich brühe frischen auf und bringe Billy auch davon.«

»Das übernehme ich«, gibt er bestimmt zurück. Billy muss jetzt eine Schnabeltasse benutzen, und er kann einfach nicht zusehen, wie Mags ihm die Tülle an den verzogenen Mund hält und Billy munter zum Trinken auffordert, als wäre er zwei Jahre alt.

Das sonnige Wohnzimmer ist zu einem Wohnschlafzimmer umgestaltet worden, sodass Billy in den Obstgarten hinaussehen kann, wenn er ruht. Er kann mithilfe eines Stocks ein kurzes Stück gehen, und sie haben einen Rollstuhl für den Fall, dass er eine längere Strecke zurücklegen will. Aber größtenteils sitzt er gern mit der alten Star, der grau-weißen walisischen Schäferhündin, die sich neben ihm zusammenrollt, am Fenster. Als Philip mit dem Tee hereinkommt, sieht Star aus ihren eigentümlichen blauen Augen zu ihm auf. Zur Begrüßung schlägt sie kurz mit dem Schwanz auf den Boden, legt sich dann wieder hin und schmiegt den Kopf an Billys Füße. Er fragt sich, ob Billy mit seinem gelähmten Bein, das er nachzieht, die Wärme ihres Kopfes spüren kann, und fühlt Kummer und Frustration in sich aufsteigen. Waren sie nicht erst gestern jung, stark und furchtlos, haben hübschen Mädchen den Hof gemacht, das Land bearbeitet und Söhne großgezogen? Jetzt sind diese Mädchen lange tot, und ihre Söhne bestellen weiter oben im Tal ihr eigenes Land und haben selbst Söhne.

Billys Lächeln kraust die Haut um seine Augen, obwohl sein Mund ihm nicht gehorcht. Ganz vorsichtig nimmt er die Plastiktasse in die linke Hand und hebt die Tülle zittrig an die Lippen.

»Sie macht Großputz für den Fall, dass Sir Mungo dich besuchen kommt«, erklärt er Billy. »Wie wäre es mit einer kleinen Ausfahrt?«

Billy nickt und zeigt auf den Rollstuhl, und bald gehen sie in den Hof hinaus. Star läuft dicht hinter ihnen her.


»Wie ich sehe, ist Mags da«, sagt Mungo, als er kurz darauf mit Kit die Straße entlangfährt. »Dem armen Philip ist das bestimmt unangenehm, aber wenigstens ist es dadurch möglich, Billy wieder zu Hause zu pflegen. Ein Jammer, dass sie so lästig ist! Eigentlich nicht erstaunlich. Sie war eines dieser quengelnden, jammernden Kinder und hat immer versucht, uns in Schwierigkeiten zu bringen. Sie hat gepetzt und gelogen. Billy und Philip haben sie wie die Pest gemieden, und ich habe ihr gern Geschichten über Kobolde und Hexen erzählt, um ihr Angst zu machen und sie von unseren Verstecken fernzuhalten. Sie hat uns aber immer gefunden. Ah, da ist ja James! Wink ihm mal zu! Ach, du meine Güte. Die Shorts sind ein Fehler bei diesen Beinen. Kein schöner Anblick. Vielleicht sollte ich ihn einmal auf einen Drink einladen. Aber ich darf die Muse nicht stören. Hast du sein Buch gelesen? Camilla hat es mir geliehen, als klar wurde, dass er herkommt. Sie hatte es extra gekauft. Sehr loyal von ihr.«

»Ich weiß nicht. Was sagtest du noch, wie er heißt? Ist es

gut?« Gehorsam winkt Kit einem kleinen, dünnen, drahtigen Mann von wahrscheinlich Anfang vierzig zu, der aus der Tür des Cottages tritt und die Hand zum Gruß hebt.

»Absolut grauenhaft, Liebes, aber sag bloß nicht, dass ich das gesagt habe. Die Handlung ist nicht so übel, nicht besonders originell, aber eindimensionale Charaktere. Sehr stereotyp, Standardfiguren. Fahr jetzt nicht langsamer!« Er lässt das Fenster herunter und ruft einen Gruß. »So ist es richtig«, murmelt er dann. »Weiter geht's. Wir machen doch einen Ausflug, da kann ich ihn jetzt gerade nicht gebrauchen.«

Kit beschleunigt und fährt weiter. Im Kopf probiert sie immer noch Eröffnungen aus, mit denen sie Jake ins Gespräch bringen kann. Es ist viel schwieriger, als sie sich vorgestellt hat, und sie fragt sich, ob sie verrückt ist, es überhaupt zu versuchen. Jakes völlig unerwarteter Brief hat sie vollkommen in Verwirrung gestürzt.

»Sollen wir in Verbindung bleiben?«, hatte sie Jake damals, vor all den Jahren, mit zitternder Stimme gefragt. »Nur ... nur Briefe ab und zu?«

Auf dem kleinen Tisch in dem Café, in dem sie sich verabredet hatten, hielt er ihre Hände fest. Sie nahm ihre Umgebung nicht wahr und konnte die furchtbare Wahrheit, dass sie ihn vielleicht nie wiedersehen würde, nicht verarbeiten. Die Küchentür schwang auf, und die Musik aus dem Radio wurde lauter. Es war Roberta Flack mit *Killing Me Softly With His Song*. Als sie das hörte, rannen Kit heiße Tränen aus den Augen, und er hob ihre Hände und drückte sie an seinen Mund.

»Ach, Kit«, sagte er betrübt. »Wie soll das gehen? Du weißt doch, wie gefährlich das wäre.«

»Ich ertrage das nicht«, keuchte sie. »Ich hatte ja keine Ahnung, wie sehr ich dich brauche, Jake. Wie kannst du mich jetzt verlassen?«

»Bitte«, flüsterte er heftig. »Um Gottes willen, Kit!«

Die Kellnerin stellte den Kaffee hin, sodass sie auseinanderweichen mussten, und Kit sah sich in dem halbdunklen Lokal um und wischte sich die Augen.

»Warum mussten wir uns hier treffen?«, fragte sie und versuchte, normal zu klingen. »Das ist ein Rattenloch. Ich hätte doch zu dir kommen können.«

»Wir können uns nicht mehr in meiner Wohnung treffen«, gab er finster zurück. »Das endet immer gleich und führt dazu, dass wir uns wiedersehen, nur noch ein letztes Mal. Ich fliege morgen nach Paris, Kit.«

Sie starrte ihn an und sah zu, wie seine langen Finger den Löffel hielten und in dem schwarzen Nass rührten, immer und immer wieder.

Jetzt weiß ich, warum man davon spricht, dass jemand an gebrochenem Herzen stirbt, dachte sie. Meines ist so schwer, dass es leicht brechen könnte. Wenn es das nur tun würde! Was für einen Sinn hat das Leben ohne ihn?

»Ich muss es versuchen«, erklärte er gerade. »Das musst du begreifen. Ich habe dieses Chaos angerichtet. Es ist nicht Madeleines Schuld. Sie ist das Opfer unseres Durcheinanders. Ich bin es ihr schuldig, es mit aller Kraft zu versuchen. Es wäre falsch, gleichzeitig an dir festzuhalten. Wir hatten unsere Chance, und wir haben es vermasselt.«

Sie schloss die Augen. Es war, als hätte er sie geschlagen und ihr brutal klargemacht, was alles zum Greifen nahe gewesen war – und was sie verloren hatte. Sie nahm ihre Tasse, stürzte den heißen, bitteren Kaffee herunter und verbrannte sich den Mund.

Er beobachtete sie, sah ihre Qual und traf eine Entscheidung. »Ich habe etwas für dich«, erklärte er schließlich und griff in sein Jackett.

»›Keine Geschenke‹, hast du gesagt.« Ihre Gedanken überschlugen sich bereits bei dem Versuch, sich etwas auszudenken, was sie ihm geben könnte. Sie wünschte, sie hätte ihm ein Andenken mitgebracht.

»Ich kann jetzt nichts mehr von dir annehmen«, sagte er. »Ich will nichts haben, das ich vielleicht verstecken oder erklären muss. Frauen können bei so etwas sehr scharfsinnig sein.«

»Aber du hast schließlich eine komplette Vergangenheit.« Sie konnte ihren Schmerz nicht verbergen. »Willst du jetzt alle Geschenke wegwerfen, die du je bekommen hast?«

»Nein«, gab er ungeduldig zurück. »Natürlich nicht. Doch ich habe keine Schuldgefühle wegen meiner Vergangenheit. Nur von jetzt an muss alles anders werden. Alles, was du mir nun schenken würdest, wäre mit Gefühlen und Erinnerungen behaftet. Ich könnte es nicht ertragen. Ich weiß, dass das gemogelt ist, aber du wirst nicht heiraten. Jedenfalls noch nicht, und wenn, dann ist das hier eben ein Teil deiner Vergangenheit. Es hat meiner Mutter gehört. Sie hat es mir an meinem einundzwanzigsten Geburtstag überreicht und gesagt, ich solle es der Frau geben, der ich mein Herz schenken würde.« Er hielt ihr ein schweres ziseliertes Medaillon hin. »Ich weiß noch, dass sie sagte, vielleicht würde das nicht die Frau sein, die ich einmal heiratete, und ich fand das einen ziemlich komplizierten Standpunkt – für eine altmodische Engländerin.« Er lächelte trostlos. »Ich hatte immer gehofft, es würde einmal meine Morgengabe an dich sein, aber jetzt sehe ich, dass sie recht hatte ...«

»Du kannst ebenso gut gleich damit herausrücken«, sagt Mungo jetzt. »So furchtbar kann es doch nicht sein. Komm schon, Kit!«

»Ich habe bloß Angst, dass du mich für eine dumme Gans halten wirst«, gibt sie zurück. »Es klingt einfach so töricht, wenn man es laut ausspricht. Ich habe einen Brief von dem

Mann bekommen, den ich jahrelang geliebt habe; von Jake. Ich habe dir doch von ihm erzählt. Wir waren zusammen, aber er hat eine andere geheiratet, weil ich mich nicht festlegen wollte, und jetzt ist sie gestorben.«

»Bittet er dich um ein Treffen?«

»Das deutet er an.«

»Und du bist nervös wegen des Wiedersehens?«

»Ja«, gesteht sie. »Ja, doch.«

»Hast du ihn seit eurer Trennung noch einmal gesehen?«

Sie nickt. »Nur einmal. Vor ungefähr zwanzig Jahren. Wir sind uns ganz zufällig über den Weg gelaufen.«

Jetzt sind sie oben im Moor, und plötzlich kann sie reden, ihm von Jake und Madeleine erzählen. Langsam fährt sie dahin, und das Gefühl von Unendlichkeit, die die weite Landschaft ausstrahlt, befreit sie, sodass sie ohne Scheu sprechen kann. Mungo hört wortlos zu, so wie immer. Keine Unterbrechungen, keine Fragen und keine Reaktion bis auf ein aufmerksames Schweigen. Sie fährt langsamer und lässt den Wagen gemütlich auf eine alte Steinbrücke rollen, um in das klare Wasser zu sehen, das zwischen glatten, runden Steinen hindurchfließt. Sie greift in ihre Handtasche, zieht das Medaillon hervor und zeigt es ihm.

»Ich habe es jahrelang getragen«, erklärt sie. »Und dann sind wir uns wiederbegegnet.«

Kit schweigt einen Moment, und schließlich erzählt sie ihm von dem Treffen. Sie lässt sich Zeit und erlebt alles noch einmal.

Sie hatte ihn zufällig auf der Dover Street getroffen. Er kam aus der Königlichen Kunstakademie, und sie hatte im *Art's Club* mit einem Klienten zu Mittag gegessen. Sie waren beide so schockiert, dass sie einen Moment lang schweigend und reglos dastanden. Schließlich streckte sie die Hand aus und zupfte an seinem Ärmel.

»Bist du das *wirklich*?« Es war zum Teil eine Frage, zum Teil Unglauben, und er lächelte, weil er sie vollkommen verstand, und legte die Hand auf ihre.

»Wenn du es bist, dann bin ich es auch«, sagte er. Bei dieser dummen, typischen Jake-Antwort brachen sie beide in Gelächter aus.

Es brach aus ihnen heraus, eine sprudelnde Freude, die sechzehn Jahre lang begraben gewesen war und jetzt von irgendwo tief in ihrem Inneren in die Herbstsonne herausplatzte. Sie hielten einander fest – wenn auch auf Armeslänge, wie es der Anstand befahl – und erkannten doch auf subtile Weise an, wie gefährlich diese unerwartete Begegnung war. Wahrscheinlich warteten beide darauf, dass der andere den ersten Schritt tat, dachte sie.

»Ach, Jake«, sagte sie, »du hast dich kaum verändert. Wie kannst du es wagen, so gut auszusehen? Oh, ich kann es nicht glauben ...«

»Aber du hast dich *wirklich* verändert«, gab er scherzhaft zurück. »Es ist eher mehr an dir als in meiner Erinnerung ...«

»Nicht!«, rief sie. »Schau mich nicht an! Ich bin ein altes Weib geworden.« Aber innerlich stieß sie ein kleines Dankgebet aus, weil sie sich ausgerechnet heute begegnet waren, denn sie hatte sich zum Lunch schick herausgeputzt.

Sein Blick glitt auf die alte, filouhafte Art über sie, und sie spürte, wie lange entbehrte Erregung und Bauchkribbeln sie schwachmachten, als sie sich bei ihm unterhakte. Sie konnte ihm jetzt nicht in die Augen sehen. Zusammen gingen sie in Richtung Piccadilly Circus, und er drückte ihren Arm fest an seine Seite.

»Es steht dir«, murmelte er.

»Was denn?« Sie klang beinahe aggressiv und fühlte sich plötzlich verdrossen, verängstigt vor der Stärke ihrer Gefühle.

»Das mittlere Alter.«

Sie spürte, wie er lautlos lachte und ihre Hand an sich zog, und dann fiel sie ein, und die Anspannung rann buchstäblich aus ihr heraus.

»Gemeiner Kerl!«, sagte sie, jedoch ohne Groll. »Okay, ich habe zugenommen.«

»Aber das ist mein Ernst.« Er löste ihre Hand von seinem Arm und drückte kurz die Lippen darauf. »Du bist wunderschön. Wie rücksichtslos von dir, Kit, immer noch so attraktiv zu sein.«

»Oh, Jake«, sagte sie traurig. »Du hast mir so gefehlt … Wohin gehen wir?«

»Was macht das schon?«, gab er zurück. »Das hier sieht ganz in Ordnung aus.« Er schob sie in ein Café und setzte sie an einen Ecktisch.

Stundenlang – so kam es ihr jedenfalls vor – saßen sie da und sprachen trotzdem nur ganz kurz über die Gegenwart. Er nahm ihre linke Hand und fuhr mit dem Daumen über den Ringfinger.

»Niemand?«, fragte er leise, ohne sie anzusehen, und sie gestand es mit rauer Stimme. Es beschämte sie, dass er immer noch diese Macht über sie hatte, während er sie so vollständig ersetzt hatte … Wie hatte er das fertiggebracht?

»Und du?«, sagte sie widerwillig und verfluchte sich selbst, weil sie wünschte, sie könnte stolz und gleichgültig sein. »Madeleine …?«

»Ach ja.« Er nickte beinahe abwesend und sah immer noch auf ihre miteinander verflochtenen Hände herab. »Madeleine und vier Töchter.«

Ihr Schweigen war von bitteren Erinnerungen erfüllt, deren Brennen sie beinahe auf der Zunge schmecken konnte. Aber als er sie endlich ansah, wurde ihr klar, dass letztendlich nichts davon etwas bedeutete. Er war immer noch Jake – und sie war Kit; die beiden waren zusammen, wie sie es immer gewesen waren, damals in einem anderen Leben, in dem Madeleine und ihre vier Mädchen keinen Platz hatten. Mit diesem einen langen Blick lösten sich die sechzehn Jahre, die vergangen waren, auf und schwebten mit den Rauchwolken, die um sie herumtrieben, davon. Wie schnell die alte Vertrautheit zwischen ihnen wieder da war! Kichernd steckten sie die Köpfe zusammen und tranken unzählige Tassen Kaffee, bis Jake einen Blick auf seine Armbanduhr warf. Kit ergriff sein gebräuntes Handgelenk und legte die Hand darüber.

»Sag nicht, dass du gehen musst!«

»Eine Besprechung«, sagte er. »In der Bank. Ich komme jetzt schon zu spät. Sehen wir uns wieder?«

Die Spannung war wieder da. Misstrauisch beobachteten sie einander, warteten. Keiner von ihnen konnte es ertragen, sich zu verabschieden; keiner wollte der Erste sein, der die Regeln brach.

»Wann fliegst du zurück?« Sie versuchte, die Frage beiläufig klingen zu lassen.

»Madeleine ist mit den Mädchen noch vierzehn Tage in Florenz.« Sie deutete das nicht als Antwort, sondern als Einladung. Er wartete.

»Vielleicht morgen zum Lunch?« Sie musste sich zusammennehmen – schließlich hatte sie ihren Stolz –, aber »Mittagessen« klang noch ehrenwert. Zwei alte Freunde konnten doch wohl zusammen zu Mittag essen, ohne Misstrauen zu erwecken, oder?

»Lunch?« Er lachte. »Warum nicht? Lunch wäre gut. Soll ich dich abholen?«

»Nein«, gab sie schnell zurück – viel zu schnell. »Nein, morgen früh bin ich bei einem Kunden. Wie wäre es mit dem

*Caprice*? Um Viertel vor eins? Und vielleicht können wir morgen Abend zusammen auf eine Party gehen.«

Er zog ihr den Stuhl zurück, half ihr in die Jacke und berührte sie dabei kaum, aber seine Nähe wirkte beunruhigend, erregend auf sie. Kit vermutete, dass jeder darauf warten würde, dass der andere nachgeben würde, und sie fürchtete, dass es nicht Jake sein würde.

Dieses Mal verstummt Kit so lange, dass Mungo schließlich das Wort ergreift.

»Und, habt ihr euch getroffen?«, fragt er.

Sie schüttelt den Kopf. »Dazu ist es nie gekommen. Eine seiner Töchter wurde krank, und er ist nach Paris zurückgeflogen, bevor einer von uns schwach werden konnte.«

»Seid ihr danach in Verbindung geblieben?«

»Ich wollte es, aber er nicht. Ich hätte alles genommen, was er mir angeboten hätte, doch er hat sich geweigert. Nur eine Geburtstagskarte hat er mir jedes Jahr geschickt. Das hat er nie vergessen.«

»Und jetzt«, meint Mungo verschmitzt, »möchte er, nachdem Madeleine tot ist, wieder ein Teil deines Lebens sein, und das kränkt dich ein ganz klein wenig.«

Sie sieht ihn an und beginnt zu lachen. »Genauso ist es. Irrational, was?«

»Aber sehr menschlich. Du willst nicht den Eindruck vermitteln, als hättest du all die Jahre herumgesessen und auf ihn gewartet.« Eine Pause. »Hast du?«

»Niemand konnte es je mit ihm aufnehmen«, antwortet sie betrübt. »Ein- oder zweimal dachte ich, es könnte das Richtige sein.«

»Ja.« Mungo seufzt betont. »Wir alle erinnern uns an diese Momente.«

Sie beginnt zu lachen. »Ich komme mir so blöd vor, Mungo.

Warum kann ich nicht erwachsen und vernünftig sein wie alle anderen?«

»Oh, bitte nicht, Liebes! Mit dir hat man so viel mehr Spaß als mit allen anderen. Jetzt will ich aber alles ganz genau über Jake hören. Nicht nur die Handlung. Ich will Einzelheiten. Du hast immer so ein Geheimnis aus ihm gemacht. Wir brauchen Kaffee und ein richtiges Plauderstündchen.«

Kit fährt wieder an und schaltet einen Gang höher. »Ich liebe ihn immer noch, aber ich will es ihm nicht zu leicht machen. Und außerdem ist es eine große Sache. Es könnte in einer totalen Katastrophe enden. Ich weiß nicht, wie ich anfangen soll.«

»Hast du diesen Brief beantwortet?«

»Noch nicht. Vielleicht darfst du ihn lesen. Nur um sicherzugehen, dass ich nicht mehr hineininterpretiere als da ist.«

»Aber nur, wenn du dir absolut sicher bist. Eins nach dem anderen. Keine Geheimniskrämerei mehr. Ich muss alles über Jake wissen.«

# 4. Kapitel

Das Café ist gut besucht. Eine Wandergruppe besetzt mehrere Tische. In ihren Shorts und Stiefeln wirken sie fröhlich und gesund; sie rufen einander etwas zu, scherzen und lachen. Mungo geht vor, über die Treppe hinunter in die Bar. Hier ist es ruhiger – nur eine Familie, die an einem Ecktisch sitzt –, und er überlässt es Kit, eine Decke auf das Sofa zu legen und Mopsa daraufzusetzen, während er den Kaffee bestellen geht.

Er ist froh darüber, dass er einen Moment Zeit hat, über alles nachzudenken, was Kit ihm erzählt hat. Erstaunt stellt er fest, dass er ziemlich eifersüchtig auf diesen Jake ist, weil er plötzlich in ihrem Leben auftauchen und die Beziehung verändern könnte, die er, Mungo, zu Kit hat. Er betet Kit an – und er möchte, dass sie glücklich ist, natürlich –, aber wie könnte es mit einer dritten Person noch dasselbe sein? Keine vertrauten Abendessen und faulen Vormittage, an denen sie den Tag planen, der vor ihnen liegt. Sie werden sich nicht mehr an einem regnerischen Sonntagnachmittag zusammen aufs Sofa kuscheln und einen alten Film ansehen können. Keine Ausflüge im Auto mehr. Drei sind einer zu viel. Er weiß, dass er die Macht hat, Kits Entschluss zu beeinflussen. Genau wie Izzy früher ist Kit sich in Beziehungen ihrer selbst unsicher, und ihm wird klar, dass er den Fortgang der Sache zu seinen eigenen Gunsten lenken kann. Noch während er da steht und wartet, entwirft er im Kopf den Dialog, der Kit beeinflussen könnte. Schuldbewusst registriert er, wie seine machiavellistischen Neigungen – die ihn, wie er sich ins Gedächtnis ruft, zu einem so guten Regisseur gemacht haben – sich in den Vordergrund schieben, genau wie bei Michael, dem Schrecklichen. Er spürt die alte, prickelnde Aufregung angesichts einer gewaltigen Herausforderung.

Er dreht sich um und mustert den Raum. Sofort nimmt ein Paar, das zusammensteht und redet, seine Aufmerksamkeit gefangen. Vielleicht reagiert ja der Regisseur in ihm sofort auf die beiden, weil er diesen Teil von sich eben schon angesprochen hat. Sie stehen nahe, aber nicht zu nahe zusammen, und er sieht, dass der Mann seinen Drang, das Mädchen zu berühren, kaum bremsen kann. Das ist gutes Theater und etwas, das er gern in Liebesszenen gesehen hat, um die Spannung zu steigern. »Nicht anfassen!«, pflegte er zu rufen. »Zeigt uns, dass ihr es wollt, aber tut es nicht.« Der Mann beugt sich auf die junge Frau zu und redet sehr leise, sehr dringlich auf sie ein, und sie hört mit geschlossenen Augen und fest vor der Brust verschränkten Armen zu. Ihre Körpersprache verrät, dass sie ihm Widerstand leistet – doch nur noch gerade so. Sie ist ein hübsches Mädchen mit dunklem, sehr dunklem Haar, sie trägt Jeansshorts und ein Neckholder-Top. Auch er ist attraktiv. In seinen abgewetzten Jeans und seinem Baumwollshirt wirkt er schlank und muskulös. Er ist allerdings sehr tief gebräunt.

Fasziniert beobachtet Mungo die beiden. Kein Liebespaar, denkt er. Noch nicht. Aber sie wollen es. Sein Blick huscht zu dem Tisch neben ihnen. In einem Tragesitz schläft ein Baby. Das rosige Gesicht der Kleinen wirkt friedlich. Ihre Hände sind gespreizt wie ein Seestern, und auf ihrer Brust liegt ein weiches Spielzeug, eine rosa Plüschkatze. Am Tisch sitzt ein Junge und trinkt mit einem Strohhalm einen Milchshake. Er ist vielleicht vier oder fünf Jahre alt, sein Gesicht wirkt sehr ernst, und unter dem Tisch baumelt er mit den Beinen, die er an den Knöcheln übereinandergeschlagen hat. Der Mann und die Frau stehen knapp hinter ihm, aber der kleine Junge bemerkt sie nicht; er beobachtet Kit.

Mungo bestellt Kaffee – Americano – und lässt sich neben Kit auf dem langen Ledersofa nieder. Sie sitzt da, ohne etwas Spezielles anzusehen, und er bemerkt, dass ihre Gedanken sich alle nach innen richten; sie denkt immer noch über Jake nach. Er vergeht vor Neugierde, mehr über diesen Mann zu erfahren, über den sie nie richtig reden wollte: diesen Jake, der die Liebe ihres Lebens war, sie aber verlassen hat. Sogar Izzy konnte Kit nie dazu bringen, viel von Jake zu sprechen. Es ist, als bedeutete er ihr immer noch so viel, dass sie nicht auf einer oberflächlichen Ebene über ihn reden kann. Mungo versetzt ihr einen kleinen, freundschaftlichen Rippenstoß.

»Na, dann fang mal an!«, sagt er. »An die neuen Leser: Hier anfangen! Erzähl mir von Jake!«


Joe trinkt seinen Milchshake langsam und genüsslich, um lange etwas davon zu haben. Er war verblüfft, die Dame von der Straße, die wie eine Hexe oder Prinzessin aussah, mit ihrem kleinen Hund hereinkommen zu sehen. Mit ihren Jeans und dem langen, weiten Hemd sieht sie nicht mehr wie eine Hexe oder eine Prinzessin aus, doch er weiß, dass es dieselbe Dame und derselbe Hund sind. Der Hund sieht ziemlich zottig aus und hat große, dunkle, runde Augen, und er beobachtet, wie er auf eine Decke auf dem Sofa gesetzt wird, wo er sich dreht und dreht, als baute er sich ein Nest, und dann hinlegt. Joe fragt sich, wie der Hund wohl heißt, und sieht wieder die Dame an, die zu träumen scheint und nichts bemerkt, sondern nur dasitzt, den Hund streichelt und ins Leere starrt.

Er blickt zu Mummy auf, die sich von Marcus verabschiedet, Daddys Freund. Er war auch auf den Haytor gewandert.

Mummy hatte sich Dora in einer Schlinge auf den Rücken gesetzt, und sie sind bis nach oben gelaufen, wo man kilometerweit sehen konnte. Er kletterte gerade über die Felsen, als Mummy etwas rief. »Oh, sieh mal! Da ist ja Marcus!« Sie stieg ein Stück hinunter, ihm entgegen, und sie standen zusammen und redeten.

»Schaut mich an!«, schrie Joe dann, und sie drehten sich um und winkten ihm zu, der auf dem Felsbrocken stand.

»Gut gemacht«, lobte Marcus ihn, und er balancierte erfreut und stolz auf dem hohen Felsen.

Danach gingen sie alle zusammen hinunter zum Parkplatz. »Wie wäre es mit etwas schön Kaltem zum Trinken?«, sagte Marcus. »Ich wette, ein Milchshake tut nach dieser Kletterpartie gut.« Also waren sie in dieses Café gegangen. Dora schlief, aber Marcus gab ihm einen Milchshake aus und erzählte ihm von dem Zoo in Sparkwell, wo es einen Löwen und einen Bären gab.

»Vielleicht sollten wir hinfahren?«, schlug Mummy vor. Sie strahlte und war ganz lebhaft und aufgeregt über die Idee, in den Zoo zu gehen. »Dora würde sicher gern den Bären sehen.«

»Ich auch«, sagte er sofort. »Ich möchte den Bären sehen.«

Dann, als Marcus meinte, er müsse gehen, und aufstand, stand Mummy auch ganz schnell auf.

»Ach, übrigens ...«, sagte sie, und die beiden traten ein Stückchen beiseite und begannen, sich zu unterhalten, aber er konnte nicht verstehen, was sie sagten, und in diesem Moment kamen die Dame und der Hund herein.

Jetzt streckt er die Hand aus und zupft an Mummys Shirt, und sie dreht sich schnell um und lächelt ihm zu. Aber sie scheint ihn nicht wirklich zu sehen, und als sie sich erneut zu Marcus umwendet, hat er wieder dieses komische Gefühl, das er schon kennt. Also ruckelt er an Doras Tragesitz, und sie wacht auf und fängt an zu quengeln, und Mummy verabschiedet sich von Marcus und kommt eilig, um sie zu beruhigen.

»Ich hatte Marcus gerade gefragt, ob er Lust hat, mit uns in den Zoo zu gehen«, sagt Mummy. »Das wäre dir doch auch recht, oder, Joe? Da hättest du mehr Spaß.«

Er weiß nicht so recht, was er antworten soll, weil er vielleicht wirklich mehr Spaß hätte. Er könnte dort mit Marcus mehr unternehmen, so als wäre Daddy zu Hause. Gleichzeitig jedoch hat er das Gefühl, dass etwas nicht stimmt.

»Ich weiß nicht.« Er zieht eine etwas mürrische und etwas traurige Miene, weil Mummy dann immer eher bereit ist zu tun, was er will.

Aber jetzt schaut sie auch ein wenig beleidigt und betrübt drein. »Na ja, wir werden sehen«, gibt sie ziemlich ärgerlich zu.

»Es wäre schön, wenn Marcus mitkommt«, sagt er deshalb, und sie strahlt ihn an, als wäre sie wieder richtig glücklich, und er fühlt sich besser. Er möchte nicht mehr über Marcus und den Zoo reden.

»Die Dame da drüben habe ich heute Morgen auf der Straße mit ihrem kleinen Hund gesehen. Ich dachte, sie wäre eine Hexe oder eine Prinzessin …«

Schnell dreht Mummy sich um und sieht die Frau an, und sie wirkt beinahe, als hätte sie Angst.

»Was ist?«, fragt er nervös. »Sie ist doch nicht wirklich eine Hexe, oder?«

»Nein, natürlich nicht«, sagt Mummy. »Ich hatte mich nur gefragt, wer sie wohl ist, wenn sie das wirklich war auf der Straße.«

»Sie war es«, beharrt er. »Es war noch früh, und sie hat etwas getrunken.«

»Wir fahren jetzt lieber nach Hause.« Mummy sucht ihre Sachen zusammen und hebt Dora hoch, doch sie dreht der Dame den Rücken zu und sieht sie nicht noch einmal an.

Mungo sieht ihnen nach. Obwohl er fasziniert von dem Bild von Jake ist, das Kit zeichnet, hat er die kleine Gruppe im Blick behalten. Er sieht, wie der Mann geht, wie der kleine Junge auf Kit zeigt, und dann den schnellen, ängstlichen Blick, den die Frau ihnen zuwirft. Er archiviert diese Details zur späteren Verwendung, während er Kit zuhört und herauszufinden versucht, was sie wirklich will. Will sie Jake tatsächlich zurück, mit all dem Aufruhr, den das mit sich brächte, oder will sie einfach nur über diese Möglichkeit reden, ohne dass sie wirklich beabsichtigt, aktiv zu werden? Interessant ist, dass ihre erste Reaktion auf den Brief war, dass sie geflüchtet ist.

»Du solltest den Brief lieber lesen«, sagt Kit gerade, »nur für den Fall, dass ich ihn vollkommen falsch verstehe.«

»Ist das denn wahrscheinlich?«, fragt er. »Ich lese ihn gern, solange es dir nachher nicht leidtut. Das ist so persönlich, nicht wahr?«

Unwillkürlich muss er an Izzy denken. Izzy ist nie wirklich über Ralph hinweggekommen, genau, wie es Kit mit Jake ergangen ist. Sie war von einer katastrophalen Affäre in die nächste gestolpert, immer auf der Suche nach dem Einen, der vielleicht Ralphs Platz einnehmen könnte, der sie davontragen würde, um in alle Ewigkeit glücklich zu sein. Mungo hatte über sie gewacht, sie beschützt, ihre Karriere gefördert, sodass das Publikum, das sie anbetete, nie die Wahrheit über das Ganze erfuhr. Heutzutage würde er damit nicht mehr durchkommen, nicht angesichts der modernen Medien. Aber damals hatte er zu den ganz Großen gehört und hatte Beziehungen spielen lassen und die richtigen Leute auf seine Seite ziehen können. Und außerdem liebten alle Izzy; sie gehörte zu den ersten »Nationalheiligtümern«. Es war, als hätte man eine Verschwörung wie ein großes Netz ausgeworfen, um sie vor sich selbst zu retten, der letzten Romantikerin. Er weiß noch, wie er hinter den Kulissen stand, zuhörte, wie sie *Send in the Clowns* sang, und ihm die Tränen über die Wangen gelaufen waren.

»Verlass mich niemals, Liebling!«, pflegte sie zu ihm zu sagen. »Ich kann mir nicht einmal vorstellen, wie ich ohne dich zurechtkommen sollte.«

Sie begann, zu viel zu trinken, und ihre Arbeit litt darunter, und selbst da noch versuchte er, sie zu schützen; er brachte sie in kleinen, überschaubaren, aber sehr wichtigen Gastrollen unter, begleitete sie in der Öffentlichkeit und sorgte dafür, dass sie die richtige ärztliche Behandlung bekam. Als Ralph sie verließ, war das der erste Schritt auf dem Weg nach unten gewesen; zuerst Ralph, und dann hatte sie im Verborgenen, unter Qualen und viel zu früh sein Kind zur Welt gebracht, eine Totgeburt. Das Kind hatte ein Schritt zur Versöhnung sein und Ralph wieder zu ihr zurückbringen sollen.

»Jemand muss doch wissen, wo er steckt«, pflegte sie zu sagen. »Er kann sich ja nicht ewig verstecken.« Mungo schwieg dann, versuchte, sie immer noch zu schützen, und überlegte, ob er als letzten Ausweg das Kind öffentlich als seines anerkennen sollte. Das hätte niemand überrascht – das Publikum, das sie beide verehrte, wäre sogar entzückt gewesen –, und ein Teil von ihm sehnte sich auch nach einem Kind von Ralph. Unterdessen musste die Schwangerschaft ein Geheimnis bleiben, doch ach, das hatte Kummer und Tränen gekostet. Und dann erlitt Izzy früh an einem Morgen im April, als sie ganz allein in ihrer Londoner Wohnung war, eine Fehlgeburt. Sie hatte schon einen Namen für das Kind gehabt, Simon. Ralphs zweiter Vorname.

Danach beobachtete sie andere Mütter und ihre Babys so sehnsüchtig, so eindringlich, dass Mungo um ihren Verstand fürchtete. Er überredete sie, mit einem anderen Schauspielerfreund zu einem Kurzurlaub nach Venedig zu fahren, und erweckte nach und nach ihr Interesse an einer neuen Produktion von Sheridans *The Rivals*. Er glaubte daran, dass Izzy sich als Lydia Languish gut schlagen würde, und ermunterte sie, für die Rolle vorzusprechen. Langsam erholte sie sich, kam wieder zu Kräften, aber sie vergaß Simon nie. »Jetzt wäre er zwei ... fünf ... käme in die Schule ...« Sie überlegte, ob er wie Ralph ausgesehen hätte, und hoffte immer noch, dieser werde eines Tages zurückkehren. Es kostete Mungo viel Geduld, ihr beizustehen und sie zu stabilisieren, doch bald wurde klar, dass ihre unter Verschluss gehaltenen Gefühle für Ralph und ihre ins Leere laufende Mutterliebe zu seinem Kind in ihre Arbeit einzufließen begannen und sie mit einem Hauch von Genie erfüllten.

Mühsam reißt Mungo sich los und wendet seine Aufmerksamkeit wieder Kit zu.

»Ich will nur nicht, dass die Leute die Augen verdrehen und denken ›nicht schon wieder‹ oder so etwas«, sagt sie gerade. »Ich höre jetzt schon, was mein lieber Bruder zu dem Thema beizutragen hätte, obwohl er Jake damals sehr gern mochte. Ich möchte Zeit, um richtig darüber nachzudenken. Diese Sache muss unter uns bleiben, Mungo. Ich brauche Luft zum Atmen.«

Er nickt. »Gut. Dann ist das abgemacht. Jake weiß also gar nicht, wo du steckst?«

Sie schüttelt den Kopf. »Keine Ahnung. Soweit er weiß, könnte ich auch im Ausland in Urlaub sein. Er kann ja nicht einmal sicher sein, ob ich den Brief überhaupt schon bekommen habe.«

»Wenn du willst, lese ich ihn, Liebes.«

»Aber nicht hier.« Sie greift nach der Tasse und trinkt ihren Kaffee. »Ich komme mir ganz komisch vor, nachdem ich so über Jake geredet habe. Merkwürdig, wie man sich an Dinge erinnert, an die man jahrelang nicht gedacht hat.«

»Ja«, sagt er bedrückt, denn seine Gedanken gelten immer noch Izzy. Sie war ihm plötzlich entglitten, leicht wie ein Atemzug, gerade noch hier und dann fort. Zuerst Ralph, dann das Kind und dann Izzy. Er hatte sie alle verloren.

»Sollen wir einen kleinen Spaziergang mit Mopsa unternehmen?«, fragt Kit. »Meinst du, sie schafft es den Hügel hinauf?«

»*Sie* vielleicht, Liebes, aber ich bin mir nicht sicher, ob ich es schaffe. Es ist sehr heiß da draußen.«

Seine Stimmung verbessert sich ein wenig; Kit bringt es immer fertig, ihn aufzuheitern. Draußen schaut er sich um, doch von der kleinen Familie ist nichts mehr zu sehen. Merkwürdig, dass sie seine Fantasie so beflügelt haben: der junge Mann mit dem drängenden Blick, der kleine Junge, der auf Kit gezeigt hat, und das hastige, besorgte Zurückziehen der jungen Frau. Er brennt darauf, ihre Geschichte zu erfahren oder sich eine für sie auszudenken, aber Mopsa zerrt an der Leine und kann es nicht abwarten, auf dem Moor frei zu laufen. Kit nimmt seinen Arm, und zusammen brechen sie in den strahlenden Sonnenschein auf.

# 5. Kapitel

Es ist ein warmer, ruhiger Abend. Der Geruch des gemähten Grases liegt in der Luft und mischt sich mit dem Duft von Geißblatt und Mädesüß. Die Mondsichel, die am blassen Himmel gerade eben zu erkennen ist, liegt auf dem Rücken, als wäre sie von einem Windstoß umgeweht worden. Schwalben schießen in die Scheune hinein und wieder heraus, wo ihre Jungen gierig auf das Futter warten, das sie in ihren Schnäbeln bringen, um stark zu werden für die lange Reise, die vor ihnen liegt.

Camilla, die auf der Veranda vor der Küchentür den Tisch deckt, hält inne, um sie zu beobachten. Die Schwalben werden ihr fehlen, wenn sie wegziehen, obwohl sie ihre Wäsche schmutzig machen. Sie mag es, wie die Jungen, die früher geschlüpft sind, mithelfen, diese letzten Nestlinge zu füttern; eine Familie, die zusammenarbeitet. Ihre Söhne und deren Familien waren während des Sommers hier, getrennt oder sich überschneidend, einzeln oder in Gruppen. Der Sommer war voller Besuch – und sie liebt das. Sie liebt es, für sie alle zu kochen, sie zu hegen und zu pflegen und zu unterhalten. Jetzt vermisst sie alle, genau wie ihr die Schwalben fehlen werden. Je älter die Enkelkinder werden, je geschäftiger ihr Leben wird, desto mehr eigene Freunde haben sie, und die Besuche im Tal sind nichts Besonderes mehr wie früher. Sie wachsen aus dem Spielzeug heraus und verlangen nach anspruchsvollerer Unterhaltung, doch wenigstens segeln die zwei ältesten Cousins, Ollie und Luke, gern; Annabel liebt es zu kochen, und Lucy kann auf ihrer Flöte üben, ohne dass sich Nachbarn beschweren.

Camilla zündet die Kerzen in ihren hübsch bemalten Glasschalen an. Diese Veranda mit ihrem Schieferboden, den kannelierten Steinsäulen und dem Glasdach ist perfekt, um an einem Sommerabend Gäste zu bewirten. Von hier aus sieht man über die leicht abfallende Wiese zum Horse Brook hinaus, dessen Wasser zwischen den Bäumen glitzert. Im Sommer hält sich Camilla am liebsten hier auf. Sogar wenn es regnet, sitzt sie auf der Veranda und schmiedet Pläne: Menüs, Blumenzwiebeln für den Frühling oder ein Geschenk für ein Enkelkind.

Die Kerzen werfen ihren flackernden Schein, und es wird langsam dunkel; der Mond im Osten scheint heller. Kurz wenden sich Camillas Gedanken ihrem Abendessen zu: eine Quiche mit getrockneten Tomaten, Basilikum und Parmesan, Rote-Beete-Salat mit Rucola als Farbtupfer, mit Honig glasierter gebackener Schinken. Im Kühlschrank stehen eine Flasche Pimm's-Likör, mehrere Flaschen Rosé und Schalen mit Himbeeren und Baisers.

Sie hört Stimmen. Mungo und Kit stehen mit Archie in der Diele. Der große, schlanke, elegante Archie hat sich gebückt, um Kit zu umarmen, die sich dazu auf die Zehenspitzen stellen muss, und Camilla lächelt bei ihrem Anblick. Wie unterschiedlich Mungo und Archie in fast jeder Hinsicht sind, die man sich denken kann! Der ernste, verantwortungsvolle Archie, der gleich nach der Universität begonnen hatte, in der Kanzlei seines Vaters in Exeter zu arbeiten, und der fantasievolle, emotionale Mungo, der die Missbilligung seiner Eltern riskiert und jede Sicherheit aufs Spiel gesetzt hat, um seinem Stern zu folgen. Sie mag Mungos schwule Freunde und seine Freundinnen, und weil er nie etwas allzu lange ernst nimmt, ist ihre Beziehung zu ihm niemals angespannt gewesen. Strahlend sieht er sie an und breitet die Arme aus, um sie an sich zu ziehen.

»Sitzen wir auf der Veranda, Millie?«, fragt er. »Oh, gut. Ein perfekter Abend dafür.«

»Kommt, lasst uns etwas trinken!«, sagt sie. »Wie geht's dir, Kit?«

Sie spürt, dass die gemeinsame Freundin ein wenig gestresst ist, ein bisschen angespannt.

»Es ist großartig, hier zu sein«, erklärt Kit und küsst sie. »London ist ein Glutofen.«

Camilla nimmt den Pimm's aus dem Kühlschrank. »Ich hoffe, du musst nicht gleich wieder zurück?«

Kit schüttelt den Kopf. »Momentan arbeite ich praktisch nur in Teilzeit, und außerdem ist ohnehin alles zum Stillstand gekommen. Die Leute fahren alle weg und hoffen, dass die Hitze noch bis zum Bankfeiertag anhält. Diese Hitzewelle so spät im Jahr hat alle überrascht. Also, was gibt's Neues? Was macht die Familie?«

Camilla gießt ihr ein Glas von dem Kräuterlikör ein. »Sie waren alle in den Ferien hier, und es war wunderbar. Ich finde es nur traurig, dass die Kinder so schnell groß werden. Ich liebe es so sehr, wenn sie klein sind. Wir haben das Cottage für eine begrenzte Zeit an eine nette Familie vermietet, hat Mungo dir davon erzählt? Dabei hat er sie noch gar nicht kennengelernt. Emma ist die Tochter einer Freundin von mir, und ihr Mann ist Sanitätsoffizier bei den Royal Marines. Er ist gerade für drei Monate zurück nach Afghanistan gegangen. Sie hat zwei kleine Kinder, und das macht mir großen Spaß. Ich hatte daran gedacht, sie zum Abendessen einzuladen, aber Archie war nicht allzu begeistert davon. Ich glaube, er wollte dich ganz für sich haben.«

Kit wirft Archie einen liebevollen Blick zu. »Der Gute«, sagt sie und bückt sich dann, um die Hunde zu begrüßen, die ihr entgegenlaufen und begeistert mit dem Schwanz wedeln. Sie lieben Kit heiß und innig. Nun lecken sie ihr die Ohren ab, und sie lacht hilflos und schlingt jedem von ihnen einen Arm um den Hals. Camilla betrachtet sie amüsiert und kann verstehen, warum Mungo sie so gern mag. Kit strahlt etwas so wunderbar Unkompliziertes aus – ganz anders als Izzy. Die arme, launenhafte, unsichere Izzy.

Sie hilft Kit auf, schiebt die Hunde weg und reicht ihr das Glas. »Lass uns etwas trinken!«, sagt sie und geht nach draußen vor, auf die Veranda.

Kit bleibt stehen, um genüsslich an ihrem Drink zu nippen. Sie ist dabei, dem vertrauten Zauber zu erliegen, den es für sie bedeutet, umsorgt zu werden. Ihr Arbeitsleben hat schon immer daraus bestanden, reiche Paare bei der Ausstattung ihrer neuen, leeren Penthouse-Wohnungen zu beraten, eine hübsche Lampe oder einen Esstisch auszusuchen, Material zu beschaffen, Küchen einzurichten; und es ist einfach himmlisch, gelegentlich andere die Verantwortung übernehmen zu lassen. Das war natürlich auch der Grund, aus dem sie Michael so verlockend fand. Er war so verantwortungsbewusst, so erwachsen. Sie konnte sich eine Zukunft vorstellen, in der sie ihre Sorgen und Probleme teilen würden; vielleicht würde er sogar ihre auf seine breiten Schultern nehmen, sodass sie sie los war. Durch seine Größe und sein ziemlich zottiges Haar vermittelte er den Eindruck eines großen Tiers, eines Bären vielleicht oder eines riesigen Hundes. Sie hatte sich immer mit der Schönen identifizieren lassen, die sich in das Biest verliebt, und eine Zeit lang war sie blind für Michaels engstirnige Ansichten und seinen vollkommenen Konformismus gewesen. Nach den Jahren der Freundschaft mit unkonventionellen Menschen war Michael etwas Neues gewesen. Sie hielt ihn für verlässlich, wo er nur eigensinnig war, und für vernünftig, wo er einfach nur stur war. Sogar Hal hatte ziemlich besorgte Bemerkungen über Michaels

Behäbigkeit und seine Ichbezogenheit gemacht, obwohl es für ihn gesprochen hatte, dass sie zusammen bei der Marine gewesen waren.

»Ich dachte, ihr wäret alle dafür«, sagte sie später zu Mungo. »Ich habe uns schon wie Camilla und Archie gesehen.«

»Michael ist völlig anders als Archie«, gab Mungo sofort zurück. »Michael ist ein bigotter Kontrollfreak, der nur zufällig wie ein ziemlich netter Hund aussieht. Und du bist nicht Camilla. Um Himmels willen, Liebes, komm endlich zu dir!«

Liebe ist schon merkwürdig, denkt Kit. Wie ein Virus, den man sich einfängt, wenn es einem ohnehin schon schlecht geht. Vielleicht habe ich gedacht, er sei meine letzte Chance auf eine Beziehung. Man stelle sich vor, ich wäre jetzt mit Michael verheiratet und hätte Jakes Brief bekommen!

Die Vorstellung rüttelt sie ein wenig auf. Wie schnell Michaels sämtliche scheinbaren Tugenden im Vergleich zu Jakes Persönlichkeit zu Staub zerfallen wären! Kit versucht, sich die beiden zusammen vorzustellen, scheitert aber restlos.

Sie überlegt, ob sie Camilla von ihrem Zwiespalt erzählen soll, von Jake. Camilla wäre fasziniert, sogar bezaubert von der Aussicht auf Romantik, doch sie würde schnell wieder praktisch werden und sie davor warnen, sich gleich zu binden. Und gerade jetzt möchte Kit die Frage nicht auf diese Art zur Diskussion stellen. Camilla wird ein rationales Gespräch führen wollen, Fakten von ihr hören, die zu einer Entscheidung führen. Sie wird sie nach dem Brief fragen, wissen wollen, was genau Jake vorschlägt, und das wäre ohne den Hintergrund der Vergangenheit schwer zu erklären. Der kurze, aber aussagekräftige Brief steht Kit wieder vor Augen.

Kit, meine Liebe, es ist fast unmöglich, diesen Brief zu schreiben. Ich denke seit mehreren Monaten darüber nach,

und ich weiß jetzt, dass jeder Versuch einer Erklärung oder Rechtfertigung entweder dir oder Madeleine gegenüber treulos wäre. Wir wissen beide, was passiert ist und warum. Belassen wir es dabei.
Madeleine ist Anfang des Jahres an Krebs gestorben. Sie war seit längerer Zeit krank. Ihr Tod hat mich dazu gebracht, das Leben noch stärker wertzuschätzen, und wenn ich jetzt beginne, wieder nach vorn zu schauen, hoffe ich, dass du vielleicht ein Teil dieser Zukunft sein kannst. Durch unsere alljährlichen Geburtstagskarten weiß ich, dass du nicht verheiratet bist, doch es mag andere Komplikationen geben, von denen ich nichts weiß. Wäre es möglich, dass wir uns treffen? Zu behaupten, nichts hätte sich verändert, wäre abgedroschen, sogar billig. Aber auf einer sehr tiefen Ebene kommt mir unsere Liebe doch unverändert vor. Ist das möglich? Hilf mir, Kit! Ich bin Banker und kein Dichter, und wenn ich weiterschreibe, mache ich mich noch zum Narren. Ich muss dich sehen, muss deinen Gesichtsausdruck sehen, wenn ich diese Dinge ausspreche. Ich kann mit Worten nicht ausdrücken, was mir das bedeuten würde.
In Liebe,
Jake.

Nostalgisch denkt Kit an ihre gemeinsame Vergangenheit; sie hat Sehnsucht nach ihm. Sie nimmt ihr Glas und trinkt noch einen Schluck, um sich wieder zu fangen. Archie taucht neben ihr auf.
»Komm und sieh dir den Mond an!«, sagt er.
Auf der Veranda tritt sie in eine magische Welt: Kerzenschein, Mondschein und Sterne. Schwarze Fledermäuse schießen unter dem Dachvorsprung herum, blasse Falter trudeln und flattern um die knisternden Kerzenflammen, und unten

im Wald ruft eine Eule. Plötzlich ist Kit von Neid auf Camilla erfüllt, die ihr Leben zusammen mit Archie, ihren Kindern und ihrem Garten in dieser Beschaulichkeit verbracht, Leben geschenkt und es genährt hat. Sie denkt an Jake und Madeleine und ihre vier kleinen Töchter und fragt sich, wie ihr Leben mit ihm hätte aussehen können, wenn sie nicht so zögerlich gewesen wäre.

»Ich möchte Camilla sein«, hat Izzy einmal zu ihr gesagt. »Sie ist so ... unkompliziert, und sie schafft so viel. Sie ist so praktisch und selbstsicher. Sie hätte bestimmt keine Panikattacke, weil sie nicht weiß, was sie zu einer Party anziehen soll, oder sich nicht entscheiden kann, was sie zum Abendessen einkaufen soll. Ich glaube, sie mag mich nicht besonders, doch sie würde das niemals zeigen.«

Kit widersprach nicht, sagte nicht, dass Camilla sie *natürlich* mochte; sie kannte Izzy zu gut, um mit leeren, automatischen Antworten auf ihre leisen Schmerzensschreie zu reagieren. Izzy verbarg ihre Angst und Verzweiflung so gut, dass selbst Menschen, die ihr nahestanden, nie geahnt hätten, wie tief sie abstürzen konnte.

»Und der liebe alte Archie ist so ein Schatz«, setzte Izzy wehmütig hinzu. »Stell dir vor, wie es wäre, einen Archie zu haben!«

»Wir beide würden ihn innerhalb von vierundzwanzig Stunden in den Wahnsinn treiben«, gab Kit zurück. »Er ist so vernünftig und normal und verantwortungsbewusst. Wir müssen dankbar dafür sein, Mungo zu haben.«

»Oh, das bin ich, ich schwöre«, versetzte Izzy heftig. »Er rettet mir immer wieder das Leben. Na ja, wahrscheinlich ist es mein Leben. Vielleicht auch das von jemand anderem. Das Problem ist, ich habe so viele Rollen gespielt, dass ich nicht mehr weiß, wer ich bin. Ich bin mir nicht sicher, ob ich es je gewusst habe. Ich höre mich selbst reden und frage mich, ob andere merken, dass eigentlich niemand zu Hause ist.«

»Würdest du wirklich deinen Ruhm und Erfolg für das Leben in einem kleinen Dorf aufgeben und Kinder großziehen …?«

»Nein«, antwortete Izzy betrübt. »Nicht als ich selbst. Nicht als Izzy. Die Verantwortung würde mich panisch machen, und ich würde alles verderben. Deswegen möchte ich Camilla sein. Wirklich *sie* sein. Mit diesem angeborenen Selbstwertgefühl. Diesen süßen Babys und Archie an ihrer Seite wie ein Fels.«

»Und mit den Hunden«, sagte Kit und versuchte, einen leichten Ton zu wahren. »Behalte du die Babys. Ich nehme die Hunde.«

Archie lächelt ihr zu und füllt ihr Glas nach.

»Ich hoffe, du begleitest mich morgen zum Segeln«, meint er. »Sinnlos, diese beiden zu fragen, aber ich dachte, wir beide könnten eine gemütliche Fahrt auf dem Fluss unternehmen. Ein Picknick einpacken.«

»Sehr gern«, antwortet Kit schnell. »Ja, bitte. Wenn das in Ordnung ist?«

Sie sieht Camilla an, dann Mungo.

Camilla schüttelt den Kopf. »Mir ist es zu heiß, und ich kann das Glitzern auf dem Wasser nicht vertragen. Und Mungo anzusehen nützt gar nichts. Du weißt doch, dass er schon in der Badewanne seekrank wird. Es wird schön für Archie sein, Gesellschaft zu haben.«

»Ich koche dafür das Abendessen«, erbietet sich Mungo. »Und was habt ihr noch über eine neue Mieterin im Cottage gesagt? Ich muss mich bei ihr vorstellen. Wie kommt eigentlich James' Roman voran? Seht ihr ihn oft? Er wirkt ein wenig unsicher. Und er glaubt, wir reden alle über ihn.«

»Das tun wir ja auch gerade«, betont Archie.

»Du weißt doch, was ich meine.«

»Ich weiß genau, was du meinst«, pflichtet Camilla ihm bei. »Wenn ich mich mit ihm unterhalte, ist es, als könnte er gar nicht abwarten, darauf hinzuweisen, dass er Schriftsteller ist. Merkwürdig, doch er kann fast jedes Thema in diese Richtung drehen.«

»Armer James!«, meint Mungo. »Wahrscheinlich sind Schriftsteller genauso schlimm wie wir Schauspieler. Unsicher. Brauchen Liebe und Bestätigung. Liegt am kreativen Geist. Oder wir sind als Kinder nicht genug geliebt worden.«

»Ach, um Gottes willen, jetzt fang nicht damit an!«, ruft Archie. »Du bist genauso geliebt worden wie ich, und ich habe nicht das Bedürfnis danach, dass mich jeder liebt.«

»Ja, aber du hast die wunderbare Millie und eure Kinder ...«

»Hört bloß auf!«, sagt Camilla, belustigt über diesen vertrauten Dialog. »Die Frage ist jedenfalls, ob wir eine kleine Party ausrichten und Emma und James dazu einladen sollen. Ob das funktionieren würde? Ich sehe nichts, was dagegenspricht ...«

Kit setzt sich an den Tisch, nimmt eine Olive und lauscht dem Gespräch. Sie denkt an Jake und versucht, ihn sich hier unter diesen besonderen Freunden vorzustellen, und eine Mischung aus Aufregung und Grauen ballt sich in ihrer Magengrube zusammen. Camilla geht ins Haus und murmelt etwas über das Abendessen, und die Brüder stehen zusammen und reden. Kit beobachtet sie, den hochgewachsenen, hageren Archie und den kleinen, muskulösen Mungo. Ihre Panik weicht, und sie atmet tief ein. Bozzy und Sam schieben sich heran, wetteifern um eine Streicheleinheit von ihr, stoßen ihr Knie an. Sie beugt sich vor, um beide zu umarmen. Wie immer macht die anspruchslose Gesellschaft und unkritische Zuneigung der beiden sie glücklich.

Wenn Jake ein Hund gewesen wäre, hätte ich kein Problem gehabt, denkt sie – und lacht kurz auf, was sie kaschiert, indem sie hastig das Gesicht an Sams warmem Hals vergräbt.

Dann umfangen sie die Ruhe und der Mondschein; in diesem kurzen Moment kann sie Frieden finden.

# 6. Kapitel

Joe ist noch wach. Er liegt in seinem schmalen Bett und sieht zum Mond auf, der sich langsam in die Ecke seines Dachfensters schiebt. Vorhin, während Mummy Tee gemacht hat, hat Daddy aus Afghanistan angerufen, und Joe hat ihm alles über die Wanderung auf den Haytor erzählt, wie er auf die Felsen geklettert ist und dann mit Marcus einen Milchshake getrunken hat.

»Marcus?«, hatte Daddy ziemlich scharf gefragt. »Was hatte der denn dort zu suchen?« Und Joe erklärte, dass Marcus auch einen Spaziergang unternommen hatte und dass sie alle zusammen in den Zoo gehen würden. Die ganze Zeit sah Mummy nervös aus, sie runzelte die Stirn und biss sich auf die Lippen, als wollte sie nicht, dass er Daddy davon erzählte. Dann hatte er ihr das Telefon zurückgegeben, war ins Wohnzimmer gelaufen und hatte den Fernseher eingeschaltet, obwohl er immer noch hören konnte, wie Mummy das mit Marcus erklärte. Sie redete sehr schnell und lachte viel.

» ... Keine Ahnung. Ich dachte auch, er wäre im Einsatz. Er sagte, er nehme an einem Kurs in Gebirgskriegsführung in Lympstone teil, um anschließend nach Kalifornien zu gehen ... Erstaunlich, oder, dass er an seinem freien Tag dort war ... Nein, er sagte, er sei gerade den Tor hinaufgestiegen ... Ja, nur ins *Café Dandelion* auf einen Kaffee ... Na ja, er hat vom Zoo gesprochen, und Joe war ganz aufgeregt und fand, es wäre nett, wenn Marcus auch mitkommen könnte ... Ach, red doch keinen Unsinn, Liebling ...«

An diesem Punkt schloss sie die Küchentür, sodass Joe nichts mehr hörte, doch als Mummy Dora und ihm den Imbiss gab, war sie sehr ruhig, beinahe böse.

»Will Daddy nicht, dass wir mit Marcus in den Zoo gehen?«, wollte er nervös wissen. »Schließlich hast du ihn doch gefragt, ob er mitkommen will, und nicht ich.«

»Natürlich hat Daddy nichts dagegen«, antwortete sie ungeduldig. »Warum sollte er? Er war nur erstaunt, nichts weiter. Er dachte, Marcus sei in Norwegen.«

»Du hast gesagt, er redet Unsinn. Was hat er denn gesagt?«

Stirnrunzelnd sah sie ihn an. »Ich habe gesagt, er redet Unsinn? Ach, jetzt weiß ich, was du meinst. Nein, das war nur ein Witz, weil Daddy meinte, dass er auch mit in den Zoo will und dazu den weiten Weg aus Afghanistan kommen möchte ...«

Sie redete weiter, gab Erklärungen ab, aber Joe hörte nicht zu. Er dachte an Daddy, der weit weg war und gern mit in den Zoo gegangen wäre, und das machte ihn sehr traurig.

Als er jetzt hier liegt und zusieht, wie der Mond am Himmel vor seinem Fenster höher steigt, ist Joe immer noch traurig. Schwarze Schatten liegen wie Balken über dem Teppich und dem Bettbezug mit Thomas, der kleinen Lokomotive. Er fragt sich, ob Daddy in Afghanistan auch gerade den Mond ansieht, und er hat das Gefühl, vielleicht weinen zu müssen. Er huscht aus dem Bett, macht die Tür weiter auf und stellt sich auf den kleinen oberen Treppenabsatz. Der Fernseher plärrt, aber dann hört er auch Mummys Stimme. Sie ist unten in der Diele, und er sieht, wie sie ein ums andere Mal in sein Blickfeld tritt und es wieder verlässt. Sie hat die Hand ans Ohr gelegt und den Kopf gebeugt; sie telefoniert mit ihrem Handy. Weil sie hin und her läuft, kann er nicht alles verstehen, doch sie scheint zu protestieren.

»Nein«, sagt sie, »nein, das geht nicht. Es ist viel zu spät«, aber ihre Stimme klingt sanft, ganz ähnlich wie die besondere

Stimme, mit der sie mit Daddy spricht. Jetzt weiß Joe, dass doch alles gut ist, und sein Herz fühlt sich getröstet.

Er geht wieder in sein Zimmer und schiebt die Tür fast zu, lässt sie nur einen Spaltbreit offen, damit er den Schein der Lampe auf dem unteren Treppenabsatz noch sehen kann. Außerdem erfüllt helles Mondlicht das Zimmer. Er schlägt sein Buch zu – *Für Hund und Katz ist auch noch Platz* –, klettert ins Bett und greift nach den verschiedenen Stofftieren, die bei ihm schlafen. Der Mond gleitet weiter und ist nicht mehr zu sehen, aber jetzt ist das dunkelblaue Rechteck des Fensters voller Sterne. Er fühlt sich fröhlicher, getröstet, und sieht den glitzernden, tanzenden Lichtern zu, bis er einschläft.

Kit klettert zwischen die kühlen Laken, sitzt noch einen Moment da, geht mit sich zurate, ob sie in ihrem neuen Buch von William Boyd lesen soll, und legt sich dann aufseufzend hin. Mopsa beobachtet sie mit zur Seite geneigtem Kopf und wartet auf ihre Gelegenheit. Sobald Kit sich zurechtgelegt hat, springt sie hinauf und rollt sich auf der zerknüllten, beiseitegeschobenen Steppdecke neben Kits Knien zusammen. Es ist viel zu heiß für das Oberbett. Eigentlich ist es auch zu warm, um Mopsa auf dem Bett zu haben, aber Kit streichelt sie, murmelt liebevolle Worte und knipst dann die Nachttischlampe aus.

Sie liegt auf der Seite, zum offenen Fenster hin. Die hellen, hübschen Vorhänge sind zusammengezogen, um Nachtfalter abzuhalten, doch der helle Mondschein fällt an den Rändern ein. Verschiedene Bilder gehen Kit im Kopf herum: der von Kerzen beleuchtete Tisch auf der Veranda mit Tellern und Gläsern, Schüsseln mit Essen, große Flaschen, halb voll mit Wein. Bozzy, Sam und Mopsa, die sich um Mitternacht einen unerwarteten Leckerbissen teilen und mit nach vorn gefallenen Ohren eifrig ihre Näpfe inspizieren. Archie und Mungo in angeregtem Gespräch, während Camilla in den Garten hinaussieht und über das Dessert nachdenkt. Unter diese Bilder mischen sich Erinnerungen an Jake.

»Du hast das Medaillon«, sagt er. »Du warst meine erste große Liebe, Kit. Daran hat sich nichts geändert ... Ich muss gehen ...«

Ist es möglich, dass sie ihm wieder einen Platz in ihrem Leben einräumt? Wie könnte das funktionieren? Sechs Monate in London und sechs Monate in Paris? Was würden seine Töchter und deren Kinder davon halten? Familie ist so wichtig, sie kann entscheidend sein. Und jetzt schiebt sich Izzy zwischen die Bilder. Sie sitzen zusammen in einem Straßencafé in Totnes.

»Die Sache ist die«, sagt sie, »wenn du richtig Glück hast, wirst du in so einen kleinen Familienverbund hineingeboren. Dort ist der Platz, an den du gehörst, wo du sicher bist. Und dann ist da noch der Rest der Welt, fremd und unbekannt, aber das macht nichts, solange du diese Menschen hast. Deine Leute. Wenn du sie verlierst, kommt dir die Orientierung abhanden, dein Gefühl, von anderen wahrgenommen zu werden. Das ist unglaublich Furcht einflößend und unfassbar einsam. Merkwürdig, nicht, wie wir dadurch definiert werden, dass andere uns wahrnehmen? Es ist, als existierten wir nicht, solange uns kein anderer erkennt. Wenn du deine besondere Einheit verlierst, bist du in echter Gefahr, dich selbst zu verlieren. Wenn man älter wird, geht man natürlich auch neue Verbindungen ein, aber das ist nie dasselbe ...«

Kit weiß noch, wie heiß die Sonne auf ihre Arme und Hände schien, als sie die Tasse hob und Izzys Gesicht betrachtete, so ausdrucksvoll, so schön, so traurig. Sie erinnert sich an den Geruch nach Gewürzen und Kaffee, im Hintergrund das geschäftige Summen des Marktes auf der anderen Straßenseite und die zu Herzen gehende Melodie des Straßenmusikers, der auf der Klarinette *I'll remember April* spielte ...

Jetzt ist Jake wieder da. »Unsere Liebe muss bleiben, wo sie hingehört ... Eine Erinnerung ... Wir müssen in der realen Welt leben, Kit.«

Sie dreht sich um, weg vom Fenster, weg vom Mondschein, und streckt die Hand aus, um Mopsas raues Fell zu berühren. Bewusst tut sie das, was sie immer tut, wenn sie es nicht mehr erträgt, noch länger zu denken: Sie sagt sich lautlos Kinderreime auf.

»Der Kaspar, der war kerngesund, ein dicker Bub und kugelrund.«


Mungo liegt im Bett, hat sich Kissen in den Rücken gesteckt und liest die Memoiren der Herzogin von Devonshire. Für ihn ist sie »Debo«. Man hat auch ihn gebeten, seine Memoiren zu schreiben, und sein Agent sagt ihm, er könne ein blendendes Geschäft mit einem renommierten Verlag abschließen. Daher grübelt er gelegentlich darüber nach. Es gibt viele Namen, die er heraufbeschwören könnte – und viele Erinnerungen. Er könnte ein paar Skandale auslösen, und einige Leute – darunter er selbst – könnten ziemlich rote Ohren bekommen. Aber eine zensierte, verwässerte Version seiner Laufbahn reizt ihn nicht wirklich. Zum Beispiel Izzy: Er würde über Izzy schreiben müssen. Mungo schüttelt den Kopf. Wie soll er das tun, ohne sie zu verraten? Sie ist immer noch sehr beliebt, man erinnert sich mit großem Vergnügen an sie. Gegen Ende ihrer Karriere beschloss sie, mit dem Kabarett zu experimentieren.

»Schließlich habe ich mit Gesang und Tanz angefangen, Schatz«, sagte sie zu ihm. »Warum soll ich es nicht ausprobieren?«

Sie hatte großen Erfolg gehabt. Das Publikum strömte herbei, um sie zu sehen. Die Menschen lauschten ihrer warmen, beweglichen Stimme, spendeten ihr Beifall für ihren natürlichen Humor, der ihre Kabarett-Nummern durchdrang, und wusste ihr makelloses Timing und die echten Gefühle, die sie zeigte, zu schätzen. Sie ging auf Tournee und nahm einige Lieblingssongs auf einem Album auf, das sofort an die Spitze der Popmusikcharts schoss: *Both Sides Now* von Joni Mitchell, *Send in the Clowns* oder *Yesterday*. Das Publikum betete sie an. Sie hatte das Talent, ihnen den Eindruck zu vermitteln, sie würden sie kennen, dass sie eine von ihnen sei, während sie gleichzeitig einen stilvollen Glamour pflegte, durch den sie auf verlockende Weise unerreichbar wirkte.

»Tragisch, nicht wahr?«, pflegte sie betrübt zu fragen, wenn sie Fanpost las oder kleine Geschenke öffnete. »Was würden die Leute sagen, wenn sie mein wahres Ich kennen würden, Mungo? Und außerdem, wer *bin* ich überhaupt wirklich? Ich bin so eine Hochstaplerin!«

»Nein«, erwiderte er dann und legte den Arm um sie. »Nein, bist du nicht. Es ist nur so, dass du nicht nur kompliziert bist wie wir alle, sondern auch noch genial. Sei nicht immer so hart zu dir selbst!«

Inzwischen nahm sie Aufputsch- und Beruhigungsmittel und Schlaftabletten – und sie trank schwer –, aber manchmal blitzte die alte Izzy noch auf: wenn sie in der Küche tanzte und lachte, bei einem Abendessen bei Kerzenschein quer über den Tisch tratschte und lachte oder wenn sie zerknirscht an seiner Schlafzimmertür auftauchte. »Ich kann nicht schlafen, Mungo. So schreckliche Albträume, Schatz. Darf ich zu dir kommen? Nur Kuscheln.«

Mungo schlägt sein Buch zu und legt es auf den Nachttisch. Dann nimmt er die Lesebrille ab und knipst das Licht aus. Er vermisst Mopsas schweren Körper an seinen Füßen und stellt sich plötzlich vor, wie er in Kits Zimmer geht und zu ihr und Mopsa ins Bett steigt. »Nur Kuscheln.«

Wahrscheinlich hätte Kit nichts dagegen, würde es vollkommen locker sehen. Unerwartet muss er an Ralph denken, und ihm fällt ein Titel für seine Memoiren ein: *Entre deux lits*. Bei dem Gedanken stößt er ein leises, verächtliches Schnauben aus. Immer noch lächelnd, schläft er rasch ein. Einen Arm hat er sich über die Augen gelegt, damit der Mondschein ihn nicht stört.


Archie liegt als Erster im Bett. Nachdem er die Spülmaschine beladen hat, hat Camilla die Küche gern für sich allein, um zu Ende aufzuräumen. Er geht zu einem letzten kleinen Spaziergang mit den Hunden nach draußen, schließt ab und steigt die Treppe hinauf. Er ist glücklich über den erfolgreichen Abend und freut sich auf einen Tag auf dem Fluss mit Kit. Während er sich bettfertig macht, murmelt und summt er leise vor sich hin wie eine zufriedene Biene. Als Camilla nach oben kommt, schläft er schon fest und hat sich auf die Seite gedreht. Auf dem Boden liegt sein Buch, *Kurs auf Spaniens Küste* von Patrick O'Brian.

Sie stellt sich ein Glas Wasser auf den Nachttisch, wo schon Nigella Lawsons *Forever Summer*-Kochbuch liegt, schaltet das Licht aus und legt sich vorsichtig neben ihn, obwohl sie weiß, dass er nicht aufwachen wird. Archie hat schon immer die Gabe besessen, von einem Moment auf den anderen einzuschlafen, entspannt und friedlich, und nichts kann sein Gewissen oder seine Träume stören. Archies Dämonen stellen sich in den frühen Morgenstunden ein, um ihn zu peinigen. Dann liegt er wach, und seine Sorgen lassen ihn nicht schlafen. Oft huscht er in solchen Momenten aus dem Bett und geht nach unten, um zu lesen, und sie bleibt dann zurück, liegt wach und wird von ihren eigenen Ängsten gequält.

Jetzt schmiegt sie sich an ihn, sodass sie seinen warmen, vertrauten knochigen Körper spürt, und denkt zufrieden über den Abend nach. Nichts genießt sie mehr, als Freunde und Familienmitglieder um einen Tisch zu versammeln, der sich unter köstlichem Essen und gutem Wein biegt. Zwei Gäste reichen aus, um aus dem einfachen Akt des Essens und Trinkens ein Fest zu machen; sogar wenn es nur der liebe alte Mungo und Kit sind. Und Kit war gut in Form und brachte sie mit Geschichten zum Lachen: über die Ansprüche ihrer Klienten und einen Ausflug zu einem Restehof in Gloucestershire, um ganz besondere Fliesen zu finden. Kurz kam eine etwas düstere Stimmung auf, als Mungo vorschlug, die Gläser auf Izzy »und ihren Geburtstag gestern« zu erheben, doch der Moment ging schnell vorbei.

Camilla rückt noch ein wenig näher an Archie heran. Wie immer wühlt die Erinnerung an Izzys Tod sie auf, der plötzliche Zusammenbruch durch die Überdosis eines Medikaments, das sie regelmäßig einnahm. Niemand wusste, ob es Zufall oder Absicht gewesen war, aber die öffentliche Version lautete, dass sie mit einer schweren Krankheit gekämpft hatte.

*Gestern verstarb Dame Isobel Trent. Ihre Gesundheit war schon seit Längerem angegriffen ...*

Etwas in dieser Art.

Der arme Mungo war am Boden zerstört gewesen, doch auf eine Art auch erleichtert. Er hatte solche Angst gehabt, sie könnte sich verraten. Als er ihr einige von Izzys Problemen anvertraute, hatte Camilla es kaum glauben können.

»Aber sie war immer so lustig«, protestierte sie. »Die Seele jeder Party. Ich weiß, dass sie Aufmerksamkeit liebte und sich nach Beachtung sehnte, doch sie war diejenige, die uns alle aufgeheitert hat. Sie hätte einen Schlussstrich unter die Sache mit Ralph ziehen und einen netten Burschen heiraten sollen ...«

Jetzt, an Archies Rücken geschmiegt, fällt ihr wieder ein, was Mungo auf die Frage gesagt hat, ob es jemanden gibt, der ihm fehlt. »Ralph.«

Camilla schüttelt leise den Kopf. Das ist alles zu kompliziert, um sich jetzt deswegen Gedanken zu machen. Stattdessen beginnt sie, über den Picknickkorb nachzudenken, den sie Archie und Kit morgen für ihre Ausfahrt auf dem Fluss zusammenstellen wird. Sandwiches mit Räucherlachs vielleicht. Und Eiersalat; Archie liebt Sandwiches mit Eiersalat. Dazu ein kleiner Salat mit winzigen gelben Tomaten und zum Nachtisch ein Stück von ihrem Kirschkuchen. Camilla nickt ein; Archie regt sich ein wenig und beginnt zu schnarchen.


Billy Judd schreit im Schlaf auf. Heller Mondschein fällt auf sein Bett, sodass es aussieht, als fließe weißes Licht darüber, tropfe von seinem Kissen und ergieße sich über die dunklen Eichendielen des Bodens.

»Grab tief, Junge!«, sagt er. »Sonst holen ihn die Füchse.« Unruhig wirft er sich herum und murmelt vor sich hin.

Philip beobachtet ihn von der Tür aus. Er fragt sich, was Billy wohl der Frettchen-Frau erzählt hat oder was sie vielleicht hört, wenn er in seinem Sessel einnickt.

»Etwas beunruhigt ihn«, erklärte Mags und wies mit einer ruckartigen Kopfbewegung auf Billy, der dasaß und starr auf den Obstgarten hinaussah. »Erzählt komisches Zeug.«

»Das kommt vom vielen fernsehen«, sagte Philip. »Diese Serie *Inspektor Barnaby* und Gott weiß, was noch. Davon kommt er auf merkwürdige Ideen.«

Sie zog skeptisch die Augenbrauen hoch und warf die Lippen auf. Am liebsten hätte er sie gekniffen wie damals, als sie Kinder waren, oder sie geohrfeigt.

Er tritt näher an Billy heran und nimmt das Buch, aus dem er ihm vorgelesen hat. Agatha Christie. *Der Tod auf dem Nil.* Früher hat Billy ihm immer vorgelesen.

»Komm schon«, sagte er dann, wenn ihre Mutter unter Drohungen für den Fall, dass sie wieder aufstanden, nach unten gegangen war. »Wo waren wir?« Und er angelte unter dem Kissen nach seiner Taschenlampe, baute ein Zelt aus den Bettdecken und legte sich das Buch auf die Knie. Sogar jetzt meint Philip noch, die heisere Stimme seines damals zwölfjährigen Bruders zu hören, der ihm im Schein der Taschenlampe vorliest. *Die Schwarze Sieben*, *Biggles*, *Jennings*. Am Ende überholte er Billy, bestand die Aufnahmeprüfung für die weiterführende Schule und ging aufs Gymnasium, aber Billy machte sich nichts daraus. Wie stolz er auf seinen kleinen Bruder in seiner schicken Schuluniform gewesen war, wie bereitwillig er ihn gegen Hänseleien verteidigt und wie schnell er ihn aus jeder möglichen Klemme befreit hatte! Es wäre ein Jammer, wenn ausgerechnet Billy sie so spät noch alle reinreißen würde, Philip selbst, Archie und Camilla, Sir Mungo.

Als Philip so dasteht, auf Billy hinuntersieht und beobachtet, wie es hinter seinen geschlossenen Lidern zuckt und seine großen Hände sich öffnen und schließen, fragt er sich, wie er sie jetzt alle schützen soll.

Er denkt zurück an eine andere Nacht, in der der Mond so hell schien – aber kalt war es, furchtbar kalt. Die Pflastersteine unter seinen Füßen waren mit Glatteis überzogen, sodass sie wie Glas glänzten. Helles Licht fiel aus dem Küchenfenster, in dem Mungo, Ralph und Izzy, die zwischen den beiden stand, wie ein gerahmtes Bild wirkten. Philip sieht wieder, wie sie die Hände vors Gesicht schlägt und aus dem Raum stürzt, und dann fliegt plötzlich Mungos Arm, seine Faust kracht in Ralphs Gesicht, und er taumelt rückwärts …

Billy schreit auf und erschreckt ihn. Mühsam versucht er, sich aufzusetzen, und Philip kniet sich auf die Bettkante und nimmt ihn in die Arme, als wäre er noch ein Kind.

»Na, na. Jetzt aber. Ich bin's, Billy: Philip. Pssst, mein Junge. Pssst.«

Er hält Billys hochgewachsenen, hilflosen Körper in den Armen, und Tränen treten ihm in die Augen. Sein Bruder lehnt sich an ihn.

»Ich hab nix gesagt«, murmelt Billy schließlich.

»Natürlich nicht. Nicht zu dem alten Frettchen.«

Billy kichert. Er atmet pfeifend ein und ringt nach Luft. »Ist auf ihr rumgetrampelt«, sagt er. »Weißt du noch? Und dann ist sie auf ihm rumgetrampelt.«

Auch Philip lacht. Mit einem Mal sind sie beide wieder jung, unbesiegbar.

»Wie wär's mit einer Tasse Tee?«, schlägt er vor. »Und noch einem Kapitel? Hast du Lust darauf?«

Und Billy nickt, legt sich wieder hin und wartet zufrieden.

Auch James ist wach. In ihm brodeln die Gedanken nur so; Szenen, Gesprächsfetzen und Handlungsstränge gehen ihm im Kopf herum. Es war richtig von ihm, in dieses Tal zu kommen, in dem seit tausend Jahren nichts mehr passiert ist, wo die Menschen einfach und zufrieden leben. Das ist der perfekte Platz, um sein eigenes Drama zu inszenieren, seine Gedanken überschäumen und Gestalt annehmen zu lassen. Hier gibt es keinen Lärm und nichts, was den Prozess unterbrechen könnte. Er kann sich nicht entscheiden, was für eine Frau seine weibliche Hauptperson sein soll, kann sie noch nicht richtig eingrenzen. Er beobachtet Frauen, versucht, sie in sein Buch einzupassen, denkt sich eine Geschichte für sie aus. Aber wenn es darangeht, über sie zu schreiben, kann er ihre Gespräche im Kopf nicht immer hören. Frauen sind so schwierig darzustellen. Ja, er hat eine Mutter – aber keine Schwester – und hat Freundinnen gehabt, und jetzt lebt er mit Sally zusammen und weiß (bis zu einem bestimmten Punkt), wie sie denkt. Trotzdem ist es fast unmöglich, sich vorzustellen, was wirklich in den Köpfen von Frauen vorgeht. Um sicherzugehen, gibt er Sally alles zu lesen, was er schreibt.

»Das geht nicht«, sagt sie manchmal. »Keine Frau würde je so denken. Auf gar keinen Fall.«

Oft ärgert ihn das – woher will sie wissen, wie alle Frauen denken? –, aber meist fehlt ihm das Selbstbewusstsein, sie zu ignorieren. Er versucht, Frauenromane zu lesen, Mädchenzeug und so etwas, doch es macht ihn wahnsinnig; das bringt er einfach nicht fertig.

»Du stehst nicht in Kontakt zu deiner weiblichen Seite«, meint Sal zu ihm – und wahrscheinlich hat sie recht, obwohl er immer an den Valentinstag und an ihren Geburtstag denkt, um ihr keinen Grund zum Klagen zu geben. Jedenfalls ist die Charakterisierung nicht so wichtig; auf die Handlung kommt es an. Es ist aber gut, neben der Spannung auch eine Liebesgeschichte zu haben, obwohl er dieses Buch in der ersten Person schreibt und er damit aus dem Schneider ist und die Gedanken der weiblichen Hauptperson nicht in allen Einzelheiten darzustellen braucht.

James dreht sich auf den Rücken und fragt sich, ob er sich einen Kaffee oder einen Tee kochen soll; doch er weiß, dass ihn das nur noch wacher machen wird, daher widersteht er der Versuchung. Trotzdem steht er auf, geht in die große Wohnküche und schaltet den Laptop ein.

Eine ruhige Nacht im Tal, Sally. Alle außer mir schlafen. Keiner der Einheimischen wird sich Gedanken über lästige Personen und schwierige Handlungsstränge machen. Ich kann mir vorstellen, wie sie friedlich schlummern. Camilla und Archie, die beiden alten Knaben nebenan auf dem Gut und Sir Mungo. Sir Mungo hat einen Gast, eine Frau, die ein gelbes Käfer-Cabrio fährt. Nehme an, sie ist auch beim Theater. Sie haben mir zugewinkt, als sie vorbeifuhren, und ich habe zurückgewinkt, aber ich wollte sie nicht zum Anhalten ermuntern. Mir geht zu viel durch den Kopf. Hoffe, ich habe sie nicht beleidigt. Und ich habe die Familie aus dem Cottage nebenan noch einmal gesehen. Nette Frau, Anfang dreißig, würde ich sagen, allerdings sehr mit ihren Kindern beschäftigt. Das Baby ist ab und zu etwas laut, doch der Junge ist ein ganz ruhiger kleiner Kerl. Ehrlich gesagt, will ich sie auch nicht ermuntern. Ich kann kein kleines Kind gebrauchen, das hier herumkramt und mit meinem Laptop spielt. Ich glaube, Camilla sagte, dass sie Soldatenfrau ist, daher vermute ich, dass sie sehr fähig und hart im Nehmen ist. Davon könntest du gut etwas gebrauchen, oder? Nicht viel los hier, aber mir fehlt auch nichts. Inzwischen kenne ich die Gegend richtig gut, und alles andere findet sich.
Ich hatte heute Morgen für eine Nebenhandlung nach einem Dorf gesucht, in dem ein bisschen etwas los ist. Irgendwo, wo sich die Liebenden verabreden können, zur Abwechslung außerhalb von Totnes, wo die Haupthandlung spielt. Schwer, sich vorzustellen, wo sie sich treffen könnten. Wahrscheinlich könnte man sagen, je größer, desto

besser, Exeter vielleicht. Doch dann habe ich beschlossen, hier ein Element von Gefahr einzubauen. Ich meine, es wäre ein besonderer Kitzel, sich praktisch unter den Augen des Ehemanns zu treffen, oder? Oder, wie hier, den Augen der Ehefrau. Weißt du noch, wie wir darüber geredet haben, dass die Frau geschieden sein soll, aber der Mann Ehefrau und Kinder hat? Die Frau hat nichts zu verlieren, vielleicht hofft sie ja, dass sie auffliegen und so eine Trennung beschleunigt wird. Jedenfalls habe ich entschieden, dass ich etwas brauche, das nicht so groß wie Ashburton oder Totnes ist, aber nicht so klein wie … sagen wir, Dartington. Ich bin ein bisschen herumgefahren und fand mich in South Brent wieder. Dort habe ich am alten Bahnhof geparkt und bin im Dorf herumspaziert, und ich meine, dass es sehr nützlich wäre. Bin in den Feinkostladen gegangen, habe einen Kaffee getrunken, mit den Einheimischen geplaudert, die ein und aus gingen – sehr freundliche Leute –, und dann auf dem Rückweg zum Wagen bin ich noch in einem Pub eingekehrt, um ein Bier zu trinken und eine Kleinigkeit zu essen. Ich bin an der Kirche vorbei zum Fluss gegangen, und ich glaube, das Dorf wäre sehr passend als der Ort, wo sich meine Liebenden heimlich treffen. Auf dem Parkplatz vielleicht, wo sie sich in einem Auto umarmen? Offener, in einem Pub? Wo würdest du deinen Liebhaber treffen, wenn du einen hättest? Antworte nicht auf diese Frage! Wäre es nicht wundervoll, wenn dieses Buch ein großer Erfolg werden würde? Dann könnten wir uns auch so ein kleines Wochenendhaus kaufen und es uns gut gehen lassen. Ich habe wirklich ein gutes Gefühl bei dem Buch, Sal. Vielleicht sollte ich mich einmal mit Sir Mungo treffen. Es wäre doch verrückt, eine solche Verbindung nicht auszunutzen, oder, auch wenn er seine besten Zeiten hinter sich hat? Er wirkt sehr freund-

lich. Du musst mit ihm flirten, wenn du mich besuchen kommst.
Jetzt versuche ich besser, etwas zu schlafen. Gute Nacht, meine Liebste.
J. xx

# 7. Kapitel

»Es ist verrückt«, sagt Emma mit gedämpfter Stimme und wirft der Gruppe am Tisch nebenan einen Blick zu, »aber durch ihn fühle ich mich lebendig, wenn du verstehst, was ich meine. So langsam wird mir klar, dass meine Ehe wirklich langweilig und leer geworden ist.«

Sie ist mit Dora nach Totnes gefahren. Joe hat sie bei Camilla gelassen, und jetzt sitzt sie mit einer sehr alten Freundin im *Rumour*. Emma rührt ihren Kaffee um, sieht Naomi an – die liebe, sanfte und ziemlich unscheinbare Naomi – und spürt diesen seltsamen Drang, in Gelächter auszubrechen, zu tanzen, zu singen und auf und ab zu springen. Bewusst setzt sie eine gemessenere Miene auf. Wie könnte die ernste, vernünftige Naomi auch nur ansatzweise diese wilden, verrückten Emotionen verstehen? Dieses plötzliche Aufblühen von Liebe?

»Bist du dir sicher«, fragt Naomi leise, »dass du nicht nur von Sex redest?«

Emma legt den Löffel ab und starrt sie an.

»Verstehst du?«, sagt Naomi behutsam, als wäre Emma ungefähr zehn und wüsste noch nichts von sexuellem Begehren. »Es kann so eine starkes Empfindung sein, nicht? Aber es wäre katastrophal, es mit echten Gefühlen zu verwechseln.«

»Was genau meinst du?«, fragt Emma. Angesichts der pragmatischen Einstellung ihrer Freundin ist ihre Aufregung ein wenig abgeklungen. Sie hatte gedacht, Naomi würde eher neidisch sein und Einzelheiten über diese prickelnde Affäre erfahren wollen, die sich anscheinend zwischen Emma und Marcus entfaltet, aber Naomi wirkt bemerkenswert unbeeindruckt.

»Ich meine, dass deine Ehe belastet ist, weil Rob draußen in Afghanistan ist. Er operiert seine Freunde, die in die Luft gesprengt worden sind, und sieht zu, wie andere in Leichensäcken nach Hause geflogen werden. Nicht leicht für ihn. Und für dich auch nicht. Kein Wunder, dass eure Ehe da ein wenig unter Druck steht.«

Emma schweigt. Das hatte sie nicht von Naomi erwartet, deren Mann Assistenzarzt am Derriford-Krankenhaus ist, und sie wünscht sich jetzt, sie hätte geschwiegen. Es ist nur so schwer, diese aufregenden Gefühle für sich zu behalten, und ihren anderen guten Freundinnen kann sie auf keinen Fall davon erzählen, denn sie sind nicht nur selbst Soldatenfrauen, sondern mögen Rob auch sehr gern. Emma hatte eher damit gerechnet, Naomi würde ein wenig mitfühlend, ein bisschen beeindruckt sein.

»Na ja«, sagt sie leichthin und beugt sich zur Seite, um nach Dora zu sehen. »Es ist wahrscheinlich einfach nett, einmal wieder als Frau betrachtet zu werden. Von jemandem, der einen wirklich bemerkt und zu schätzen weiß.«

Sie weiß genau, dass Naomi jetzt eine banale Bemerkung machen und ihr versichern wird, dass Rob all das tut, er es im Leben jedoch gerade nicht besonders leicht hat. Und genau das tut Naomi auch.

»Weißt du«, erklärt sie, als sie Emma zur Genüge versichert hat, dass Rob sie liebt, »meine alte Mum pflegte zu sagen, dass jede Ehe irgendwann ihre komischen fünf Minuten hat. Schließlich musst du auch an Dora und Joe denken, oder? Hat Marcus eigentlich Kinder? Ich weiß, dass du erwähnt hast, dass er von seiner Frau getrennt lebt. Wo wohnt sie?«

»In Sidbury«, antwortet Emma. Sie ist gerade ein wenig eingeschnappt. Sie möchte nicht über Tasha oder ihre zwei Söhne reden. Hiermit haben sie wirklich nichts zu tun. »Er besucht sie regelmäßig.«

»Hm«, meint Naomi. »Tu einfach nichts Verrücktes, Ems! Das hat Auswirkungen auf eine Menge Menschen, nicht nur auf dich. Hör mal, ich muss los. Bis bald.« Sie steht auf, sucht ihre Taschen zusammen, gibt Emma einen Kuss und streicht Dora leicht über den Kopf.

Emma winkt ihr, als sie hinausgeht, und trinkt den Kaffee aus. Ihre gute Laune hat sich verflüchtigt, und sie fühlt sich leer und ziemlich gereizt. Es war dumm zu glauben, Naomi könnte sie verstehen, und jetzt wünscht sie sich, sie hätte ihr nicht davon erzählt. Gleichzeitig hat sie aber nicht ganz unrecht; es sind *wirklich* viele Menschen, auf die die Sache eine Auswirkung haben kann. Sie betrachtet Dora, die eingeschlafen ist. Wie verletzlich sie aussieht! Und plötzlich denkt Emma an Rob, der während seines letzten Heimaturlaubs so ruhig und zurückgezogen war, und sie wünscht sich, sie wäre einfühlsamer gewesen, freundlicher. Durch diese gelegentlichen Treffen mit Marcus, die so voller Aufregung sind, kam ihr Rob im Vergleich furchtbar langweilig vor. Schlechtes Gewissen und Nervosität nagen an der Euphorie von eben, und sie sinkt auf ihrem Stuhl zusammen und denkt über das nach, was Naomi gesagt hat.

Hinter ihr taucht eine Gestalt auf und setzt sich auf den Stuhl gegenüber. Emma keucht überrascht auf und strahlt dann vor Freude.

»Marcus! Ich hatte dich gar nicht gesehen.«

»Du warst mit dieser ziemlich streng aussehenden Frau beschäftigt, da wollte ich mich zurückhalten. Wie geht's dir?«

»Aber was *machst* du bloß hier? Ich kann es nicht glauben.«

»Als du mir die SMS geschickt hast, da hast du erwähnt, dass du nach Totnes fährst, um dich hier mit einer Freundin zu treffen, und da dachte ich, es wäre die Reise wert, einen Blick auf dich zu erhaschen.«

Bei seinem Lächeln gerät ihr Magen ins Schlingern, sodass sie sich verlegen, aufgeregt und glücklich zugleich fühlt. Er beugt sich herüber und streicht ihr mit einem Finger über den Handrücken. Wie immer, wenn er sie berührt, empfindet sie eine Art Schock, doch ihr Instinkt bringt sie dazu, die Hand wegzuziehen, und sie sieht sich schnell um und wirft dann einen Blick auf Dora, als müsste sie sich beruhigen. Ihr fällt auf, dass Marcus seinen Vorstoß bedauert – er versteht, dass er einen schlechten Zeitpunkt gewählt hat und sie nicht bereit ist, sich irgendwie öffentlich zur Schau zu stellen –, aber er hat auch nicht die Absicht nachzugeben.

»Hast du noch einmal über meinen Plan nachgedacht, uns etwas Zeit für uns allein zu nehmen?«, fragt er. Sein Blick ist so heftig, so lebendig, dass sie spürt, wie ihre Willenskraft sich aufzulösen beginnt wie unter einem Laserstrahl.

»Ich komme damit nicht richtig klar«, sagt sie. »Noch nicht. Durch die Kinder ist das ein wenig schwierig.«

»Wo ist Joe?«

»Bei Camilla. Sie kam heute Morgen vorbei und hat gefragt, ob er nicht zu ihr kommen will, um zu spielen. Sie hat jede Menge Spielzeug, und natürlich liebt er die Hunde.«

»Ob sie auch Dora nehmen würde?«

»Bestimmt.« Emma zögert; sie fühlt sich ein wenig überrumpelt. Gleichzeitig ist das auch sehr schmeichelhaft und aufregend. Marcus ist so vital; er strahlt eine solche Energie aus, dass man meint, er könnte explodieren. Er lächelt ihr wieder zu, und sie stellt fest, dass sie darauf reagiert, schwach wird.

»Es ist ja nicht so, dass ich nicht will«, sagt sie. »Es ist nur ... Ich muss vorsichtig sein und an Joe und Dora denken ...«

»Ich weiß«, gibt er zurück. »Natürlich. Aber ich werde auch nicht aufgeben, Emma. Ich glaube, wir würden wunderbar zusammenpassen.«

»Es werden nur so viele andere davon beeinträchtigt.«

Er lacht, und sie kommt sich wie eine Närrin vor. Es ist, als wüsste er, dass Naomi sie beeinflusst hat.

»Hat diese mürrische Frau das gesagt?«, fragt er. »Komm schon, Emma! Es ist dein Leben.«

»Ich weiß«, antwortet sie schnell. »Das weiß ich doch. Aber es ist nicht *nur* mein Leben. Ich muss an Dora und Joe denken. Und an Rob. Das würde alles verändern.«

Sobald sie es ausgesprochen hat, weiß sie, dass es wahr ist, und knapp unter ihrem Brustkorb stellt sich ein flatterndes, panisches Gefühl ein. Marcus beobachtet sie weiter aus seinen kühlen grauen Augen; es ist, als machte er sich ein Bild von dem Grad ihrer Gefühle für ihn, seiner Macht über sie. Er hat den Löffel genommen – er gehört Joe und hat einen Piraten auf dem blauen Plastikgriff –, mit dem sie vorhin Dora ein wenig Obstbrei gegeben hat, und er dreht ihn wieder und wieder in der Hand und tippt dazwischen jedes Mal leicht auf den Tisch. Seine Bewegung besitzt einen eigenartig kontrollierten Rhythmus, und sekundenlang hat sie beinahe Angst vor ihm, doch dann beugt er sich zu ihr herüber, obwohl er sie nicht berührt, und spricht in sanftem Ton weiter.

»Tut mir leid«, sagt er. »Ich kann nur einfach den Gedanken nicht ertragen, dich zu verlieren. Ich glaube, du hast keine Ahnung, was ich für dich empfinde.«

Seine Miene ist jetzt zärtlich, beinahe demütig, und Emma spürt, welche Macht sie über ihn hat, was ziemlich befriedigend und aufregend ist.

»Ich versuche es«, erklärt sie. »Ich rede mit Camilla und sehe, ob es möglich ist, dass wir uns allein treffen. Das ist alles nur so schnell passiert.«

»Natürlich«, sagt er und lehnt sich gelassen zurück. »Hast du noch Zeit für einen zweiten Kaffee?«

Emma wirft einen Blick auf ihre Uhr. »Aber nur kurz. Dann muss ich nach Hause, um Dora zu füttern, und Camilla hat uns zum Mittagessen eingeladen.«

Sie ist sich nicht ganz schlüssig darüber, warum der Gedanke an Camilla, die auf Joe aufpasst und Mittagessen für sie kocht, so tröstlich auf sie wirkt. Emma sieht zu, wie Marcus den Kaffee bestellen geht, und blickt sich noch einmal um, um sicherzugehen, dass niemand hier ist, den sie kennt, obwohl das hier in Totnes sehr unwahrscheinlich wäre. Und außerdem sind Rob und Marcus Freunde. Da ist es nicht so erstaunlich, dass sie und Marcus zusammen einen Kaffee trinken – und Dora ist eine ausgezeichnete Anstandsdame. Emma versucht, ihr warmes Glühen von eben, ihre unbeschwerte Aufregung, wieder einzufangen, aber im Licht von Naomis kühlen, vernünftigen Bemerkungen kommen ihr diese Gefühle ziemlich dumm vor, billig sogar. Marcus kehrt zu ihr zurück. Er ist schlank, durchtrainiert und sexy, und ihr Magen stellt bei seinem Anblick immer noch merkwürdige Dinge an.

Marcus setzt sich lächelnd und freundlich; er macht ihr keinen Druck mehr. Er erzählt ihr eine Anekdote aus Norwegen, über die sie lachen muss. Wieder herrscht Ungezwungenheit zwischen ihnen, sie entspannt sich, und alles ist gut.

Erst als Emma ihre Sachen zusammensucht, sieht sie Joes Löffel. Er ist vollkommen zerdrückt und so verdreht, dass er fast in zwei Teile fällt. Irgendwie wirkt dieser Anblick schockierend, Furcht einflößend auf sie. Sie wirft Marcus einen schnellen Blick zu, doch er zieht gerade seine Jacke an. Emma nimmt den Löffel und lässt ihn in ihre Tasche fallen.


Marcus begleitet Emma zurück zum Parkplatz, verabschiedet sie. Jetzt muss er vorsichtig vorgehen, sehr vorsichtig. Er ist gern mit ihr zusammen, mag es, dass sie sich von ihm angezogen fühlt, sich aber zurückhält. Das respektiert er. Doch es muss etwas passieren; die Dinge müssen sich weiterentwickeln. Als sie mit ihrer Freundin zusammengesessen hat, da hat er sie die ganze Zeit beobachtet. Er sah, wie ihre Miene von Aufregung – diesem Bedürfnis, jemandem davon zu erzählen, nach einem dieser Mädchengespräche – in Argwohn umschlug. Sofort war ihm klar, dass die mürrische Freundin ihr die Freude verdarb, ihr einen Dämpfer verpasste. Die Art, wie Emma den Kopf zur Seite neigte, ihre ernstere Miene zeigten, dass sie Zweifel beschlichen. Wie froh war er da gewesen, dass er beschlossen hatte, das Risiko einzugehen und ihr zu folgen. Er hat es schon früher getan und die Lage des Cottages ausgekundschaftet, aber er muss aufpassen. Da ist erst einmal der Kerl nebenan. Emma sagt, er sei Schriftsteller; er kommt und geht und scheint ein Einzelgänger zu sein.

Als Marcus die Tür aufschließt und in sein Auto steigt, kann er sich eines Lächelns nicht erwehren. Wenn die Leute wüssten, wie einfach es ist, ihnen zu folgen und sie zu beobachten, hätten sie keine ruhige Minute mehr. Und außerdem hat Emma ihn ja praktisch dazu aufgefordert. Sie hat ihm die SMS geschickt und ihm geschrieben, sie würde sich im Bistro *Rumour* mit einer Freundin zum Kaffee treffen. Mehr oder weniger eine Einladung an ihn, auch dorthin zu kommen. Es war leicht, früh da zu sein und sich an einen Tisch im Hintergrund zu setzen, wo er die beiden Frauen über eine kleine Trennwand hinweg beobachten konnte. Er muss Emma sehen, muss sich vergewissern, dass sie sich von ihm angezogen fühlt. Er sehnt sich nach Wärme und weiblicher Gesellschaft, die ihm so fehlt, seit Tasha ihm gesagt hat, sie wolle eine Trennung auf Probe, weil es unmöglich werde, mit ihm zu leben. Es ist weniger als ein Jahr her – und den größten

Teil dieser Zeit war er im Einsatz –, aber er vermisst sie, das Miststück. Gott, sie und die Jungs fehlen ihm! Natürlich nicht immer. Nicht, wenn er mit seinen Kameraden in Norwegen oder Afghanistan ist. Diese Art von Kameradschaft übertrifft alles; es gibt nichts Vergleichbares. Doch wenn er wieder hier ist, hat er keine Lust, in der Offiziersmesse zu wohnen; dann möchte er mit seiner Frau und seinen Söhnen zusammen sein. Tasha und er tun nach außen hin so, als wäre Daddy den größten Teil der Zeit im Einsatz, und er hat immer noch den Großteil seiner Sachen in dem kleinen Haus in Sidbury. Aber er braucht die Stabilität, die Tasha ihm immer geschenkt hat.

Er hat nur die paar Tage Heimaturlaub, und am Wochenende besucht er seine Söhne. Es macht ihn traurig, an sie zu denken. Sie sind natürlich daran gewöhnt, dass er fort ist, doch sie werden bald merken, dass etwas nicht stimmt. Sie sind zwar erst zwei und vier und erinnern sich, um ehrlich zu sein, nicht wirklich an viel anderes. Trotzdem will er sie nicht verlieren. Und man muss auch fair sein; Tasha sorgt dafür, dass er sie sehen kann, wann immer er kann. Sie findet das wichtig. Manchmal fragt er sich, ob sie nur versucht, ihm eine Lektion zu erteilen, ihm einen Schock zu versetzen, damit er sich respektvoller und verantwortungsbewusster verhält, wenn er zu Hause ist. Na ja, die Sache funktioniert in beide Richtungen. Sie hat ihn an die Luft gesetzt, da kann sie sich jetzt nicht beklagen, wenn er sich anderweitig umsieht. Er war schon immer ein bisschen verliebt in Emma, doch nun ist sie zu einer Herausforderung geworden. Er bekommt sie nicht aus dem Kopf, und er ist entschlossen, sie herumzukriegen. Aber er hat nicht viel Zeit; er muss den Druck auf sie aufrechterhalten, wenn er Erfolg haben will. An dem Abend, an dem er ihr Cottage beobachtete, hätte er an die Tür geklopft und sie überrumpelt, wenn ihr neugieriger Nachbar nicht aufgetaucht wäre und misstrauisch ins Dunkel gespäht hätte.

Marcus ballt die Hände zu Fäusten, als er sich an seine Frustration erinnert. Er hatte unter den Bäumen gewartet und beobachtet, wie das Licht oben verlosch, um sicher zu sein, dass Joe schlief; er hatte gehofft, Emma in einem Moment zu erwischen, in dem sie nicht darauf gefasst war. Gestern Abend hat er sie angerufen und hat ohne Umschweife gefragt, ob er vorbeikommen könne, aber sie hat abgeblockt. Joe sei noch wach, sagte sie. Hat ihn abgewimmelt. Sie begehrt ihn, das weiß er, doch im Moment ist es ein Spiel für sie; sie hat Spaß daran, begehrt zu werden. Er dagegen muss sich unbedingt beweisen, dass er eine andere Frau dazu bringen kann, ihn zu lieben, für ihn Risiken einzugehen. Er muss sie nur allein abpassen, dann weiß er schon, wie er sie überzeugt. Er hatte gehofft, sie würde heute Vormittag ohne ihre Kinder unterwegs sein; er hätte sie dann überredet, noch zu bleiben und mit ihm zu Mittag zu essen, aber er hat kein Glück gehabt.

Ein Wagen setzt sich in die Lücke neben ihn, und ein Bursche in Shorts, der wie ein Computerfreak aussieht, steigt aus. Marcus fährt das Fenster herunter.

»Wollen Sie meinen Parkschein?«, bietet er an. »Ich habe viel zu viel eingeworfen. Reichen Ihnen ein paar Stunden?«

Der Computerfreak zögert und schüttelt dann den Kopf.

»Sehr freundlich von Ihnen, aber ich weiß nie genau, wie lange ich brauche, wenn ich recherchiere.«

Er sieht aus, als wollte er gleich erklären, wofür er recherchiert, doch Marcus zuckt mit den Schultern. Kein Interesse. Er startet den Motor, setzt zurück und fährt davon.

# 8. Kapitel

»Was für eine Energie!«, meint Mungo mit Blick auf Joe, der auf Camillas Hof auf einem bunten Plastiktraktor in die Pedale tritt und in schnellem Tempo eine Runde nach der anderen fährt. »Kannst du dich erinnern, auch so gewesen zu sein?«

Er hat das Gefühl, Joe schon irgendwo gesehen zu haben, weiß aber nicht, wo.

Camilla runzelt die Stirn. »Bevor ich mit sieben mein erstes Pony bekommen habe, erinnere ich mich nicht an viel. Außerdem ist es schwer zu unterscheiden, woran man sich wirklich erinnert und was Familienlegende ist, oder? Ich glaube, ich war als kleines Mädchen ziemlich herrisch. Archie sagt, du hättest immer Spiele erfunden und dann deine Freunde terrorisiert, bis sie mitgemacht haben. Entweder das, oder du hast mit unsichtbaren Freunden gespielt. Er hat mir erzählt, die unsichtbaren Freunde seien dir lieber gewesen, weil sie immer genau das gemacht haben, was du ihnen gesagt hast.«

Sie lachen beide.

»Dann hat sich ja nicht viel verändert«, sagt Mungo. »Eindeutig eine ausgezeichnete Vorbereitung auf meine Laufbahn.«

»Hast du diese Rezension im *Telegraph* gelesen, über die Autobiografie von Ich-weiß-nicht-wem? Er schreibt, dass du ein absoluter Feldwebel warst. Hättest ihn als Regisseur bei einem Stück, bei dem er mitgespielt hat, terrorisiert bis zum Gehtnichtmehr.«

»Unsinn«, gibt Mungo empört zurück. »Ich war wie ein Vater zu ihm. Habe ihm alles beigebracht, was er weiß. Millie, dieses Kind wird einen Hitzschlag kriegen, wenn es so weitermacht.

Ich habe Mopsa in der Küche gelassen, weil die Mittagshitze zu viel für sie ist.«

»Emma müsste jetzt jeden Moment zurück sein.« Camilla wirft einen Blick auf ihre Armbanduhr. »Bist du dir sicher, dass du nicht zum Mittagessen bleiben willst? Ich würde mich freuen.«

»Ich werde abwarten und feststellen, ob ich sie mag«, erklärt Mungo unumwunden. »Wir machen ein Codewort aus, damit es nicht peinlich wird. Also, was nehmen wir?«

»Zu spät«, gibt Camilla zurück. »Ich höre ein Auto in der Einfahrt.« Sie ruft nach Joe, der immer noch auf dem Traktor im Kreis herumfährt. »Ich glaube, deine Mummy ist wieder da.« Dann geht sie ums Haus herum. Auf der Vorderseite hält ein kleiner Wagen. »Ja, es ist Emma.«

Mungo folgt ihr und wartet am Eingang, bei der Scheune, während Camilla hinausgeht und Joes Mutter begrüßt. Verblüfft reißt er die Augen auf. Es ist die junge Frau aus dem *Café Dandelion*, das Mädchen, das sich mit dem hartnäckigen jungen Mann unterhalten hat. Und natürlich, da hat er auch Joe gesehen; er ist der kleine Junge, der den Milchshake getrunken hat. Jetzt wird er neugierig. Camilla hat ihm erzählt, Emmas Mann sei in Afghanistan. Wer war dann der andere im Café?

Camilla kommt mit ihr heran und stellt sie vor, und Mungo nimmt ihre Hand. Diese neue Entwicklung entzückt ihn.

»Hallo, Emma«, sagt er herzlich. »Camilla hat gesagt, dass Sie sich sehr gut im Cottage eingelebt haben. Ich wohne gleich ein Stück weiter an der Straße, für den Fall, dass Sie einmal Hilfe brauchen. Sie müssen mich besuchen kommen.«

»Danke«, antwortet sie.

»Ich bin auch zum Mittagessen eingeladen«, sagt er und lächelt Camilla strahlend an. »Ich hoffe, das macht Ihnen nichts aus.«

»Natürlich nicht.« Emma wirft einen Blick hinter sich, zum Auto. »Ich glaube, ich muss Dora herausholen. Es ist so heiß, sie kocht bestimmt.«

»Tja«, murmelt Camilla, während sie zusehen, wie Emma sich in den Wagen hinunterbeugt und die Kleine von ihrem Kindersitz losschnallt. »Du hast ja nicht lange gebraucht, um dich zu entscheiden.«

»Du hast mir auch nicht verraten, dass sie so hübsch ist«, sagt er. »Aber denk daran, dass ich nicht mit Babys umgehen kann. Darum musst du dich kümmern.«

Joe taucht neben ihnen auf. »Ich bin auf dem Traktor gefahren, Mummy«, kräht er. »Komm mit und sieh mir zu!«

Camilla nimmt Emma das Mädchen ab. »Komm, Süße!«, meint sie zärtlich zu Dora. »Nur noch ein paar Minuten«, erklärt sie Joe bestimmt, »und dann musst du hereinkommen und dir die Hände waschen. Bis dahin ist das Mittagessen fertig.«

Sie spricht weiter mit Dora und trägt sie ins Haus, und Mungo wirft Emma einen Blick zu, um festzustellen, ob es ihr etwas ausmacht, dass Camilla sich einfach ihre Rolle angeeignet hat. Aber Emma scheint es ganz recht zu sein, die Verantwortung einmal abgeben zu können.

»Sie geht wunderbar mit den Kindern um«, sagt Emma wie zur Antwort auf seine unausgesprochene Frage. »Es ist herrlich, wenn einmal kurz jemand anders übernimmt.«

Mungo nickt. »Es muss anstrengend sein, sich ganz allein durchzuschlagen.«

»Am schlimmsten ist das Baden«, erklärt sie. »Aber man gewöhnt sich daran. Trotzdem ist es toll, wenn man mal herauskommt und sich eine Auszeit nimmt, um sich mit Freunden zu treffen ...«

Sie verstummt, und kurz stehen sie da und sehen Joe zu, der

angibt und so schnell strampelt, wie er kann. Mungo ist sich einer gewissen Anspannung bewusst, die von ihr ausstrahlt. Aus dem Augenwinkel sieht er, wie sich ihre Finger ständig um den langen Riemen ihrer Umhängetasche schließen und wieder öffnen.

»Sie müssen Kit kennenlernen«, sagt er im Plauderton. »Sie ist eine sehr alte Freundin, die momentan bei mir wohnt. Vielleicht haben Sie sie schon auf der Straße mit meinem Hund Mopsa gesehen.«

Emma schaut ihn rasch an und wendet dann den Blick wieder ab. »Ich glaube nicht«, meint sie unsicher. »Obwohl Joe davon gesprochen hat, dass jemand mit einem Hund auf der Straße war. Er sagte, die Frau hätte ausgesehen wie eine Prinzessin oder eine Hexe, aber eine nette. Konnte sich nicht entscheiden.«

Sie lächelt, doch er spürt ihre Nervosität und vielleicht sogar Schuldgefühle, und sie tut ihm furchtbar leid.

»Eine Hexe oder Prinzessen. Das klingt ganz nach Kit«, sagt er fröhlich. »Ich bin mir auch nie ganz schlüssig über sie.«

Camilla taucht auf.

»Ich habe die Wippe für Dora gefunden«, erklärt sie. »Jetzt ist sie gut untergebracht. Komm mit!«, ruft sie Joe zu. »Zeit, dir die Hände zu waschen. Schnell!«

Emma sieht den beiden nach, zieht die Augenbrauen hoch und zuckt leicht die Schultern. »Ich frage mich, wie sie das macht. Bei mir hätte es zwanzig Minuten gedauert, bis er von diesem Traktor heruntergekommen und ins Haus gegangen wäre. Was ist ihr Geheimnis?«

Mungo lächelt sie an und blinzelt ihr verstohlen zu. »Vorhin hat sie erzählt, dass sie immer schon herrisch war, sogar als Kind. Alte Gewohnheiten lassen sich eben schwer überwinden.«

Sie lacht über seinen kleinen Scherz, und einen kurzen Moment lang wirkt sie entspannt und friedlich. Mungo denkt an diesen hartnäckig wirkenden jungen Mann und kann gut verstehen, dass er einem vielleicht den inneren Frieden raubt. Er erinnert sich an Ralph und daran, wie furchtbar eine alte Liebe sie alle fast vernichtet hat, und ihm wird klar, dass Emma ihn an Izzy erinnert. Es liegt nicht nur daran, dass sie ebenfalls knabenhaft und zierlich wie Audrey Hepburn aussieht, sondern sie strahlt auch die gleiche Verletzlichkeit aus.

»Wir gehen uns besser ebenfalls die Hände waschen«, meint er zu ihr, »sonst schimpft Camilla uns aus. Wir sind nicht von der Regel ausgenommen, bloß weil wir erwachsen sind. Oder jedenfalls so tun.«

Emma sieht ihn aufmerksam an. »Ich fühle mich nicht immer erwachsen«, gesteht sie. »Manchmal finde ich es ziemlich Furcht einflößend, für zwei kleine Kinder verantwortlich zu sein.«

»Grauenhaft«, pflichtet er ihr mitfühlend bei. »Unter der Haut sind wir alle gleich, wissen Sie. Legen uns einen Deckmantel zu, damit andere nicht merken, wie vollkommen ohnmächtig wir uns wirklich fühlen. Nun ja, vielleicht nicht wir alle. Camilla nicht. Camilla ist sehr erwachsen. Aber ich vergesse immer wieder, dass sie und Ihre Mutter alte Freundinnen sind.«

»Sie sind zusammen zur Schule gegangen und auch nachher in Verbindung geblieben. Camilla war wirklich toll, als Mum und Dad sich haben scheiden lassen. Mum ist oft ein wenig konfus, und ich glaube, sie war sehr dankbar dafür, jemanden zu haben, der ihr gesagt hat, was sie zu tun hatte.«

»Also, dafür ist Camilla genau die Richtige«, meint Mungo.

Camilla kommt wieder nach draußen. »Wo bleibt ihr zwei denn? Joe und Dora warten auf ihr Essen.«

Mungo und Emma folgen ihr gehorsam ins Haus.

»Hab ich Ihnen doch gesagt«, flüstert er ihr zu, und Emma lacht. Mungo ist erfreut: Er hat das Gefühl, einen Teil ihrer Abwehr durchbrochen und eine Art Beziehung aufgebaut zu haben. Seine Neugier ist geweckt, und er sehnt sich danach, mehr über Emma und den Mann im Café zu erfahren. Er erinnert sich an die Körpersprache der beiden, diese Intensität, und hat das unbestimmte Gefühl, sie könne irgendwie in Gefahr schweben.

Sei nicht so melodramatisch!, sagt er sich. Aber das Gefühl weicht nicht.

Kit und Archie, die auf dem Old Mill Creek im Schatten der Bäume vor Anker gegangen sind, genießen Camillas Picknick. Das Wasser ist weich und still wie ausgebreitete Seide, Boote liegen auf ihren Spiegelbildern, und Bäume neigen sich über den kleinen Fluss, um ihre Doppelbilder zu umarmen. Eine Flottille Enten legt vom schattigen Ufer ab, pflügt durch diese Bilder und zerreißt die glatte Wasseroberfläche in tausend kleine, glitzernde Wellen. Unter aufmunterndem Quaken paddeln sie hoffnungsvoll um die *Wave* herum und warten darauf, dass man ihnen einen Brocken zuwirft.

»Die Armen!«, meint Kit betrübt. »Das Problem ist, diese Sandwiches sind so köstlich, dass ich keinen einzigen Krümel entbehren kann. Camilla ist so tüchtig. Du bist ein sehr glücklicher Mann, Archie.«

»Ich weiß«, gibt er im selbstzufriedenen Ton eines Mannes zurück, der die freie Auswahl hatte und sich für die Beste entschieden hat. »Und sie wird sich mit Joe wunderbar amüsieren. Drolliger kleiner Kerl. Sehr ernst. Vielleicht, weil sein Vater so oft fort ist.«

»Haben sie einen Hund?«, fragt sie, steckt sich eine winzige gelbe Tomate in den Mund und beißt herzhaft hinein. »Wir hatten zu Hause keinen, weil wir in einem ganz kleinen Haus in Bristol gewohnt haben, aber wir haben die Ferien immer auf The Keep verbracht. Hunde sind so gut für Kinder.«

»Unsere liebt Joe auf jeden Fall, und Emma hat davon gesprochen, sich einen anzuschaffen, doch vielleicht findet sie auch, dass sie im Moment, da Rob fort ist, gerade genug um die Ohren hat.«

Gesellig sitzen sie in der Plicht; das Picknick haben sie vor sich ausgebreitet. Möwen kreisen über ihnen und halten Ausschau nach Futter. Kit zieht die Beine an und schlingt die Arme um die Knie.

»Wenn du noch einmal von vorn anfangen könntest«, sagt sie, »was würdest du anders machen?«

Archie atmet tief und lächelt zufrieden. »Da fällt mir nichts ein. Hätte nichts gegen eine schöne, hochseetüchtige Jacht gehabt, aber das wäre eigentlich sinnlos. Camilla segelt nicht besonders gern.«

Kit sieht zu, wie er eine Scheibe Kirschkuchen abschneidet und ein paar Krümel über die Reling streut, für die Enten, die sofort quakend und spritzend angeschossen kommen. Wie wunderbar muss es sein, nichts zu bereuen, kein schlechtes Gewissen wegen dieser dummen Fehler zu haben, die man in der Jugend begeht! Es ist so friedlich bei Archie, so tröstlich und sicher. Trotzdem weiß sie, dass sie nicht in der Lage sein wird, ihm von ihrem Zwiespalt mit Jake zu erzählen. Genau wie Camilla würde er den rationalen, pragmatischen Standpunkt eines Menschen einnehmen, der noch nie seinem launenhaften Charakter ausgeliefert war. Er würde versuchen mitzufühlen, zu verstehen, doch das wäre nicht die gleiche echte Empathie, die sie bei Mungo findet oder früher bei Izzy fand.

»Was ist mit dir?« Archie isst seinen Kuchen auf und wirft den Enten, die sich darum zanken, noch ein paar Krümel zu.

»Keinen eigenen Hund zu haben ...«, antwortet sie schnell. »Ich habe immer gedacht, in London wäre das nicht gut möglich, aber manchmal frage ich mich, ob es doch geklappt hätte. Tausende von Leuten halten Hunde in der Stadt.«

»Na ja, du könntest dir immer noch einen anschaffen«, meint er. »Obwohl mir die Hunde immer leidtun, die eingesperrt in der Stadt leben und nur in Parks spazieren gehen können. Kommt mir irgendwie nicht richtig vor.«

Kit lächelt in sich hinein. Die Sicht eines Mannes vom Lande. Ob Jake sich einen Hund wünscht? Sie denkt über ihn nach, darüber, wie und wo sie zusammenleben könnten, und die inzwischen schon vertraute Panik ergreift sie. Ein Teil von ihr sehnt sich danach, ihn zu sehen, und ein anderer Teil ihrer selbst will alles nicht wahrhaben. Sie greift nach dem Kuchen und trinkt ihr Glas Weißwein aus. Camilla hat es für sicher erachtet, ihnen eine halbe Flasche zuzugestehen, mehr nicht, damit Archie am Steuerrad nicht unvorsichtig wird. Er hat sich ausgestreckt, die Knie angezogen und die Augen geschlossen. Sein Kopf liegt auf seiner zusammengerollten Segeljacke. Kit wünscht, sie könnte für immer auf diesem ruhigen, abgelegenen Flussarm bleiben und Camillas Kirschkuchen essen. Hier ist Jake keine Bedrohung ...

Als Mungo Jakes Brief gelesen hatte, schwieg er einen Moment lang. Dann zog er die Augenbrauen hoch und stieß einen leisen Pfiff aus.

»Wow!«, sagte er. »Der Bursche ist aber eifrig, Süße! Ziemlich rührend nach all den Jahren. Ich würde ihn gern kennenlernen. Er ist so direkt und ehrlich, aber man spürt auch Zärtlichkeit. Macht mich richtig sentimental.«

Sie nahm ihm den Brief wieder ab und faltete ihn zusammen. »Ich weiß«, sagte sie. »Ich empfinde genauso. Doch es ist so ein großer Schritt, Mungo. Ich erinnere mich an den Jake von früher, und er wird genauso an mich denken. Wir haben uns nun seit zwanzig Jahren nicht gesehen. Angenommen, wir verabreden uns und erkennen einander nicht einmal? Ich könnte die Enttäuschung in seinem Blick nicht ertragen. Stell dir vor, wie grauenhaft das wäre!«

Mungo dachte darüber nach; sie sah, wie er sich in das Ganze hineinversetzte, bereitete sich gleichsam schon darauf vor, bei der Szene Regie zu führen. So wie sie Mungo kannte, besetzte er im Geist bereits die Rollen, bestimmte das Bühnenbild und schrieb den Dialog.

»Ihr wart verliebt«, sagte er. »Und, was noch wichtiger ist, ihr hattet euch wirklich gern. Ihr seid getrennt worden – lassen wir das Warum und Wie einmal beiseite –, doch in dem Moment, in dem er frei ist, denkt er an dich und bittet dich um ein Treffen. Du erzählst mir, dass es niemand mit ihm aufnehmen konnte. Das Problem ist, dass du gekränkt bist, weil er derjenige war, der gegangen ist, und jetzt hat er beschlossen, zu dir zurückzukehren. Er hat das Sagen.«

»Ja«, gab sie schließlich zögernd zu. »Genau das ist es. Ich fühle mich gedemütigt. Er hat mich für Madeleine beiseitegeschoben, und jetzt, nachdem sie tot ist, hat er entschieden, mich zurückzuholen.«

»Aber so war es nicht, oder? Du hast gesagt, er habe sich mit ihr eingelassen, weil du dich geweigert hast, dich an ihn zu binden. Dass er dich gebeten hat, ihn zu heiraten, du dich jedoch nicht festlegen wolltest. Er war unglücklich und hat sich mit diesem Mädchen getröstet, das ihn anhimmelte. Wer könnte ihm das übel nehmen? Vielleicht ist sie ja auch mit Absicht schwanger geworden, und der arme Jake hatte das Gefühl, das Richtige tun zu müssen.«

»Ach, jetzt sei aber still, Mungo!«, versetzte sie gereizt. »Auf wessen Seite stehst du eigentlich?«

»Nicht auf meiner«, lautete seine verblüffende Antwort. »Ich gebe zu, dass ich die feste Absicht hatte, dich von dieser Sache abzubringen. Ich habe keine Lust, dich zu teilen, Süße. Aber nachdem ich diesen Brief gelesen habe, empfinde ich das anders. Ich glaube, dein Jake würde mir gefallen.«

»Ja, das glaube ich auch«, sagte sie trocken. »Er ist eindeutig dein Typ! Doch das ist genau der Punkt, oder? Es würde so viel verändern, unsere Freundschaft eingeschlossen.«

»Aber es könnte auch Vorteile geben. Versuch, positiv zu denken.«

»Anscheinend habe ich die Nerven verloren«, sagte sie. »Es war ein Schock, und wahrscheinlich habe ich Angst, den Status quo zu verändern.«

»Ach, jetzt fang bloß nicht an, mir zu erzählen, dass du zu alt bist und solchen Unsinn«, erwiderte er ungeduldig. »Wie viele Menschen wünschen sich nicht eine zweite Chance im Leben?«

Jetzt legt Kit das Kinn auf die Knie und sieht über den kleinen Fluss hinaus. Auf einer Boje steht mit ausgebreiteten Flügeln ein Kormoran reglos in der Sonne; am Kiesstrand warten Wattvögel auf die einlaufende Flut.

Archie betrachtet sie aus halb geöffneten Augen. Wie sie da mit hochgezogenen Knien sitzt und über das Wasser hinaussieht, erinnert sie ihn an viele vergangene gemeinsame Tage auf dem Fluss. Er fragt sich, was sie wirklich bedauert; er kann nicht ganz glauben, dass es einfach der Umstand ist, nie einen Hund gehabt zu haben. Aber bestimmt hat ihre Stimmung nichts mit Michael, dem Schrecklichen, zu tun. Er hatte den Kerl auch nicht besonders leiden können, doch er war auch nicht mit Mungos brutaler Entscheidung einverstanden gewesen, der Beziehung den Rest zu geben.

Das sagte er auch, als Camilla ihm erzählte, dass Mungo vorhabe, Kit zur Rede zu stellen.

»Aber du kannst ihn nicht ausstehen«, rief sie. »Sie wird nicht glücklich mit ihm werden.«

»Das können wir nicht wissen«, gab er unbehaglich zurück. »Das ist schließlich eine ganz private Angelegenheit, oder? Nur weil wir ihn nicht mögen …«

»Ach, um Himmels willen!«, sagte sie. »Du kennst Kit viel zu gut, um zu glauben, dass sie mit einem fantasielosen, aufgeblasenen alten Langweiler glücklich wird.«

»Ich kann auch ein fantasieloser, aufgeblasener alter Langweiler sein«, murrte er in der Hoffnung, sie werde ihm widersprechen.

»Natürlich kannst du das«, lautete ihre vernichtende Antwort, »doch du bist nicht ständig so. Michael schon. Kit ist viel zu gut für ihn.«

Da war er ganz ihrer Meinung. Die Aussicht darauf, Kit als Begleiterin bei Hundespaziergängen oder Ausfahrten auf dem Fluss zu verlieren, war ein hoher Preis für die Gesellschaft von Michael, dem Schrecklichen. Während der achtzehn Monate, die ihre Beziehung zu ihm dauerte, hat Archie die Zeit mit Kit wirklich vermisst, obwohl er sogar heute nicht definieren kann, welcher Art seine Freundschaft mit ihr ist. Vielleicht hat er, weil sie zuerst und vor allem mit Mungo befreundet war, das Gefühl, eine kleine Schwester bekommen zu haben. Ihr ungezwungener Umgang und ihre Natürlichkeit vermittelten ihm das Gefühl, sie schon immer gekannt zu haben. Sie passte zu ihnen.

»Vielleicht«, meinte Camilla, »liegt es daran, dass sie aus einer großen Familie stammt. Sie kommt einfach mit jedem gut aus. Oder sie hat gelernt, mit ihren Kunden umzugehen, und reagiert instinktiv auf unterschiedliche Menschen so, wie es für sie richtig ist. Woran es auch liegt, sie ist wirklich ein Gewinn.«

Er freut sich, dass Camilla so viel von Kit hält. Diese Ausflüge sind ihm kostbar; er kann schweigen – so wie jetzt –, seine Gedanken schweifen lassen, die Schönheit des Flusses und des Tages genießen oder auch Ideen mit ihr austauschen, die immer leicht ungewöhnlich sind, und er empfindet keinen Stress. Er fühlt sich nicht für Kit verantwortlich, und doch bereiten ihm ihre Gesellschaft und das einfache Wissen, dass sie da ist, Vergnügen.

Ein Motorboot knattert vorbei, die *Wave* beginnt, in seinem Kielwasser zu schaukeln, und der Zauber ist gebrochen. Archie öffnet die Augen und setzt sich auf.

»Die Flut kommt«, sagt er. »Wir haben gerade noch Zeit für einen Kaffee, und dann müssen wir nach Hause fahren.«

# 9. Kapitel

Mags räumt die Teller weg und beginnt, die Spülmaschine einzuräumen.

»Lass es doch«, sagt Philip. »Ich mache das gleich.«

Er wird ohnehin wieder umräumen; sie bekommt nicht halb so viel hinein wie er. Stirnrunzelnd dreht sie sich um, und er betrachtet sie: kleine, harte Knopfaugen, verkniffener Mund. Was hat Billy nun schon wieder gesagt? Was hat sie sich jetzt in ihren Kopf gesetzt?

»Tasse Tee?«, fragt er. »Bevor du fährst? Du willst doch nicht zu spät zu deiner Gruppe kommen.«

Er sieht, dass sie hin und her gerissen ist. Sie hat sich jetzt eingerichtet, hat einen Fuß in der Tür – aber sie darf nicht zu spät zum Hexenzirkel kommen. Sie zögert, kramt am Spülbecken herum; und er steht auf, um Tee zu machen und sie dann aus der Küche und aus dem Haus zu bugsieren.

»Er kriegt diese komischen Anwandlungen«, sagt sie und sieht zu, wie er den Wasserkessel füllt. »Wiederholt sich.«

»Verständlich«, meint Philip leichthin. »Das tun wir alle.«

»Aber es ergibt keinen Sinn.«

»Das ist bei dir manchmal auch so. Geht mir nicht anders.«

Er wirft einen Teebeutel in einen Becher, weil er keine Lust hat, richtigen Tee aufzugießen, und sieht dann bestürzt aus dem Fenster. Mungo kommt auf den Hof und geht mit großen Schritten zu der weit offen stehenden Hintertür. Er hämmert an die Tür und macht sich gleichzeitig rufend bemerkbar.

»Ich gehe.« Mags ist schon halb draußen in der Spülküche,

und Philip hört ihre entzückten Aufschreie. Halblaut fluchend brüht er ihren Tee auf.

»Sieh mal einer an, wer gekommen ist!«, sagt Mags, die strahlend in der Tür steht. »Ist das nicht nett? Sir Mungo kommt Billy besuchen.«

Mungo zwinkert Philip hinter Mags' Kopf zu, und er kann nicht anders, als sein Grinsen zu erwidern.

»Wie geht's dir, Philip?«, fragt er. »Mags sagt, Billy geht es gut.«

»Einigermaßen«, antwortet er.

Er fühlt sich gehemmt durch Mags, die neben ihm Grimassen schneidet, und fürchtet, was sie vielleicht erzählen wird. Er stellt ihre Tasse auf den Tisch und schiebt sie darauf zu.

»Hätten Sie gern Tee, Sir Mungo?«, fragt sie. »Das Wasser ist noch heiß.«

Philip sieht es ihr an: Wenn sie zwischen Sir Mungo und dem Hexenzirkel wählen muss, ist der Gewinner klar.

Mungo sieht ihn an und zieht die Augenbrauen hoch. Offensichtlich spürt er Philips Gereiztheit und hat eine ziemlich gute Vorstellung davon, was der Grund ist.

»Nein, nein«, sagt Mungo. »Danke, doch ich habe gerade mit Camilla zu Mittag gegessen. Und mit Emma, unserer neuen Nachbarin. Kennt ihr sie schon?«

»Habe noch nicht mit ihr geredet«, antwortet Philip, während Mags an ihrem Tee nippt und liebenswürdig lächelt. »Hab ihr nur aus dem Auto zugewinkt.«

Komisch, aber wenn Mags hier ist, kann er sich nicht natürlich verhalten wie sonst bei Mungo. Es ist verrückt; Mungo kennt Mags schon sein ganzes Leben und weiß, wie sie ist. Aber er fühlt sich verlegen, unbehaglich und ist erleichtert, als Mungo sich einen Stuhl heranzieht und sich setzt wie immer.

»Soll ich zu Billy hineinschauen?«, fragt er. »Ich glaube, er hat letztes Mal unseren kleinen Plausch genossen. Ist er denn auf der Höhe?«

Blitzschnell ist Mags aufgesprungen. »Ich sehe nach ihm«, erklärt sie.

Sie will nachschauen, ob er seibert oder mit offenem Mund eingeschlafen ist und schnarcht. Sir Mungo soll ihn so nicht sehen. Philip blickt ihr nach, dann schaut er Mungo an und zuckt mit den Schultern.

»Sie treibt uns in den Wahnsinn«, sagt er, »aber was sollen wir machen?«

»Ihr habt euch noch nie verstanden«, meint Mungo mitfühlend. »Nicht einmal als Kinder. Sie war immer eine Nervensäge, oder? Aber wahrscheinlich darfst du ihretwegen Billy zu Hause pflegen. Das ist es doch wert, oder? Sei dankbar, dass sie in Newton Abbot wohnt und nicht mehr im Dorf.«

»Sie ist eine Unruhestifterin. Schon immer gewesen. Schnüffelt in unseren Geheimnissen herum.«

»Geheimnisse?«

»Privatangelegenheiten. Alles, was sie nicht hören oder sehen soll. So war sie schon als Mädchen. Na, wem sage ich das? Weißt du noch, als wir Kinder waren? Sie hat gern herumgestöbert und -gestochert und es einem dann zufällig oder absichtlich unter die Nase gerieben.«

Mungo starrt ihn an. »Aber selbst wenn sie ... sich einbilden sollte, ein Geheimnis zu kennen, was sollte das sein?«

»Wer weiß?«, fragt Philip leise, lauscht darauf, ob die Tür geöffnet wird, und beobachtet Mungos Gesichtsausdruck.

»So«, sagt Mags und kommt geschäftig hereingewieselt. »Jetzt ist er bereit, Besuch zu empfangen.«

Mungo steht auf, und Mags hält ihm die Tür auf. Als sie Anstalten macht, ihm zu folgen, vertritt Philip ihr den Weg.

»Am besten trinkst du deinen Tee aus und machst dich auf

den Weg«, sagt er freundlich, »sonst fragen sich deine Mädels noch, wo du bleibst.«

Hinter ihrer ausdruckslosen Miene stecken Frustration und Enttäuschung, doch er wartet und rührt sich nicht von der Stelle. Sie hören Mungos Stimme und Billys pfeifendes Lachen. Mags wendet sich ab, trinkt ihren Tee im Stehen am Tisch und nimmt dann ihre Tasche. Philip folgt ihr zur Tür; eigentlich treibt er sie vor sich her wie ein Schäferhund, damit sie nicht wieder in Richtung Wohnzimmer ausbricht. Sie geht in den Hof hinaus, steigt in ihr Auto und fährt durch das Tor und die Straße entlang.

Er bleibt noch an der Tür stehen und sieht über den Hof hinweg zum Obstgarten. Keine Joanie, die die Wäsche aufhängt, keine Kinder, die in der alten Scheune spielen. Die Ställe sind leer, kein Vieh mehr, um das er sich Gedanken machen muss, nachdem das Weideland jetzt an seinen Sohn verpachtet ist. Nur ein paar Hühner picken im Hof, und in der Sonne putzt sich einer von Smudgys Nachfahren. Zum ersten Mal in seinem Leben fühlt sich Philip wirklich allein. Seine Söhne und Enkel leben weiter unten im Tal, doch das ist nicht die Gesellschaft, nach der er sich mit einem Mal sehnt. Gerade jetzt möchte er kein Großvater oder Vater sein, keiner der Stammesältesten. Er spürt das unerklärliche Bedürfnis, mit den Menschen zusammen zu sein, die ihn als Kind und als jungen Mann kannten, die seine Jugend mit ihm geteilt haben. Davon sind nur noch sehr wenige übrig, aber Mungo gehört dazu. Er erinnert sich an Mungo als fantasievolles Kind, als temperamentvollen Teenager und später als Schauspieler, der Glanz und Aufregung in sein Leben brachte. Mungo brachte den Geruch nach Theaterschminke mit, den Zauber des Theaters – und Izzy.

Vor das Bild des sonnenbeschienenen Hofes schieben sich andere: Izzy, die zu ihm auflacht und seine Hand hält, und wie sie in Mungos Küche singt und tanzt. Er sieht Ralphs belustigtes, verächtliches Lächeln und hört seine Stimme. »Halt dich von ihr fern, Landei! Sie ist nicht deine Liga.« Er erinnert sich, wie schwer Ralphs Leiche in seinen Armen wog, an das Geräusch des Spatens, der in den eiskalten, schweren Schlamm fuhr, und an Billys Stimme in seinem Ohr.

»Grab tief, Junge! Sonst holen ihn die Füchse.«

Billy und Mungo, die Gefährten seiner Jugend. Er kehrt den Bildern und Stimmen den Rücken und geht wieder hinein zu den beiden.

Emma liest die SMS, die gerade hereingekommen ist, klappt ihr Handy zu und steckt es in die Tasche. Sie fühlt sich unruhig, nervös. Die Aufregung der letzten paar Wochen ist verflogen, und Marcus' Nachricht – *Hast du Camilla gefragt?* – stresst sie nur noch mehr. Der Vormittag mit Naomi, gefolgt von dem Mittagessen mit Camilla und Mungo, hat sie verwirrt. Der verstörende Anblick des brüchigen, in sich verdrehten Löffels mit dem verblassten, abgeriebenen Bild eines Piraten auf dem Plastikgriff schwebt am Rand ihrer Gedanken. Es ist, als wären Marcus und sie in einer besonderen, geheimen Welt, einer wunderbaren Verschwörung gefangen gewesen; aber jetzt, da sie ans Licht gekommen ist, wirkt sie ziemlich schäbig. Es war lustig und ziemlich gefährlich, eine Entschädigung für die Einsamkeit und Angst, unter denen sie leidet, wenn Rob mit seinem verschworenen Haufen draußen in Afghanistan ist. Wenn sie ehrlich ist, hat sie manchmal dieses ganze Kameradschaftsgetue ein wenig satt, dieses Gefühl, auserwählt zu sein, die Unfähigkeit, nach ihrer Rückkehr wieder im langweiligen, eintönigen Familienleben anzukommen.

»Wir kämpfen gern«, hat Marcus auf einer Party im Frühjahr

zu ihr gesagt. »Das ist unser Geschäft. Dafür werden wir ausgebildet. Und für einen Soldaten ist das da draußen ein Spielplatz, Ems, glaub mir!«

»Aber Rob ist Arzt«, widersprach sie. »Er versucht, Leben zu retten.«

»Er steht auch auf ein bisschen Aufregung, sonst hätte er sich doch nicht von der Navy wegversetzen lassen, oder? Er war genauso stolz darauf, seinen grünen Deckel zu kriegen wie wir alle.«

Emma versuchte, sich an die sehr guten Gründe zu erinnern, die Rob für seinen Entschluss ins Feld geführt hatte, am »All Arms Combat Course« teilzunehmen – und an seinen Jubel, als er ihn bestand und das grüne Barett verliehen bekam –, aber sie war sich des Blickes von Marcus' grauen Augen und des Lächelns auf seinen ziemlich schmalen Lippen zu bewusst, um klar zu denken. Es war, als stünde man in einem grellen, konzentrierten Lichtstrahl, der einen blendete.

»Und was höre ich da von Rob? Dass ihr aufs Land ziehen wollt?«, fragte er.

Sie zuckte mit den Schultern. »Das Leben beim Militär erdrückt mich ein bisschen. Eine Freundin meiner Mum vermietet auf dem Moor hinter Ashburton ein Cottage. Ich dachte, es wäre lustig, dort zu wohnen.«

Sein eindringliches, wissendes Lächeln bereitete ihr Herzklopfen. Sie hatte das Gefühl, dass er in ihren Kopf sehen konnte und das komplizierte Durcheinander verstand, in dem sie sich befand: frustriert über Rob, enttäuscht von seinen Heimaturlauben, die so viel versprachen und so wenig hielten, Verbitterung darüber, dass sie monatelang allein mit zwei kleinen Kindern und all den Scherereien des täglichen Lebens zurechtkommen musste und sehr wenig Dankbarkeit oder Anerkennung dafür erntete.

»Ich bin jetzt ein paar Wochen in Norwegen«, erklärte Marcus, »aber wir müssen uns treffen, wenn ich zurück bin. Hier hast du meine Karte.« Er steckte sie ihr rasch zu. Da kam auch schon Rob mit ihren Drinks wieder. »Hi, Kumpel«, meinte er leichthin. »Ich sagte gerade, wir sollten uns irgendwann mal treffen. Ems hat mir erzählt, dass ihr umzieht.«

Sie steckte die Karte in ihre Handtasche, und es war, als träte sie mit dieser verschwörerischen Handlung in die nächste Runde des Spiels ein.

Jetzt fragt sie sich, an welchem Punkt des Gesprächs ihre gewohnte, von harmlosem Flirt und Scherzen begleitete Freundschaft in diese neue Dimension umgekippt ist. Natürlich wussten alle, dass Tasha und Marcus sich auf Probe getrennt hatten, aber bis dahin hatte er schon fast ein Jahr allein gelebt. Warum also gerade jetzt? Auf der Karte standen seine E-Mail-Adresse und eine Handynummer, und als sie die Rundmail an ihre Freunde schickte, in der sie ihnen ihre neue Adresse mitteilte, nahm sie Marcus in den Verteiler auf. In der Mail gab sie auch ihre Handynummer an, vollkommen angemessen.

Marcus antwortete offen und beiläufig, und sie ließ Rob seine Mail sehen, zusammen mit allen anderen, die ihnen Glück im neuen Heim wünschten. Dann bekam sie eine SMS von Marcus. Etwas Lustiges, Kurzes, doch sie hatte gewusst, dass das ein entscheidender Punkt war. Wenn sie auf die SMS antwortete, würde sie sich auf undefinierbare Art zu mehr verpflichten als der entspannten Freundschaft, die zwischen den dreien bestand. Sie zauderte. Dora war erst drei Monate alt und sehr anspruchsvoll. Rob, der Heimaturlaub hatte, war müde, deprimiert und aufbrausend. Joe begriff nicht, warum Daddy nicht endlos mit ihm spielen, spazieren gehen oder Fußball spielen wollte. Natürlich hatte sie Verständnis für Rob, natürlich versuchte sie, ihm die Aufmerksamkeit und Liebe zu schenken, die er brauchte. Aber sie war auch müde, rieb sich an dem neuen Baby und einem lebhaften Vierjährigen auf. Diese amüsante SMS wirkte wie ein kleiner Schluck Champagner, eine Erinnerung daran, dass es ein Leben außerhalb von Babys, Routine, Einkaufen und einem mürrischen Ehemann gab. Eines Nachmittags, nachdem Rob Joe angebrüllt und sie angefaucht hatte, weil sie zu vermitteln versuchte, war sie türenknallend aus dem Haus gerannt, um allein spazieren zu gehen, und hatte auf die SMS geantwortet.

Als sie jetzt auf der Gartenbank hinter dem Cottage sitzt und Joe beim Spielen zusieht, weiß sie, dass sie mit Marcus ein großes Risiko eingeht. Es war einfach, so zu tun, als wäre es auf beiden Seiten nur ein unbeschwerter Spaß, ein harmloser Flirt. Aber seit dem Treffen auf dem Haytor ist ihr klar geworden, dass sie sich übernimmt und Marcus sich vielleicht nicht an die Regeln halten wird. Er lässt ihr keinen Spielraum, keinen Platz zum Manövrieren. Wenn sie sich zurückzieht, greift er an; wenn sie zögert, bedrängt er sie. Er verhält sich wie eine Dampframme, und so langsam bekommt sie ein wenig Angst vor ihm. Während Marcus sie beobachtete und auf sie einredete, hat er die ganze Zeit Joes Löffel umklammert und verbogen. Er war sich dessen nicht einmal bewusst gewesen; er hatte ihn einfach auf dem Tisch liegen gelassen – ein äußerliches Zeichen des Aufruhrs in seinem Kopf. Als sie nach Hause gekommen waren, hatte sie den Löffel aus ihrer Tasche genommen und ihn tief im Mülleimer vergraben, damit Joe ihn nicht fand. Dann, ganz plötzlich, brachte eine instinktive Reaktion sie dazu, ihn hervorzuholen. Sie wühlte danach, wischte ihn an einem Stück Küchenkrepp ab und versteckte ihn in ihrer Tasche. Der verbogene Löffel ist wie ein Symbol ihrer Angst.

In diesem kleinen Garten, der so angelegt ist, dass er den Verwüstungen, die Feriengäste anrichten können, widersteht, herrscht eine friedliche Stimmung. Er ist gepflastert, ohne Rasen, der zertreten werden kann oder gemäht werden müsste, und in den Hecken, die dieses sonnige Fleckchen umgeben, wachsen Hundsrosen und Geißblatt. An der Wand des Häuschens hat Camilla Sonnenblumen gepflanzt, die mit ihren haarigen grünen Blättern und den nach oben gewandten Blüten, die der Sonne folgen, kerzengerade in die Höhe ragen. In einer Ecke, in der Nähe zu den Glastüren, die ins Wohnzimmer führen, stehen ein Grill, ein schwerer Holztisch mit einem Sonnenschirm und sechs grüne Plastikstühle.

Joe hat seine Eisenbahn mit nach draußen genommen und baut sie jetzt sorgfältig auf. Er kniet zwischen seinen Wagen von *Thomas, die kleine Lokomotive* und den Schienen. Als er zu ihr aufsieht und sie anstrahlt, pocht ihr Herz vor Liebe und Angst zugleich. Das Zusammensein mit Camilla, Archie und Mungo hat irgendwie ihr Leben wieder ins richtige Licht gerückt. Ihre Werte, ihr Heimatgefühl, ihr Sinn für Heim und Familie haben sie an das erinnert, was sie zu verlieren hat. Naomis Reaktion war nur ein kleiner Anfang gewesen, dem ihre leicht besserwisserische Art einen Teil ihrer Wirkung geraubt hat. Da haben Camilla und Mungo, die nichts von ihrer Beziehung zu Marcus wissen, mit ihrer einfachen, direkten Haltung ihr, Joe und Dora gegenüber einen viel stärkeren Einfluss ausgeübt. Unausgesprochen hatte die Annahme in der Luft gelegen, dass diese Kinder immer an erster Stelle stehen würden, und sie waren selbstverständlich davon ausgegangen, dass sie an ihrer Ehe festhielt. Dabei hatten beide große Anteilnahme für die Schwierigkeiten des Lebens mit der Armee gezeigt. Sie zollten ihr Anerkennung und Bewunderung dafür, dass sie sich darauf eingelassen hatte und damit zurechtkam. Ihre Fröhlichkeit und Freundlichkeit hatten ihr neuen Mut und neue Kraft geschenkt.

Jetzt beobachtet Emma Joe, der seine Lokomotiven und Waggons aneinanderhängt und mit sich selbst spricht, und sieht, was sie zu verlieren hat. Ihre Welt hat sich wieder gerade gerichtet, und sie erkennt, wie kostbar sie ihr ist. Sie darf sie nicht für dieses Hirngespinst aus Aufregung und Spaß aufs Spiel setzen, für eine kurze sexuelle Befriedigung. Aber wie soll sie sich daraus befreien? Ihr Handy klingelt, und sie zieht es hervor und sieht auf den Namen des Anrufers. *Marcus*. Sie lässt es läuten, doch vor Angst zieht sich ihr Magen zusammen. Das Bild von Joes kleinem, völlig verdrehtem Löffel steht vor ihrem inneren Auge. Sie muss Marcus gegenüber aufrichtig sein, ihm erklären, dass die Sache weit genug gegangen ist und sie ein Ende machen will. Was kann er schon dagegen unternehmen? Sofort beantwortet sie sich die Frage selbst: Er kann Rob die SMS zeigen. Dieses Mal wird ihr ganz übel, und ihre Gedanken überschlagen sich, als sie nach einer Lösung sucht.

Joe kommt zu ihr. »Komm spielen, Mummy!«, bettelt er. »Du kannst auch der dicke Kontrolleur sein, wenn du willst.«

Sie umarmt ihn, drückt die Wange an sein von der Sonne gewärmtes Haar und möchte am liebsten in Tränen ausbrechen. Er löst sich von ihr und sieht sie an, als versuchte er, ihre Stimmung einzuschätzen, und sie lächelt ihm zu.

»Na schön, komm!«, sagt sie, und dann knien sie zusammen zwischen den Gleisen und spielen im Nachmittagssonnenschein mit der Eisenbahn.

## 10. Kapitel

Mungo stellt die Drinks vorsichtig auf den runden, weiß gestrichenen, schmiedeeisernen Tisch und setzt sich neben Kit. Inzwischen sammeln sich die ersten abendlichen Schatten im Hof, wo es nach dem heißen Tag immer noch warm wie in einem Ofen ist. Mitten auf der Tischplatte steht ein blau glasierter Krug mit Wicken, und Kit beugt sich vor, um ihren Duft einzuatmen.

»Faszinierend«, bemerkt Mungo, der genüsslich seinen Gin Tonic kostet, und nimmt ihren Gesprächsfaden von eben wieder auf. »Ein entzückendes Mädchen, aber furchtbar angespannt. Und wer ist dieser Mann? Das möchte ich wissen.«

»Das willst du immer«, gibt Kit zurück. »Ich muss sagen, dass mir die beiden gar nicht aufgefallen sind.«

»Emma hat dich aber bemerkt. Sie sagt, der kleine Bursche – Joe – hätte dich mit Mopsa auf der Straße gesehen und gedacht, du wärst entweder eine Hexe oder eine Prinzessin. Eine nette Hexe, meinte er.«

Kit lacht. »Da hat er den Nagel auf den Kopf getroffen. Was für ein scharfsinniges Kind! Ich muss diesen Joe kennenlernen.«

»Ich möchte, dass du sie beide einmal triffst. Ich vermute, Emma glaubt, du könntest sie im *Café Dandelion* gesehen haben. Und da du bei mir wohnst und praktisch zur Familie gehörst, fürchtet sie, ihr kleines Geheimnis könnte bei Camilla und Archie auffliegen.«

»Das ist ein bisschen weit hergeholt, oder?«

»Überhaupt nicht. Die Sache ist die, wenn du wegen etwas ein schlechtes Gewissen hast, fällt es sehr schwer, sich ungezwungen zu verhalten. Ich sage dir, ich habe die beiden beobachtet. Das waren nicht einfach zwei alte Freunde, die sich zufällig über den Weg gelaufen sind.«

Kit nippt nachdenklich an ihrem Wein. Mungo mag es gern dramatisch und liebt es zu tratschen, aber so etwas erfindet er nicht einfach so.

»Aber du magst sie?«, fragt sie. »Diese Emma.«

»Sehr. Doch ich hatte ständig den Eindruck, dass sie etwas nervös macht.«

»Du glaubst, sie hat vielleicht eine Affäre mit diesem Mann?«

Eine Minute lang sitzt er da und dreht nachdenklich sein Glas. »Noch nicht«, erklärt er schließlich, »aber ich denke, das steht kurz bevor.«

»Es geht dich wirklich nichts an, oder? Vielleicht ist sie ja unglücklich verheiratet. Möglich, dass ihr Mann sie schrecklich behandelt. Du kannst dich nicht einfach einmischen wie damals bei Michael und mir, weißt du.«

»Ich hatte doch recht damit, mich einzumischen, oder? Du bereust eure Trennung doch nicht?«

Sie schüttelt den Kopf. »Wenn ich ihn geheiratet hätte, wäre das schiefgegangen. Das habe ich damals wirklich eingesehen. Es war nur so nett, jemanden für sich zu haben, wenn du verstehst, was ich meine. Jemanden, der immer da war, um mit ihm ins Theater zu gehen oder irgendwo ein romantisches Wochenende zu verbringen. Ich konnte stets davon ausgehen, dass ich bei einer Hochzeit oder Party einen Begleiter haben würde. Er strahlte so etwas Beruhigendes aus, und ich dachte, ich könnte zusammen mit ihm alt werden.«

»Solange du nicht zuerst vor Langeweile gestorben wärst.«

Kit schneidet ihm eine Grimasse. »Er war einfach nicht dein Typ.«

»Ich bin der Erste, der zugibt, dass er auf eine robuste, militärische und äußerst britische Art sehr gut aussehend war. Aber geistig lagen Lichtjahre zwischen euch beiden, und er war um einiges älter als du. Es war ein Sommernachtstraum. Du warst verhext wie Titania, und er war dein Zettel. Er hat auch so ähnlich ausgesehen, mit seinem großen, zottigen Kopf.«

Sie seufzt und gibt zu, dass er recht hat. »Ein Teil davon war, dass sich die ganze Dynamik mit Sins Heirat verändert hatte. Unsere Wohnung war immer so etwas wie eine Junggesellenwirtschaft gewesen, wo Freunde kamen und gingen. Als sie geheiratet hat, da hat das alles verändert, und ich hatte das Gefühl, dass es vielleicht Zeit wäre, etwas konventioneller zu werden.«

»Dafür hattest du dir jedenfalls den richtigen Mann ausgesucht, Süße.«

»Ich gebe ja zu, dass du bei Michael und mir recht hattest, aber das heißt nicht, dass für Emma das Gleiche gilt. Vielleicht ist sie verliebt in diesen Mann.«

Mungo schüttelt den Kopf. »Da stimmt etwas nicht«, sagt er stur.

Kit lehnt sich über den Tisch. »Aber was kannst du deswegen unternehmen?«

»Ich weiß es nicht«, sagt er beinahe ärgerlich. »Ich habe einfach nur das Gefühl, dass sie in Schwierigkeiten steckt.«

Mopsa steht von ihrem Platz auf den von der Sonne erwärmten Pflastersteinen auf, kommt zu ihm und sieht ihn erwartungsvoll an. Sie setzt zu ein paar kleinen Sprüngen an, als wollte sie ihm zeigen, dass er aufstehen soll.

»Ich glaube, sie versucht, dir etwas zu sagen«, meint Kit amüsiert. »Wäre es möglich, dass es Zeit für das Abendessen ist?«

Er wirft einen Blick auf die Armbanduhr und steht auf. »Exakt, wie immer. Dann komm, du alte Nervensäge!«

Sie gehen zusammen in die Küche, und Kit bleibt allein auf

dem ruhigen Innenhof sitzen und denkt an Emma und fragt sich, ob Mungo wohl recht hat. Ihre Gedanken wandern zurück zu Jake, und sie muss sich eingestehen, dass sie sich bereitwillig auf eine Affäre mit ihm eingelassen hätte, wenn bei ihrer letzten Begegnung in London die Zeit auf ihrer Seite gewesen wäre.

Sie erinnert sich, wie damals ihre Pläne und Komplotte sämtlich im Sande verlaufen waren. Das Problem war, dass Jake sich verhielt, als wären sie zwei sehr liebe Freunde, die über alte Zeiten reden, besondere Erinnerungen miteinander teilen und eine kleine Unterbrechung ihres normalen Alltags genießen. Was fehlte, war jeder Hinweis darauf, dass ihre Begegnung zu mehr führen würde. Er hielt ihre Hand, küsste sie auf die Wange und legte ihr den Arm um die Schultern, aber in diesen Gesten lag nichts weiter als tiefe Zuneigung. Nach den gemeinsamen Stunden, in denen sie solchen Spaß gehabt hatten, hatte er sie einfach nach Hause entlassen. Ihr Stolz hatte nichts anderes zugelassen, als sich so zu verhalten, als hätte sie genau damit gerechnet. In ihrer Wohnung in Hampstead jedoch war sie vor Wut kochend und frustriert herumgelaufen und hatte sich gesagt, es sei vollkommen nachvollziehbar, dass er sie trotz seiner typischen Jake-Blicke nicht mehr begehrte. Dennoch war sie zutiefst verletzt und vollkommen unglücklich.

Am nächsten Morgen konnte sie nicht arbeiten und musste ihren Kundentermin absagen. Sie durchsuchte ihre Kataloge nach einem besonderen Schaukelstuhl, den der Besitzer eines Kunsthandwerk-Studios wünschte, stellte aber fest, dass sie dasselbe schon zweimal nachgeschlagen hatte, und schob den Band mit einem ungeduldigen Aufseufzen beiseite. Sie konnte sich einfach nicht konzentrieren. Ihr kleines Arbeitszimmer war unordentlich. Der stabile Arbeitstisch aus Kiefernholz war mit Stoffmustern, Katalogen und Preislisten übersät; ein Stück gestreifter Drillich hatte sich von der Rolle gelöst, die auf dem einzigen bequemen Stuhl lag; ihr Schreibtisch bog sich unter dem Gewicht von Nachschlagewerken. Der Boden verschwand fast unter einer Auswahl kleiner indischer Teppiche, die zur Inspektion durch den Kunden vom Kunsthandwerk-Studio fächerförmig ausgelegt worden waren. Normalerweise mochte Kit die geschäftige Stimmung in ihrem Arbeitszimmer, aber an diesem Morgen irritierte es sie. Sie sah aus dem Fenster zum Teich und zu der Heidelandschaft dahinter und dachte an Jake. Die Ellbogen auf ihren chaotischen Schreibtisch gestützt, beobachtete sie die Enten auf dem Wasser und fragte sich, ob sie ihre Gefühle deutlicher zum Ausdruck hätte bringen sollen.

Sie hatte ihn verstohlen beobachtet, wenn er sich dessen nicht bewusst gewesen war – wenn er an der Bar Drinks bestellt und bezahlt oder mit einem Kellner gesprochen hatte –, und wusste, dass er keines seiner Talente eingebüßt haben würde. Auch andere Frauen beobachteten ihn, wie sie sah. Er war gebräunt und lässig-elegant gekleidet, und die Hornbrille verlieh ihm etwas Intellektuelles. Sehr attraktiv. Er hatte ihr gehört, und sie hatte ihn verloren. Sie war einem romantischen Schatten nachgejagt und hatte dabei die Verbindung zum wirklichen Leben verloren.

Kit stach mit dem Bleistift in die Schreibunterlage und brach die Spitze ab. Wie oft hatte sie sich schon genau diese Situation vorgestellt? Wie Jake aus der Vergangenheit auftauchte und sie sich beide wieder neu verliebten. Für Madeleine hatte sie sich verschiedene Szenarien ausgedacht: plötzlicher – aber schmerzloser – Tod, ein Liebhaber, für den sie Jake verlassen würde, oder sogar einfach das Zerbrechen der Ehe, nach dem sie freundlich, aber gleichgültig miteinander umgingen. Die vier Töchter hatte Kit allerdings nicht berücksichtigt. Jake hatte nicht von ihnen gesprochen, doch sie stellten eine größere Schwierigkeit dar. Er erzählte auch nicht von seiner Ehe oder ließ sich anmerken, dass er des Familienlebens überdrüssig wäre. Es war, als hätte seine Familie in diesem kurzen Zeitraum einfach aufgehört zu existieren.

Sie erinnerte sich daran, dass Jake das schon immer gekonnt hatte: im Augenblick zu leben und das, was geschah, zu akzeptieren.

Vielleicht hatte sie ihn weniger ermutigt, als sie gedacht hatte. Obwohl sie offensichtlich nicht verheiratet war, hatte sie ihn glauben lassen, dass es ihr an Männern nicht fehlte und sie ein sehr bewegtes gesellschaftliches Leben führte. Vielleicht hätte sie deutlich machen sollen, dass sie bereit war, ihn wieder in ihrem Leben aufzunehmen, ohne Bedingungen zu stellen und ohne der Status quo infrage zu stellen. Schließlich war Paris nicht so weit entfernt. Nachdem sie sich jetzt wiedergefunden hatten, würde es nicht allzu schwierig sein, eine Beziehung zu führen – trotz Madeleine und der vier Mädchen. An diesem Abend gab einer ihrer Kunden eine Party, um die Eröffnung seiner Weinbar zu feiern, und sie hatte Jake überredet, sie zu begleiten. Dieses Mal wollte sie sich größere Mühe geben, um ihn davon zu überzeugen, dass sie einander nicht noch einmal verlieren durften. Diesen Fehler hatte sie schon einmal begangen.

Als sie jetzt in Mungos Hof sitzt, erinnert sie sich daran, wie vor vielen Jahren in ihrem Arbeitszimmer das Telefon klingelte und sie zusammenfuhr. Es war Jake. Er hatte ihre freudige Begrüßung direkt unterbrochen und war gleich zum Wesentlichen gekommen.

»Ich bin am Flughafen«, sagte er. »Es hat einen Notfall gegeben. Gabrielle ist krank. Madeleine hat sie heim nach Paris gebracht, und Gabrielle liegt im Krankenhaus. Ich nehme den nächsten Flug.«

»Oh, aber, Jake …« Sie zögerte verwirrt und bitter enttäuscht, doch sie wollte auch nicht herzlos klingen. »Was tun wir denn jetzt?«

»Tun?« Er klang ratlos.

»Wir können es doch nicht einfach dabei belassen.« Sie versuchte, einen leichten Ton zu wahren. »Nicht, nachdem wir uns nach so vielen Jahren wiedergetroffen haben.«

»Liebe Kit«, sagte er sanft. »Es hat mir solche Freude gemacht. Aber was sollen wir sonst tun? Wir können die Uhr nicht zurückdrehen, verstehst du? So ist das Leben nicht.«

»Nicht zurückdrehen«, fiel sie rasch ein. »Natürlich nicht. Doch können wir nicht in die Zukunft sehen?«

»Ich glaube nicht.« Er klang betrübt, aber bestimmt. »Ich habe eine Frau und vier Kinder, die ich liebe. Verzeih mir, Kit, doch es kann keine Zukunft für uns geben. Wie sollte das möglich sein?«

Sie sprach aus tiefstem Herzen. »Aber ich liebe dich immer noch, Jake.«

»Ich liebe dich auch.« An seiner Stimme hörte sie, dass er lächelte. »Dennoch muss unsere Liebe bleiben, wo sie hingehört. Es hat solchen Spaß gemacht, sich daran zu erinnern, wie wir früher waren. Doch das ist auch alles. Eine Erinnerung. Wir müssen in der realen Welt leben, Kit.«

»Ich ertrage das nicht«, erklärte sie mit ausdrucksloser Stimme, aber sie wusste, dass er ihr nicht mehr zuhörte. Sie merkte, dass er ihr seine ungeteilte Aufmerksamkeit entzogen hatte und sich auf die hallende, blecherne Stimme im Hintergrund konzentrierte. Plötzlich war er dann wieder bei ihr.

»Mein Flug wird aufgerufen, Kit«, sagte er. »Ich muss los.«

»Warte«, bat sie eindringlich. »Jake. Geh nicht! Bitte. Gib mir noch eine Sekunde.«

»Du hast das Medaillon«, sagte er. »Ich weiß, dass du es noch trägst. Du warst meine erste große Liebe, Kit. Daran hat sich nichts geändert. Aber das Medaillon sollte ein schönes Andenken sein, kein Kultobjekt. Lass nicht zu, dass es dich anderen Arten von Liebe gegenüber blind macht. Ich muss gehen. Lebe wohl, mein Liebling! Gott segne dich!«

Noch so viele Jahre später hört sie den besonderen Ton in seiner Stimme – Zärtlichkeit und Bedauern –, doch dann kommt Mopsa geschäftig auf den Hof gelaufen und reißt sie aus ihrem Tagtraum.

»Könntest du mit ihr gehen, Süße?«, ruft Mungo. »Ich organisiere gerade das Abendessen.«

Froh über die Ablenkung, steht Kit auf und öffnet das Tor, das zum Fahrweg führt. Und da, fast am Tor, stößt sie auf einen kleinen Jungen, der auf einem silbernen Roller fährt. Rasch springt er ab, sieht Kit erschrocken an und wirft einen Blick über die Schulter, als suchte er Rückendeckung. Ein Stück hinter ihm schlendert eine junge Frau her, die einen Kinderwagen schiebt. Kit ergreift ihre Chance.

»Hallo«, beginnt sie. »Etwas sagt mir, dass du Joe sein musst.«

An seiner Miene kann sie ablesen, dass er jetzt noch tiefer davon überzeugt ist, dass sie eine Hexe ist. Stumm nickt er, und sie lächelt ihm zu.

»Ich heiße Kit. Ich habe dich im *Café Dandelion* gesehen. Hast du mich auch gesehen?«

Wieder nickt er. »Und den Hund«, sagt er vorsichtig und zeigt auf Mopsa. »Du hattest den Hund dabei. Er hat auf dem Sofa gesessen.«

»Genau. Und Mungo war auch bei uns. Du hast Mungo schon kennengelernt, oder?«

»Ja.« Jetzt scheint er sich wohler zu fühlen. »Er war auch dabei, als wir mit Camilla und Mummy zu Mittag gegessen haben.«

Kit wirft einen Blick auf die Straße. Emma holt sie ein. »Und Mummy war auch in dem Café. Aber dein Daddy ist weg, oder? Er war nicht dabei.«

Dieses Mal schüttelt er den Kopf. »Er ist in Afghanistan. Doch Marcus war da. Er ist Daddys Freund.«

»Das ist aber nett.«

»Hmmm.« Er hat das Interesse an Marcus verloren und macht viel Aufhebens um Mopsa. »Wie heißt er?«

»Es ist eine Sie. Sie heißt Mopsa.«

»Mopsa.« Leise lachend probiert er es aus. »Ein lustiger Name.«

»Nicht wahr? Er stammt aus einem Theaterstück.« Emma hat sie jetzt eingeholt, und Kit lächelt ihr entgegen. »Hallo. Ich bin Kit Chadwick. Ich wohne bei Mungo. Er hat mir erzählt, dass er Sie alle beim Mittagessen bei Camilla kennengelernt hat.«

»Und der Hund heißt Mopsa«, kräht Joe. »Ich habe dir ja gesagt, dass ich die beiden auf der Straße gesehen habe, Mummy. Und dann noch mal in dem Café, als wir uns mit Marcus getroffen haben. Ich hab's dir doch gesagt.«

Emma wird knallrot. Er hat sie vollkommen überrumpelt. Rasch beugt Kit sich über den Kinderwagen, um die Verlegenheit der Jüngeren zu überspielen.

»Und das ist deine Schwester?«, fragt sie Joe und versucht, sich zu erinnern, ob Mungo den Namen des Babys erwähnt hat.

»Das ist Dora«, erklärt Joe ihr. Jetzt ist er ganz aufgeregt über die Begegnung und bereit, ein bisschen anzugeben. »Als ich dich auf der Straße gesehen habe, hast du ein langes Kleid angehabt.«

»Und du hast gedacht, ich wäre eine Hexe«, sagt sie spitzbübisch.

Einen Moment lang wirkt er verdattert, doch dann lacht er. »Oder eine Prinzessin«, sagt er.

»Und was bin ich nun?«, fragt sie scherzhaft. »Sei vorsichtig, sonst verwandle ich dich vielleicht in eine Raupe!«

Er schüttet sich vor Lachen aus, obwohl er sie immer noch ansieht, als wäre sie mehr als eine einfache Sterbliche. Mopsa trottet die Straße entlang, und Joe schießt hinter ihr her und ruft ihren Namen. Jetzt endlich sieht Kit Emma an und hofft, dass sie genug Zeit gehabt hat, um sich wieder zu fassen.

»Was für ein lieber kleiner Kerl«, meint sie leichthin. »Ich finde es ziemlich schmeichelhaft, eine Hexe oder Prinzessin genannt zu werden.«

Zusammen gehen sie weiter, und Kit beginnt zu verstehen, was Mungo meint. Emmas ganzes Auftreten strahlt Anspannung aus, eine Art Argwohn. Kit redet zwanglos über Camilla und Archie, über Mungo und ihre Beziehung zu ihnen. Aus dem Augenwinkel nimmt sie wahr, dass Emma sich etwas entspannt, aber sie wirkt immer noch abgelenkt, als beschäftigte sie sich in Gedanken mit etwas, das ihr keine Ruhe lässt.

»Kommen Sie doch mit und trinken Sie etwas mit uns«, lädt Kit sie spontan ein. »Mungo würde sich sehr freuen.«

Emma sieht sie an, und einen kurzen Moment lang liegt in ihrem Blick eine große Sehnsucht nach Gesellschaft, Plaudern, Ablenkung. Kit erkennt in ihr das verzweifelte Bedürfnis, nicht allein zu sein. Am liebsten würde sie die Arme um die Jüngere schlingen und sie an sich ziehen.

»Klingt wunderbar«, antwortet Emma wehmütig, »aber ich muss mit den Kindern zurück, ihnen das Abendessen machen und sie ins Bett bringen. Inzwischen ist es sogar ein wenig spät geworden, doch ich bin so gern um diese Zeit am Abend draußen auf der Straße. Nach der Hitze des Tages riecht alles so herrlich, und es ist so ruhig.«

»Es muss ein wenig einsam sein«, wagt sich Kit vor, »wenn Joe und Dora im Bett sind und sich der ganze Abend vor einem erstreckt.«

Emma nickt. »Es ist toll, auch einmal Ruhe und Frieden zu haben«, gesteht sie, »doch es wäre himmlisch, ab und zu einen Erwachsenen zum Reden zu haben. Einfach nur zum Plaudern, verstehen Sie?«

»Oh, und ob ich das verstehe!«, gibt Kit mitfühlend zurück. »In London wohnt meine älteste Freundin mit ihrem Mann in der Wohnung über mir, und manchmal muss ich mich bremsen, um nicht nach oben zu rennen, an ihre Tür zu hämmern und zu schreien: ›Redet mit mir! Redet mit mir!‹ Das ist einer der Gründe, aus denen ich herkomme und mich Mungo aufdränge. Ich weiß, dass er gelegentlich das Gleiche empfindet. Wir sind uns ähnlich, eine wunderbare Dreingabe. Es kommt selten vor, dass man jemanden findet, der einen wirklich versteht.«

Emma sieht sie mit echtem Interesse an, als hätte sie das Gefühl, jetzt die höflich-unverbindliche Ebene verlassen zu können.

»Genau, so ist das«, versetzt sie eifrig. »Das ist etwas Besonderes, nicht wahr? Früher habe ich das bei Rob auch so empfunden …«

Sie wendet den Blick ab, und ihr Eifer verfliegt. Emma beißt sich auf die Lippen, als wünschte sie, sie hätte sich nicht zu diesem Geständnis verleiten lassen.

»Rob?«, fragt Kit wie von ungefähr. »Ist das Ihr Mann? Ich vermute, dass es schwerfällt, in einer Ehe diese besondere Qualität aufrechtzuerhalten, mit Kindern und dem ganzen Trubel des täglichen Zusammenlebens. Aber was weiß ich schon? Ich habe es nie probiert.«

»Zu Anfang war Rob auch so«, beginnt Emma langsam, beinahe widerstrebend. »Er ist Arzt und hatte gerade sein Examen gemacht, als wir uns kennenlernten, und war sehr idealistisch, genau wie ich. Ich hatte auf Lehramt studiert. Dann beschloss er, zur Marine zu gehen, und nicht lange danach wollte er versuchen, zu den Einsatzkommandos versetzt zu werden. Es war sehr hart, doch er bekam sein grünes Barett und war furchtbar stolz. Nun ja, ich auch. Aber er schien sich ein wenig verändert zu haben.«

»Ich weiß, was Sie meinen«, sagt Kit. »Mein Bruder war auch bei der Marine. Die Leute können ein wenig zwanghaft werden, stimmt's? Jetzt ist er natürlich im Ruhestand, doch er hatte es bis zum Admiral gebracht, und wir waren alle stolz auf ihn. Aber gelegentlich mussten wir ihn von seinem hohen Ross herunterholen.«

Mopsa und Joe kommen zu ihnen zurück, und Emma bleibt stehen und wartet auf sie.

»Ich glaube, wir sollten nach Hause gehen«, erklärt sie – und Kit begreift, dass der Moment für Geständnisse vorbei ist. Vielleicht war es ein Fehler, Hal und die Verbindung zur Marine zu erwähnen.

»Kommen Sie uns doch besuchen«, sagt sie, »sobald Sie einen Moment Zeit haben!«

Emma nickt. »Danke. Sehr gern.« Das Handy in ihrer Tasche klingelt. Sie zieht es heraus, wirft einen Blick darauf und klappt es schnell zu. Ihre Wangen sind knallrot angelaufen, und ihr Blick wirkt unglücklich. »Nichts Wichtiges«, sagt sie und versucht, fröhlich zu klingen. Sie wendet sich Joe zu. »Komm! Zeit für euer Bad. Mal sehen, wie schnell du laufen kannst. Wir machen ein Wettrennen, was, Dora?«

Joe zögert, als wollte er protestieren, aber dann rennt er über die Straße davon und sieht sich um, um festzustellen, ob Emma und Dora ihn einholen. Emma winkt Kit zu, ruft einen

Abschiedsgruß und eilt ihm nach. Kit und Mopsa folgen ihnen gemächlicher. Langsam glaubt sie, dass Mungo nicht so unrecht hat. Emma steckt in Schwierigkeiten.

»Du hattest recht«, sagt sie zu Mungo, den sie am Tisch sitzend antrifft, wo er seinen Gin Tonic austrinkt. Sie erzählt ihm von ihrer Begegnung. »Ich verstehe jetzt genau, was du mit schlechtem Gewissen meinst. Es war ihr peinlich, als Joe gesagt hat, sie seien mit Marcus im Café gewesen, und dann wieder, als ihr Handy geklingelt hat. Das war er ganz bestimmt. Sie wirkte zutiefst unglücklich. Ich kann mir aber immer noch nicht vorstellen, was wir da unternehmen sollen. Es ist Emmas Sache, ihm zu sagen, dass er sie in Ruhe lassen soll – angenommen, sie will das.«

»Du hast ihn nicht gesehen, Süße«, gibt Mungo mit einer Art düsterer Befriedigung zurück. »Er wirkt nicht wie ein Mann, der ein Nein einfach hinnimmt. Er ist ein echt harter Hund.«

»Du hast ihn offensichtlich genau studiert«, meint Kit und grinst ihm zu. »Trotzdem ist es ihre Sache.«

»Ich höre, was du sagst, und weiß, dass du recht hast. Aber ich mache mir trotzdem Sorgen um sie. Vielleicht ist es verrückt, doch als ich die beiden zusammen gesehen habe, lagen eine Menge Emotionen in der Luft.«

»Dann ist es wichtig, sie wissen zu lassen, dass sie Menschen um sich hat, die auf sie aufpassen«, meint Kit. »Ich frage mich, warum sie hergezogen ist.«

»Beim Mittagessen sagte sie, sie sei es einfach leid gewesen, beim Militär wie auf dem Präsentierteller zu leben, und dass es ihnen allen guttun würde, aufs Land zu ziehen. Camilla und Emmas Mum sind befreundet, und als sie hörte, das Cottage sei zu vermieten, hat sie beschlossen, es zu probieren. Klingt vernünftig.«

»Hmmm«, meint Kit, »und wenn sie gerade angefangen hatte, ein wenig mit diesem Marcus zu flirten, dachte sie vielleicht, dass es außerhalb der Basis besser wäre, was das Cottage noch attraktiver erscheinen ließ.«

»Und jetzt hat sie ihre Meinung geändert und fühlt sich ausgeliefert?«

Kit nickt. »Hinter den Kindern kann sie sich natürlich gut verstecken, doch wahrscheinlich wünscht sie sich, sie wäre geblieben, wo sie war. Joe sagte, Marcus sei ›Daddys Freund‹, also gehört er wahrscheinlich auch den Kommandotruppen an.«

»Hart genug sah er jedenfalls aus. Wenn das so ist, hoffen wir, dass er wieder in den Einsatz geschickt wird.«

»Darauf trinke ich«, sagt Kit.

Mungo steht auf und geht hinein, um nach dem Abendessen zu sehen, und sie streckt die Hand aus, um die zarten rosa, lila und weißen Blütenblätter der Wicken zu berühren. Farben für Brautjungfern. Plötzlich fühlt sie sich deprimiert und unzulänglich, und als Mungo ruft, dass das Essen fertig ist, steht sie erleichtert auf und geht zu ihm.

James sitzt auf der Türschwelle des Hauses, sieht auf die Straße hinaus und vermisst Sally. Der Tag war produktiv; das Herumfahren hat ihn auf Ideen gebracht und ein paar neue Gedankengänge in Gang gesetzt. Am nächsten Morgen wird er noch einmal nach Totnes fahren. Es ist sowohl entspannend als auch anregend, in der Sonne zu sitzen und die Markthändler und die Einheimischen zu beobachten, und er kann sich vorstellen, wie seine Charaktere sich unter ihnen bewegen, wie sie aus einem Laden kommen, in einem Café sitzen oder an einem der Stände stehen. So langsam hat er den Stadtplan im Kopf, was nötig sein wird, wenn er zu schreiben beginnt. Dann wird er sich daran erinnern, wie es war, dort zu sein, durch die schmalen Straßen zu gehen, zur Burg hinaufzusehen und ein Bier im *The Bay Horse* zu trinken. Zu wissen, dass er dort war und getan hat, was seine Personen tun werden, zu sehen, was sie sehen, zu hören und zu riechen, was sie hören und riechen – das Kreischen der Möwen am Fluss, der Geruch nach Räucherstäbchen und frischen Blumen –, wird ihm Selbstvertrauen schenken. Das Problem ist, er weiß, dass er eigentlich nur diesen Teil des kreativen Prozesses wirklich liebt: mit dem aufgeklappten Laptop in Bars zu sitzen und Ideen zu notieren, durch unbekannte Orte zu spazieren, Menschen zu beobachten und sich kleine Geschichten über sie auszudenken. Deprimierend ist, dass seine Begeisterung schwindet, wenn es Zeit ist, sich tatsächlich hinzusetzen und zu schreiben. Es macht nicht annähernd so viel Spaß, zu Hause allein in dem winzigen Gästezimmer zu sitzen und zu versuchen, der Geschichte ihre Gestalt zu geben. Und das noch zusätzlich zu den vielen Verwaltungsaufgaben, die er für die Schule zu erledigen hat. Natürlich, wenn er es richtig geschafft hat, wird er tatsächlich in der Lage sein, das Schreiben in Bars oder Cafés zu verlegen wie andere Schriftsteller. Es macht Spaß, mit dem Barmann oder dem Mädchen hinter der Theke zu reden und ihnen zu erzählen, dass er Autor ist; sie sind immer so beeindruckt, obwohl keiner je von ihm gehört hat. Natürlich ist es großartig, dieses Häuschen zu haben und die Zeit und den Platz, darin zu arbeiten. Aber wenn er ehrlich ist, ist das Unterwegssein der Teil, den er wirklich genießt. Wenn er jetzt durch Totnes schlendert, über die Landstraßen fährt oder in Weinbars sitzt, scheint ihm das Buch real zu werden. Er mag nicht an die lange Plackerei denken, die vor ihm liegt; im Moment ist er aufgeregt über den ganzen Spaß, den ihm die Arbeit macht, und er wünschte, Sally wäre jetzt hier, damit er mit ihr über die Geschichte reden könnte, eine oder zwei Ideen konkretisieren und einen Teil der Handlung an ihr ausprobieren.

Er geht ins Haus und setzt sich, um ihr zu schreiben.

Es läuft gut, Sal. Fühle mich zuversichtlich. Heute Nachmittag habe ich die beiden alten Knaben vom Gut gesehen. Philip und Billy. Brüder, beide Witwer. Entzückende Burschen mit diesem wunderbaren Devon-Dialekt und einem echten Funkeln in den Augen. Nicht gerade die Hellsten, aber angenehme Gesellschaft. Billy hatte einen Schlaganfall, ist jedoch auf dem Weg der Besserung. Ich habe in ihrem Obstgarten eine Tasse Tee mit ihnen getrunken. So friedlich und so eine gute Atmosphäre. Ihre Familie lebt seit Ewigkeiten hier, und man bekommt so ein erstaunliches Gefühl von Kontinuität. Es ist, als wäre man wirklich aus der Zeit hinausgetreten, und man meint fast, dass hier niemals etwas Schlimmes passieren kann. Du hattest dieses Gefühl doch auch, als wir zusammen hier waren, oder? Das vergessene Land und all das. Für mich persönlich könnte ein bisschen mehr los sein. Das wahre Leben. Du weißt ja, was ich meine. An diesen langen Sommertagen ist alles toll, aber was passiert, wenn es um vier Uhr dunkel wird und es nichts zu tun gibt, außer fernzusehen und sich zu betrinken? Ich nehme an, die Leute hier sind daran gewöhnt.
Bin heute Morgen noch einmal nach Totnes gefahren. Jemand hat mir seinen Parkschein angeboten, auf dem noch ein paar Stunden waren, doch du weißt ja, wie ich bin, wenn ich mich in das Buch vertiefe. Dann kann ich nie absehen, wie lange ich herumlaufe oder mit meinem Laptop in einem Café sitze; daher habe ich abgelehnt. Der Mann hat ziemlich komisch ausgesehen. Merkwürdige Augen, sehr kalt und grau, aber mit einem harten Blick. Ein bisschen wie diese

Fitness-Fanatiker im Sportstudio, die keine Freunde haben. Eindeutig ein Einzelgänger, der in seiner Freizeit in seinem Zimmer sitzt und Video-Spiele spielt oder trainiert. Wie du sehr gut weißt, Sal, liebe ich es, Menschen zu beobachten, sie einzuschätzen und mich zu fragen, wie sie in meine Bücher passen, und ich bin ziemlich stolz auf meine Menschenkenntnis. Vielleicht nehme ich den Einzelgänger in das Buch auf. Zu Mittag habe ich in einem Bistro namens Rumour gegessen. Der perfekte Ort für heimliche Treffen! Jede Menge Nischen, wo meine Liebenden ungesehen sitzen können.

Ich versuche immer noch zu entscheiden, wie der Ehemann den Liebhaber umbringt. Erstechen, Unfallflucht – diese Version gefällt mir nicht wirklich – oder Unfall? Und dann das Problem mit der Leiche! Ich muss zugeben, dass ich es ziemlich genieße, mit meinem Laptop in Cafés oder Pubs zu sitzen, Menschen zu beobachten und die Ideen kommen und gehen zu lassen. Es ist irgendwie aufregend, und ich wünschte, das könnte mein Fulltime-Job werden. Viel besser als zu unterrichten, das kann ich dir sagen. Ich selbst werde ziemlich nervös bei der Vorstellung, meinen Laptop zu verlieren oder dass er gestohlen wird, und ich habe beschlossen, dass das beim weiblichen Teil meines Liebespaars passieren soll. Wahrscheinlich stiehlt ihn der Ehemann, weil er bei seiner Frau eine verdächtige E-Mail gesehen hat, oder vielleicht nimmt er ihr Handy oder so. Ich muss das noch ausbauen, doch im Moment bin ich ganz aufgeregt.

Mache noch einen Spaziergang, um abzuschalten, bevor ich schlafen gehe. Es war schön, dass wir heute Morgen telefoniert haben, und ich bin froh, dass es dir gut geht und du nicht allzu gestresst bist. Warte nur ab, wenn ich erst den Booker-Preis gewonnen habe, dann brauchst du nie wieder arbeiten zu gehen. Gute Nacht, J. xx

Als er sich dem Gut nähert, sieht er vor sich in einiger Entfernung Autoscheinwerfer, die flackernd auf ihn zukommen. Er beschließt, in der Toreinfahrt des Gutes zu warten. Die Straße ist schmal, und er ist im Halbdunkel nicht gut zu erkennen. Der Wagen biegt vorsichtig um die Kurve und wird langsamer, als der Fahrer James erblickt, der am Tor wartet. Das Fenster auf der Fahrerseite ist heruntergedreht, und James sieht ihn an und hebt eine Hand zum Gruß – und zuckt dann überrascht zusammen. Der Fahrer ist der Mann von dem Parkplatz in Totnes, der ihm den Parkschein angeboten hat, der Mann mit den merkwürdigen grauen Augen. James und er starren einander eine Sekunde lang an, und dann beschleunigt der Wagen und fährt davon.

Muss ein Einheimischer sein, denkt James. Obwohl es ein wenig zu spät ist, um auf diesen Feldwegen herumzufahren. Vielleicht ist er ein bisschen verrückt, der Einzelgänger.

Schulterzuckend geht James weiter, aber aus irgendeinem Grund eilt er die Straße entlang und hält Ausschau, ob der Wagen irgendwo parkt, und als er im Haus ist, vergewissert er sich, dass alle Türen abgeschlossen und die Fenster im Erdgeschoss sicher verriegelt sind.


Marcus fährt zurück nach Ashburton. Der Anblick des absonderlichen Kerls, den er in Totnes schon einmal gesehen hat, übt eine merkwürdige Wirkung auf ihn aus. Was zum Teufel spaziert er um diese Uhrzeit auf einer von allem weit abgelegenen Straße herum? Es erstaunt ihn, wie sehr ihn die Begegnung verunsichert. Und dann geht ihm auf, dass das Emmas Nachbar sein muss. Der Mann, der letzte Woche angekommen ist, der ständig kommt und geht und ein wenig schwer fassbar ist. Eigenartig, dass er ausgerechnet jetzt auftaucht!

Sobald er die Cottages ein gutes Stück hinter sich gelassen hat – nun wagt er es nicht mehr anzuhalten, um festzustellen, was Emma macht und warum sie nicht ans Telefon geht –, fährt Marcus an den Straßenrand und schaltet den Motor ab. Es ist dumm, außer Fassung zu geraten, paranoid zu werden. Aber er fühlt sich ein kleines bisschen kribblig. War es auch dieser komische Computerfreak gewesen, der ihn damals am Abend aus den Schatten des Gartens heraus beobachtet hat? Und war er rein zufällig auf dem Parkplatz in Totnes gewesen, oder hatte er darauf gewartet, dass Marcus zu seinem Wagen zurückkam? Und ausgerechnet, als er selbst überlegt hatte, wie einfach es war, sich an jemandes Fersen zu hängen. Vielleicht war er auch im *Rumour* gewesen und hatte Marcus dabei beobachtet, wie er Emma beobachtete ...

Er stößt ein höhnisches Auflachen aus – vollkommener Unsinn –, aber nervös ist er immer noch. Er hat viel zu verlieren: zuerst einmal seine Beförderung, wenn man ihn dabei erwischt, wie er der Frau eines Offizierskollegen auflauert. Ohnehin hatte er schon Pluspunkte eingebüßt, als Tasha auf dieser Trennung zur Probe bestand, das weiß er genau. Und dann ist da noch der Kurs über Kriegsführung im Gebirge. Er will unbedingt nach Kalifornien und mit den US-Marines zusammenarbeiten. Auf jeden Fall möchte er da dabei sein ... Marcus schüttelt den Kopf und verlacht sich selbst wegen der lächerlichen Vorstellung, dieser Computerfreak könnte ihn verfolgen. Doch plötzlich runzelt er die Stirn. Könnte Tasha das mit Emma herausgefunden haben? Könnte sie mit einer ihrer Freundinnen darüber gesprochen haben, die wiederum einem ranghöheren Offizier einen Hinweis gegeben hat, sodass man beschlossen hat, ihn im Auge zu behalten?

»Du drehst wohl durch, Kumpel«, sagt Marcus zu sich selbst, während er den Motor startet und davonfährt, aber auf der

Rückfahrt zu seiner Frühstückspension in Ashburton fühlt er sich unruhig, kann den komischen Freak nicht aus dem Kopf bekommen. »Den Kontakt zur Realität verlieren«, nennt Tasha das. Sie will, dass er zum Sanitätsoffizier geht, eine Therapie macht. Er schnaubt verächtlich. Als würde er zugeben, dass er ... was? Dabei ist, den Verstand zu verlieren? Verdammt unwahrscheinlich. Außerdem geht es ihm prächtig. Er wird nur frustriert, wenn alles schiefläuft und Emma sich weigert, seine SMS zu beantworten. Verständlich, dass sie nicht will, dass er im Cottage auftaucht – zu viele neugierige Nachbarn –, doch es stresst ihn, wenn er keinen Kontakt zu ihr aufnehmen kann, wenn er nicht die Kontrolle hat.

Aber sie hat versprochen, sich nächstes Mal allein, ohne die Kinder, mit ihm zu treffen. Dann bekommt er seine Chance. Alles wird gut.

## 11. Kapitel

In der Tür des Geschenkartikelgeschäfts zögert Jake. Er bleibt im Schatten stehen und lässt Kit nicht aus den Augen, die vor dem *The Brioche* an einem kleinen Tisch am Straßenrand sitzt. Als er in London kein Glück hatte, hat Jakes Instinkt ihn ins Westcountry geführt, nach *The Keep*, wo die Chadwicks seit Jahrhunderten leben. Er hat sich ein Zimmer im Hotel *The Seven Stars* in Totnes genommen.

Damals hatte Kit ihn immer in diesem verrückten kleinen Auto, das sie ›Eppyjay‹ nannte, weil das Kennzeichen mit EPJ anfing – einem Morris-Minor-Cabrio – von London aus nach The Keep mitgenommen. Sie fuhr stets lieber mit dem Auto als mit dem Zug, und er war selbst verblüfft darüber gewesen, wie gut er sich nach all diesen Jahren an die Strecke erinnerte, obwohl er vorsichtiger fuhr, als er in die kleinen Straßen rund um Silverton einbog und nach The Keep abbog.

Dort war niemand zu Hause gewesen, daher hatte er beschlossen, zurück nach Totnes zu fahren und die Stadt zu erkunden, die die Chadwicks so sehr liebten und die er vor so vielen Jahren zusammen mit Kit besucht hatte. Langsam, mit heruntergefahrenem Fenster, lenkte er den Wagen die schmale Straße entlang und beobachtete die Kühe, die sich im Schatten einer gewaltigen Eiche zusammendrängten und mit den Schwänzen nach den Fliegen schlugen, die sie belästigten, eine Schwalbenfamilie, die auf einer Oberleitung balancierte, einen in die Hecke gewachsenen Hundsrosenbusch mit cremig rosa Blüten. Die trockene rötliche Erde des Fahrwegs war tief ausgefahren, die Straßengräben quollen über vor ausgeblichenem

Gras und violettem Blutweiderich, und die Luft war heiß und schimmerte blau. Die Düfte, die durch sein Fenster hereinwehten, waren üppig und süß und erinnerten an lange vergangene Sommer.

Jake ließ den Wagen im Leerlauf rollen. Er brauchte nur die Augen zu schließen, um sie alle zu sehen, die ganze weit verzweigte Großfamilie Chadwick – und Kit, seine Liebe, seine Freundin, seine Seelengefährtin. Und doch hatten sie einander verloren. Hatten sie es zu locker angehen lassen und ihre Beziehung genossen, während sie sich fragten, ob in der Zukunft vielleicht etwas Größeres, etwas Besseres auf sie wartete? Vielleicht hatten sie tief im Inneren beide geglaubt, dass sie irgendwann zusammenkommen würden, doch sie hatten ihr Glück überstrapaziert. Er hatte Angst gehabt, die unbeschwerte Maske fallen zu lassen, hinter der sich seine ganz reale Liebe zu ihr verbarg, um sie nicht zu verschrecken; und Kit war – trotz seiner regelmäßigen Heiratsanträge – erst bereit gewesen, sich zu binden, als es schon zu spät gewesen war.

Und jetzt ist er unerwartet über sie gestolpert, steht im Schatten und sieht zu, wie sie mit ihrem Begleiter lacht und redet. Sie zeigt ihm etwas, das sie an einem der Marktstände auf der anderen Straßenseite gekauft hat: einen Schal, den sie sich mit einer schwungvollen Bewegung um den Hals drapiert, während der Mann beifällig lächelt. Jake erkennt ihn: Es ist Sir Mungo Kerslake, Schauspieler und Regisseur und eine Theater- und Filmikone der späten Sechziger- und Siebzigerjahre. Es ist ein solcher Schock, sie dort zu sehen, als hätten seine Gedanken und Erinnerungen sie zum Leben erweckt und sie real werden lassen. Noch ein Schock ist es, dass sie immer noch der Kit, die er im Herzen trägt, so ähnlich ist, obwohl so viele Jahre vergangen sind. Vielleicht übersieht er ja die Veränderungen, die die Zeit mit sich gebracht hat, weil er nach ihr gesucht und gehofft hat, sie zu treffen? Trotzdem ist es ein Schock, sie so schnell, so einfach gefunden zu haben: wie sie da mit dem hübschen Schal um den Hals sitzt, die Kaffeetasse in der Hand hält und Sir Mungo zulächelt. Zwischen den beiden herrscht eine Leichtigkeit, ein beiläufiges Geben und Nehmen, das auf eine ungezwungene Freundschaft hindeutet. Jakes Instinkt und Erfahrung sagen ihm, dass die beiden kein Paar sind, aber dennoch hat die Szene ihn verblüfft. Er fragt sich, ob sie bei Sir Mungo wohnt statt auf The Keep, und ihm wird klar, dass er sehr wenig über ihr Privatleben weiß. Sie schicken einander jedes Jahr Geburtstagskarten, auf denen sie sich manchmal kleine Neuigkeiten mitteilen, doch nichts hat je darauf hingewiesen, dass sie noch einmal eine tiefe Beziehung zu einem anderen eingegangen ist.

Mit einem Mal ist er nervös. Der Impuls, der ihn dazu bewogen hat, ihr zu schreiben, und der ihm so lange Auftrieb gegeben hat, ist plötzlich verschwunden. Er hätte auf eine Antwort auf seinen Brief warten sollen, statt seinem Instinkt zu folgen, der ihm sagte, dass es töricht sei, Zeit zu verschwenden, und sich besser auf die Suche nach ihr zu machen. Während er noch zögert, steht Mungo auf und geht davon, die Straße entlang. Kit greift nach ihrer Tasse, lehnt sich entspannt auf ihrem Stuhl zurück und beobachtet die Markthändler. Jake nimmt seine sinkende Zuversicht zusammen, setzt einen Ausdruck von Unbeschwertheit auf, die er ganz und gar nicht empfindet, und tritt aus dem Schatten ins Sonnenlicht und an ihren Tisch an der Straße. Sie hat die Tasse halb an den Mund gehoben und blickt entspannt zu ihm auf; und dann erstarrt sie reglos und sieht ihn an.

»Jake?«

Er sieht mehr, wie sie das Wort bildet, als es zu hören, und er lächelt ihr zu und setzt sich auf den Stuhl, den Mungo geräumt hat. Sie stellt die Tasse ab und starrt ihn an – entsetzt? Ungläubig? Er kann es nicht richtig einschätzen, doch er weiß, dass er diesen Moment nutzen muss, bevor ihn der Mut vollkommen verlässt.

»Der Schal ist wunderschön«, sagt er. »Und ich habe Sir Mungo Kerslake erkannt. Du bewegst dich ja in illustren Kreisen.«

Es ist, als entwaffnete seine Lockerheit sie, denn sie lehnt sich auf ihrem Stuhl zurück, greift wieder nach der Tasse und lacht.

»Das glaube ich jetzt einfach nicht«, erklärt sie. »Es ist verrückt. Unmöglich. Ich habe mich schließlich vor dir versteckt, um Himmels willen.«

Und jetzt lacht er auch, obwohl sein Herz heftig klopft. Sie kann ja gar nicht ahnen, wie zutiefst erleichtert er ist.

»Ich konnte dich in London nicht finden, daher bin ich heruntergefahren, um zu sehen, ob du vielleicht auf The Keep bist. Darf ich mich zu dir setzen?«

»Natürlich«, sagt sie. »Besorge noch einen Stuhl für Mungo und bestell drinnen Kaffee! Sie bringen ihn dann nach draußen.«

Er steht auf, zögert aber. »Du wirst doch nicht verschwinden, während ich fort bin, oder?«

Sie sieht ihn eindringlich an, und kurz werden beide sehr ernst. »Selbstverständlich nicht«, sagt sie. »Versprochen. Geh und bestell den Kaffee, Jake, während ich mich von meinem Schock erhole.«

Jake zieht einen Stuhl von einem Tisch in der Nähe heran und geht ins Café. Er wirft noch einen Blick zurück zu ihr und stellt sich dann in die kleine Schlange vor der Theke.

»Was ist los?« Mungo lässt eine Tüte auf den dritten Stuhl fallen und setzt sich. »Du siehst aus, als hättest du einen Geist gesehen.«

»Habe ich auch«, sagt sie. »Das wirst du jetzt nicht glauben. Jake ist hier. Da drinnen.« Mit einer Kopfbewegung weist sie zur Seite. »Bestellt Kaffee.«

»Nein!« Mungo dreht sich um und späht ins Café. »Erzähl mir nicht, dass er einfach auf dich zugekommen ist und ›hi‹ gesagt hat.«

»Du brauchst gar nicht so zufrieden dreinzuschauen«, sagt sie, denn seine Unbekümmertheit ärgert sie. »Du siehst geradezu vergnügt aus. Dabei verstecke ich mich, schon vergessen?«

»Aber das sollte doch nicht von Dauer sein, oder, Süße? Du hast deine Luft zum Atmen gehabt, wir haben über alles geredet, doch es war immer klar, dass du ihn sehen willst.« Er beugt sich vor. »Hast du ihn sofort erkannt? Wie sieht er aus?«

»Du bist unmöglich, Mungo«, ruft sie aus. »Das hier ist kein Filmset. Das ist mein Leben.«

»Natürlich ist es das.« Er lehnt sich zurück. »Aber du musst zugeben, dass es ziemlich lustig ist. Jetzt komm schon! Wie war die erste Reaktion?«

Sie schüttelt den Kopf und beginnt zu lachen. »Ich gebe auf. Vielleicht ist das hier ja *wirklich* ein Filmset. Ich kann nicht glauben, dass das passiert. Er stand einfach da … Jetzt kommt er. Oh Gott …«

Als ein hochgewachsener Mann in Jeans und einem Hemd mit offenem Kragen aus dem Café kommt, steht Mungo auf. Er sieht wie ein Intellektueller aus: eisengraues Haar, dunkelbraune Augen – ganz ähnlich wie George Clooney.

»Sehr nett, Süße«, flüstert Mungo Kit wohlgefällig zu. Dann streckt er dem Neuankömmling eine Hand entgegen. »Kommen Sie, setzen Sie sich!«, sagt er. »Kit hat mir erzählt, dass Sie Jake sind. Ich bin Mungo Kerslake.«

»Ich kenne Sie«, antwortet Jake. »Es ist mir eine große Ehre, Sie kennenzulernen, Sir Mungo.«

»Oh nein, lassen Sie bloß den ›Sir‹ weg«, sagt Mungo und tut verlegen, aber in Wahrheit ist er ganz erfreut. »Kit befindet sich in einem Schockzustand, weil Sie plötzlich aufgetaucht sind wie der Dämonenkönig in der Pantomime, doch ich habe nicht vor, mich taktvoll in ein Rauchwölkchen aufzulösen. Dazu interessiert mich das alles zu sehr.«

Er nimmt seine Einkäufe vom Stuhl. Jake setzt sich und wirft Kit einen Blick zu, die die Augen verdreht und den Kopf schüttelt, als wollte sie betonen, dass sie mit dem Ganzen nichts zu tun hat. Aber Mungo sieht, dass es Jake ganz recht ist, dass bei ihrem Wiedersehen eine dritte Partei anwesend ist. Es nimmt den Druck aus der Situation und lässt sie mehr wie eine Feier wirken.

»Was für ein außerordentliches Glück«, sagt Jake gerade mit einem weiteren vorsichtigen Blick zu Kit, »uns hier so unerwartet über den Weg zu laufen! Ich bin zuerst zu Kits Wohnung in London gefahren und habe dann beschlossen, es bei ihrer Familie zu versuchen.«

»Ah, dann waren Sie also auf The Keep«, meint Mungo beifällig. »Gute Detektivarbeit, doch sie wohnt bei mir, verstehen Sie. In unserem entlegenen Tal hätten Sie uns nie gefunden. Sie haben recht, es ist ein ganz großer Zufall, dass wir heute alle hier sind. Muss Schicksal sein.«

»Mungo«, murmelt Kit. »Halt den Schnabel!«

Jake lacht. »Nein, nein. Verbiete ihm nicht den Mund. Es ist schön, den großen Impresario bei der Arbeit zu sehen. Ich nehme an, er macht sich Notizen.«

»Für den kreativen Geist ist nie etwas verschwendet«, versetzt

Mungo zufrieden. »Ah, da kommt Ihr Kaffee, Jake.« Er wartet, bis die leeren Tassen abgeräumt sind, und strahlt die beiden dann an. »Also dann, wo wollen wir zu Mittag essen? Bei mir?« Er schaut Kit an und zieht eine Augenbraue hoch, und sie nickt kaum wahrnehmbar. »Oder haben Sie andere Pläne, Jake?«

»Nein.« Er wirkt verblüfft. »Das wäre außerordentlich freundlich. Sind Sie sich ganz sicher? Ich muss zugeben, dass ich nichts vorhatte.«

»Dann ist das abgemacht. Haben Sie ein Auto?«

»Es steht auf dem Parkplatz des Hotels *The Seven Stars*. Ich bin dort für ein paar Tage abgestiegen.«

»Dann können wir Sie abholen, wenn wir vorbeifahren, und Sie folgen uns aus der Stadt.«

»Ich kann mein Glück kaum fassen«, sagt Jake und lächelt Kit an.

»Er kocht sogar gut«, erklärt sie trocken. »Was ich, wie du wahrscheinlich noch weißt, nicht kann.«

»Oh, ich erinnere mich an alles Mögliche«, gibt er zurück und lächelt verstohlen.

Verwirrt beißt Kit sich auf die Lippen, und Mungo strahlt erfreut. Seine machiavellistischen Neigungen haben sich wieder in den Vordergrund geschoben, und er hat beschlossen, diese Neuauflage einer Liebe zu fördern. Kit ist verrückt, wenn sie diesen hinreißenden Kerl nicht will; unterdessen wird er Spaß daran haben zuzusehen, wie sich die Dinge entwickeln.

»Ich nehme an, du weißt, was du tust?«, fragt Kit später, als sie ihr knallgelbes VW-Käfer-Cabrio durch die Plains Street zum Hotel steuert. »Ich kann mich nicht erinnern, dass dies hier im Drehbuch gestanden hätte.«

»Wir waren ja noch gar nicht bis zum Drehbuch gekommen,

Süße«, sagt Mungo. »Bis jetzt hatten wir nur die Optionen erwogen. Ich mag deinen Jake. Sieh mal, da ist er und wartet in dieser Ausfahrt. Ich winke ihm zu. Erledigt. Weiter. Behalt ihn im Auge!«

Verwirrt und nervös fährt Kit weiter und wirft ab und zu einen Blick in den Rückspiegel, um sich zu vergewissern, dass Jake hinter ihnen herfährt. Sie ist gar nicht auf dieses Gefühl von Freude vorbereitet, das sie bei seinem Anblick umfangen hat – und auf den eigenartigen Eindruck, dass sie sich nach wenigen kurzen Wochen wiederbegegnet sind und nicht erst nach zwanzig Jahren. Es ist verrückt, so zu empfinden. Und Mungo, der neben ihr sitzt und glücklich vor sich hin summt, hilft ihr auch nicht dabei, sich vernünftig zu verhalten.

»Das gibt eine *ménage à trois* in der Schmiede«, hatte er gesagt, als sie über den Markt zurück zum Parkplatz gingen, während Jake zum Hotel unterwegs war. »Ihr könnt in die Scheune ziehen, du und Jake. Das wird ein Spaß!«

»Du bist unmöglich!«, rief sie. »Eigentlich solltest du auf meiner Seite stehen.«

»Oh, das tue ich doch, Süße«, sagte er. »Nicht viele Menschen bekommen eine zweite Chance, weißt du. Du solltest sie mit beiden Händen ergreifen.«

»Und mit wem hättest du gern eine zweite Chance?«, fragte sie scharf. Doch er hatte einfach den Kopf geschüttelt.

Jetzt sieht sie, dass er in den Außenspiegel sieht und Jakes Auto im Auge behält, und sie lacht.

»Ich glaube, du hast dich selbst in ihn verguckt«, sagt sie.

»Viel würde nicht fehlen«, pflichtet er ihr bei. »Er klingt aber nicht besonders französisch, oder? Ich hätte ihn mir gallischer vorgestellt.«

»Seine Mutter war Engländerin, und er ist in England aufgewachsen. Er ist in Ampleforth aufs College gegangen und war dann am London Institute for Economy. Ich hatte mir sogar vorgestellt, er könnte mehr französische Züge angenommen haben und wäre wie ein Fremder für mich, was natürlich alles viel einfacher gemacht hatte. Aber er ist genau wie früher. Älter natürlich, doch immer noch ganz und gar Jake. Herrje, war das ein Schock, ihn da stehen zu sehen!«

Um die Wahrheit zu sagen, ist sie erleichtert darüber, dass Mungo da ist. Sie kann sich nicht vorstellen, wie sie ohne ihn mit der Szene in dem Straßencafé umgegangen wäre. Mungo hat es fertiggebracht, sie in etwas Amüsantes, ganz Natürliches zu verwandeln, und ihr damit einen Freiraum geschaffen. Gleichzeitig jedoch macht er sie nervös. Sie spürt die Stimmung, die von ihm ausstrahlt, sieht bei der Aussicht auf diese neue »Produktion« die Aufregung in seinen Augen blitzen.

»Lade ihn bloß um Himmels willen nicht ein, in der Schmiede zu wohnen!«, sagt sie. »Noch nicht, Mungo. Versprich es mir!«

»Ein Jammer«, gibt er zögernd zurück. »Das wäre ein solcher Spaß. Aber du könntest recht haben. Nur nichts überstürzen.«

»Wenn du das machst, fahre ich sofort zurück nach London«, warnt sie ihn, »und rede nie wieder mit dir.«

»Blink frühzeitig«, rät er ihr und ignoriert ihren letzten Satz, »damit er weiß, dass du gleich rechts abbiegst. Warne ihn früh genug vor.«

Kit fühlt sich verärgert, aufgeregt und nervös zugleich. Sie fährt über die Brücke und biegt nach Ashburton ab.

»Er ist noch bei uns«, sagt Mungo. »Gut. Also, ich gebe ihm hundert Punkte dafür, dass er nach dir gesucht hat. Das kann ich nur gut finden. Seien wir doch ehrlich, wenn es nach dir gegangen wäre, hättest du nur dagesessen und darüber geredet. Er hat sich aufgerafft und ist ein Risiko eingegangen. Und das hat er wirklich, weißt du. Es muss ihn eine Menge Mut gekostet haben, nach all den Jahren so auf dich zuzugehen. Unterschätz das nicht!«

»Tue ich gar nicht«, gibt Kit ziemlich verärgert zurück. Sie fühlt sich hin und her gerissen, denn sie ist irritiert, weil Mungo ihr indirekt Feigheit vorwirft, und fühlt sich gleichzeitig geschmeichelt von Jakes Entschlossenheit. »Aber ich muss auch das richtige Gefühl dabei haben, oder? Es geht nicht nur darum, wie mutig Jake ist.«

»Nein, natürlich nicht«, räumt Mungo zerknirscht ein. »Ich möchte nur nicht, dass du dir etwas Gutes entgehen lässt. Besser eine richtige Sünde als eine Unterlassungssünde.«

»Das sagst du immer.«

»Ja, doch stell dir eine Situation vor, in der es nicht zutreffen würde! Bereust du nicht größtenteils, was du nicht getan hast, und nicht, was du getan hast?«

»Ach, sei still, Mungo! Darauf kann ich mich jetzt nicht konzentrieren«, sagt sie. Ihr Blick huscht zum Spiegel, um sich davon zu überzeugen, dass Jake noch da ist, und dann blinkt sie nach links. »Siehst du nicht, dass ich mich in einem fortgeschrittenen Schockzustand befinde? Hör auf, an mir herumzunörgeln, und sag mir lieber, wie ich die nächste Szene spielen soll!«

Jake, der ihnen nachfährt, steht ebenfalls unter Schock. Er spürt einen merkwürdigen Drang, vor purer Erleichterung und Freude laut herauszulachen. Kit dort sitzen zu sehen, so ganz sie selbst, ihre Begrüßung und dann Mungos Auftauchen – all das wirkt zusammen und versetzt ihn in eine fast euphorische Stimmung. Sechs Monate liegt Madeleines Tod jetzt zurück. Mit ihrer sanftmütigen Art fehlt sie ihm immer noch, aber ihre Ehe war nie wirklich eine tiefe Verbindung. Ihre Heldenverehrung für ihn hatte sich schnell in starke Muttergefühle für ihre vier Töchter – und später für deren Kinder – verwandelt. Am stärksten sie selbst war Madeleine während ihrer Schwangerschaften gewesen, umgeben von ihrer kleinen Kinderschar, und dann als zärtliche Großmutter. Sie waren glücklich miteinander gewesen, obwohl es zwischen ihnen nie den Spaß, die Nähe und die Leidenschaft gegeben hatte wie zwischen Kit und ihm. Es war, als wäre ein wichtiger Teil seiner Person verkümmert. Doch in London und dann im Westcountry hatte sich dieser einst zentrale Teil seiner Persönlichkeit wieder zu regen begonnen. Auf der Rückfahrt von The Keep waren die Erinnerungen frisch und lebhaft zurückgekehrt; und als er sie an dem Cafétischchen sitzen sah, hatte er sich wieder mit dem Jake aus der Vergangenheit verbunden gefühlt, dem Jake, der Kit liebte.

Auf seine Art war er Madeleine treu, er liebt seine Kinder und Enkelkinder, und daran kann nichts etwas ändern. Aber jetzt hat er vielleicht doch noch eine Chance, wieder vollständig zu sein, sich wieder ganz zu fühlen, ohne dass er jemandem untreu ist oder anderen schadet.

Er folgt dem kleinen gelben Käfer – wie typisch für Kit, einen gelben Käfer zu fahren –, als hinge sein Leben davon ab. Während sie sich durch die Stadt Ashburton schlängeln und schmale Sträßchen entlangfahren, hat er das Gefühl, in ein Abenteuer gestürzt zu sein. Mungo hat ihrer Begegnung eine zusätzliche Dimension geschenkt und ihnen die Gelegenheit gegeben, ihren Kontakt in einem sicheren Rahmen zu erneuern, und dafür ist Jake sehr dankbar. Trotzdem weiß er, dass er behutsam vorgehen muss. Kits mangelnde Bereitschaft, sich zu binden, könnte immer noch ein echtes Problem darstellen. Er wagt kaum zu glauben, dass ihre Liebe zu ihm sie daran gehindert hat, eine andere längere Beziehung einzugehen.

Und doch hat sie am Ende angeboten, mit ihm nach Paris zu gehen, ihn zu heiraten. Er erinnert sich noch an seinen Schmerz, seine Fassungslosigkeit.

»Zwölf verdammte Jahre«, hatte er zu ihr gesagt, »und du kommst drei Monate zu spät.«

Er hatte den Schmerz in sich verschlossen und ihn weggesperrt. Es war ihm gelungen, sein Leben so in Bereiche aufzuteilen, dass diese Jahre in London zu einem Teil seiner Vergangenheit wurden, mit dem er sich selten beschäftigte. Im Rückblick fragt er sich, wie Kit und er es geschafft haben, so lange zusammen zu sein, ohne ihrer Beziehung eine richtige Form zu geben. Natürlich hatte Kit seit Studentenzeiten mit Cynthia – genannt Sin – zusammengewohnt, und keine der beiden schien die geringste Absicht zu haben, etwas an diesem Status quo zu ändern. Sin arbeitete als Archivarin im British Museum und Kit in der Kunstgalerie in der Kensington Church Street. Kit übernachtete oft bei ihm, und Sin fehlte es nie an männlichen Freunden. Die drei waren es zufrieden, sich ein gewisses Maß an Unabhängigkeit zu bewahren, Spaß zu haben und gemeinsam Ausflüge zu unternehmen. Sin und Jake waren regelmäßig zu Gast auf The Keep. Für einen Außenstehenden musste es ausgesehen haben, als vereinten sie das Beste aus allen Welten. Aber dann hatte Kit Mark kennengelernt. Er beriet sie dabei, sich selbstständig zu machen, und es war offensichtlich, dass sie sich zu ihm hingezogen fühlte.

Jetzt fragt sich Jake, an welchem Punkt der Bruch stattfand, was der Tropfen war, der das Fass zum Überlaufen brachte. Überwältigt von seiner Wut und Eifersucht, war er zur Beerdigung seiner Großmutter nach Paris gefahren und hatte sich von Madeleine trösten lassen, die ihn geliebt hatte, seit sie ein kleines Mädchen gewesen war. Sie kannte Kit, war ihr schon begegnet und wusste, dass Jake sie liebte. »Ich habe meine Chance gesehen und sie ergriffen«, sollte Madeleine ihm später gestehen; und gelegentlich fragt er sich, ob sie gehofft hatte, dass dabei ein Kind entstehen würde. Wenn er darüber nachdenkt, kann es immer noch passieren, dass er einen Anflug von schlechtem Gewissen spürt – er war so viel erfahrener als sie und hätte es besser wissen müssen –, doch es tröstet ihn, dass sie so viel Freude an ihren Kindern und Enkeln hatte und sie zusammen glückliche Zeiten mit ihrer Familie erlebt haben. Aber jetzt ist er allein und frei, seinem Herzen zu folgen – und sein Herz hat ihn zurück nach England und zu Kit geführt.

Der gelbe Käfer fährt an einem Cottage vorbei, blinkt links und bremst ab. Mungo steigt aus, kommt auf ihn zu und zeigt ihm, wo er parken kann. Er ist da.

## 12. Kapitel

Camilla sitzt an dem Tisch auf der Veranda. Um sie herum liegen noch die Hinterlassenschaften eines Vormittags, an dem sie einen Brief geschrieben, aus einem Katalog ein Geschenk ausgewählt und nach einem Rezept gesucht hat. Der Zierwein, der über das Dach wächst, wirft zarte Muster über die Bodenplatten und den Tisch. Seine rotgoldenen Blätter beben in einem plötzlichen warmen Luftzug, und ihre Schatten zucken mit. Ein Sperber rast am Haus vorbei, ein gefiedertes Geschoss und so tödlich wie eine Gewehrkugel. Er hält inne, lässt sich fallen wie ein totes Gewicht und schießt über die Hecke, auf deren anderer Seite er hofft, eine ahnungslose Beute zu überraschen.

Camilla wartet auf den Tumult, die flatternden Federn, und lässt sich dadurch von der Geburtstagskarte für eines ihrer Enkelkinder, die sie schreibt, ablenken. Sie fehlen ihr; sie wünscht, sie wären hier und würden ihr beim Kochen, Gärtnern, Zeichnen und Malen helfen. Sie ist so stolz auf sie und ihr Herz so von Liebe erfüllt. Trotzdem ist sie streng zu ihnen. Sie lehrt sie gern praktische Fertigkeiten und ermuntert sie zum Lernen. Es gefällt ihr nicht besonders, dass sie dabei sind, abhängig von iPads und Handys zu werden; sie wachsen aus den fröhlichen häuslichen Aufgaben heraus, die sie für sie schafft, und sie fühlt sich traurig und frustriert.

Es hat Spaß gemacht, den kleinen Joe um sich zu haben. Er hat mit dem Traktor gespielt und ihr beim Plätzchenbacken geholfen. Der Kleine hatte auch Freude daran, und jetzt hat Emma angerufen, um Camilla zu fragen, ob sie beide Kinder hüten kann. Nur ein paar Stunden morgen, damit sie eine Freundin besuchen kann. Vielleicht besser am Vormittag, sagte Emma, denn Dora hält am frühen Vormittag immer ein Schläfchen, was bedeutet, dass sie dann keine Probleme macht. Camilla findet grundsätzlich nicht, dass Kinder zu viele Umstände machen, alles nur eine Frage der Organisation. Sie war sofort einverstanden und erklärte, dass die Kinder auch bei ihnen zu Mittag essen könnten, damit Emma reichlich Zeit für ihre Freundin hat. Schon denkt sie eingehend und in allen Einzelheiten über dieses unerwartete Vergnügen nach wie ein Marschall, der einen Feldzug plant.

Der Sperber ist ohne Beute ausgegangen, ist wieder zurück und lauert auf seine Chance. Kurz landet er auf den Weinranken; schön und tödlich krallen sich seine eisenharten Klauen hinein, und seine seidigen Schwingen sind zusammengelegt. Camilla beobachtet ihn mit angehaltenem Atem und reglos. Ganz plötzlich steigt er auf, biegt seitwärts ab und schießt davon, außer Sicht. Camilla greift wieder zu ihrem Stift. Sie will ein Foto zu der Geburtstagskarte legen, eine Erinnerung an die vergangenen Sommerferien. Fotos sind so wichtig und erinnern an glückliche Augenblicke, die durch Knopfdruck, mit einem Blitz für immer festgehalten sind. Sie hat Fotos ihrer Kinder und Enkel in fast jedem Zimmer, förmlich gerahmt, sorgfältig ausgewählt in Collagen oder aufs Geratewohl an Pinnwände gesteckt. Jetzt liegt eine Auswahl davon vor ihr auf dem Tisch, und sie geht sie durch, betrachtet sie und erinnert sich an diese oder jene Gelegenheit.

Wie kostbar sie sind, diese Kinder! Zärtlich denkt sie an sie und spürt erneut das Gewicht eines Babys in ihren Armen, die Wärme eines Kindes, das sich mit dem Daumen im Mund an sie schmiegt, während sie ihm eine Geschichte vorliest, kleine, starke Arme, die sie fast erwürgen. Sie sieht ein strahlendes

Lächeln, einen unwillig verzogenen Mund und die Schönheit kindlicher Glieder beim Tanzen oder Spielen.

Aus irgendeinem Grund hat sie Tränen in den Augen, und ihr tut das Herz weh. Sie möchte das Leben beherrschen, dafür sorgen, dass den Kindern nichts zustößt. Camilla schüttelt den Kopf über ihre Torheit, sucht ein Foto aus und beginnt, die Karte zu schreiben.

Archie, der von seinem Spaziergang zurück ist, ruft aus der Küche nach ihr. Er kommt auf die Veranda und lässt die Hunde zurück, die dankbar an ihren Wassernäpfen schlecken. Er sieht Camillas Miene, bemerkt die Geburtstagskarte und die Fotos und schließt daraus, dass sie von ihren Muttergefühlen überwältigt wird, was gelegentlich vorkommt.

»Wie wär's mit Kaffee?«, schlägt er vor. Essen und Trinken ist eine fröhliche Tätigkeit, und er bietet es ihr als eine Art Trost an. »Und ein paar von den Plätzchen, die du gebacken hast? Soll ich den Wasserkessel aufsetzen?«

Sie nickt lächelnd, und er geht wieder hinein und fühlt sich ein wenig erleichtert; wenn er Glück hat, ist der gefährliche Moment vorüber, bis er den Kaffee aufgebrüht hat. Die arme Camilla ist seit den Sommerferien etwas bedrückt; sie vermisst die Kinder, und es betrübt sie, dass anscheinend keiner ihrer Söhne oder deren Frauen daran interessiert ist, das Haus zu behalten, wenn Camilla und er einmal nicht mehr sind. Natürlich versteht er sie – von keiner der Familien kann man erwarten, dass alle ihre Jobs aufgeben, um hierher zu ziehen, und es wäre lächerlich aufwendig, es als Wochenendhaus zu behalten; trotzdem ist es eine traurige Aussicht, und Camilla wird nicht damit fertig.

Ihm selbst allerdings wird der ewige Albtraum, den es bedeutet, von praktisch nichts zu leben, während er versucht, den Besitz zusammenzuhalten, inzwischen zu viel. Mit dem Erlös aus dem Verkauf seines Anteils an der Kanzlei konnte er eines der Ferienhäuser so weit sanieren, dass es wieder vermietet werden konnte, aber das zweite Cottage unten beim Gutshaus muss vollkommen überholt werden, das Gut ist heruntergekommen, und sogar in diesem Haus hier müssen die Rohrleitungen erneuert werden, sie brauchen neue Fensterrahmen, und das Dach sieht auch anfällig aus.

Während Archie darauf wartet, dass das Wasser kocht, zieht er eine Grimasse. Er sagt sich, dass er gern verkaufen würde, weiterkommen, etwas mehr segeln. Momentan ist er Gärtner, Hilfskraft und Mädchen für alles, und er würde das alles gern hinter sich lassen. *Natürlich* ist es traurig; *natürlich* würde er seine alte Gegend vermissen. Aber nach vielen Jahren, in denen er sich irgendwie durchgeschlagen hat, irgendwie über die Runden gekommen ist, Urlaubsgäste für die Cottages organisiert und Pächter beschwichtigt hat, ist er müde.

»Und was würde aus Philip und Billy, wenn wir verkaufen?«, verlangt Camilla zu wissen, wenn sie diese fruchtlosen Streitgespräche führen. »Sie wären doch nicht mehr durch das Pachtgesetz gedeckt, nachdem sie jetzt das Land nicht mehr richtig bebauen, oder? Es wäre furchtbar für sie, wenn sie hinausgeworfen würden.«

Und das ist das Problem. Er weiß, dass sie sich gegen jede Veränderung sträuben würden. Eher nehmen sie feuchte, faule Fensterrahmen und altmodische Installationen in Kauf, als umzuziehen – und er kann es ihnen nicht verübeln. Dieses Tal ist ihr Leben gewesen, und sie haben von ihm gelebt. Archie greift nach der Kaffeekanne. Manchmal findet er, dass er in einer kleinen, sonnigen, modernen Wohnung in der Plains Street in Totnes sehr glücklich sein würde, und sein Boot ist in der Nähe festgemacht ...

»Und«, erinnert ihn Camilla in regelmäßigen Abständen,

»ich würde nie irgendwo leben wollen, wo die Kinder nicht bei uns übernachten könnten. Niemals, Archie.«

Nun ja, das war es. Schluss der Debatte. Ende im Gelände, wie seine Enkel sagen.

Mungo hat sich erboten, einen Beitrag zu leisten. Schließlich werden seine Neffen alles erben, was er hat; warum soll er da nicht helfen, einen Teil des Besitzes wiederherzustellen? Schlussendlich läuft es auf dasselbe hinaus. Aber Archie fände es ziemlich unfair, wenn er zulassen würde, dass Mungo für den Besitz berappt, den ihr gemeinsamer Vater seinem jüngeren Sohn so rabiat vorenthalten hat.

»Du brauchst dein Geld vielleicht später noch«, meinte Archie. »Das weiß man nie. Was würdest du tun, Mungo, wenn Camilla und ich alles verkaufen und wegziehen würden?«

Die Aussicht schockierte Mungo ganz offensichtlich, und zwar stärker, als Archie für möglich gehalten hätte. Schließlich lebte Mungo die Hälfte des Jahres in seiner Londoner Wohnung.

»Ist das denn wahrscheinlich?«, fragte er. »Steht es wirklich so schlimm? Camilla würde sich doch lieber mit dem Buttermesser den Arm amputieren, als wegzugehen. Ich kann mir nicht vorstellen, hier zu leben, ohne dass ihr gleich oben an der Straße wohnt. Hör mal, ich wünschte, ihr würdet euch von mir helfen lassen.«

Archie belädt sein Tablett, denkt an die Kostenvoranschläge für das Reparieren, Erneuern und Austauschen von allem Möglichen, die auf seinem Schreibtisch liegen, und schließt vor Verzweiflung kurz die Augen. Heute fühlt er sich alt, müde und krank.

Seibernd und mit leuchtenden Augen stupsen die Hunde seine Knie an. Er sieht auf sie hinunter, und das Herz wird ihm ein wenig leichter.

»Ihr wollt eure Hundekuchen«, murmelt er. »Na schön. Brave Jungs, gute Jungs.«

Er kramt in einem Schrank herum, gibt Bozzy und Sam ihre Leckerbissen und streichelt ihr weiches Fell, während sie beifällig mit dem Schwanz wedeln und geräuschvoll ihre Hundekuchen zerbeißen.

Archie seufzt. In dieser netten, kleinen, sonnigen Wohnung am Fluss in Totnes könnte er die Hunde nicht behalten. Er nimmt das Tablett und trägt den Kaffee hinaus zu Camilla.

Später geht Mungo mit Mopsa an der Straße spazieren. Er hat beschlossen, dass es taktvoll wäre, Kit und Jake allein zu lassen. Sie sind entspannt, sie haben gut zu Mittag gegessen, und jetzt brauchen sie Zeit für sich. Er ist zuversichtlich, die Szene zu einem perfekten Moment hingeführt zu haben, zu einem angenehmen Abschluss für ihr erstes Treffen.

Er geht langsam, die Hände in den Taschen seiner Jeans vergraben; und seine Gedanken schweifen von Kit und Jake ab und kehren zu dem Gespräch zurück, das er am vergangenen Morgen im Wohnzimmer des Gutes mit Billy geführt hat. Eigentlich war es kein richtiges Gespräch, aber trotzdem leicht verstörend. Der alte Bursche war vergnügter Laune gewesen, und das pfeifende Kichern war schnaubend über seine verzerrten Lippen gekommen. Sie hatten über die alten Zeiten gesprochen, davon, dass er bald wieder ganz auf den Beinen sein würde und dass er immer noch einen kleinen Spaziergang im Obstgarten zustande brachte.

»Ich mag meinen Spaziergang im Obstgarten«, sagte Billy. Er zwinkerte Mungo zu. »Weißt du noch? Zuerst ist er auf ihr herumgetrampelt und dann sie auf ihm.«

Und da stieß er wieder dieses furchtbare Altmännerkichern

aus und krümmte sich in seinem Rollstuhl nach vorn, bis er keine Luft mehr bekam, und Mungo stand auf und beugte sich nervös über ihn. An diesem Punkt kam Philip herein. Er sah besorgt aus, als wäre er in Gedanken weit weg gewesen, und eilte herbei, als er sah, dass sein Bruder nach Luft rang.

»Dummer alter Kerl«, sagte er. »Was hat er erzählt? Komm, Billy. Hör jetzt auf damit, sonst erstickst du noch.«

Behutsam setzten sie den alten Herrn aufrecht hin, und Philip schob den Rollstuhl aus dem Wohnzimmer. Star lief neben ihm her.

»Wir bringen dich noch nach Hause«, erklärte er Mungo. »Da kann er frische Luft schnappen. Was hat er gesagt?«

Mungo zuckte mit den Schultern. »Wir hatten über alte Zeiten geredet. Nichts Besonderes.«

»Ah, die alten Zeiten«, meinte Philip nachdenklich. Er warf Mungo einen Seitenblick zu, einen merkwürdigen, beinahe hoffungsvollen Blick. »Vielleicht ist es das Beste, die alten Zeiten zu vergessen.«

Mungo schlägt den Weg am Bach ein. Wie ist es möglich, alte Zeiten zu vergessen? Kit und Jake haben das offensichtlich nicht. Es ist, als wäre ihre gemeinsame Vergangenheit all diese Jahre eingefroren gewesen und wäre jetzt wieder an die Oberfläche getreten, frisch und grün und voller Möglichkeiten aus dem kalten, verschlossenen Boden herausgeplatzt. Ihre Erinnerungen sind nicht verwelkt und zerfallen, sondern tragen neue Hoffnung wie Blüten. Sie sehen ineinander diese jungen Menschen, die so viel gemeinsam hatten, die geredet, getanzt, gelacht und sich geliebt haben.

Vielleicht, denkt Mungo, sind uns deswegen unsere Jugendfreunde so teuer. Füreinander sind wir nicht grau und alt und langweilig. Wir können uns an Zeiten erinnern, als wir Risiken eingegangen sind, mutig gehandelt, einander gerettet und unterstützt haben. Diese Dinge bleiben. In ihrer Gesellschaft sind wir die Menschen, die wir immer gewesen sind, kraftvoll und stark.

Der Bach plätschert über runde braune Kiesel, rieselt als Miniatur-Wasserfall herab und fließt unter einem ausgehöhlten Uferstück hindurch, wo die Wasserratte zu Hause ist. In den Schatten unter den Weiden wartet reglos und wachsam der Fischreiher. Als Mopsa in Sicht kommt, schlägt er ein paar Mal elegant mit den breiten Schwingen, erhebt sich in die Luft und fliegt bachaufwärts, zu einsameren Fischgründen. Als Jungen haben sie im Bach Forellen geangelt. Philip und Archie, die ruhig und geduldig sind, verstanden sich am besten darauf. Billy und er langweilten sich und schlichen sich davon, um das Nest des Eisvogels zu finden oder die Wasseramsel zu beobachten, die auf ihrem Stein wippte und sich dann in das rauschende Wasser stürzte, um einen Schnabel voll Würmer für ihre Jungen zu holen. Später versuchte Archie, Izzy die Kunst des Fliegenfischens zu lehren. Er watete mit ihr in die Mitte des Baches und zeigte ihr, wie man unter dem Laubdach der Bäume mit der Angel ausholt und sie auswirft. Die arme Izzy tat ihr Bestes, aber sie rutschte im steinigen Bachbett aus, lachte und stellte sich so ungeschickt mit der Angelrute an, dass schließlich sogar Archie die Geduld verlor.

Mungo erinnert sich daran, wie Camilla und er vom Ufer aus zusahen. Camilla war hochschwanger mit ihrem zweiten Kind. Der kleine Henry döste in seinem Kinderwagen.

»Er kostet jede Minute aus«, sagte Camilla, den Blick auf das Paar im Bach gerichtet.

Mungo sah sie an, nahm eine merkwürdige Trostlosigkeit in ihrer Stimme wahr und beeilte sich, sie zu beruhigen.

»Das ist doch nur dummer Spaß. Du weißt genau, dass sie ihn nach einer Weile in den Wahnsinn treiben würde, Millie. Ich glaube, er hat jetzt schon fast die Nase voll, meinst du nicht?«

»Sie ist so sexy.« Camilla legte die Hände auf ihren runden Bauch. »Und sie ist so verdammt dünn. Archie schwärmt für sie, das sehe ich doch. Und sie ermuntert ihn noch.«

»So ist sie nun einmal. Izzy hat nicht vor, Unfrieden zu stiften. So verhält sie sich bei allen. Sie liebt es, Menschen glücklich zu sehen, sie zum Lachen zu bringen, damit sie sich sicher fühlen kann.«

»Sicher?«

»Sie kennt deine Art von Sicherheit nicht, Millie. Izzy muss man ständig versichern, dass sie etwas wert ist.«

»Jetzt fang du nicht auch davon an, dass sie ihre Eltern verloren hat und von einer alten Tante oder Cousine großgezogen worden ist, und wie tapfer sie ist. Archie erzählt mir das oft genug.«

»Izzy bedeutet bloß der Reiz des Neuen. Archie liebt dich über alles«, erklärte Mungo bestimmt. »Du hast nur so ein Schwangerschaftsflattern, Millie. Das sieht dir gar nicht ähnlich.«

Sie lächelte, hakte ihn unter und hielt seinen Arm fest.

»Ich bin vielleicht keine Schauspielerin«, sagte sie, »aber auch ich darf gelegentlich einen theatralischen Moment haben. Du hast ja keine Ahnung, wie es ist, kugelrund und schwerfällig und langweilig zu sein und dann zusehen zu müssen, wie ein Mädchen wie Izzy Trent mit deinem Mann flirtet.«

»Aber ich weiß, was Eifersucht ist«, sagte er und drückte mit seinem Arm ihre Hand, »und es ist die Hölle. Überlassen wir die beiden sich selbst und gehen wir zurück und trinken Tee! Ich verspreche dir, dass es Archie bald langweilig werden wird, und Izzy wird ohne Publikum nicht so viel Spaß haben.«

Als Mungo jetzt umdreht, um nach Hause zu gehen, fällt

ihm wieder ein, dass er Izzy später in der Schmiede fragte, ob sie an Archie interessiert sei. Sie sah ihn verblüfft an.

»Interessiert?« Sie schüttelte den Kopf. »Aber ich liebe ihn. Er ist so freundlich, nicht wahr? Bei ihm fühlt man sich sicher.«

Wie wichtig es für sie gewesen war, sich sicher zu fühlen! Sie besaß ein so geringes Selbstwertgefühl, dass in ihrer Vorstellung jede Freundlichkeit oder Zuneigung vollkommen unverdient und so kostbar waren, dass sie den Urheber dafür belohnen, ihm Anerkennung schenken musste. Nichts durfte leichtgenommen, locker gesehen werden. Sie sehnte sich so sehr danach, geliebt zu werden, dass sie leichte Beute für jeden Mann war, der sie ins Bett bekommen wollte, denn sie missdeutete jedes Zeichen von Zuneigung als Liebeserklärung. Da war es fast eine Erleichterung, als sie sich in Ralph verliebte und die beiden ein Paar wurden. Jetzt brauchte Mungo sich wenigstens nur wegen eines Mannes Sorgen zu machen – obwohl er gewünscht hätte, es wäre jeder andere als Ralph Stead gewesen. Auf eigenartige Art beschützte Ralph sie, aber nur ein paar Jahre lang.

»Das Baby ist zu früh gekommen, Mungo«, hatte sie gesagt, als sie ihn an diesem kalten Morgen im April aus ihrer Londoner Wohnung anrief. »Ein Junge. Eigentlich noch gar kein Baby. Er ist so klein, dass er in meine Handfläche passt. Ich bin hier ganz allein mit ihm. Kannst du herkommen?«

Als er kam, hatte sie die winzige Gestalt eingewickelt und in eine hübsche, bemalte Teedose gelegt.

»Ich konnte ihn doch nicht einfach wegwerfen, oder, Liebling? Ich will, dass er ein richtiges Grab bekommt. Nimm ihn mit und suche eine Stelle, an der wir beide uns an ihn erinnern können. Eine Stelle, von der niemand sonst weiß. Versprichst du mir das?«

Neben dem alten Herm bleibt Mungo stehen. Er bückt sich,

um die Rastalocken aus ausgebleichtem Gras und gelben Wicken beiseite zu schieben, die das uralte Steingesicht umgeben. Mit dem Finger zieht er den Rand des Bartes und die leise lächelnden Lippen nach, und eine furchtbare Trauer steigt in ihm auf.

Ein Hupen, das Donnern eines Motors, und der junge Andy, Philips Enkel, hebt auf seinem Quad die Hand zum Gruß. Mungo steht auf, tritt beiseite und winkt zurück, während Andy vorbeisaust. Mopsa ist weit vorgelaufen, und Mungo beeilt sich, um sie einzuholen. Vielleicht hat Philip recht, und es ist das Beste, die Vergangenheit zu vergessen. Doch bevor er in die Straße einbiegt, wirft er noch einen Blick zurück zum alten Herm, der an der Wegkreuzung steht und immer noch die Geheimnisse aus tausend Jahren hütet.

# 13. Kapitel

Nach Mungos und Mopsas Abgang ist es in der Küche still, ein verlegendes Schweigen, in dem weder Jake noch Kit wissen, was sie sagen sollen.

»Also, das war ausgezeichnet«, meint Jake schließlich. »Du hattest recht. Mungo kocht sehr gut.«

Kit pflichtet ihm eifrig bei – zu eifrig. Sie fühlt sich gehemmt und verkrampft, und doch war alles so einfach, so lustig, solange Mungo und Mopsa noch da waren.

Das ist verrückt, denkt sie. Jetzt weiß ich nicht, was ich ihm erzählen soll. Alles würde banal klingen, und er weißt genau, wie ich mich fühle, hat aber auch keine Ahnung, was er sagen soll. Mungo soll verdammt sein! Warum musste er nur gehen?

»Merkwürdig, Mungo hier in seinem Cottage zu erleben«, sagt Jake gerade. »Nach dem, was man so über ihn liest, stellt man sich vor, dass er in Nachlokalen am glücklichsten ist, aber nicht in einem winzigen Dorf auf dem Land.«

Kit weiß, dass Jake mit beiläufigen Bemerkungen versucht, die Barriere zu durchdringen, die sich plötzlich zwischen ihnen aufgetan hat, doch es verletzt sie, dass ausgerechnet Jake und sie zu solchen Mitteln greifen müssen. Sie möchte die Ungezwungenheit, die alte vertraute Freundschaft, die vorhin so schnell wieder da gewesen waren, zurückholen. Angesichts von Mungos Humor, seiner Freude an der Situation und seiner großzügigen Gastfreundschaft waren Schmerz und Groll aus der Vergangenheit zerstoben. Seine beifällige Anwesenheit schenkte ihnen die Freiheit, einander zu akzeptieren, sich wieder jung zu fühlen. Das Gespräch floss ungehindert, genau wie

Mungos Wein, sie scherzten, und die alte Zuneigung kehrte ganz natürlich zurück.

»Mungo neigt dazu, sich in der Öffentlichkeit zu produzieren«, gibt sie zurück, »und natürlich lieben die Medien das. Sie respektieren ihn, lassen aber sein Privatleben in Ruhe.«

»Keine Skandale?«

Kit schüttelt den Kopf. »Keine. Nun ja, es gab eine Zeit in den späten Sechzigern und Siebzigern, als das ganze Land ihn und Isobel Trent für das größte romantische Paar aller Zeiten hielt, doch Mungo und Izzy brachten es fertig, alle im Ungewissen zu lassen, bis das Gerücht eines natürlichen Todes starb. Mungo ist sehr gerissen.«

»Das muss er wohl sein«, meint Jake leise lächelnd. »Nachdem ich ihn jetzt kennengelernt habe, würde ich sagen, er ist das, was meine Großmutter mütterlicherseits als ›vom anderen Ufer‹ bezeichnet hätte. Damals hätten die Medien das ganz groß aufbauschen können.«

»Vielseitig«, versetzt Kit etwas steif. »So beschreibt Mungo sich selbst.«

Jake lacht laut heraus. »Das gefällt mir«, erklärt er. »Also dann, Kit. Wie geht es jetzt weiter?«

Alarmiert starrt sie ihn an. Sein Umschwenken bringt sie aus dem Gleichgewicht, und sie weiß nicht, was sie ihm antworten soll. Sie möchte einfach weiter in Mungos Küche sitzen, ohne darüber nachzudenken, was als Nächstes passiert, und sie verflucht sich für ihre Unzulänglichkeit. Warum ist sie, die ihr Arbeitsleben damit verbringt, souverän darüber zu entscheiden, worauf ihre Kunden sitzen oder essen, womit sie kochen oder was sie an ihren Wänden ansehen, nur so unfähig, wenn es darum geht, Entscheidungen zu treffen, die ihr eigenes Leben angehen?

»Glaubst du, wir können neu anfangen?«, fragt er. Er beugt

sich vor und verschränkt die Hände auf Mungos wunderschönem, altem französischem Bauerntisch. »Es wäre fadenscheinig zu sagen, ›da weitermachen, wo wir aufgehört haben‹, weil es zu lange her ist und zu viel geschehen ist. Aber hier und jetzt fühlt es sich beinahe an, als könnten wir es. Willst du es versuchen, Kit?«

»Ja«, antwortet sie schnell. Ihre eigenen Hände hat sie auf den Knien zusammengekrampft, unter dem Tisch, wo er sie nicht sehen kann. »Ja, das will ich.«

Mit einem tief empfundenen Seufzer der Erleichterung lehnt er sich zurück. Sie sehen einander an, und langsam steigt die alte, vertraute Leichtigkeit wieder zwischen ihnen auf.

»Aber nicht hier«, meint er amüsiert. »Du weißt, dass Mungo mich eingeladen hat, in der Scheune zu wohnen?«

»Das hätte er nicht tun sollen«, gibt sie verärgert zurück. »Ich habe ihm gesagt, er solle es lassen.«

»Finde ich auch«, meint Jake grinsend. »Ich glaube, er sieht sich als liebe, alte Nanny, die zwei ungeratene Kleinkinder hütet.«

»Hmmm«, sagt Kit skeptisch. »Ich denke, er will dich nur in der Nähe haben für den Fall, dass ich dir einen Korb gebe. Ich liebe Mungo über alles, aber ich würde ihm keinen Fußbreit über den Weg trauen.«

Sie lachen beide, wieder vollkommen in Übereinstimmung.

»Ich bin ihm sehr dankbar«, gesteht Jake. »Das war einfach die perfekte Art, einander wieder näherzukommen.«

»Finde ich auch«, sagt Kit. »Ich möchte bloß nicht, dass Mungo uns als seine nächste Produktion betrachtet. Ernsthaft jetzt, er ist ein fantastischer Freund, und ich kann es auch nicht ertragen, seine Gefühle zu verletzen. Ich kann ihn nicht einfach sitzen lassen, nachdem du jetzt aufgetaucht bist. Wie sehen deine Pläne aus?«

»Ich fahre zurück ins Hotel«, erklärt Jake. »Ich hatte mir für drei Tage ein Zimmer genommen, wollte Zeit haben, um herauszufinden, ob du in der Nähe bist. Aber ich habe keine direkten Verpflichtungen. Kommst du heute Abend und isst mit mir?«

Sie zögert, nickt. »Und Mungo? Oder ich allein?«

Er denkt darüber nach. »Lade ihn ein«, sagt er schließlich. »Ich glaube, seine Reaktion wird uns viel darüber verraten, wie wir die nächsten Tage gestalten sollen.«


»Das ist ja wohl nicht dein Ernst«, sagt Mungo später, als Jake gefahren ist und sie ihm die Frage stellt. »Den Anstandswauwau zu spielen ist überhaupt nicht mein Ding, Süße. Das Mittagessen war etwas anderes, und ich bin froh, dass ihr dadurch einen guten Start hattet, aber ich bin nicht gut darin, das fünfte Rad am Wagen zu sein. Die Hauptrolle oder gar nicht spielen, das ist mein Motto. Doch du kannst ihn natürlich hierher einladen, wann immer du willst.«

Kit fühlt sich zutiefst erleichtert, hat jedoch auch ein schlechtes Gewissen. Sie weiß, dass sie versucht, alles auf einmal zu haben: Jake in der Nähe, um Zeit zu haben, ihre Gefühle für ihn zu prüfen, und gleichzeitig nicht auf Mungos Unterstützung zu verzichten. Sie tritt auf ihn zu und umarmt ihn.

»Du bist so ein guter Freund, Mungo«, sagt sie.

Er drückt sie und tätschelt ihr Schulterblatt. »Dummes Mädchen! Wahrscheinlich bedeutet das, dass du nach London zurückfährst?«

Sie hört seinen enttäuschten Unterton und beeilt sich, ihn zu beruhigen.

»Oh, noch nicht. Ich finde, wir können hier eine Menge unternehmen, bevor wir den nächsten Schritt wagen. Ich glaube, es wird Jake Spaß machen, die alten, vertrauten Orte wiederzusehen, und ich möchte, dass du ihn besser kennenlernst.«

»Das ist gut.« Angesichts dieser Aussicht strahlt Mungo. »Ich muss sagen, dass er umwerfend ist. Schade eigentlich, dass er mein Angebot, in die Scheune zu ziehen, nicht angenommen hat.«

»Finde ich nicht«, erklärt Kit kategorisch. »Ich brauche Freiraum. Du hast gesagt, du würdest ihn nicht fragen. Du hast es versprochen.«

»Konnte nicht widerstehen«, seufzt er. »Meine niederen Instinkte haben die Oberhand gewonnen. Aber du hast recht, du brauchst deinen Freiraum. Du musst tun, was für dich das Beste ist, Süße.«

»Dann bleibe ich noch ein paar Tage, wenn das für dich in Ordnung ist«, sagt sie. »Das würde ich wirklich gern.«

Nachdem Mungo jetzt eingelenkt hat, ist Kit ganz zufrieden damit, hier bei ihm zu bleiben. Sie ist noch nicht bereit dazu, mit Jake in London allein zu sein; lieber möchte sie die Sache, umgeben von alten Freunden und auf neutralem Gebiet, langsam angehen lassen.

»Dann ist das also abgemacht«, erklärt er zufrieden. »Und, was ziehst du heute Abend an? Ich hoffe, du hast etwas Hübsches mitgebracht. In diesen schäbigen Jeans kannst du jedenfalls nicht mit einer alten Flamme essen gehen.«


Jake fährt vorsichtig und sagt sich halblaut Mungos Wegbeschreibung vor. »Am Ende der Straße rechts abbiegen. Die erste links und dann dem ausgeschilderten Weg nach Ashburton folgen ...«

Er fragt sich, ob Mungo mit zum Essen kommen wird. Hoffentlich nicht. Aber er ist froh darüber, dass Kit sich zum Bleiben entschlossen hat. Er weiß, dass sie noch nicht bereit für den nächsten Schritt ist, dass sie in London, in ihrem eigenen Revier, vielleicht kalte Füße bekommt und nicht bereit ist, etwas an ihrem wohlgeordneten Leben zu ändern.

Ein kleiner Junge auf einem Roller kommt um die Kurve geflitzt, und Jake lenkt schnell zur Seite, um ihm auszuweichen. Ein hübsches Mädchen, das einen Kinderwagen schiebt, eilt zu ihm und winkt Jake entschuldigend zu. Er winkt zurück, um ihr zu signalisieren, dass nichts passiert ist, und betrachtet sie im Rückspiegel. Sie wirkt knabenhaft, ähnlich wie Audrey Hepburn, sehr attraktiv.

Als sie jung waren, pflegte Kit ihn wegen seiner Vorliebe für hübsche Mädchen »Jake, den Filou« zu nennen. Sie schien sich nichts daraus zu machen. Es war, als wäre die Chemie zwischen ihnen viel stärker und wichtiger als einfache körperliche Anziehung. Außerdem wollte sie sich nie festlegen, und sie war diejenige, die seine Heiratsanträge ablehnte. Er fragt sich, wie sie wohl mit seinen Töchtern und deren Familien auskommen, ob sie sich mit ihnen verstehen würde. Er hofft, dass sie irgendwann erleichtert sein werden, ihn mit einer Partnerin zu sehen, mit jemandem, der zu ihm gehört. Er hat nämlich keine Lust, zu einem lieb gewordenen, aber etwas lästigen Wanderpokal zu werden, der zu Weihnachten und zu seinem Geburtstag herumgereicht wird. »Wir hatten ihn letztes Jahr, jetzt seid ihr an der Reihe.« Er liebt seine Töchter und Enkel, aber er ist auch Pragmatiker. Sie sind beschäftigt und haben ihr eigenes hektisches Leben. Er will auch sein eigenes Leben haben, sein eigenes Programm und jemanden, mit dem er das leben kann, und jetzt ist er sich sicher, dass Kit dieser Jemand sein soll. Sie ist ein großes Teil in dem Puzzle, aus dem sich Jake zusammensetzt, ein wichtiges Teil, das einige Zeit verloren war und eine klaffende Lücke hinterließ, eine Leere. Sobald er sie mit Mungo an dem Tisch im Café sitzen sah, war es, als wäre etwas mit seinem Herzen geschehen. Er war wieder vollständig.

Vorhin, als sie mit Mungo zusammen waren, hatte er den Eindruck, dass sie genauso empfand. Doch als Jake jetzt zurück nach Totnes fährt, beginnt die Sorge an ihm zu nagen. Ist es möglich, dass sie immer noch nicht in der Lage ist, sich ganz für ihn zu entscheiden? Was kann er tun, um ihr zu zeigen, wie schön das Leben sein könnte, wenn sie es miteinander teilen? Er muss unbedingt das Beste aus dem heutigen Abend machen. Vielleicht sollte er sie in ein Lokal mit einer etwas intimeren Atmosphäre führen als in das Hotel, das voller Urlauberfamilien ist. Er fragt sich, ob er sich die Restaurants im Ort ansehen soll, und beschließt dann zu improvisieren. Sie werden es gemeinsam tun wie früher, durch die Fenster von Restaurants spähen, sich in einem Bistro an die Bar setzen, etwas trinken und sich dabei die Tafel mit den Tagesempfehlungen ansehen. Auch möglich, dass Kit ein Lieblingslokal hat, das sie ihm zeigen möchte.

Diese Aussicht erfüllt ihn mit Freude. Er durchquert Ashburton und fährt zurück nach Totnes.

# 14. Kapitel

Philip rollt die zweite schwere Mülltonne hinaus, die morgen früh geleert wird – diese Woche Plastikmüll und Gartenabfälle – und bleibt am Tor stehen. Ein kleiner Junge kommt auf einem Roller angesaust, und eine junge Frau, die einen Kinderwagen schiebt, folgt ihm. Philip vermutet, dass es die Familie ist, die im Cottage lebt, und er wartet auf sie, um Hallo zu sagen. Der Roller macht einen Schlenker, poltert über die Fahrrinne am Straßenrand und kippt zur Seite. Das Kind gerät ins Stolpern, verliert den Halt und landet mit den Knien auf der Straße.

Als der Kleine zu weinen beginnt, eilt Philip zu ihm, hebt ihn hoch und sieht sich die aufgeschürften Knie an.

»Nicht allzu schlimm«, erklärt er beruhigend. »Es blutet nicht. Du wirst es überleben.« Er wischt ihm den Schotter von den dünnen, gebräunten Beinen und lächelt der jungen Frau zu, die hastig angelaufen kommt. »Es geht ihm gut. Schätze, der Schreck war übler als alles andere.«

Sie nickt dankbar und bückt sich, um den Schaden zu betrachten.

»Das ist nur ein Kratzer, Joe«, tröstet sie ihn. »Da hattest du schon Schlimmeres.«

Sie umarmt ihn und hebt den Roller auf. Philip sieht den beiden zu und überlegt, ob er sie als guter Nachbar einladen soll.

»Sie müssen vom Cottage sein«, sagt er. »Ich bin Philip Judd. Nett, Sie kennenzulernen. Ich wollte schon vorbeikommen und mich vorstellen, aber meinem Bruder geht es nicht gut, und es ist viel zu tun, wenn Sie verstehen, was ich meine.«

Er streckt ihr die Hand entgegen, und sie nimmt sie lächelnd. »Ich bin Emma«, sagt sie, »und das ist Joe. Und das ist Dora. Uns gefällt es hier sehr gut. Alle sind so freundlich.«

»Es tut weh«, jammert Joe, sieht Philip Mitleid heischend an und streckt ein Bein aus, um den Erwachsenen die Kratzer zu zeigen. Philip bückt sich, pflückt im Straßengraben ein Sauerampferblatt und drückt es auf Joes Knie.

»So«, sagt er. »Das fühlt sich gut an, nicht wahr? Angenehm kühl. So müsste es gehen. Jetzt halt es eine Minute da fest.«

Fasziniert sieht Joe zu und drückt das Blatt gehorsam auf sein Knie. In diesem Moment taucht Star im Hof auf, bellt und kommt herbei, um sich das alles genau anzusehen. Joe lässt das Blatt fallen und läuft ihr entgegen.

»Sie tut ihm nichts«, sagt Philip. »Wegen Star braucht man sich keine Gedanken zu machen. Sie hat von klein auf immer jede Menge Kinder um sich gehabt. Vorhin war Mungo hier. Er hat erzählt, dass Sie eingezogen sind. Geben Sie mir Bescheid, wenn Sie später Feuerholz brauchen. Mein Enkel rodet gerade weiter unten im Tal ein altes Waldstück.«

Joe hat jetzt die Hühner entdeckt, die in den Ställen scharren, und ruft Emma zu, dass sie kommen und sie sich anschauen soll. Philip ergreift die Gelegenheit.

»Möchten Sie sich gern umsehen?«, erbietet er sich schüchtern. »Mein Bruder Billy sitzt im Obstgarten. Wie ich schon sagte, geht es ihm momentan nicht gut. Er hatte einen Schlaganfall, aber er erholt sich, und er hat gern Gesellschaft. Kommen Sie und begrüßen Sie ihn!«

Emma zögert und nickt dann. »Danke. Warum eigentlich nicht? Solange Sie sich sicher sind, dass wir Sie nicht stören. Wohnen Sie immer schon hier?«

»Bin hier geboren«, erklärt er ihr, während sie den Hof überqueren. »So wie mein Vater vor mir.«

»Wie schön«, meint sie wehmütig. »Es muss ein gutes Gefühl sein, wirklich irgendwohin zu gehören. Das habe ich nie gekannt.«

Plötzlich geht ihm auf, wie sehr sie Izzy ähnelt. Es sind nicht nur das kurze dunkle Haar, das hübsche Gesicht und die schmale, knabenhafte Figur. Er erkennt diese spezielle Wärme wieder, die zusammen mit der Sehnsucht, geliebt und akzeptiert zu werden, bei ihm ein so starkes Gefühl erweckte, Izzy beschützen zu müssen. Er erinnert sich, wie Mungo erzählt hat, dass Emmas Mann bei den Kommandotruppen in Afghanistan ist, und überlegt, dass er ihr sicher sehr fehlt und sie sich Sorgen um ihn macht.

Billy sitzt in seinem Rollstuhl zwischen den Apfelbäumen und sieht ihnen entgegen, und Philip hebt eine Hand, um ihm zu bedeuten, dass alles gut ist und er keinen Grund zur Sorge hat. Zu seinem großen Vergnügen geht Emma sofort zu Billy, kniet sich neben ihn ins Gras und zeigt ihm das Baby. Joe hat einen alten Ball gefunden, den er wirft, damit Star ihn holt. Der Junge und der Hund rennen zwischen den Bäumen herum. Der Wechsel von Licht und Schatten, der süße Duft frisch gemähten Grases, kleine grüne Äpfel, die von der Sonne gewärmt werden und reifen … Philip beobachtet die sommerliche Szene und streicht mit den Fingern über die körnige, raue Rinde eines überhängenden Astes. Er fühlt sich merkwürdig bewegt und schwankt zwischen Tränen und einem Glücksgefühl. Emma blickt mit hochgezogenen Augenbrauen zu ihm hoch, als wollte sie fragen, ob es so gut ist, und er nickt aufmunternd, um ihr wortlos zu bedeuten, sie solle noch bleiben.

Die kniende Gestalt der jungen Frau, der alte Mann, der die unsteten Hände nach dem Baby ausstreckt, der kleine Junge, der sich bückt, um den Hund zu streicheln, sie alle verwandeln den Obstgarten in etwas Besonderes: ein Gemälde oder eine Szene aus einem Theaterstück. Und dann, ganz plötzlich, wirft Joe den Ball zu fest und trifft Billys Rollstuhl, Emma fährt erschrocken zusammen und schimpft ihn aus, und das Baby beginnt zu schreien. Die Szene bricht auf und setzt sich neu zusammen, und Philip tritt heran.

»Nichts passiert«, sagt er. »Kein Grund zur Sorge.«

Aber Emma ist schon aufgestanden, entschuldigt sich bei Billy, tröstet Dora und ruft nach Joe.

»Wir müssen gehen«, sagt sie. »Zeit fürs Abendessen. Ich hoffe, wir haben Billy nicht ermüdet.«

»Sie haben ihm gutgetan«, erklärt er ihr. »Ich hoffe, Sie kommen wieder.«

»Das würde ich wirklich gern«, sagt sie – und er weiß, dass sie es ehrlich meint.

Alle gehen zusammen zum Tor, und er sieht der kleinen Familie nach, die die Straße entlanggeht. Joe dreht sich um und winkt, und Philip hebt ebenfalls die Hand; und dann schaut Emma über die Schulter zurück und winkt ebenfalls, und wieder erfüllt ihn dieses ganz unbegründete Glücksgefühl.

Er kehrt zurück zu Billy, denn er will sich vergewissern, dass es ihm gut geht, und ihn vorwarnen, bevor Mags zu ihrer Abendschicht auftaucht. Er will nicht, dass das alte Frettchen Fragen nach ihren Besuchern stellt und mit ihren Augen, die wie grünes Glas glitzern, und ihrem Schmollmund ein Urteil über sie fällt.

»Nettes kleines Mädel«, meint Billy. Er zwinkert zu seinem Bruder auf. »Erinnert sie dich an jemanden?«

Philip nickt. Er fragt sich, ob auch Mungo aufgefallen ist, wie sehr Emma Izzy ähnelt.

»Wir behalten das aber für uns«, sagt er. »Will nicht, dass Mags sich einmischt.«

Billy stößt sein leises, pfeifendes Lachen aus.
»Keine Sorge, Junge«, sagt er. »Ich sag nix.«

Als Emma die Küchentür öffnet, klingelt das Telefon, und sie nimmt eilig ab. Vor dem Festnetz-Telefon hat sie keine Angst. Marcus hat nur ihre Handynummer. Es ist Camilla.

»So, Emma«, sagt sie, »wegen morgen. Alle meine Enkel sind schon lange aus dem Alter für Windeln und Babybrei heraus, also vergiss nicht, mir mitzubringen, was ich für Dora brauche!«

Sie redet noch eine Weile weiter, und Emma hört zu und fühlt sich durch die Begegnung mit Philip und seinem Bruder seltsam aufgeheitert. Bald, als Camilla sich zu ihrer Zufriedenheit davon überzeugt hat, dass sie alles bekommt, was sie für morgen Vormittag braucht, erzählt Emma ihr von den beiden.

»Sie waren so nett«, sagt sie. »So freundlich.« Am liebsten möchte sie noch hinzusetzen, dass Philip als junger Mann richtig gut ausgesehen haben muss und dass sie den eigenartigen Wunsch verspürt hat, sich an seine Brust zu werfen und ihn zu bitten, auf sie alle aufzupassen. Aber sie weiß, dass Camilla solche merkwürdigen Gefühlsanwandlungen nicht verstehen und sie sich vielleicht sogar Sorgen machen würde. Sie ist sich ziemlich sicher, dass die Freundin ihrer Mutter niemals unter Unsicherheiten oder Angstanfällen leidet. »Philip hat gesagt, dass er mir Brennholz besorgt, wenn es Winter wird«, erklärt sie stattdessen.

»Philip ist jemand, der sich stets nützlich macht«, meint Camilla. »Archie hat immer gesagt, er sei der Klügste von allen Jungen aus der Gegend gewesen und dem guten Billy um Längen voraus. Er hat die Prüfung für die höhere Schule bestanden und eine erstklassige Oberschule besucht. Philip ist einer der praktischsten Menschen, die ich kenne. Er hat diesen Holzhandel übernommen, als er fast noch ein Junge war, und er wird dir immer helfen, wenn du ein Problem hast. Bei ihm oder seinem Enkel Andy bist du in ganz sicheren Händen.«

Sicher, denkt Emma, als sie auflegt. Wie wunderbar es sein muss, sich sicher zu fühlen!

Sie fragt sich, ob ihre lebenslange Neigung, immer zu Älteren aufzusehen, damit sie ihr Selbstvertrauen stärken oder sie in Entscheidungen bestärken, daher rührt, dass ihr Vater ihre Mutter und die gemeinsamen zwei Kinder für seine Geliebte verlassen hat. Ihre Mutter ist weder stark noch tüchtig, sondern springt von einer katastrophalen Beziehung zur nächsten, und manchmal hat Emma Angst, wie sie zu sein. Zum Beispiel dieser Wahnsinn mit Marcus; das ist doch sicher die gleiche Art von Instabilität, an der ihre Mutter leidet, oder? Emma liebt ihre Mutter, die fröhlich, witzig und großzügig ist. Doch sie zeigt genau die Unsicherheit, die Emma vorhin als Reaktion auf Philips ruhige Kraft empfunden hat. Vielleicht ist es das, wonach ihre Mutter in ihren Beziehungen sucht, es aber nie so recht findet.

Joe hat den Fernseher eingeschaltet, und Dora brummelt in ihrer Wippe leise vor sich hin, sodass Emma sich wenigstens einen Moment lang entspannen und an diesen eigenartigen Augenblick im Obstgarten denken kann, als sie sich von Liebe, von Frieden umgeben fühlte. Bei den beiden alten Herren, während die Sonnenstrahlen schräg durch die Äste der Apfelbäume fielen und sie die warmen Düfte des Sommers einsog, hat sie zum ersten Mal seit Monaten Frieden empfunden. Am liebsten hätte sie Philips muskulösen, sonnengebräunten Arm umklammert und ihn angefleht, ihr zu sagen, was sie tun soll.

Sie hat Andy auf seinem Quad gesehen, sein weizenblondes Haar, die kornblumenblauen Augen, seine Größe und Kraft, und weiß genau, wie Philip als junger Mann ausgesehen haben muss.

»Nämlich fantastisch«, sagt sie zu sich und setzt sich einen Moment auf die Sofalehne. Joe wirft ihr stirnrunzelnd einen Seitenblick zu.

»Was?«, fragt er. »Was ist fantastisch?«

»Nichts«, gibt sie zurück. Sie fühlt sich stärker, von Freunden umgeben, und ihre Nervosität wegen des Treffens mit Marcus morgen Vormittag lässt ein wenig nach. Vielleicht wird sie ja in der Lage sein, ihm gegenüber entschieden aufzutreten. Sie wird ihm sagen, dass die Sache aus dem Ruder gelaufen ist und es das Beste ist, jetzt mit allem Schluss zu machen. Sie stellt sich vor, wie sie ihm das erklärt, und ihr wird ein wenig bange. Emma sieht den konzentrierten Blick seiner grauen Augen vor sich, seinen angespannten Körper. Marcus wird nicht so leicht aufgeben, obwohl es eigentlich nicht allzu viel aufzugeben gibt: zu Beginn ein paar bedeutungsvolle Blicke, ein paar törichte, unbeschwerte Wortwechsel mit sinnlichem Unterton und dann einige »zufällige« Begegnungen. Er benimmt sich, als bestünde zwischen ihnen schon seit langer Zeit etwas ganz Besonderes, das jetzt endlich an die Oberfläche kommen darf – doch so ist es nicht. Sie gesteht sich ja ein, dass sie eine Art Langzeitflirt unterhalten hat, wie es oft zwischen einer Frau und einem guten Freund ihres Mannes vorkommt, aber Rob ist sich dessen vollständig bewusst und hat nichts dagegen. Was ist passiert, dass dieser Flirt umgeschlagen ist und eine solche Intensität entwickelt hat? Auf ihrer Seite hatte es damit zu tun, dass sie sich durch Doras Geburt, Robs mürrische Art und das Gefühl, nicht wertgeschätzt zu werden, niedergeschlagen fühlte. Da wirkte Marcus' Aufmerksamkeit wie ein Lebenselixir, aber sie braucht keine Dauerbehandlung mit dieser Medizin. Wirklich dumm ist, dass sie sich hat mitziehen lassen, ihn in dem Glauben gelassen hat, das mit ihnen könnte eine Zukunft haben.

Emma steht auf und geht in die Küche. Sie muss sich bewegen, muss vor dem Gedanken an Marcus und dieser dummen kleinen SMS auf seinem Handy weglaufen, die sie Rob nur schwer erklären könnte. Und wenn jemand sie zusammen sieht und Rob davon erzählt? Mungo und Kit haben sie gesehen. Wer sonst noch? Die Torheit dieser Affäre steht ihr mit einer Klarheit vor Augen, die bisher von ihrer Eitelkeit und Unreife verschleiert wurde. Sie hat sie als romantische Liebelei gesehen, auf die sie ein Anrecht hat, weil das Leben nicht ganz so gut zu ihr gewesen ist, wie sie es verdient hat. Aber sie setzt ihre Ehe und ihre Kinder für ein paar Augenblicke Selbstbestätigung aufs Spiel. Emma verschränkt die Arme vor der Brust und stöhnt gedemütigt auf.

Morgen wird sie es beenden. Sie wird sich ein letztes Mal mir Marcus treffen und ihm erklären, wie sie empfindet – und wenn er es Rob erzählt, wird sie ihm eben nach bestem Vermögen erklären, was wirklich dahintersteckt. Der Gedanke an Rob, der weit weg und von Gefahren und Entbehrungen umgeben ist, macht sie unglücklich und treibt ihr die Tränen in die Augen.

»Geht's dir nicht gut, Mummy?«

Joe steht an der Tür und beobachtet sie, und rasch richtet sie sich auf und lächelt ihm zu.

»Ich hatte Daddy vermisst«, sagt sie wahrheitsgemäß, und zu ihrer Verblüffung wirkt er beinahe erleichtert, als wäre er froh darüber.

Ein neuer Schrecken erfasst sie: Und wenn Joe es ahnt, einen Verdacht hat? Wie dumm und blind war sie zu glauben, dass er zu klein ist, um das zu begreifen!

»Komm und guck mit mir *Shaun das Schaf*«, sagt er mitfüh-

lend, nimmt ihre Hand und zieht sie zurück ins Wohnzimmer.
»Es ist wirklich lustig. Komm, Mummy! Es wird wieder gut.«

Seine Fürsorge, seine Liebe zur ihr rühren sie. Sie hebt Dora aus ihrer Babywippe, und sie sitzen eng beieinander auf dem Sofa, während Emma auf den Bildschirm starrt, ohne etwas zu sehen, und betet, dass sie alles in Ordnung bringen kann.

Als Mags kommt, hat Philip Billy in die Küche geschoben und schält Kartoffeln fürs Abendessen.

»Das hätte ich doch machen können«, meint sie. Er wusste, dass sie das sagen würde. Wie gern sie es hätte, wenn er abhängiger von ihr wäre, sie bräuchte. »Ich habe die Steak-und-Leber-Pastete aus dem Gefrierschank genommen. Hast du sie nicht gesehen?«

Und sie setzt sich in Bewegung, schnüffelt herum, späht in den Kühlschrank. Er wirft Billy einen Blick zu, und er zwinkert. Friedlich sitzt der alte Billy da, streicht Star mit zitternder Hand über den Kopf und lächelt in sich hinein.

»Ich habe Archie gesehen«, erklärt sie und nimmt die Pastete heraus. »Auf der Straße mit seinen Hunden. Also, wenn ihr mich fragt, sieht er ein wenig gebrechlich aus.«

Aber sie fragen sie nicht, und Philip schweigt, wäscht die Kartoffeln unter dem Wasserhahn und schneidet sie auf dem Brett.

»Habt ihr einmal darüber nachgedacht, was ihr macht, wenn Camilla und er den Besitzt nicht mehr halten können? Angenommen, sie wollen sich kleiner setzen? Alles verkaufen, und was dann? Wo würdet ihr hingehen?«

Philip verbirgt die aufflammende Furcht, das ungute Gefühl in der Magengrube, durch ein Schulterzucken.

»Warum sollte er?« Er ist wütend, weil er plötzlich Angst

hat – und er möchte nicht, dass Billy sich aufregt. »Archie geht nirgendwohin.«

Sie verzieht das Gesicht – selbstzufrieden, wissend –, und er möchte ihr am liebsten hineinschlagen.

»Das hofft ihr«, sagt sie. »Aber trotzdem könnte er verkaufen wollen. Es muss ein hübsches Sümmchen kosten, das alles zusammenzuhalten. Oder er könnte den Besitz weiter erschließen, die Ställe umbauen. Oder er nimmt den Obstgarten. So eng, wie heute die Häuser zusammengebaut werden, kriegt man schon einige in den Obstgarten hinein.«

Philips Hände bewegen sich nicht mehr; er denkt daran, wie die Bagger kommen und den Boden aufreißen würden, an die Bauarbeiter, die schreiend eine Entdeckung machen, und den unvermeidlichen Skandal.

»Dazu kommt es nie«, sagt er – doch seine Stimme klingt unsicher.

Sie stellt sich neben ihn und sieht zu ihm auf, offensichtlich erfreut darüber, dass sie ihn verunsichert hat.

»Ihr habt schon immer eine Schwäche für diesen alten Obstgarten gehabt«, sagt sie.

Er wirft Billy einen Blick zu, bereit zum Eingreifen für den Fall, dass seinem Bruder etwas herausrutscht, aber der ist eingenickt. Mags folgt seinem Blick.

»Ihr habt auch nicht damit gerechnet, dass ihn der Schlag trifft, oder?«, murrt sie beinahe triumphierend. »Aber passiert ist es doch. Man weiß nie, was hinter der nächsten Ecke auf einen wartet.«

»Ach, hör doch mit deinen Unkereien auf!«, entgegnet er ärgerlich, obwohl er versucht, leise zu sprechen. »Geh nach Hause, Mags! Wir brauchen dich hier nicht mehr. Billy geht es gut, und die Gemeindeschwester kommt jetzt regelmäßig zu uns. Lass uns einfach in Ruhe!«

»Woher wollt ihr wissen, dass er nicht noch einen Schlaganfall kriegt?«, sagt sie. »Ich weiß, dass ihr noch Familie an der Straße wohnen habt, aber wenn Billy noch einen Schlag bekommt oder wenn Archie verkauft, nützen die euch auch nicht viel. Ihr wart immer so eingebildet, Billy und du. Jetzt ist er nicht mehr so großspurig, was?«

»Das reicht jetzt.«

Er ist sehr zornig geworden, und sie zögert. Sie weiß, dass sie zu weit gegangen ist, doch sie will keinen Rückzieher machen. Er rückt so weit auf sie zu, dass sein Gesicht sich direkt vor ihrem befindet und sie zusammenzuckt.

»Verschwinde«, sagt er, »und komm nicht wieder!«

Sie schnappt sich ihre Handtasche und marschiert zu ihrem Auto. Er sieht ihr vom Küchenfenster aus zu.

»Hast du sie rausgeworfen, Junge?«, fragt Billy. Er ist hellwach, und seine Augen leuchten. »Ich hab nix gesagt.«

»Nein.« Philip setzt sich an den Tisch. »Aber sie hat recht, oder?« Er sieht Billy an und sucht bei ihm die Bestätigung, die er immer von ihm bekommen hat, seit er ein kleiner Junge war. »Archie wird alt, wie wir alle, und es ist möglich, dass er sich entscheidet, den Obstgarten zu bebauen. Was sollen wir tun?«

»Das Einzige, was wir machen können«, antwortet Billy. »Hab ich dir immer schon gesagt, doch du wolltest ja nicht.«

»Mungo davon erzählen?«

Billy nickt. »Können es nicht mehr dem Zufall überlassen. Jetzt ist es Zeit.«

Philip sitzt schweigend da. Ihm ist übel. Aber tief in seinem Inneren weiß er, dass Billy recht hat. Als er vorhin mit Mungo über die Vergangenheit gesprochen hat, hätte er am liebsten sein Gewissen erleichtert. Er hatte ihn angesehen und beinahe gehofft, Mungo hätte es erraten oder seine Vermutungen gehabt. Manchmal, wenn sie früher von Izzy und Ralph gesprochen haben, hatte er den Eindruck, dass Mungo die Wahrheit immer gekannt hat – ein merkwürdiger Ausdruck in Mungos Augen, eine Art Argwohn – und schweigend darüber hinweggegangen ist. Diese Hoffnung hat ihn in die Lage versetzt, alles zu verdrängen, doch darauf darf er sich nicht mehr verlassen. Mags hat alles ans Licht gezerrt und ihn gezwungen, der Wahrheit ins Gesicht zu sehen.

Philip starrt auf seine ineinander verkrampften Hände hinab und überlegt, wie er Mungo erklären soll, dass Ralph Steads Leiche im Obstgarten begraben ist. Dann denkt er daran, wie er es Archie erzählt, und vergräbt den Kopf in den Händen.

»Nur nichts überstürzen«, rät ihm Billy. »Einen Schritt nach dem anderen. Sag Mungo, dass ich es getan habe!«

Philip schüttelt den Kopf. »Nein, wenn überhaupt, dann sage ich ihm die Wahrheit. Genauso, wie es passiert ist.«

»Kannst du dich denn erinnern?«, fragt Billy leise. »Weißt du noch genau, wie es passiert ist? Vor all den Jahren?«

Und ob. Er kann sich erinnern. Er erinnert sich an die Eiseskälte an diesem Tag im Februar: das verschneite Moor, die eisglatten Straßen und nach Honig duftende Schneeglöckchen, die unterhalb der Gartenmauer wuchsen. Nach dem Frühstück waren sie hinausgegangen, um nach den trächtigen Mutterschafen zu sehen, die Futterkrippen mit Heu zu füllen und mit dem Aufräumen des Obstgartens weiterzumachen, wo einige alte Bäume gefällt worden waren und später neue gepflanzt werden sollten.

Mungo war aus London gekommen, um das Wochenende mit Izzy und Ralph in der Schmiede zu verbringen. Er hatte Philip angerufen und ihn gebeten, einzuheizen und den Rayburn-Herd, der mit Holz oder Kohle betrieben werden konnte, anzuzünden, wie er es im Winter immer tat, wenn er zu diesen Überraschungsbesuchen anreiste. Philip hatte Mungos Auto vorbeifahren sehen, und später sah er Izzy auf der Straße spazieren gehen und ging hinaus, um mit ihr zu reden. Sie wirkte müde, ihr kleines Gesicht spitz und blass, und sie hatte die Arme um den Körper geschlungen, als müsste sie sich warm halten. Am liebsten hätte er sie umarmt, um sie zu beschützen, steckte aber stattdessen die Hände in die Taschen. Sie lächelte ihm zu, ein so liebreizendes, zärtliches Lächeln, dass er fast glauben konnte, sie liebte ihn. Und sie liebte ihn ja auch. Izzy liebte alle. Sie nahm seinen Arm.

»Geh mit mir zurück!«, redete sie ihm zu, obwohl er keine Ermunterung brauchte. »Wir haben dich dieses Mal gar nicht gesehen. Wie geht es Billy und dir? Und Smudgy? Habt ihr ein neues Heim für ihre Jungen finden können? Ich wünschte, ich hätte einen der Welpen nehmen können, aber ich darf in meiner Wohnung keine Haustiere halten.«

Sie redete auf ihn ein, klammerte sich an seinen Arm und rutschte ab und zu lachend auf dem Eis aus. Doch ihr Geplauder und ihr Lachen konnten ihn nicht hinters Licht führen. Er beugte den Kopf, um ihren vertrauten, blumigen Duft einzufangen, und wurde von Sehnsucht und Liebe fast überwältigt.

»Und wie geht es dir?«, fragte er schließlich. Er blieb stehen und sah auf sie hinunter – sie war so winzig, so schön –, und sie versuchte, sein Lächeln zu erwidern, doch ihr Mund verzerrte sich wie bei einem Kind, das gleich in Tränen ausbrechen wird.

»Nicht«, sagte sie. »Frag mich nicht, Philip! Sei nicht nett zu mir, das ertrage ich nicht. Komm weiter!«

Sie zog ihn mit, bis sie die Schmiede erreichten, und dann reckte sie sich und küsste ihn. Ihre Lippen berührten gerade eben seinen Mundwinkel.

»Wir fahren erst morgen zurück«, erklärte sie. »Mungo nimmt uns im Wagen mit. Auf Wiedersehen, Philip. Pass auf dich auf! Grüß Billy und Smudgy lieb von mir!«

Deswegen war er auch so erstaunt, als später das Telefon klingelte und Mungo fragte, ob er Ralph am Abend zum Bahnhof fahren könne. Er klang zornig. Philip erkundigte sich, um welche Zeit er mit dem Land Rover kommen solle, um ihn abzuholen. »Der Bastard kann bis zu euch laufen«, versetzte Mungo abrupt und legte auf.

Mungo konnte empfindlich und schwierig sein, aber zwischen den alten Freunden war eindeutig etwas wirklich Schlimmes vorgefallen. Philip dachte an Izzys verkniffene Miene, an die Art, wie sie geredet hatte, und beschloss, sich selbst ein Bild zu machen.

»Es hat irgendeinen Streit gegeben«, erklärte er Billy. »Izzy war in einem furchtbaren Zustand, als ich sie vorhin getroffen habe, und jetzt klingt es so, als hätte Mungo Ralph hinausgeworfen. Er hat mich gebeten, ihn nach Newton zum Bahnhof zu fahren. Ich glaube, ich gehe mal kurz hinüber und sehe nach, was da los ist.«

Es war schon fast dunkel, und es herrschte klirrender Frost. Die vereisten Pflastersteine in Mungos Hof lagen unter seinen Füßen wie mit Glas überzogen. In der Küche brannte Licht, und er sah die drei im Fenster vor sich wie in einem Rahmen, wie eine Szene aus einem Theaterstück. Izzy stand ihm gegenüber, und er hielt sich im Dunkel und beobachtete alles, angezogen von der Anspannung zwischen den drei Gestalten. Mungo beugte sich mit auf die Tischplatte gestützten Händen vor, und Ralph beobachtete ihn von der anderen Seite des Tisches aus leise lächelnd und mit verschränkten Armen. Izzy stand mit gequälter Miene zwischen den beiden. Mit einem Mal legte sie beide Hände auf den Bauch, eine zärtliche, schützende Bewegung, und in diesem Moment wurde Philip alles klar.

So genau, als könnte er sie reden hören, wusste er, dass

Mungo Ralph an seine Verantwortung für Izzys ungeborenes Kind erinnerte und Ralph die beiden nicht nur zurückwies, sondern Mungo und Izzy dabei auch noch verhöhnte. Er sah, wie Ralph sprach, sah den verächtlichen Blick, den er Izzy zuwarf, sah, wie sie in Tränen ausbrach und aus der Küche rannte. Dann holte Mungo aus und versetzte Ralph einen Kinnhaken.

An diesem Punkt lief Philip eilig zur Haustür und trat in die Küche. Ralph saß auf einem Stuhl und hielt sich das Kinn, und Mungo stand über ihm. Als Philip hereinkam, drehte er sich mit besorgter Miene um, aber Ralph lachte.

»Da musst du dich schon mehr anstrengen, Mungo«, sagte er. »Und hier kommt unser Landei zu deiner Unterstützung herbeigeeilt.«

»Was ist los?«, fragte Philip.

»Nichts, was dich etwas angeht«, gab Ralph zurück. »Deine Aufgabe ist es, mich zum Bahnhof und zum Zug nach London zu bringen.«

Philip war außer sich vor Zorn und fühlte sich unendlich gedemütigt; am liebsten hätte er Ralph geschlagen, um ihm dieses Grinsen vom Gesicht zu wischen.

»Sieh doch zu, wie du hinkommst!«, sagte er und wandte sich zum Gehen.

»Warte«, sagte Mungo. »Bitte, Philip! Noch dieses eine letzte Mal. Ich will Izzy nicht allein lassen, und ich will ihn hier rausschaffen.«

Ralph stand auf, die Hand immer noch am Kinn. »Hol den Land Rover, und ich hole meinen Koffer«, befahl er Philip lässig.

»Du kannst bis zu ihm laufen«, sagte Mungo. »Los, Bewegung!«

Ralph stolzierte hinaus, und Mungo sah Philip an.

»Tut mir leid«, sagte er. »Das ist furchtbar. Hör mal, es tut mir wirklich leid, dich da hineinzuziehen. Aber ich kann Izzy nicht allein lassen, und hier draußen bekommen wir niemals rechtzeitig ein Taxi. Ich will ihn bloß aus dem Haus haben.«

»Ist schon in Ordnung«, erklärte Philip. »Ich fahre ihn.« Er zögerte. »Ist Izzy …?«

»Schwanger«, murmelte Mungo. »Der Bastard sagt, ihm ist das völlig gleich. Man hat ihm eine Rolle in Amerika angeboten, und er fliegt in ein paar Tagen. Izzy ist völlig am Boden.«

Draußen fiel die Temperatur weiter, und der Himmel war klar und voller Sterne, als er die achthundert Meter von der Schmiede zum Hof zurücklegte. Er sah ein Licht, das sich im Stall bewegte, und die Hunde kamen ihm entgegengelaufen. »Ich fahre Ralph zum Bahnhof«, rief er Billy zu und schwang sich in den Land Rover. Er startete den Motor, schaltete die Scheinwerfer ein und fuhr auf den Hof. In diesem Moment kam Ralph von der Straße aus herein. Er hob die Hand in Philips Richtung und begann zu lachen, und seine triumphierende, belustigte Miene war voller Verachtung. Philip dachte daran, wie unglücklich Izzy war. Zorn, Frustration und Eifersucht überwältigten ihn, und er riss das Steuer herum, sodass der schwere Wagen direkt auf Ralph zurollte. In diesem kurzen, aber herrlichen Moment sah er Ralphs Miene zu Besorgnis, zu Entsetzen umschlagen. Nur eine Sekunde lang hatte er die Oberhand, er hatte die Kontrolle. Philip drehte das Steuer zurück, doch der Land Rover reagierte nicht; er rutschte auf einer vereisten Stelle weg, polterte unkontrolliert davon und stieß Ralph zu Boden.

Philip spürte den Ruck, mit dem das Rad Ralph überfuhr, und dann stand Billy schreiend neben ihm, während er die Bremse durchtrat und die Fahrertür aufriss. Dann knieten beide auf dem Boden, zogen Ralph unter dem Fahrzeug hervor und verständigten sich schreiend.

In einer Mischung aus Faszination und Grauen starrte Philip die reglose, verkrümmte Gestalt an und konnte den Blick nicht davon losreißen. Sein Atem ging unregelmäßig, und am liebsten wäre er weggelaufen.

»Ich rufe einen Krankenwagen.«

»Sei kein Idiot!« Billy kniete neben Ralph und untersuchte ihn gründlich. »Er ist tot.«

Billy stand auf. Die Hunde umkreisten sie mit argwöhnisch gebleckten Lefzen und schnüffelten vorsichtig an der Leiche. Philip war starr vor Entsetzen.

»Tot?« Aber er wusste, dass Ralph tot war; er hatte es in dem Moment gewusst, als er gefühlt hatte, wie das Rad über seinen Körper fuhr. Er begann zu zittern. »Was sollen wir machen?«

»Wir werden ihn los. Begraben ihn.«

»Begraben?« Es war nur ein Flüstern. »Sollten wir nicht jemanden informieren?«

Billy bückte sich und schob die Leiche seitwärts weg, wieder unter den Land Rover, sodass nichts zu sehen war, falls jemand vorbeikommen sollte. »Hat keinen Zweck, es jemandem zu erzählen. Er wird einfach verschwinden. Keine Nachforschungen. Denk doch an Mungo! Und an Izzy. Du hast gesagt, sie hätten Streit gehabt. Eine Menge Leute würden Fragen stellen und die Nase in ihre Angelegenheiten stecken.« Billy schüttelte den Kopf. »Wir brauchen einen schnellen Drink. Ich hole den Brandy und du die Schubkarre.«

Immer noch zitternd gehorchte Philip. Die Hunde liefen ihm nach, als er in den Stall ging, um die Schubkarre zu holen, die aufrecht an der Wand gelehnt stand. Er nahm die Griffe, hielt einen Moment inne und versuchte, das Zittern, das seinen ganzen Körper erfasst hatte, zu kontrollieren, und schob sie dann auf den Hof hinaus. Billy tauchte mit einer Flasche auf, hielt sie ihm hin und nickte knapp. Folgsam trank Philip, verschluckte sich und gab ihm die Brandyflasche zurück. Es war ganz still, niemand war zu sehen. Sie zerrten die Leiche wieder hervor, legten sie auf die Schubkarre, bedeckten sie mit einem Sack und schoben sie in den Stall. Billy ging zurück, holte Ralphs Koffer und warf ihn auf die Schubkarre.

»Jetzt fahren wir beide nach Newton«, erklärte Billy, öffnete die Tür des Land Rovers und ließ die Hunde hineinspringen. »Wir sorgen dafür, dass uns jemand am Bahnhof sieht, und dann kommen wir zurück und kümmern uns um ihn.«

Billy fuhr. Philip saß verängstigt und stumm da, benommen und schockiert. Vor seinem inneren Auge lief die Szene immer wieder ab: Ralphs Belustigung, die in Entsetzen umschlug; sein Schrecken, als der Land Rover nicht reagierte; das verzweifelte Herumreißen des Steuers und sein verkrampfter Rücken, als er fieberhaft hoffte, der wegrutschende Wagen würde Ralph verfehlen; der weiche Ruck, mit dem das Rad über seinen Körper fuhr. Er wusste, dass er diese Erinnerung nie loswerden würde. Philip blieb im Auto sitzen, während Billy in den Bahnhof ging. Als er wieder auftauchte, rief er jemandem über die Schulter etwas Fröhliches zu. Dann kletterte er auf den Fahrersitz.

»Gut«, brummte er, startete den Motor und scherte auf die Straße aus. »Das ist gut.«

Der Albtraum ging weiter. Wieder auf dem Hof angekommen, wickelten sie Ralphs Leiche in Planen, schoben ihn in den Obstgarten und begannen mühsam zu graben. Ihre Spaten zerschnitten den gefrorenen Boden und fuhren in die kalte Erde. Irgendwo schrie ein Fuchsweibchen.

»Grab tief, Junge!«, sagt er. »Sonst holen ihn die Füchse.«

Gemeinsam schleppten sie den Toten herbei und warfen ihn zusammen mit dem Koffer in die Grube zu ihren Füßen. Schnell, ungestüm schaufelten sie schwere Erde hinein, füllten das Loch und bedeckten es mit dicken Grassoden. Billy stampfte sie fest.

»Jetzt sind wir mal an der Reihe, auf ihm herumzutrampeln«, erklärte er. »Hat uns immer wie Dreck behandelt. Und das kleine Mädel auch.« Er sah Philip an, der immer noch vor Schock bibberte. »Komm. Wir brauchen noch einen Drink.«

Billy sieht ihn immer noch an, mitfühlend, aber ohne Reue. »Wir hatten keine andere Wahl, Junge. Mungo wird das schon verstehen.«

»Ja.« Philip fühlt sich krank, und ihm ist übel. »Ich rufe ihn sofort an und sage ihm, dass ich mit ihm reden möchte.«

## 15. Kapitel

»Versuchst du mir ernsthaft zu erzählen«, sagt Mungo, »dass Ralph Stead im Obstgarten begraben liegt? Hör mal, es tut mir leid, aber das will mir einfach nicht in den Kopf.«

Die geballten Fäuste in den Taschen, wendet er sich von Philip ab und kann einfach nicht begreifen, was er eben gehört hat. Philip rührt sich nicht. Er lehnt mit verschränkten Armen an der Kommode und wartet. Mopsa beobachtet die beiden von ihrem Korb aus, während Mungo mit einer ganzen Bandbreite von Reaktionen ringt: Unglaube, Schock – und einem eigenartigen und verwerflichen Drang, vor Lachen herauszuplatzen. Denn das ist lächerlich. Ralph, den er all die Jahre geliebt und vermisst und gegen den er gewütet hat, war die ganze Zeit hier, ein Stück weiter die Straße hinunter, im alten Obstgarten.

»Du bist also von hier fortgegangen«, sagt er, indem er Philips Geschichte wiederholt, »hast Ralph überfahren, als er kam, bist nach Newton Abbot gefahren, um dir ein Alibi zu verschaffen, falls du eines brauchen solltest. Und dann seid ihr, Billy und du, nach Hause zurückgekehrt und habt ihn im Obstgarten vergraben.«

Eine Minute lang kann er sich die Szene bildlich vorstellen. Das brutale Herumreißen des Steuers, Ralphs entsetzte Miene im Lichtstrahl der Scheinwerfer, der unerbittlich davonrutschende Land Rover …

»Aber warum ist er denn nicht weggesprungen, als der Wagen zu schleudern begann?«, fragt er. Das wäre doch sicher logisch gewesen, oder? Er sieht es deutlich vor sich: Ralph, der beiseite springt und dem Land Rover ausweicht. So hätte er die Szene gedreht.

»Das Steuer hat einfach nicht reagiert, und dann schien er unter dem Wagen zu verschwinden«, erklärt Philip. »Vielleicht hat er den Halt verloren, ist auf dem Glatteis ausgerutscht und hat das Gleichgewicht verloren. Der Wagen hat ihn direkt überrollt.«

Mungo geht auf und ab und sammelt die Fakten. »Kein Krankenwagen?«

»Sinnlos«, antwortet Philip niedergeschlagen.

»Aber warum habt ihr das nicht gemeldet? Es war eindeutig ein Unfall.«

»So einfach war das nicht. Ich habe ihn gehasst. Als ich das Steuer herumgerissen habe, wollte ich ihn nur erschrecken, doch tief im Inneren wäre ich froh gewesen, ihn nie wiederzusehen. Wie er Izzy behandelt hat! Und du hattest ihn vor ein paar Minuten noch geschlagen, verdammt! Dann wäre alles herausgekommen, oder? Izzy und das Baby, die schmähliche Art, wie er sie verlassen hat und nach Amerika gehen wollte. Es ging nicht nur um mich, sondern um uns alle. Obwohl es ein Unfall war, wären wir alle mit hineingezogen worden, und davor hatte ich Angst. Es ging alles so schnell. Immer wieder musste ich an Izzy denken und daran, wie sie an diesem Wochenende ausgesehen hatte. Wie Billy schon sagte, die Leute hätten Fragen gestellt, ihre Nase in eure Angelegenheiten gesteckt und schmutzige Wäsche gewaschen. Izzy und du wart damals gerade auf dem Weg, berühmt zu werden. Das wäre eine Katastrophe gewesen. So habe ich das damals empfunden. Du kannst dich doch sicher daran erinnern.«

Oh, und ob er sich erinnert! Die Streitereien, die Tränen, das Betteln und Flehen. Izzy wollte ihn als Verfechter, Freund und Fürsprecher an ihrer Seite haben. Aber nichts beeindruckte Ralph.

»Was soll ich nur tun?«, fragte Izzy verzweifelt. »Hilf mir, Mungo!«

In einem letzten Versuch hatte er die beiden in die Schmiede eingeladen, als Erinnerung an glücklichere Zeiten, als ihre Freundschaft sich zu etwas Stärkerem, Dauerhaftem entwickelt hatte. So hoffte er, Ralph milder zu stimmen und an seine Loyalität zu appellieren. Doch es funktionierte nicht. Ralphs meist verborgene Grausamkeit, die Mungo als Regisseur aufregend fand und gern herausarbeitete, wurde immer destruktiver. Er genoss es, Izzy für ihre kläglichen Versuche, die Vergangenheit zum Leben zu erwecken, zu verhöhnen, dafür, dass sie ihre Liebe wieder entfachen wollte. Das Wochenende glitt in eine Katastrophe ab.

»Ich habe dich gewarnt«, sagte Ralph zu Izzy. »Ich habe dir erklärt, dass du keine Zukunft mit mir planen sollst. Ich habe dir gesagt, dass ich nicht diese Art Mann bin. Es war sehr dumm von dir, so ein Risiko einzugehen.«

»Ich habe es nicht geplant.« Izzys Gesicht war vom Weinen verschwollen; sie war buchstäblich in Tränen gebadet. Solche Verzweiflung hatte Mungo noch nie erlebt. »Du weißt, dass ich so etwas nie tun würde. Bitte, geh nicht, Ralph! Verlass uns nicht und geh nicht so weit weg! Es ist nicht nur wegen unseres Kindes. Ich kann nicht glauben, dass du einfach fortgehen wolltest, ohne mir etwas davon zu sagen.«

Er grinste anzüglich. »Und jetzt siehst du auch, warum. Melodramatische Auftritte habe ich auf der Bühne genug. Das brauche ich nicht auch noch in meinem Privatleben. Es ist vorbei, Izzy.«

»Dann verschwinde!«, sagte Mungo. »Ich bitte Philip, dich zum Bahnhof zu fahren.«

»Wenn das so ist, gehe ich packen«, gab Ralph fröhlich zurück. »Und lasst uns versuchen, uns beim Abschied zivilisiert zu benehmen, ja?«

Aber als er in die Küche zurückkam, fing alles wieder von vorn an. Izzy flehte ihn tränenüberströmt an; Mungo versuchte angesichts ihrer Verzweiflung, seinen eigenen Schmerz zu beherrschen. Am liebsten hätte er Ralph umarmt und ihn festgehalten. Stattdessen schlug er ihn.

»Außerdem«, sagte Ralph und beugte sich über den Tisch, »woher soll ich wissen, ob das Kind überhaupt von mir ist? Es könnte auch von Mungo sein. Schließlich bist du sehr vielseitig, oder, alter Junge? Du hast mit mir geschlafen, warum dann nicht auch mit Izzy?«

Einen, vielleicht zwei Herzschläge lang schien die Szene einzufrieren wie in einem Standbild. Dann flüchtete Izzy aus der Küche, und er versetzte Ralph einen Kinnhaken. Mungo schlug so schnell und exakt zu, und Ralph war so überrascht, dass der Schlag ihn aus dem Gleichgewicht brachte. Die Hand an den Kiefer gelegt, taumelte er zurück, und zum ersten Mal an diesem Wochenende zeigte seine Miene ein echtes Gefühl: Schock und Bewunderung.

»Ich hätte nicht gedacht, dass du dazu in der Lage bist«, sagte er.

Dann platzte Philip herein, und alles war vorüber.


»Siehst du?«, sagt Philip nun. »So einfach war das nicht, oder? Das wäre ein gefundenes Fressen für die Zeitungen gewesen. Trotzdem bin ich dafür verantwortlich. Ich habe ihn umgebracht.«

Mungo weiß, dass er recht hat. Es wäre eine Katastrophe gewesen.

»Aber warum erzählst du mir das jetzt?«, fragt er.

»Wegen etwas, das Mags gesagt hat. Sie hat Archie getroffen und meinte, man sähe ihm sein Alter an. Dass er vielleicht verkaufen oder einen Teil des Landes erschließen will. Sie sagte, wenn er eine Baugenehmigung bekäme, könnte er ziemlich viele Häuser in den Obstgarten quetschen. Das könnte er doch, oder? Der Garten gehört nicht direkt zum Hof.«

Mungo runzelt die Stirn. Archie hat mit ihm darüber gesprochen, vielleicht zu verkaufen, sich kleiner zu setzen, obwohl Camilla sich mit Zähnen und Klauen dagegen wehrt. Angenommen, er würde sich zu einem Bauprojekt entschließen, um Geld aufzutreiben? Und? Der Obstgarten wäre offensichtlich die erste Wahl dafür … Und dann begreift er. Er stellt sich vor, wie die Bagger kommen, den Boden aufreißen, das große Geschrei über die Entdeckung, den Skandal …

»Möglich wäre das doch, oder?«, fragt Philip.

Mungo versucht, seinen Herzschlag zu beruhigen, rational und kühl zu bleiben.

»Lass mich darüber nachdenken!«, sagt er. »Lass mir Zeit, das alles zu verarbeiten! Das war jetzt ein Schock.«

»Wirklich?« Philips Blick ist prüfend, hoffungsvoll.

Mungo starrt ihn an. »Was meinst du?«

Philip zuckt mit den Schultern. »Keine Ahnung. Ich hatte nur immer so ein Gefühl, du hättest etwas gewusst. Erraten vielleicht.«

»Nein.« Mungo steht auf. »Ich schwöre dir, Philip, ich hatte keine Ahnung, dass Ralph Stead im Obstgarten begraben liegt.«

Er fühlt sich verwirrt, nervös, doch Philip lächelt ihn verschwörerisch an.

»Geheimnisse«, sagt er. »Geheimnisse sind gefährlich.«

Ihre lebenslange Freundschaft schwingt zwischen ihnen. Mungo streckt die Hand aus, und Philip fasst sie mit festem Griff.

»Billy hat gesagt, du würdest es verstehen«, erklärt er schlicht.

»Billy«, schnaubt Mungo. »Ich wette, der alte Mistkerl hat dahintergesteckt, stimmt's? Ich sehe ihn schon vor mir.« Dann fällt ihm sein letztes Gespräch mit Billy wieder ein, und seine Augen weiten sich. »Hat er das gemeint, als er sagte, ›zuerst ist er auf ihr herumgetrampelt und dann sie auf ihm‹? Mein Gott!«

»Ihm gefiel der Witz. Er hatte Izzy sehr gern. Das hatten wir alle, nicht wahr?« Philip unterbricht sich. »Was ist eigentlich aus dem Baby geworden?«

»Sie hat das Kind verloren. Das weißt du doch.«

»Ja, ich weiß. Bis später dann.«

Er geht hinaus und lässt die Tür offen, sodass die warme Nachtluft eindringt.

Mungo steht reglos da. Er ist dankbar dafür, dass Kit noch nicht von ihrer Verabredung mit Jake zurück ist, und denkt über Philips außerordentliche Eröffnung nach. Was für eine bittere Ironie diese kleine Geschichte birgt: Ralph findet in einer eisigen Februarnacht den Tod, und sein ungeborenes Kind stirbt zwei Monate später an einem kalten, feuchten Aprilmorgen, als Izzy in ihrer Wohnung allein ist.

*Was ist aus dem Baby geworden?*

Geheimnisse. Gefährliche Geheimnisse.

# 16. Kapitel

Als Kate mit Jake nach ihrem Essen im *See Trout Inn* in Staverton zurückfährt – durch Dartington, dann die Straße am Fluss entlang und zurück nach Totnes –, beginnt sie wieder, nervös zu werden. Aber dieses Mal ist es aufgeregte Nervosität, weil der Abend so schön war. Auf dem Hinweg waren alle möglichen Ängste in ihr aufgestiegen, und sie fragte sich, ob es immer so sein würde, wenn sie von Jake getrennt war. Mit ihm zusammen war sie mutiger; allein erkannte sie die Gefahren, die dieses neue Abenteuer mit sich bringen würde, die Risiken, die sie eingehen müsste. Jake ist Familienvater, rief sie sich ins Gedächtnis, mit einem vollständigen Leben in einem anderen Land. Wie in aller Welt sollte das funktionieren? Ihre Arbeit, ihre Freunde und ihre Familie sind hier, und sie könnte sie nicht im Stich lassen. Töricht, sich vorzustellen, wie man da eine Beziehung pflegen soll, die über eine normale Freundschaft hinausgeht. Auf der Fahrt hatte sie sich selbst in eine solche Negativspirale hineingeredet, dass sie, als sie bei Jakes Hotel ankam, vollständig davon überzeugt war, die ganze Sache sei unmöglich. Er wartete in der Bar auf sie und wirkte in einem Leinensakko und der Chino-Hose lässig und elegant; und er empfing sie mit seinem ganz eigenen Lächeln, in dem Zuneigung, Humor und ein geheimes Wissen lagen. Kit war froh, dass sie ihr hübsches Monsoon-Kleid eingepackt hatte; und nach Mungos wohlbegründetem Lob war sie zuversichtlich, gut auszusehen. Falls Jake bemerkte, wie angespannt sie war, sprach er sie nicht darauf an, und sie begann, sich innerhalb von Minuten zu entspannen.

Jetzt, nach dem köstlichen Mahl und dem einen Glas Wein, das sie sich erlaubt hat, erlebt sie die vertraute Euphorie, die Jakes Gegenwart in ihr auslöst. Sie fühlt sich zuversichtlicher, besser in der Lage, Hindernisse nicht so wichtig zu nehmen, und ist einfach glücklich, bei ihm zu sein. Kit fragt sich, ob er Pläne für den Rest des Abends hat oder ob sie ihn einfach absetzen und nach Hause zu Mungo fahren soll. Die Vorstellung kommt ihr ziemlich lahm vor, und sie wirft Jake einen kurzen Seitenblick zu, um seine Stimmung einzuschätzen. Er ist ein wenig still, seit sie den Pub verlassen haben, und sie fragt sich, ob er nervös ist. Sofort spürt sie ein tiefes Mitgefühl und Liebe zu ihm; sie erinnert sich daran, wie sie vor vielen Jahren alles verpfuscht hat, und ist entschlossen, dieses Mal nicht so schwach zu sein. Zugleich ist die Sache verzwickt. Sie kann wohl kaum vorschlagen, dass sie hinauf in sein Zimmer gehen, und trinken will sie nichts mehr, weil sie noch nach Hause fahren muss. Und es wäre ein enttäuschender Abschluss, einfach in der Hotelbar zu sitzen. Vielleicht schlägt sie einen kleinen Spaziergang am Fluss vor. Sie erinnert sich, wie einfach es früher war, zusammen ins Bett zu springen, und sehnt sich nach den ungezwungenen, glücklichen Zeiten ihrer Jugend.

»Vergiss eines nicht, Süße«, hat Mungo vorhin gemeint, »im Alter braucht man beim Sex einen guten Sinn für Humor.«

Irgendwie wirkt diese Bemerkung momentan nicht besonders beruhigend, und sie fragt sich, ob Jake das gleiche Problem damit hat, sich den nächsten Schritt auszudenken. Sie streicht ihm leicht übers Knie, und er sieht sie an und lächelt.

Sie richtet den Blick wieder nach vorn und legt den ersten Gang ein, weil die Ampel gerade umspringt, und ihr Herz klopft heftig.

Ich liebe ihn, denkt sie. Ich liebe ihn wirklich. Ich frage mich, ob er genauso für mich fühlt.

Jake betastet das Handy in seiner Jackentasche und überlegt, wie er eine SMS schreiben kann, ohne Kit zu alarmieren und die glückliche, vertraute Stimmung zwischen ihnen zu zerstören. Seine jüngste Tochter Gabrielle erwartet in sechs Wochen ihr erstes Kind, und er steht in regelmäßigem Kontakt zu ihr. Gaby ist diejenige seiner Töchter, der die Mutter am stärksten fehlt; es bricht ihr das Herz, dass Madeleine das Baby niemals sehen wird, und Jake hat versprochen, bei ihr zu sein, wenn es so weit ist. Seine Älteste, Amélie, hat ihm fest zugesagt, in seiner Abwesenheit auf Gaby aufzupassen und dafür zu sorgen, dass alles gut geht, und Jake vertraut vollkommen darauf, dass sie sich daran halten wird. Amélie ist stark, dominant, praktisch und liebevoll und war schon immer bereit, ihre jüngeren Schwestern im Auge zu behalten. Er vermutet, dass Amélie froh darüber sein wird, ihren Vater in einer festen Partnerschaft zu sehen, statt weiter ihre spezielle Verantwortung zu sein – so sieht sie ihn nämlich. Wahrscheinlich wird sie ihren Einfluss bei den Jüngeren geltend machen, die eine andere Frau, die den Platz ihrer Mutter einnimmt, vielleicht kritisch betrachten werden. Am schwierigsten wird Gaby zu überzeugen sein, das ist ihm klar. Sie vermisst ihre Mutter schrecklich, betet ihren Papa an und wird seine Zuneigung zu Kit als Verrat sehen. Sie war ein kränkliches Kind und hat eine schwierige Schwangerschaft, daher versucht er, Madeleines Platz einzunehmen, indem er Gaby SMS schreibt und in Verbindung mit ihr bleibt.

Als er die Rechnung bezahlt hat, hat er sein Handy überprüft und eine kurze Textnachricht von Gaby vorgefunden, die schon etwas älter war. Während des Abends hatte er sein Handy ausgeschaltet, aber nun überlegt er, ob er jetzt versuchen soll, eine SMS zu schreiben, oder warten soll, bis Kit wieder zu Mungo gefahren ist. Er möchte diesen ersten Abend nicht verderben, indem er sich zu stark als Familienvater darstellt. Kit hat das

Thema vollständig vermieden, und er fürchtet sich davor, es aufzubringen. Er weiß, dass es irgendwann sein muss, doch nicht gerade jetzt, nicht nach diesem perfekten Abend. Trotzdem denkt er an Gaby und will nicht, dass sie den Eindruck hat, sie sei ihm gleichgültig, weil er seine alte Liebe wiedergefunden hat. Es ist wichtig, dass seine Töchter sich alle mit Kit verstehen und keine einen Groll gegen sie hegt. So langsam beginnt er zu verstehen, wie schwierig dieser Balanceakt werden könnte.

Kit streicht ihm leicht übers Knie und wirft ihm ein kurzes Lächeln zu, und er spürt, wie seine heftig aufwallende Zuneigung zu ihr für kurze Zeit seine Sorge um Gaby verdrängt. Was soll er als Nächstes tun? In London könnten sie in Kits Wohnung gehen, doch er kann sie wohl kaum auf sein Hotelzimmer einladen, und in der Bar zu sitzen wäre ziemlich desillusionierend. Er versucht, sich eine Lösung einfallen zu lassen, um noch ein Weilchen Kits Gesellschaft zu genießen und gleichzeitig Gaby eine ganz kurze SMS zu schicken.

»Ich hatte mich gefragt«, meint Kit beiläufig, »ob wir vielleicht noch am Fluss spazieren gehen könnten. Was meinst du? Natürlich nur, wenn du …«

»Perfekt«, gibt er schnell zurück. Der Plan klingt ausgezeichnet: ein kleiner Spaziergang im Dunkeln, eine Gelegenheit, einander näherzukommen. »Sehr gern.«

Plötzlich beschließt er, dass die SMS ruhig noch warten kann; er wird Gaby schreiben, sobald er wieder im Hotel ist. Die nächste kostbare Stunde gehört Kit und ihm, und sein Instinkt sagt ihm, dass er sie nicht aufs Spiel setzen darf.

Emma steht in der Küche und starrt auf die SMS. Marcus hat sie mehrmals auf dem Handy zu erreichen versucht und hat ihr jetzt eine Kurznachricht geschickt, in der er sie bittet, die Uhrzeit für ihr Treffen auf dem Parkplatz in Ashburton zu bestätigen. Der Plan ist, dass sie dann in seinem Auto irgendwohin fahren, um zuerst spazieren zu gehen und dann zu Mittag zu essen. Sie hat Panik; jetzt weiß sie ganz genau, dass sie sich nicht in sein Auto setzen will. Aber wie kann sie etwas an dieser Abmachung ändern, ohne ihm einen Grund zu nennen? Sie überlegt, welchen Treffpunkt sie wählen könnte, um sich sicher zu fühlen und nicht in Versuchung zu geraten, auf etwas Dummes einzugehen. Sie muss in der Lage sein, ihm zu erklären, dass dies ihr letztes Treffen ist, und anschließend in ihr eigenes Auto steigen und davonfahren können. Eigenartig, dass ihr das solche Angst einjagt; als könnte Marcus sie plötzlich mit einem Messer bedrohen oder sie entführen. Sie versucht, die Vorstellung mit einem Lachen abzutun, doch halb unbewusst fragt sie sich, ob das vielleicht nur allzu wahrscheinlich wäre. Joes zerdrückter Löffel scheint ihre Befürchtungen zu bestätigen. Jedes Mal, wenn sie ihn ansieht, verspürt sie eine leichte Übelkeit, ein Angstgefühl in der Magengrube.

Vorhin hat sie mit einer alten Freundin telefoniert, die auch eine Soldatenfrau ist. Sie hatten eine Weile geplaudert, und dann hat sie ganz beiläufig erwähnt, dass sie Marcus zufällig über den Weg gelaufen ist. Falls geklatscht wurde, dann würden so Gerüchte im Keim erstickt.

»Er ist ein bisschen seltsam geworden, findest du nicht?«, meinte die Freundin. »Ich weiß, dass er ein ausgezeichneter Offizier ist, und deswegen ist er ja auch so viel schneller als üblich zum Major befördert worden. Doch er neigt dazu, die reale Welt mit seiner Fantasie zu vermischen. Jedenfalls hat Tasha erzählt, dass es sich in diese Richtung entwickelt hat, und deswegen hat sie anscheinend auf dieser Trennung zur Probe bestanden. Sie wollte, dass er in Therapie geht, weil sie das Gefühl hatte, er stehe kurz vor dem Absturz und könnte etwas anstellen und dann vielleicht nicht befördert werden. Also, mir persönlich hat er immer schon etwas Angst gemacht. Oh, tut mir leid, ich hatte ganz vergessen, dass er mit Rob befreundet ist ...«

Jetzt sind die Kinder im Bett, und Emma steht unentschlossen in der Küche, sieht aus dem Fenster und denkt über dieses Gespräch nach – und über den zerdrückten Löffel. Sie ist sich noch sicherer, dass sie unbedingt in der Lage sein muss, vor Marcus zu flüchten, wenn es so weit ist. Aber ihr fällt kein Treffpunkt ein, von dem aus sie sicher den Rückzug antreten kann. Was, wenn er ihr einfach nach Hause nachfährt?

Mungo schlendert langsam die Straße entlang, Mopsa läuft geschäftig ein Stück vor ihm her, und plötzlich hat Emma eine Idee. Eine verrückte und abwegige, aber sie ist so verzweifelt, dass sie den Versuch wagt. Leise geht sie in die Diele, öffnet die Haustür und tritt auf die Straße. Sie wartet darauf, dass Mungo näher kommt, und winkt ihm zu. Dann erblickt er sie ebenfalls und hebt die Hand zum Gruß. Als er herbeikommt, sieht sie, dass er besorgt und tief in Gedanken versunken wirkt, doch er lächelt ihr entgegen, und sie nimmt ihren Mut zusammen und bringt ihre Bitte vor.

»Ich muss Sie etwas fragen«, sagt sie ohne Umschweife. »Es klingt wirklich eigenartig, aber ich brauche Hilfe.«

Mungo zieht die Augenbrauen hoch. »Ich schwöre Ihnen«, gibt er zurück, »dass mir nach dem, was ich eben gehört habe, niemals wieder etwas eigenartig vorkommen wird, also, nur zu!«

Um sicherzugehen, sieht sie sich auf der Straße um, aber es ist niemand in der Nähe.

»Wissen Sie noch, wie Sie mich im *Café Dandelion* mit einem Mann gesehen haben? Also, er ist ein alter Freund von uns, doch um ehrlich zu sein, wird er mir lästig.« Mungos Augenbrauen schießen noch höher, und sie spricht hastig weiter. »Ich muss zugeben, dass ich so dumm war, ihn noch zu ermutigen, aber jetzt bekomme ich es mit der Angst zu tun.«

»Ja«, sagt Mungo. »Ich erinnere mich an ihn. Und ich weiß noch, dass ich damals dachte, er wirke ein wenig gangsterhaft.«

Das bringt sie ein bisschen aus dem Konzept. »Tatsächlich?«

»Hmmm.« Er nickt. »Ich hatte mich gefragt, ob Sie sich vielleicht übernommen haben. Er ist sehr attraktiv, aber auch etwas unheimlich.«

»Ja, genau das ist es.« Sie zögert. »Sie werden mich jetzt für vollkommen verrückt halten, doch darf ich Ihnen etwas zeigen?«

Mit leicht erstaunter Miene folgt er ihr in die Küche und wartet, während sie in ihrer Handtasche wühlt. Sie nimmt den Löffel heraus und zeigt ihn ihm.

»Das hat er gemacht, während wir in Totnes Kaffee getrunken haben.« Emma zögert. »Ich hatte mich mit einer Freundin getroffen, die mir vor Augen geführt hat, dass ich mit Marcus Probleme nur so herausfordere. Als sie gegangen ist, tauchte er plötzlich wie aus dem Nichts auf.«

»War er Ihnen gefolgt?«

Sie zuckt mit den Schultern und erschauert leicht. »So muss es wohl gewesen sein. Jedenfalls schien er zu erraten, dass meine Begeisterung abgekühlt war. Ich sah, dass er wütend war, aber er schien sich zu beherrschen. Während wir geredet haben, hat er ständig mit dem Löffel gespielt, doch ich habe erst nachher gesehen, wie er ihn zugerichtet hat. Das hat mir irgendwie Angst eingejagt.«

Mungo nimmt den Löffel, dreht ihn um, versucht, ihn geradezubiegen, und gibt ihn ihr dann wieder.

»Unterdrückte Gewalttätigkeit«, meint er. »Ist immer Furcht einflößend, nicht wahr? Und irgendwie macht es alles viel schlimmer, dass es der Löffel Ihres Sohns ist.«

»Genau.« Emma ist niedergeschmettert. Sie starrt den Kinderlöffel an und steckt ihn dann wieder in die Handtasche. »Ich habe Angst davor, er könnte die Beherrschung verlieren, verstehen Sie? Ich komme mir so blöd vor. Und ich habe ihm SMS geschrieben. Es wäre so demütigend, wenn er sie jemandem zeigen würde, besonders Rob. Oh Gott! Wie konnte ich nur so dumm sein?«

»So etwas haben wir alle schon erlebt, meine Liebe«, meint Mungo begütigend. »Wie kann ich Ihnen helfen? Was glauben Sie, was ich ausrichten könnte? Wenn es zu Handgreiflichkeiten kommt, bin ich mir nicht sicher, ob ich ihm gewachsen bin.«

Sie lächelt, weil sie weiß, dass er auch von ihr spricht, und fühlt sich getröstet.

»Wir treffen uns morgen«, erklärt sie ihm. »Er glaubt, es wäre der Beginn einer Affäre, aber ich möchte ihm sagen, dass es das Ende ist. Marcus will, dass ich mit ihm im Auto wegfahre, doch das möchte ich nicht. Daher dachte ich, ich könnte mich irgendwo mit ihm verabreden, Kaffee trinken oder sogar zu Mittag essen und dann gehen. Und da kommt jetzt der Punkt, an dem ich Sie um einen Gefallen bitte. Wenn ich mich im *Café Dandelion* mit ihm treffe, könnten Sie dann auch wieder dort sein? Sie wissen schon, einfach wie zufällig vorbeigehen, mich begrüßen und bleiben, während ich hinauslaufe?«

Jetzt wirkt Mungo wirklich interessiert, als könnte er sich die Szene bereits vorstellen.

»Ich verstehe, worauf Sie hinauswollen«, sagt er. »Ich soll Ihren Rückzug decken.«

»Genau«, erklärt sie eifrig. »Es ist unglaublich dreist von mir,

Sie darum zu bitten, aber ich weiß nicht, was ich sonst tun soll. Ich habe mich wie eine Vollidiotin benommen. Habe dafür gesorgt, dass Camilla die Kinder morgen Vormittag nimmt. Mich damit einverstanden erklärt, ihn praktisch gleich nach dem Frühstück auf dem Parkplatz in Ashburton zu treffen. Jetzt weiß ich nicht, wie ich weiter vorgehen soll. Wahrscheinlich könnte ich einfach wegbleiben, aber ich möchte nicht, dass er herkommt und nach mir sucht. Ich will einen endgültigen Schlussstrich ziehen.«

Mungo denkt über das Problem nach. »Erst einmal müssen Sie zu spät kommen, um so wenig Zeit wie möglich mit ihm zu verbringen. Lassen Sie die Verabredung, wie sie ist, und dann rufen Sie ihn morgen früh an oder schreiben ihm eine SMS, dass Sie Probleme mit dem Baby haben – oder sonst eine Ausrede – und ihn erst um halb zwölf im Café treffen. Er wird nicht den ganzen Vormittag auf dem Parkplatz sitzen wollen, daher müsste das klappen. Ich werde sichergehen, dass ich vor Ihnen eintreffe. Sie trinken Kaffee und essen vielleicht zu Mittag, wenn es gut geht und Sie sich dem gewachsen fühlen. Und irgendwann komme ich hinübergeschlendert und begrüße Sie, und Sie können mich vorstellen und dafür sorgen, dass er erfährt, dass ich praktisch Tür an Tür mit Ihnen wohne. Wenn Sie dann aufstehen und gehen, behalte ich Sie im Auge und fahre Ihnen nach Hause nach. Keine Sorge, ich werde versuchen, es nicht zu offensichtlich aussehen zu lassen.«

»Klingt wunderbar.« Sie fühlt sich noch ein wenig unsicher. »Und Sie glauben, er wird nicht erraten, dass wir alles vorher abgesprochen haben?«

Er strahlt sie an. »Vertrauen Sie mir, Liebes! Ich bin Schauspieler. Aber Sie müssen Ihre Rolle auch spielen. Großes Staunen, wenn Sie mich sehen. Eine nette Mischung aus Nervosität und Verlegenheit. Drucksen Sie ein wenig herum. Begriffen?«

Sie beginnt zu lachen. »Sie sind erstaunlich. Soll ich Sie anrufen, wenn ich losfahre?«

»Geben Sie mir Ihre Handynummer!«, sagt er. »Nur für den Fall, dass es Krisen bei den Kindern gibt. Dann können wir in Kontakt bleiben, sobald Sie unterwegs sind. Ich sehe zu, dass ich gegen elf dort bin.«

»Ich schreibe Sie Ihnen auf«, sagt sie. »Wenn Sie mich anrufen, sobald Sie nach Hause kommen, habe ich auch Ihre Nummer.«

Nachdem er fort ist, fühlt sie sich ganz schwach vor Erleichterung. Offensichtlich hatte Mungo schon erraten, dass etwas im Busch war, und ist nur zu gern bereit, ihr zu helfen. Instinktiv erkennt sie, dass er ein Freund ist und es gut ist, ihn auf ihrer Seite zu haben, dass sie ihm vertrauen kann. Sie schickt Marcus eine SMS, erklärt sich bereit, ihn am nächsten Morgen um zehn auf dem Parkplatz zu treffen, und hofft inständig, dass alles gut geht.

Bitte mach, dass ich aus der Sache herauskomme!, betet sie. Ich werde auch nie wieder so dumm sein.

Mungo geht zurück zur Schmiede und hat das Gefühl, einen Schlag auf den Kopf bekommen zu haben. Zuerst Philip und dann Emma. Eigentlich hatte er den Spaziergang unternommen, um seine Gedanken über Ralph, den Unfall und Billys Entscheidung, die ganze Sache unter den Teppich zu kehren, zu ordnen. Mungo ist sich zwar im Klaren darüber, dass es ein drastischer und gesetzwidriger Schritt war, aber er selbst ist einfach sehr dankbar dafür, wenn er sich vorstellt, welche Wellen die Sache damals geschlagen hätte. Obwohl Izzy und er so beliebt waren, hätte die Presse ein großes Fass aufgemacht; Archie, Camilla und die Kinder wären mit hineingezogen worden, und Philip wäre womöglich wegen Totschlags im Gefängnis gelandet. Der Gedanke daran, Izzy hätte verhört werden können, lässt ihn schaudern. Sie hätte sie unbeabsichtigt alle vernichtet. Und schließlich hatte Ralph keine Familie, die um ihn getrauert hätte. Seine Eltern waren verstorben, genau wie Izzys. Ein gleichgültiger, aber reicher Vormund hatte ihn aufs Internat geschickt, und dann hatte Ralph einen Platz an der Schauspielschule ergattert. Ihre Vergangenheit war eine Verbindung zwischen den beiden gewesen; sie hatten keine Familie, keine Wurzeln gehabt.

Trotzdem ist es illegal, Leichen in Obstgärten zu vergraben, Unfall oder nicht, und wenn Mungo daran denkt, dass er Archie die Lage erklären muss, wird ihm bang ums Herz. Sein großer Bruder wird den rechtschaffenen Bürger geben und entsetzt sein. Und jetzt muss er sich auch noch um Emma sorgen und sie beschützen.

Zu Hause in der Schmiede schenkt er sich einen doppelten Whisky ein. Es freut ihn, dass sein Instinkt ihn nicht getrogen hat. Sie steckt in Schwierigkeiten – ist sogar in Gefahr, wenn man den zerquetschten Löffel berücksichtigt. Die Vorstellung, einem so hartnäckigen jungen Mann einen Dämpfer zu versetzen, entzückt ihn. Mungo beginnt, seine Strategie zu entwerfen, und ist erleichtert darüber, sich kurz von seinen Gedanken an Ralph und die Aussicht auf sein Gespräch mit Archie ablenken zu lassen.


James schaltet den Fernseher aus und geht an seinen Laptop, um seine abendliche E-Mail an Sally zu schreiben. Er hat seinen Vormittag in Totnes genossen und endgültig entschieden, eines der heimlichen Treffen seines Liebespaars im Bistro – dem *Rumour* – stattfinden zu lassen. Jetzt denkt er über die dunklere Seite seiner Handlung nach. Er sitzt gern mit dem Laptop im *Rumour*, macht sich Notizen und skizziert Ideen. Einige andere Gäste haben ebenfalls den Computer vor sich, und er fragt sich, ob sie auch Schriftsteller sind. Er würde ihnen gern erzählen, dass er bereits ein Buch veröffentlicht hat und gerade sein zweites schreibt, dass er kein Möchtegern-Autor ist, der versucht, wie ein Profi auszusehen, aber das lässt er bleiben. Er hatte schon vermutet, dass der Buchladen sein Buch nicht haben würde, daher hat er dem Verkäufer ein Exemplar hinterlassen, obwohl der gar nicht so begeistert wirkte, als er ihm erklärte, dass sein neues Buch in Totnes spielen wird.

Er klappt den Laptop auf und beginnt zu schreiben.

Es war ganz eigenartig, Sal, heute Morgen in Totnes Sir Mungo mit seinen Freunden zu sehen und sie vom Markt auf der anderen Straßenseite aus zu beobachten. Es war, als wären sie mitten in meine Geschichte hereinspaziert, was natürlich verrückt ist. Er saß da und trank vor einem dieser kleinen Cafés – ich glaube, es heißt *The Brioche* – Kaffee mit seiner Freundin vom Theater. Dann ging Mungo weg, und dieser andere Kerl tauchte auf. Auch Schauspieler, jedenfalls nach seinem Aussehen zu urteilen und nach Mungos Reaktion auf ihn, als er zurückkam. Ich vermute ja, dass er einer seiner verflossenen Liebhaber ist. Das habe ich ihnen an der Körpersprache und allem angesehen. Zur Abwechslung einmal ein wenig Drama, obwohl ich mir nicht vorstellen kann, dass sie alle in heimliche Liebesaffären und Mord verwickelt sind und das Problem haben, wo sie mit der Leiche hinsollen. Dazu hatte ich übrigens eine gute Idee, nämlich, sie auf See über die Reling zu werfen. Ich meine, was in aller Welt fängt man mit einer Leiche an? Man kann sie ja nicht einfach im Garten vergraben, oder? Die Flussfahrt auf dem Dart letzte Woche mit Archie hat mich auf mehrere Ideen gebracht, und ich hoffe, ich kann noch einmal mit ihm hinausfahren. Er war sehr taktvoll und hat mir keine Fragen gestellt, obwohl ich glaube, dass er darauf brannte. Der gute Archie ist ein ganz typischer konventioneller Engländer. Man kann kaum glauben, dass Mungo und er Brüder sind. Ich wette, sie bringen sich gegenseitig auf die Palme. Ehrlich gesagt, erstaunt es mich, dass Mungo hier ein Cottage unterhält; schließlich könnte er es sich leisten, sich fast überall ein Ferienhaus zu kaufen, und ich kann mir einfach nicht vorstellen, dass er die Gesellschaft dieser beiden alten Knaben auf dem Gutshof oder einer zackigen Soldatenfrau genießt. Ich sehe meine Nachbarn an, wenn wir einander auf der Straße zuwinken und einen Gruß zurufen, und frage mich, wie sie reagieren würden, wenn sie wüssten, was für ein Chaos in meinem Kopf herrscht! Ich glaube nicht, dass Billy und Philip Judd in ihrem ganzen Leben weiter gekommen sind als bis nach Newton Abott! Dieses Tal ist eine andere Welt, so richtig etwas für Aussteiger. Die Leute lassen die Türen unabgeschlossen und die Autofenster unten. In Oxford würden sie keine zehn Minuten überleben. Aber dieses Gefühl von Unschuld und Frieden ist großartig. Jedenfalls habe ich vorhin noch ein weiteres Auto vor Mungos Haus parken gesehen, daher vermute ich, dass der schauspielernde Exliebhaber, den ich in Totnes gesehen habe, jetzt bei ihm und seiner Theaterfreundin wohnt. Eine große, glückliche Familie, was? Archie und Camilla kriegen sicher Anfälle!

Ich bin deinem Rat gefolgt und habe ein paar Buchexemplare dort liegen gelassen, wo sie vielleicht jemand findet und liest. Ein Teil von mir kann den Gedanken an die Verschwendung nicht ertragen, aber wahrscheinlich hast du recht. Wenn dadurch ein paar Menschen sie lesen und mehr davon wollen, kann man es als eine Art Werbung betrachten. Im *Rumour* ist

es ein wenig peinlich gewesen. Ich hatte ein Exemplar auf meinem Tisch liegen gelassen, doch als ich herausging, lief mir die Bedienung hinterher und rief: »Sie haben Ihr Buch vergessen!« Ich hatte ihr schon erklärt, dass ich einen Roman schreibe, und ein bisschen Werbung dafür gemacht, daher wollte ich nicht sagen, warum ich ein Exemplar meines ersten Buches zurückgelassen hatte. Meinen Namen hatte ich bereits genannt, als ich vor ein paar Tagen dort war, deswegen hoffe ich, dass sie nicht dahintergekommen ist. Ich habe es dann einfach in die Tasche gesteckt. Dabei hätte ich einfach frech sein und fragen sollen, ob ich es auf der Theke auslegen kann. Vielleicht mache ich das sogar noch. Was meinst du?
Gleich esse ich zu Abend – und ja, ich esse etwas Richtiges: Fish and Chips –, und dann setze ich mich noch etwas an die Arbeit. Eines war aber richtig merkwürdig. Ich sehe ständig diesen komischen Kerl, zuerst in Totnes, dann fährt er hier die Straße entlang, und heute Abend war er auch in der Imbissbude. Er hat mich mit diesen ganz hellen Augen richtig angestarrt, doch ich habe getan, als bemerkte ich ihn nicht. Hat etwas Unheimliches, deswegen habe ich mich nicht lange aufgehalten! Hoffe, am Radcliffe ist alles ruhig. Du fehlst mir.
Alles Liebe, J. xx

# 17. Kapitel

Camilla erwacht als Erste. Kein Vogelgezwitscher, im August singen die Vögel nicht. Keine Brise bewegt ihre hübschen Laura-Ashley-Vorhänge, obwohl das Fenster offen ist. Camilla dreht den Kopf, um Archie zu betrachten, der noch schläft. Wie verletzlich Menschen im Schlaf sind, wie schutzlos! Archie hat das Gesicht im Kissen vergraben, sein Mund ist erschlafft, und seine Augenlider zittern, weil er träumt. Sie mustert ihn mit einer Mischung aus Liebe, Ärger und Angst, ihm könnte etwas zustoßen. Er ist immer noch fit und stark, doch er hat auch eine Zerbrechlichkeit an sich, die ihr das Herz zerreißt.

Gestern haben sie sich gestritten. Camilla hatte beschlossen, dass es angesichts der Hitze draußen eine gute Idee wäre, das Spielzimmer herzurichten. Sie hatte den Vormittag damit verbracht, altes Spielzeug hervorzuholen, Bilderbücher abzustauben und Puzzles nachzusehen. Es war stickig und erdrückend, daher ging sie ans Fenster, um es weit zu öffnen und frische Luft ins Zimmer zu lassen. Der Rahmen war in schlechtem Zustand, und das Fenster, das sich trotz der hohen Temperaturen vor Feuchtigkeit verzogen hatte, klemmte. Sie schlug heftig dagegen, worauf das altersschwache Holz sich bog und das Glas zerbrach.

Archie war außer sich. »Du weißt doch, in welchem Zustand die Fenster sind«, sagte er ein ums andere Mal. »Du weißt genau, dass alle Fenster ersetzt werden müssen. Jetzt muss ich mich darum kümmern. Das kostet mindestens vierhundert Pfund.«

Den Rest des Tages grollte er mit ihr und grantelte zornig

vor sich hin, über die Kosten, die es verursacht, das Haus in einem vernünftigen Zustand zu erhalten, die Probleme, die dadurch zustande kommen, dass es unter Denkmalschutz steht, wie schwer es ist, alles mit so wenig Hilfe wie möglich zu schaffen. Aber Camilla weiß, dass Archie trotz seines Geredes über eine Wohnung am Fluss in Totnes oder einen Bungalow in der Nähe der Anlegestelle in Stoke Gabriel nicht wirklich dieses Tal verlassen will, in dem er geboren und alt geworden ist und wo sie beide ihre Kinder großgezogen haben.

Sie beobachtet ihn und hofft, dass der Sturm vorüber ist, wenn er aufwacht, hofft, dass sie ihn wieder beruhigen kann. Trotzdem erkennt sie mit schwerem Herzen, dass alles, was er sagt, wahr ist. Im Moment kommen sie finanziell nur ganz knapp über die Runden. Auch das wird vorbeigehen, wie früher schon, und dann kämpfen sie unermüdlich weiter – aber wie lange noch? Vielleicht sollten sie den Schritt freiwillig tun, bevor sie dazu gezwungen werden. Aber wie soll sie es ertragen, dieses Haus mit all den Erinnerungen darin zu verlassen? Sie hat ihr ganzes Erwachsenenleben in seinen schützenden Mauern verbracht; ihre Kreativität hat dem Garten seine Gestalt verliehen. Es ist ihr Zuhause. Überall ist es voller Erinnerungen an ihre Kinder und Enkel. Ihre Schatten bevölkern die Treppe und den Treppenabsatz; ihre Stimmen hallen von der Wiese herein, die sich bis hinunter zum Horse Brook erstreckt. Dann sind da die unzähligen Bücher in Archies Arbeitszimmer und in den Regalen im Flur und ihre Sammlung mit blau-weißem Porzellan auf den Regalen in der Küche. Spielzeug und Bücher, Gemälde und Zierfiguren. Wie soll das alles in die Wohnung am Fluss passen, von der Archie immer spricht?

Camilla möchte am liebsten weinen, aber stattdessen schlägt sie vorsichtig das Laken zurück – für das Oberbett ist es viel zu heiß – und gleitet aus dem Bett. Sie wird Archie Tee kochen und ihn versöhnen, bevor der Tag richtig beginnt. Dann Frühstück, und danach kommen die Kinder. Der Gedanke an die Kleinen muntert sie auf, und als sie nach unten geht, ist sie froher.

Archie regt sich. Er spürt schon, dass Camilla fort ist, bevor er die Augen öffnet, und reckt sich mit einem leisen Aufstöhnen, als seine schmerzenden Glieder protestieren. Gott sei Dank hat die Hitze das Wachstum von Gras und Unkraut gebremst, und er kann sich darauf konzentrieren, den Zaun zu reparieren, der den Pfad am Flussufer begrenzt! Die alten Pfosten sind verrottet, und die Preise für neue schockieren ihn; aber andererseits findet er heutzutage fast alle Preise überhöht. Sein Einkommen reicht einfach nicht aus, um alles aufzufangen. Natürlich sind die Mieteinnahmen aus dem Cottage hilfreich, doch sie haben viel zu viele Ausgaben – und jetzt muss das Fenster im Spielzimmer ausgetauscht werden.

Bei dem Gedanken an diese vollkommen unnötige Ausgabe regt sich Archies Verärgerung wieder, und er möchte sich am liebsten das Laken über den Kopf ziehen und vor Verzweiflung aufstöhnen. Stattdessen setzt er sich auf, steckt sich die Kissen hinter den Kopf und versucht, die Sache vernünftig zu betrachten. Schließlich hatte Camilla keine Schuld; ein Fenster zu öffnen ist etwas ganz Selbstverständliches. Trotzdem brodelt tief in ihm noch sein Ärger, der von seinen Ängsten genährt wird. Sein Leben scheint nur noch daraus zu bestehen, Berechnungen anzustellen, Briefe von der Bank und seinem Steuerberater zu fürchten und mit Einnahmen und Ausgaben zu jonglieren. Von der Mühe, die es ihn kostet, zu verhindern, dass alles zusammenbricht, schmerzt ihm buchstäblich der ganze Körper.

Er hört Camilla auf der Treppe und überlegt, ob er seinen

Groll pflegen und sie weiter für ihre Unachtsamkeit leiden lassen soll. Hoffnungsvoll lächelnd betritt sie mit dem Tablett das Zimmer, und ihm fällt ein, dass Emmas Kinder heute kommen und Camilla ängstlich darauf bedacht ist, dass sie es gut haben. Angesichts ihrer misstrauischen, aber entschlossen fröhlichen Miene – Ist er noch schlecht gelaunt? Wie kann ich ihn aufheitern? – schmilzt sein Selbstmitleid dahin, und er muss lachen. Ihre Miene glättet sich und zeigt Erleichterung, Überraschung.

»Ich hatte gerade an meinen alten Dad gedacht«, erklärt er. »Weißt du noch, dass er immer zu sagen pflegte: ›Beginne den Tag mit einem Lächeln. Bring es hinter dich!‹?«

Sie fällt in sein Lachen ein; der schwierige Moment ist vorüber, und der Tag liegt offen vor ihnen.


Joe frühstückt mit Begeisterung. Er kann es kaum erwarten, zu Camilla zu fahren, mit dem ihm unbekannten Spielzeug zu spielen, auf dem Traktor zu fahren und mit den Hunden spazieren zu gehen.

»Wohin fährst du eigentlich, Mummy?«, fragt er und hört auf, seine Frühstücksflakes zu löffeln. »Wo triffst du dich mit Naomi?«

Sie runzelt die Stirn und beißt sich auf die Lippen, als hätte er etwas Böses gesagt, aber im nächsten Moment lächelt sie wieder und macht Dora ein Fläschchen.

»Wir gehen wieder ins *Café Dandelion*«, erklärt sie bestimmt. »Zuerst Kaffee trinken, und dann essen wir zu Mittag, und anschließend komme ich, um dich und Dora abzuholen.«

Joe rührt mit dem Löffel in seiner Schale herum, immer wieder. Er fragt sich, ob er sagen soll, dass er mitwill – und ein Teil von ihm möchte wirklich mitfahren. Er mag es nicht so gern, wenn Mummy allzu weit weg ist. Er beschließt, es auszutesten.

»Ich will mitkommen«, sagt er. Er legt einen kleinen, weinerlichen Unterton in seine Stimme, um ihr zu zeigen, dass es ihm ernst ist, und sie sieht vollkommen überrascht, sogar ängstlich drein, sodass er sich erneut fürchtet. Doch schnell lacht sie wieder.

»Nein, willst du nicht«, sagt sie. »Du möchtest mit all dem schönen Spielzeug spielen und Bozzy und Sam besuchen. Fast hätte ich dir geglaubt, aber jetzt nicht mehr. Du willst nicht in einem langweiligen Café sitzen, wenn du auf diesem Traktor fahren könntest.«

Sie stellt ihm den Smoothie neben den Teller und bückt sich, um ihn auf die Wange zu küssen. Er spürt immer noch, dass etwas nicht stimmt, doch die Aussicht auf den Traktor und die Hunde klingt viel lustiger, als bei Naomi und Mummy zu sitzen, während die beiden reden und Kaffee trinken.

»Camilla hat etwas von einem Zelt erwähnt«, sagt Mummy. »Was für ein Spaß! Ich komme nach dem Mittagessen ganz schnell zurück, damit ich es auch ausprobieren kann.«

Jetzt ist er wieder aufgeregt, glücklich.

»Vielleicht passt du ja nicht hinein«, warnt er sie. »Es könnte nur für Kinder sein.«

Mummy schneidet eine komische Grimasse, um zu zeigen, dass sie traurig sein wird, wenn sie nicht in das Zelt passt, und er verzieht ebenfalls das Gesicht und schwenkt seinen Löffel.

»Dora kann ja mit Bozzy und Sam im Zelt sein«, sagt er.

Die Kleine stößt einen lauten Schrei aus, als hätte sie ihn verstanden und wollte mit den Hunden ins Zelt, und er und Mummy schütten sich vor Lachen aus, und alles ist gut.


Mungo trifft als Erster ein. Er geht die Stufen hinunter und legt seine Zeitung auf den Tisch am Fenster neben der Theke.

Die anderen Tische sind besetzt, und plötzlich kommen ihm Bedenken: Angenommen, Marcus muss sich zu ihm setzen? Das wäre nicht ganz das Szenario, das er geplant hat. Mungo geht an die Bar, bestellt Kaffee und kehrt damit an seinen Tisch zurück. Mehrere Personen trinken aus und schicken sich zum Gehen an, und er faltet die Zeitung auseinander, während er sie im Auge behält.

Es ist ein Schock, als Marcus hereinkommt, fast, als wäre bis jetzt alles ein Spiel gewesen, etwas, das in Wirklichkeit nicht passieren würde. Aber er ist hier, bleibt gleich hinter der Tür stehen und lässt blitzschnell den Blick durch den Gastraum schweifen, als wollte er sich jeden merken, der hier ist. Er geht an die Bar, wartet darauf, an die Reihe zu kommen, lehnt sich an die Theke und mustert den Raum. Eine Familie steht auf, um das Café zu verlassen, und er tritt heran, spricht sie an, macht einen kleinen Scherz und legt seine Jacke auf einen der Stühle. Danach geht er seinen Kaffee holen und sitzt dann da, halb vom Tisch abgewandt, mit dem Rücken zur Wand, und behält die Tür im Blick. Immer wieder sieht er auf seinem Handy nach Nachrichten und legt es dann ungeduldig auf den Tisch zurück.

Mungo, der ihn über den Rand der Zeitung hinweg beobachtet, erkennt genau den Moment, in dem Emma die Bar betritt. Marcus' Miene schlägt von Wachsamkeit in eine Art erleichterten Triumphs um; seine hellen Augen weiten sich, und seine schmalen Lippen verziehen sich zu einem Lächeln. Dann springt er auf, geht ihr entgegen und umfasst ihre Hände. Emma ist angespannt und sich ihrer Umgebung bewusst. Nach der ersten Begrüßung entzieht sie sich schnell seinem Griff.

Mungo ist fasziniert; er bemerkt jede kleine Reaktion der beiden, ihre Körpersprache: Emmas Nervosität und Marcus' innere Anspannung. Unmöglich stehen diese zwei das Mittagessen durch, denkt er und schickt sich an, in Aktion zu treten. Emma setzt sich mit dem Rücken zu ihm, sagt etwas, doch als Marcus an die Theke geht, um Kaffee für sie zu bestellen, blickt sie sich um, und er lässt die Zeitung sinken, um ihr zu signalisieren, wo er ist. Bis Marcus sich umdreht, um ihr zuzulächeln, beugt sich Mungo schon mit dem Stift in der Hand über das Kreuzworträtsel.

Als sie Mungo entdeckt, wird Emma vor Erleichterung fast ohnmächtig. Während der Fahrt nach Haytor ist sie immer nervöser geworden, und inzwischen fühlt sie sich ganz schwach. Sie presst die zitternden Hände zwischen den Knien zusammen und macht sich bereit, Marcus zu sagen, wie die Dinge stehen. Auf keinen Fall hält sie ein langes, freundliches Mittagessen mit ihm durch.

Er stellt die Tasse vor sie hin und setzt sich auf den Platz gegenüber. Sie sieht, dass er sich verhalten will, als gäbe es keinen Zweifel mehr daran, dass sie eine Beziehung eingehen werden, als hätte sie das akzeptiert, indem sie wie vereinbart gekommen ist. Emma hantiert mit dem Zuckertütchen herum, denn ihre Finger zittern. Er legt seine Hand über ihre und drückt sie fest. Seine Hände sind warm und stark. Sie kann ihn kaum ansehen, aber sie weiß, dass sie es muss. Sie muss sich zusammennehmen.

»Keine Sorge, Ems«, sagt er. »Das wird so schön. Vertrau mir! Es wird klappen, du wirst schon sehen.«

Sie zieht ihre Hände weg, kippt den Zucker in die Tasse und ist nicht in der Lage, in Marcus' helle, beinahe hypnotische Augen zu sehen. Mit beiden Händen hebt sie die Tasse hoch, nippt an dem kochend heißen Kaffee und fühlt sich kurz von einer Art Kraft erfüllt. Sie stellt die Kaffeetasse auf den Tisch, hält sie aber immer noch fest, und sieht ihn endlich richtig an.

»Nein, Marcus«, erklärt sie. »Nein, das hast du ganz falsch verstanden.«

Er lächelt immer noch, zumindest sein Mund, aber sein Blick wird argwöhnisch. Sie umklammert die Tasse, bleibt jedoch ruhig.

»Falsch?«, fragt er leichthin und sehr leise.

»Mhhh.« Sie nickt. Plötzlich ist sie fest entschlossen. Sie denkt daran, wie sie Joe angelogen hat, und lehnt sich ein Stück zurück, distanziert sich von ihm, obwohl sie ihn immer noch ansieht. »Das zwischen uns wird nicht funktionieren, Marcus. Ich habe nicht klar gedacht, und ich entschuldige mich dafür, dich in die Irre geführt zu haben, doch ich liebe Rob und meine Kinder, und ich habe nicht vor, meine Ehe aufs Spiel zu setzen. Es tut mir leid, Marcus.«

Er lehnt sich ebenfalls zurück, und jetzt leuchten seine Augen sehr hell und sehr zornig. »Mir tut es auch leid, Ems«, gibt er zurück, »weil du nämlich einen großen Fehler begehst. Du kannst jetzt nicht aufgeben. Das werde ich nicht zulassen.«

Emma holt sehr tief Luft. »Aber du kannst mich nicht aufhalten«, entgegnet sie sanft. »Oder? Ich bin schließlich mit Rob verheiratet. Bitte, sei vernünftig, Marcus.«

Er lacht, ein kurzer, heftiger Ausbruch, der sie vor ihm zurückzucken lässt. Wieder hat sie Angst, denn plötzlich erkennt sie, dass er auf alle möglichen Arten ihr Leben zerstören kann. Sie denkt an ihre Kinder und Rob und wird von Furcht überwältigt. Marcus beugt sich vor und will etwas sagen, kommt aber nicht dazu.

»Meine Güte, wenn das nicht Emma ist!«, ruft Mungo in seiner ausgebildeten, schallenden Stimme, die dazu da ist, bis zu den hintersten Plätzen auf dem Rang zu tragen. »Ja, sie ist es. Dachte ich mir doch, dass ich Sie erkannt hatte. Noch einmal hallo!«

Sie fährt heftig zusammen und sieht so verblüfft zu ihm auf, wie er es sich nur wünschen kann. Ganz kurz hatte sie ihn vollkommen vergessen.

»Mungo ...«, stammelt sie. »Wie ... wie schön, Sie zu sehen! Ich hatte Sie gar nicht bemerkt.«

»Ah, aber ich habe *Sie* gesehen.« Er strahlt die beiden an, Zeitung und Brillenetui in der Hand. »Und das ist Ihr Mann? Wie geht es Ihnen?«

»Nein, nein«, fällt Emma peinlich berührt ein. Sie hatte gar nicht geahnt, wie leicht es sein würde, diese Rolle überzeugend zu spielen; sie fühlt sich vollkommen verwirrt und restlos verlegen, doch sie ist zutiefst erleichtert darüber, dass Mungo eingeschritten ist. »Das ist Captain Marcus Roper. Er ist bei den Kommandotruppen, wie Rob. Die beiden sind ganz alte Freunde. Das ist Sir Mungo Kerslake«, sagt sie zu Marcus. »Er wohnt gleich neben mir. Es ist wunderbar«, setzt sie hinzu, während Marcus und Mungo einander die Hand schütteln, »einen so berühmten Schauspieler zum Nachbarn zu haben.« Ganz beiläufig sieht sie sich in der Bar um. »Sind Sie allein? Wollen Sie sich nicht zu uns setzen?«

Sie spürt Marcus' Zorn wie eine Flamme, die über den Tisch leckt, doch sie ignoriert ihn und lächelt Mungo zu, der sich auf den Stuhl neben ihr setzt und ihre Kaffeetassen ansieht.

»Vielen Dank«, sagt er herzlich. »Sehr gern. Also, was trinken Sie? Soll ich Ihnen noch etwas an der Bar besorgen?«

Er sieht Marcus fragend an, ganz der gütige alte Onkel, und Marcus ist gezwungen, Mungo zum Kaffee einzuladen, aufzustehen und an die Theke zu gehen, um ihn zu bestellen.

»Hat mir nicht gefallen, wie das aussah«, murmelt Mungo und lächelt dabei die ganze Zeit strahlend. »Sobald Sie bereit sind, gehen wir zusammen nach draußen. Sehen Sie zu, dass Sie vor mir wegkommen!«

Emma weiß nicht, ob sie lachen oder weinen soll, daher erwidert sie sein Lächeln, um so zu tun, als unterhielten sie sich fröhlich. Als Marcus zurückkommt, ist sie entspannt; sie fühlt sich sicher.

»Marcus fliegt bald nach Kalifornien«, erklärt sie Mungo, »um an einem Manöver mit den US-Marines teilzunehmen.«

Und dann beginnt Mungo eine Unterhaltung über einen Filmdreh in Kalifornien und erzählt eine langatmige, verworrene Anekdote, in der er mehrere berühmte Namen fallen lässt. Marcus wahrt eine höfliche Miene, doch Emma weiß, dass er nur auf den richtigen Moment wartet, um vorzuschlagen, dass sie sich verabschieden. Als Mungo zum Ende seiner Geschichte kommt und seinen Kaffee ausgetrunken hat, schaltet sie sich rasch ein.

»Marcus, es tut mir leid, aber ich muss gehen. Ich habe dir ja vorhin erzählt, dass es Dora nicht gut geht und sie furchtbar quengelig ist, deswegen habe ich Camilla versprochen, so schnell zurück zu sein, wie ich kann. Ich freue mich, dass wir uns noch verabschieden konnten. Ich hoffe, dein Kurs läuft gut.«

Sie nimmt ihre Handtasche, und Mungo steht auf. »Ich muss auch los. Hat mich sehr gefreut, Sie kennenzulernen, junger Freund.«

Er greift nach der Zeitung auf dem Tisch und wirft dabei sein Brillenetui zu Boden, sodass Marcus es unter dem Stuhl hervorholen muss. Mungo entschuldigt sich und redet weiter auf die beiden ein. Als sie zusammen hinausgehen, nimmt Mungo Emmas Arm, zeigt auf etwas und macht Bemerkungen über das Wetter. Marcus hat nur kurz Gelegenheit, ihr nahe zu kommen, als sie die Schlüssel aus ihrer Tasche fischt und die Autotür aufschließt.

»Bitte, Ems, wir können nicht so einfach auseinandergehen. Um Gottes willen ...«

»Es tut mir leid«, sagt sie schnell und sehr leise. »Verzeih mir, wenn du kannst. Ich muss kurzzeitig nicht bei mir gewesen sein. Pass auf dich auf, Marcus! Auf Wiedersehen, Mungo.« Sie spricht jetzt lauter. »War nett, Sie zu sehen.«

Mungo hebt die Hand. »Lassen Sie uns um die Wette nach Hause fahren!«, ruft er scherzhaft.

Mit wild klopfendem Herzen braust Emma davon und sieht im Rückspiegel, wie die beiden zusammenstehen und ihr nachsehen. Einen ganz kurzen Moment trauert sie der Aufregung, dem Spaß nach, ein Geheimnis zu haben, und dem befriedigenden Gefühl zu wissen, dass Marcus sie begehrt. Doch sie schüttelt den Kopf und weist die Anwandlung zurück, denn sie erinnert sich, wie sie sich gefühlt hat, als sie Joe angelogen und ihm erzählt hat, dass sie sich mit Naomi trifft. Das ist ein falsches Glück, nur ein Schatten ohne Substanz.

Sie fährt schnell, aber vorsichtig, denn sie möchte nach Hause, zu ihren Kindern.


Marcus sieht sie wegfahren. Er ist so wütend, dass er es kaum fertigbringt, höflich zu der Schwuchtel mit dem hübschen Seidenschal und der engen Jeans neben ihm zu sein. Im Café hat er sich ganz kurz gefragt, ob das Ganze inszeniert war, aber Emma sah so schockiert, so fassungslos aus, dass er den Gedanken verworfen hat. Außerdem hätte dieser alte Fatzke gar nicht den Mumm, ihm in die Quere zu kommen.

Er steigt in sein Auto, verabschiedet sich, und Marcus nickt ihm zu und marschiert davon. Er hat das Bedürfnis zu laufen, zu klettern, seine Frustration durch körperliche Aktivität abzureagieren. Der Weg auf den Haytor zählt kaum als Bergwanderung, doch er ist besser als nichts – und er liegt ganz in der Nähe.

Also, was soll er als Nächstes unternehmen? Marcus überholt die Feriengäste, die sich nach oben schleppen, als bestiegen sie den Mount Everest, setzt sich auf eine Felsnase und sieht aufs Meer hinaus. Es ist nicht nur, dass er Emma gern ins Bett bekommen will. Natürlich will er das; aber er will auch beweisen, dass er zu einer Beziehung fähig ist, dass Tasha sich geirrt hat, als sie behauptet hat, er sei emotional zurückgeblieben, das Miststück. Emma schenkt ihm ein warmes, liebevolles Gefühl; er weiß, dass er es mit ihr schaffen kann. Er wird ihr eine SMS schreiben und darauf bestehen, dass sie es noch einmal versuchen. Das ist sie ihm schuldig, denn dieser Vormittag war eine komplette Farce.

Er greift in seine Jeanstasche, doch sein Handy ist nicht da. Marcus steht auf und durchwühlt seine Jackentaschen: nichts. Dann sieht er sich auf den Felsen um. Was zum Teufel …? Er muss es im Café liegen gelassen haben, auf dem Tisch. Er war so versessen darauf, einen Moment allein mit Emma zu sprechen, bevor sie ging, dass er es vergessen hat.

Fluchend beginnt er den Abstieg. Halb rennend springt er die Abhänge des Tor hinunter und weicht den Urlaubern, ihren Hunden und Kindern aus. Dabei rutscht er immer wieder aus. Er überquert die Straße, eilt zurück in die Bar. An dem Tisch sitzt jetzt eine Gruppe Teenager, die ihn anstarren, als er sie fragt, ob sie sein Handy gesehen haben. Schulterzuckend, blöd grinsend und mit hochgezogenen Augenbrauen werfen sie einander Blicke zu. Am liebsten möchte er sie ohrfeigen, um ihnen Respekt beizubringen, aber sie sehen ihn weiter ausdruckslos an und schütteln den Kopf.

Er geht an die Bar und fragt, ob sein Handy abgegeben worden ist. Die Bedienung schaut nach, spricht eine Kollegin an, beide verneinen. Sein Zorn wächst; jemand hat das Handy genommen, doch er kann rein gar nichts dagegen tun. Er geht nach draußen, steigt in sein Auto und versucht, sich zu beruhigen. Es ist kein wirklicher Schaden entstanden, denn er hat das Handy ausschließlich privat benutzt. Allerdings hätten einige SMS von Emma ziemlich peinlich für sie werden können, falls er den Wunsch gehabt hätte, die Sache aufzubauschen. Trotzdem hat er das Gefühl, so oder so vollkommen überfahren worden zu sein, und daran ist er nicht gewöhnt.

Und nein, Tasha, schreit er lautlos, ich bin weder ein Kontrollfreak noch emotional zurückgeblieben!

Mit einem Mal fällt ihm die MMS ein, die sie ihm gestern geschickt hat, ein Foto ihrer zwei Söhne, die ihm im Garten strahlend zulächeln.

*Bis Samstag, Dad. Alles Liebe xx*, lautete die Nachricht.

Plötzlich schießen ihm die Tränen in die Augen, ein Schock. Wütend wischt er sie weg; er will dieses Bild noch einmal sehen. Ihm kommt eine Idee: Könnte Emma das Handy versehentlich genommen haben? Er sitzt im Wagen und durchdenkt die Möglichkeiten, die das eröffnet. Er kann keine SMS schreiben, er kann nicht anrufen, aber was hält ihn davon ab, bei ihr vorbeizufahren und sie direkt zu fragen? Vollkommen angemessen. Er sieht auf die Uhr. Ein wenig zu früh noch, doch zur Abendessenszeit muss sie mit den Kindern zu Hause sein. Er wird das Terrain sondieren. Bis dahin sucht er sich einen Pub, trinkt ein Bier und isst ein Sandwich.

Plötzlich fällt ihm der Computerfreak in dem Imbiss am vergangenen Abend ein. Gerade, als er seine zwanghafte Vorstellung, verfolgt zu werden, abgelegt hatte, war der Typ wieder da. Am liebsten hätte er ihn geschnappt und verhört, doch der komische Kerl drückte sich an ihm vorbei und eilte davon, während die Frau hinter der Verkaufstheke ihn nach seinen Wünschen fragte, und als er hinauskam, war der seltsame Bursche längst weg. Obwohl, so sagt Marcus sich jetzt, wenn der merkwürdige Kerl ihm tatsächlich folgt, dann stellt er sich sehr ungeschickt an. Aber im Hinterkopf nagt ein anderer Gedanke an ihm: Angenommen, das wäre gerade der Sinn der Sache, und er wollte gesehen werden – als eine Art Warnung. Als wollte er sagen: Wenn du jetzt aufhörst, ist es in Ordnung. Wir haben dich im Auge, doch es ist noch nicht zu spät. Du könntest aufhören, Emma nachzustellen, nach Hause gehen und dich mit Tasha und den Kindern versöhnen, dich darüber freuen, dass du nächstes Jahr zum Major befördert wirst. Es ist alles noch da und wartet auf dich.

Marcus zögert, aber dann lässt der Gedanke, dass diese alte Schwuchtel ihn überrumpelt hat, Zorn und Galle in ihm aufsteigen, und er weiß – weiß es einfach –, dass er noch einen letzten Versuch unternehmen muss. Immerhin ist es ja möglich, dass sie aus Versehen sein Handy genommen hat. Weit hergeholt, doch ein ausreichender Grund für einen letzten Versuch.

# 18. Kapitel

»Ich kann nicht glauben, dass du sein Handy gestohlen hast«, sagt Kit. »Also ehrlich, Mungo! Wie *konntest* du nur?«

Jake und sie haben auf Mungos Rückkehr gewartet, und jetzt sitzen sie an seinem Küchentisch und essen frische Brötchen mit Käse und Oliven, während er ihnen berichtet.

»Ach, weißt du, das war einfacher, als ich gedacht hatte.« Mungo ist nach seiner Aktion immer noch aufgedreht. »Er hatte aufs Display gesehen, verstehst du, und das Handy dann auf dem Tisch neben seiner Kaffeetasse liegen gelassen. Mir fiel ein, wie die arme Emma gesagt hatte, sie mache sich Sorgen wegen ein paar indiskreter SMS, daher habe ich beschlossen, es ihm wegzunehmen. Zuerst habe ich wie zufällig die Zeitung daraufgelegt, und dann habe ich den verhuschten alten Knacker gespielt, du weißt schon. Habe mein Brillenetui auf den Boden fallen lassen, mich laut entschuldigt, während er unter dem Stuhl herumkroch, und dann das Handy in die Tasche gesteckt. An diesem Punkt ging Emma schon davon, da bin ich ihr natürlich nachgerannt. Traumhaft. Klappe, die erste. Ein voller Erfolg.« Er seufzt vor Zufriedenheit. »Mir war allerdings nicht klar gewesen, wie schwierig es sein würde, die Rolle eines schrulligen alten Mannes zu spielen.«

Jake platzt vor Lachen heraus. »Ein echter Profi«, sagt er, und Kit wirft ihm einen Blick zu, der ihn verstummen lässt.

»Du *bist* ein schrulliger alter Mann, Mungo«, versetzt sie streng. »Man stiehlt nicht einfach anderer Leute Handys. Das ist Diebstahl. Ein Verbrechen. Was hast du damit gemacht?«

Er zuckt mit den Schultern. »Bis jetzt noch nichts.« Er zieht es aus der Tasche und legt es auf den Tisch. »Vielleicht werfe ich es einfach in den Horse Brook.«

»Du hast dir nicht zufällig diese SMS angesehen?«, fragt Kit misstrauisch. »Zutrauen würde ich dir das.«

»Selbstverständlich nicht«, erwidert er empört. »Wofür hältst du mich?«

»Für einen gewöhnlichen Dieb«, gibt Kit zurück. »Und was, wenn er es errät und es sich von dir zurückholen will?«

Mungo schürzt die Lippen. »Das könnte lustig werden.«

Um ehrlich zu sein, muss Kit zugeben, dass sie sich gut amüsiert, und Jake ergeht es nicht anders, das sieht sie ihm an. Es ist gut, dass das alles passiert und die Aufregung über ihr Wiedersehen noch unterstützt. Besser als normale, eintönige, tägliche Routine. So kann er sehen, dass sie exzentrische Freunde hat, in ihrem Leben lustige Dinge passieren und sie nicht einfach alt, langweilig und einsam geworden ist.

»Trotzdem solltest du es loswerden«, meint sie. »Aber nicht im Horse Brook. Nachdem es so lange heiß war, fließt er nicht besonderes schnell. Es würde einfach auf den Grund sinken und dort liegen bleiben.«

»Nehmen Sie die Sim-Karte heraus«, schlägt Jake vor, »und werfen Sie das Handy in sehr tiefes Wasser, wenn niemand zusieht. Die Sim-Karte ist allerdings eine andere Sache. Es ist sehr schwierig, sie unbrauchbar zu machen. Vielleicht könnten wir sie an einem entlegenen, unzugänglichen Ort vergraben.«

Voller Respekt sehen die anderen ihn an.

»Er ist Banker«, sagt Kit zu Mungo. »Er weiß so etwas. Unternehmen wir doch heute Nachmittag einen Ausflug und erledigen das!«

»Mach du das mit Jake«, gibt Mungo zurück, »da er voller guter Ideen steckt. Ich muss mich mit Archie treffen.«

Plötzlich wirkt er ernüchtert, als hätte er sich an etwas Ernstes, Besorgniserregendes erinnert, und Kit fühlt eine leise Beklemmung in sich aufsteigen. Schließlich war es sehr tapfer von ihm, dass er sich so für Emma eingesetzt hat, und klug von ihm, das Handy mitgehen zu lassen, um sie zu beschützen, auch wenn das gefährlich ist. Mungo ist ein guter Freund, und es gefällt ihr nicht, dieses Unbehagen in seinem Blick zu sehen.

»Bist du dir sicher, dass bei dir alles in Ordnung ist?«, fragt sie beiläufig.

Er nickt. »Lauft los und habt Spaß! Aber ihr dürft sehr gern zum Abendessen wiederkommen.«

»Klingt für mich großartig«, meint Jake. »Kit?«

»Ja«, sagt sie, »und dann können wir dir erzählen, wie wir uns in deinem Interesse strafbar gemacht haben. Hast du eigentlich schon daran gedacht, dass er beim MI5 sein könnte und das Handy vielleicht überwacht wird?«

»Ein MI5-Agent wäre nicht so blöd, sein Handy auf dem Tisch liegen zu lassen, doch vielleicht versucht er, es orten zu lassen. Wollt ihr Mopsa mit auf eure Mission nehmen?«

»Sollen wir? Hast du Lust auf einen Ausflug?« Kit beugt sich von ihrem Stuhl hinunter, um Mopsa zu streicheln, die sich auf den Schieferplatten ausgestreckt hat. »Einmal wedeln heißt ›ja‹, zweimal ›nein‹.« Mopsa hebt den Schwanz und schlägt ihn einmal auf den Boden. »Aha. Das ist eindeutig ein Ja. Wir nehmen meinen Wagen. Jake war schon immer ein furchtbarer Autofahrer. Die Hälfte der Zeit fährt er auf der falschen Straßenseite.«

»Auf diesen abgelegenen Straßen gibt es keine Spuren«, widerspricht Jake. »Alle fahren in der Mitte. Aber für mich ist das in Ordnung. Ich bin gern Beifahrer, und du kennst die besten Ziele.«

»Überlasst mir das Wegräumen«, sagt Mungo, als sie aufstehen, »und vergesst das Handy nicht!«

Kit nimmt es mit spitzen Fingern. Sie kann sich vorstellen, was ihr Bruder Hal über solch verbrecherisches Tun zu sagen hätte, und wird noch nervöser. »Es kommt mir immer noch nicht richtig vor, das an mich zu nehmen«, meint sie.

»Je schneller du es loswirst, desto besser«, meint Mungo.

»Gib es mir!«, sagt Jake. Er öffnet das Handy und nimmt die Sim-Karte. Dann steckt er sie in seine Brieftasche und das Handy in die Tasche seiner Jeans. »Mungo hat recht. Lass uns losfahren und es irgendwo wegwerfen.«

Nachdem die beiden losgefahren sind und Mungo mit dem Aufräumen fertig ist, sieht er auf seine Armbanduhr. Inzwischen müsste das Mittagessen vorüber sein, und Archie wird entweder in seinem Arbeitszimmer über seinem Papierkram sitzen oder irgendwo auf dem Gelände unterwegs sein. Er hat in letzter Zeit die Zaunpfähle unten am Fluss erneuert, daher könnte er es zuerst dort versuchen. Mungo holt tief Luft, um sich zu beruhigen, setzt sich den alten Strohhut auf den Kopf und bricht auf.

Auf der Straße ist es still, und es ist merkwürdig, unterwegs zu sein, ohne dass Mopsa hinter ihm herzockelt. Er weiß gar nicht recht, warum er vorgeschlagen hat, dass die beiden die Hündin mitnehmen, außer vielleicht als moralische Unterstützung für Kit, falls sie wegen Jake wieder in Panik verfällt. Mopsa wird sie ablenken, sodass sie Zeit hat, sich wieder zu fassen. Für so etwas sind Hunde gut. Aber so, wie es aussieht, scheint die Vorsichtsmaßnahme unnötig zu sein. Trotz der Ängste, die Kit hegt, wirken Jake und sie sehr entspannt zusammen. Sie haben erstaunlich schnell wieder zueinandergefunden. Er fragt sich, wie sie den nächsten und unabdingbaren Schritt tun wollen. Aber gleichzeitig weiß er genau, dass er über die beiden nachdenkt, um sich von dem bevorstehenden Treffen mit Archie abzulenken. Er hat genau geplant, was er sagen wird, doch er ist nicht besonders zuversichtlich, dass Archie seinen Vorschlag annehmen wird.

Mungo grüßt den alten Herm und schlägt den Weg ein, der hinunter zum Fluss führt. Er geht langsam. Dieser Vormittag mit Emma und ihrem Kommandosoldaten hat ihn ein wenig ermüdet. Doch er ist mit seiner Leistung zufrieden; dieser Hauch von altem, schwulem Schauspieler und Manager mit dem schönen Seidenschal und der langen, ziemlich anzüglichen Anekdote hat gewirkt. Als er das Handy eingesteckt hat, ist er vielleicht ein wenig zu weit gegangen; doch an diesem Punkt hatte ihn sein Sinn fürs Theatralische überwältigt, und er hatte nicht widerstehen können. Jedenfalls ist Emma jetzt sicher davor, dass Marcus die SMS ihrem Mann zeigt, falls er sich entscheidet, Schwierigkeiten zu machen.

Der Pfad fällt ab und schlängelt sich zwischen hohen, mit kratzigen Dornbüschen und Ilex bewachsenen Böschungen abwärts. Auf dem Saumpfad bleibt er stehen und beobachtet eine Gruppe Stockenten, die in der Nähe des Ufers unter den überhängenden Weiden- und Erlenzweigen herumschwimmen. Auf einem Granitbrocken in der Mitte des Wassers stolziert eine graue Bachstelze herum. Plötzlich erhebt sie sich in einem goldenen Gestöber, um ein Insekt zu schnappen, und landet dann wieder, um auf der unebenen Steinoberfläche zu patrouillieren.

Über das Plätschern und Rauschen des Wassers hinweg hört Mungo das rhythmische Hämmern von Metall auf Holz, und als er die Biegung des Bachs umrundet, erblickt er Archie, der einen Zaunpfahl in den Boden treibt. Auf diese Entfernung wirkt er mit seinen hochgekrempelten Ärmeln kraftvoll und stark, aber Mungo fragt sich, ob er in seinem Alter wirklich so schwer arbeiten sollte. Er wünschte, Mopsa wäre bei ihm. Es kommt ihm merkwürdig vor, allein den Saumpfad entlangzugehen, und er denkt darüber nach, wie er das Gespräch anfangen soll.

Archie unterbricht sich, lässt den Vorschlaghammer fallen und reckt sich. Mungo ruft ihn.

»Eine Arbeit, bei der einem heiß wird«, meint er. »Kann der junge Andy dir nicht dabei helfen?«

»Es ist Erntezeit«, gibt Archie knapp zurück. »Für das Wochenende ist Regen angesagt. Er kommt und hilft mir, sobald er kann. Wie sieht's bei dir aus?«

»Gut. Hatte nur Lust, mir die Beine zu vertreten. Kit ist mit Mopsa und einer alten Bekanntschaft aus Paris unterwegs.«

Ein kurzes Schweigen tritt ein, während Archie Wasser aus einer Flasche trinkt. Mach schon, sagt Mungo sich, komm einfach zur Sache!

»Hör mal, Arch, ich habe darüber nachgedacht, wie man eure Belastung ein wenig besser verteilen kann, und da hatte ich gestern Abend eine Idee. Wie wäre es, wenn du mir den Hof verkaufst? Nein, warte! Hör mich bis zum Ende an! Ich kaufe den Hof. Natürlich lassen wir Philip und Billy weiter dort wohnen. Nach meinem Tod fällt er ohnehin an deine Söhne, wie du weißt, aber unterdessen kommst du zu etwas Geld, um die Reparaturen am Haus und dem anderen Cottage vorzunehmen und noch einen Mieter hineinzusetzen, wie bei Emma. Und du wärest finanziell in einer viel angenehmeren Lage. Du könntest es dir erlauben, mehr Helfer einzustellen. Für die Instandhaltung des Hofes wäre dann ich verantwortlich. Du weißt, dass ich mir das leisten kann, also warum nicht?«

Archie starrt ihn an, wägt alles ab, überdenkt es. »Und was hättest du davon?«

Mungo zuckt mit den Schultern. Sein Herz schlägt schneller.

Wäre es wirklich möglich, dass es so einfach ist? »Ich hätte das zufriedene Gefühl zu sehen, dass du ein bisschen langsamer machst, alles ruhig angehen lässt und dich nicht umbringst.«

Archie steht immer noch stirnrunzelnd da. Unvermittelt schüttelt er den Kopf. »Ganz so einfach ist das nicht. Zuerst einmal bin ich mir nicht sicher, wie lange Camilla und ich das noch schaffen, auch ohne die Verantwortung, die der Gutshof mit sich bringt, und ich glaube, der Besitz ließe sich im Ganzen besser verkaufen. Man könnte einen Reiterhof daraus machen. Die sind in dieser Gegend sehr beliebt geworden, und man hat mir geraten, dass es vernünftig wäre, das Haus und den Gutshof mit den Ställen zusammenzuhalten.«

Mungo wird das Herz schwer, nicht nur, weil Archie seine Idee ablehnt, sondern auch bei dem Gedanken, dass sein Bruder sich schon Rat wegen eines Verkaufs gesucht hat.

»Denk trotzdem darüber nach«, sagt er. »Es würde Camilla das Herz brechen, das Tal verlassen zu müssen, und dir auch, wenn du ehrlich bist. Mit diesem Geld wäre das Leben für euch beide viel einfacher und bequemer.«

»Danke für das Angebot«, erklärt Archie leicht verlegen. »Ich möchte nicht undankbar klingen, doch ich will tun, was für alle das Beste ist. Aber ich denke darüber nach. Bist du nur hergekommen, um darüber zu reden?«

»Ich wollte unter vier Augen mit dir sprechen. Wirst du Camilla davon erzählen?«

Archie überlegt. »Wahrscheinlich nicht, bis ich mir alles richtig überlegt habe. Sie ist bei dem Thema sehr empfindlich, und ich möchte nicht, dass sie sich falsche Hoffnungen macht.«

»Dann räumst du ein, dass sie damit einverstanden wäre?«

Archie greift nach dem Vorschlaghammer. »Gut möglich. Doch ich möchte trotzdem Zeit haben, um darüber nachzudenken. Aber danke dafür, dass du nicht vor ihr damit angefangen hast. Komm doch mit Kit und ihrer Bekanntschaft nachher auf ein paar Drinks vorbei.«

Mungo zögert. Er weiß nicht, ob Kit schon bereit ist, Jake mit Camilla zusammenzubringen.

»Danke. Kommt darauf an, wann sie zurück sind.«

Archie nickt. Mungo hebt eine Hand zum Gruß, und sie gehen auseinander.

Emma nimmt ihre Tasche und schickt sich an, das Cottage zu verlassen, um Joe und Dora abzuholen. Die letzte Stunde hat sie damit verbracht, sich für den Fall zu wappnen, dass Marcus ihr nachkommt, aber von ihm ist nichts zu sehen. Mungo kam sehr bald, nachdem sie aus Haytor zurückgekehrt war, und blieb für alle Fälle ein wenig bei ihr. Sie waren beide noch aufgedreht, noch im Adrenalinrausch. Er zeigte ihr Marcus' Handy, und sie starrte ungläubig darauf.

»Jetzt haben Sie keinen Grund zur Sorge mehr«, erklärte er. »Ich werde es irgendwo los. Vertrauen Sie mir!«

»Sie waren brillant«, sagte sie. »Ich kann Ihnen gar nicht genug danken.«

Sie sah, dass ihn das freute. »Es hat ziemlichen Spaß gemacht«, gestand er, »aber Sie sind jetzt aus dem Schneider, meine Liebe. Er ist ein ganz harter Hund. Bitte erliegen Sie nicht der Versuchung, es noch einmal zu probieren!«

Sie schüttelte den Kopf. »Das werde ich nicht. Es war eine Art Verrücktheit wie eine schwere Krankheit, doch jetzt bin ich geheilt. Möchten Sie etwas zu Mittag essen? Ich habe das Gefühl, Ihnen den Vormittag ruiniert zu haben.«

»Kit und ein Freund von ihr warten in der Schmiede auf mich«, erklärte er. »Sie können sich gern zu uns gesellen, wenn Sie sich dem gewachsen fühlen.«

Unter diesen Umständen wirkte der Gedanke an Kit und einen Freund ziemlich beängstigend. Emma konnte sich noch nicht vorstellen, höflich Konversation zu betreiben.

»Mir geht es gut, ehrlich«, beteuerte sie. »Ich esse rasch ein Sandwich und gehe dann gleich zu Camilla, um die Kinder zu holen. Ich will nur ihre Organisation nicht durcheinanderbringen, indem ich unerwartet früh auftauche.«

»In Ordnung, doch falls Marcus auftaucht, dann wissen Sie, wo Sie mich finden.«

Ganz plötzlich fiel sie ihm um den Hals und umarmte ihn.

»Ich komme mir so dumm vor«, murmelte sie. »Danke, Mungo.«

»Willkommen im Club«, meinte er und erwiderte ihre Umarmung. »Ist alles menschlich.«

Merkwürdig, denkt sie, wie leicht sie bereit war, ihm zu vertrauen, wie schnell er zu einem Freund geworden ist. Es war erstaunlich zu sehen, wie er sich für Marcus ein wenig verkleidet hat, um nicht bedrohlich zu erscheinen. Er hat eine brillante Vorstellung gegeben, aber sie ist immer noch leicht nervös bei dem Gedanken, was Marcus wohl als Nächstes unternehmen wird. Wie soll sie Rob die letzten paar Tage erklären? Seltsam, wie schnell diese törichte Leidenschaft für Marcus verschwunden ist! Es ist, als hätte sie ein Fieber gehabt, das ihren Blick verzerrt und ihre Gefühle verwirrt hat. Rob fehlt ihr. Sie wünscht, er wäre hier. Dann könnte sie von Angesicht zu Angesicht mit ihm darüber reden, falls Marcus versucht, Ärger zu machen. Obwohl sie bei der Aussicht Panik beschleicht, weiß ein Teil von ihr, dass Rob Verständnis für sie hätte. Er würde sich daran erinnern, wie schwierig und unbefriedigend sein letzter Heimaturlaub nach Doras Geburt war, und das berücksichtigen. Sie erinnert sich, wie bestürzt er war, als sie ihm von dem Zusammentreffen am Haytor und dem geplanten Zoobesuch erzählt hat, und ist zutiefst unglücklich bei dem Gedanken, dass er so weit weg ist und sich eifersüchtig und unsicher fühlt. Heute wird sie zur verabredeten Zeit mit ihm skypen, und sie wird dafür sorgen, dass Rob vollständig beruhigt ist. Dann kommt ihr noch eine Idee: Sie wird seine Mutter zu einem Besuch einladen. Das wird bestimmt all seine Befürchtungen zerstreuen, und Joe wird überglücklich sein, Zeit mit seiner Granny verbringen zu können. Emma mag ihre Schwiegermutter gern, die Camilla sehr ähnlich ist. Sie ist eine wunderbare Köchin, engagiert sich sehr stark ehrenamtlich, seit sie ihren Mann verloren hat, und wird sich freuen, die Kinder und das neue Cottage zu sehen. Sie werden Ausflüge unternehmen, vielleicht eine kleine Party für all die bezaubernden Nachbarn ausrichten, und Rob wird glücklich sein.

Emma tritt auf die Straße, sieht sich schnell nach rechts und links um und macht sich auf den Weg zum Haus. Sie hört fröhliches Geschrei: Joe, der mit dem Traktor spielt oder vielleicht im Zelt sitzt. Ihr wird leicht ums Herz, und sie eilt die Einfahrt hinauf, zu ihren Kindern.


Kit und Jake fahren langsam durch tief eingeschnittene, abgelegene Fahrwege, über das kahle Hochmoor und an schnell fließenden Wasserläufen vorbei und unterhalten sich dabei gemächlich und leise. Jedes neue Gespräch beginnt mit »Weißt du noch, als ...« oder »Wie hieß noch ...« oder »Das ist so eigenartig ...« Sie erwecken die Vergangenheit und erleben sie gemeinsam neu; sie sprechen über ihre Wiederbegegnung und staunen noch einmal über den merkwürdigen Zufall ihres Zusammentreffens. Das Handy ist vergessen, und sie nehmen die Landschaft, durch die sie sich bewegen, kaum wahr.

Das Autodach ist heruntergeklappt, und sie fühlen sich an

lange zurückliegende Ausflüge in Kits Morris-Minor-Cabrio erinnert, damals, als ihre Jugend sich scheinbar endlos in die Zukunft erstreckte und das Leben unkompliziert war.

»Natürlich, heutzutage hätten wir einfach zusammengelebt«, sagt Kit. »Damals war es noch so viel wichtiger, sich fest zu binden.«

»Möglich«, gibt er zurück. »Obwohl ich glaube, dass du immer ein Problem mit jeder Art emotionaler Bindung haben wirst. Du bist so etwas von feige, Kit.«

»Ich weiß.« Sie grollt ihm nicht im Mindesten, denn er hat vollkommen recht. »Ich habe es als selbstverständlich betrachtet, dass du da warst, und dachte, ich könnte alles haben. Sin hat mich davor gewarnt, wie das enden würde, aber ich habe ihr nicht geglaubt. In mancher Hinsicht waren wir wie ein altes Ehepaar, obwohl wir weder verheiratet noch ein Paar waren, oder? Ich habe mich vollkommen sicher gefühlt, ohne dass ich wirklich etwas aufgeben musste. Ich war eine egoistische Kuh.«

»Und ich war ein Dummkopf«, gesteht er. »Ich hatte Angst, dich zu verschrecken, deswegen habe ich unsere Beziehung einfach so dahintreiben lassen.«

Sie streckt eine Hand nach ihm aus, ohne den Blick von der Straße durch das Moor zu nehmen, und er ergreift sie fest.

»Gott sei gedankt für Mungo!«, sagt sie. »Er hat den ganzen Druck herausgenommen, stimmt's?«

Jake nickt. »Er ist großartig. Wie in aller Welt hast du ihn kennengelernt?«

»Ich habe die Requisiten für eine seiner Produktionen geliefert. Aber eigentlich bin ich ihm zuerst begegnet, als ich in den Schulferien am Old Vic in Bristol gearbeitet habe. Da war ich ungefähr sechzehn, und er war noch sehr jung und hat ganz kleine Rollen gespielt oder war die zweite Besetzung. Doch es war ein Anknüpfungspunkt, etwas, über das man reden, an das man sich zurückerinnern konnte. Dann hat er mich Isobel Trent vorgestellt, der Schauspielerin, und wir haben uns auf Anhieb gut verstanden. Es war ein solches Vergnügen, mit ihr zusammen zu sein. Sie war total überspannt, besaß aber auch eine seltsame Demut, die sehr anrührend war. Das hier hat sie übrigens geliebt: einfach mit dem Auto herumzufahren. Wir sind von London aus zu Mungo gefahren. Ich pflegte sie herzubringen und herumzukutschieren, und sie sang.«

»Sie sang?«

»Sie kam eigentlich vom Musical. Es war ihre erste Liebe gewesen, und als sie älter war, hat sie Kabarett gemacht. Izzy war absolut genial. Sie konnte einen zum Lachen bringen, bis einem alles wehtat, und dann in Tränen ausbrechen und sich buchstäblich vor Schmerz zerfleischen. Ich glaube, es war irgendwie noch ergreifender, weil ich sie so gut kannte. Es war, als fehlte ihr eine Schutzschicht, und deswegen war für sie alles entweder schmerzhafter oder wunderbarer als für den Rest von uns.«

Kit verstummt; einen kurzen Moment lang ist es, als säße Izzy neben ihr im Wagen und stieße angesichts wunderbarer Anblicke Freudenschreie aus: leuchtende, goldgelb blühende Ginsterbüsche, ein ganz junges Fohlen mit schwerem Kopf, das sich an die Flanke seiner Mutter presst, tiefblaues Wasser, auf das man zwischen hohen, dunklen Kiefern einen Blick erhascht. Izzy beugte sich aus dem Fenster, um sich einen torfigen Bach anzusehen, der laut und schnell über Steine und Granitbrocken rauscht und unter einer uralten Steinplattenbrücke verschwindet, betrachtete ehrfürchtig die majestätischen umgestürzten Gruppen von Granitfelsen, die in den blassblauen Himmel ragen, und ließ sich von dieser Magie verzücken. Kit hört ihre Stimme, die ergreifend und innig *Both Sides Now* von Joni Mitchell singt.

»Dieser Song beschreibt mein ganzes Leben«, pflegte sie zu sagen. »Ich möchte, dass es auf meiner Beerdigung gespielt wird, Kit. Vergiss das nicht.«

Als Kit sich an diesen Tag erinnert, an die Stille, in die die Worte hineingesungen wurden, möchte sie am liebsten weinen.

»Dann seid ihr alle gute Freunde geworden?«, fragt Jake nach kurzem Schweigen behutsam.

Kit nickt. »Wir haben uns einfach gleich wunderbar verstanden. Ein bisschen so wie wir beide und Sin. Einfach die perfekte Mischung. Na, Mungo hast du ja kennengelernt und kannst es dir vorstellen.«

»Das kann ich wohl. Ich habe aber das Gefühl, dass er uns aus seinem ganz eigenen, speziellen Blickwinkel sieht. Wie er wohl diese Produktion nennen würde? *Eine zweite Chance?*«

»Mungo ist ein absolutes Original. Er hat es heute Morgen so genossen, Emma zu retten, findest du nicht? Doch als er das Handy genommen hat, ist er zu weit gegangen. Wie in aller Welt sollen wir es loswerden?«

Bis jetzt sind jede Brücke und jedes Flussufer belagert gewesen; anscheinend macht ganz Großbritannien hier Urlaub: Kinder, Kanufahrer, Spaziergänger und ihre Hunde, die womöglich alle das Handy oder die Karte retten und zurückgeben würden, falls sie sie aus dem Wagen warfen.

»Die Hauptsache ist, die SIM-Karte loszuwerden«, meint Jake. »Schließlich könnten, ganz abgesehen von Emmas Sünden, auch Staatsgeheimnisse darauf sein.«

»Vielleicht könnten wir sie an ein Schaf verfüttern«, schlägt Kit vor, »oder an ein Pony?«

Jake zieht das Handy aus der Tasche und sieht es an.

»Ich muss zugeben, ich hätte nie gedacht, wie unmöglich es ist, auf dem Dartmoor ein verlassenes Stück Erde zu finden, um ein Verbrechen zu begehen. Hier wimmelt es ja von Menschen.«

»Ich wünschte, du würdest aufhören, das Wort ›Verbrechen‹ zu gebrauchen«, beklagt sie sich. »Hal würde einen Anfall kriegen, wenn er uns sehen könnte.«

»Der gute alte Hal«, meint Jake nostalgisch. »Marineoffizier durch und durch. Seine Reaktionen waren immer so vollkommen vorhersehbar. Was glaubst du, wie Fliss und er reagieren werden, wenn ich wieder auftauche?«

»Sie werden begeistert sein«, sagt Kit. »Solange ich nicht wieder in Panik gerate. Es ist ja nicht, als hätten wir uns gerade eben über das Internet kennengelernt oder so.«

Sie beginnt zu lachen und erinnert sich an eine oder zwei unbefriedigende Begegnungen – und Hals freimütige Reaktionen.

»Was?«, fragt Jake.

Kit schüttelt den Kopf. »Ich hatte gerade eine brillante Idee. Wir fahren zum Venford-Stausee und werfen das Handy und die SIM-Karte in den See. Und dann gebe ich dir ein Eis aus, und wir tun, als wären wir Touristen.«

Er erschauert. »Nein, lieber nicht. Ich erinnere mich an euer englisches Eis. Grauenhaft. Und dann noch an so einem heißen Tag. Es wird schmelzen und tropfen und fürchterlich kleben.«

»Jetzt klingst du schon wie Mungo. Okay. Dann lade ich dich zu einer Tasse Tee in dem hübschen kleinen Bürgercafé in Holne ein. Earl Grey und köstlicher, selbst gebackener Kuchen. Wie klingt das?«

»Es klingt, als wäre ich wieder zu Hause«, sagt er.

## 19. Kapitel

Als Emma und die Kinder fort sind, setzt sich Camilla auf die Veranda, legt die Füße auf einen zweiten Stuhl und schließt die Augen. Sie ist erschöpft. Es ist lange her, dass sie zwei kleine Kinder zu versorgen hatte, und sie hatte ganz vergessen, wie anstrengend es sein kann, ein Baby hochzuheben und herumzutragen. Ihr Rücken und ihre Beine schmerzen, und sie ist sehr froh darüber, dass sie sitzt. Vom Bach her hört sie die Schläge von Archies Vorschlaghammer und hat Mitleid mit ihm; auch er wird mit allen möglichen Schmerzen und Beschwerden zurückkommen, aber ein Teil von ihm wird auch zufrieden sein, weil er etwas geschafft hat, das notwendig war.

Wir müssen aktiv bleiben, denkt sie. Wir können nicht einfach nach und nach alles einstellen, bis wir am Ende nur noch am helllichten Tag den Fernseher anstarren und für die nächste Mahlzeit leben. Besser etwas überanstrengt, als sich zu langweilen.

Trotzdem weiß sie, dass der Druck, unter dem Archie steht, nicht gut für ihn ist; beschäftigt zu sein ist eine Sache, aber Stress ist etwas ganz anderes. Er war schon immer aktiv und voller Energie, bereit, Herausforderungen anzunehmen. Er hat sein Erbe kurz nach ihrer Hochzeit angetreten, und die beiden stürzten sich mit großer Begeisterung in die Arbeit, die notwendig war, um das Haus zu renovieren.

Camilla verzieht das Gesicht und erinnert sich daran, wie ihnen die Arme und der Rücken vom Schmirgeln, Tapetenkratzen und vom Streichen der Wände und Decken schmerzten. Als Archies Vater noch lebte, half Philips Mutter im Haus, putzte und kochte, und Billy und Philip kümmerten sich zusammen um den Hof. Sie unterstützten die jungen Eheleute auch weiter, wenn auch nicht in einem so großen Ausmaß, und sogar heute noch steht Philip immer zur Verfügung, um im Garten zu arbeiten, während Philips Schwiegertochter, die Mutter des jungen Andy, Camilla im Haushalt hilft.

Damals haben sie schwer gearbeitet, haben das Haus mit leuchtenden Farben aufgefrischt, hübsche Vorhänge genäht und den Garten neu angelegt. Jeden Morgen fuhr Archie in die Kanzlei in Exeter, und wenn er heimkam, zog er alte Kleidung an und arbeitete weiter an dem, was gerade anlag.

Im Rückblick kommt es Camilla vor, als wären sie nie einen Augenblick müßig gewesen. Mit dem Hund – dem liebenswürdigen, wenngleich begriffsstutzigen goldenen Labrador von Archies Vater – unternahmen sie lange Spaziergänge im Moor, und Archie fand trotzdem noch Zeit zum Segeln. Damals besaß er ein kleines Rennboot, ein Merlin Rocket, das in Dartmouth auf einem Anhänger auf dem Coronation-Parkplatz in der Nähe der nördlichen Fähre stand. Die Kinder bremsten sie eine Zeit lang, als sie klein waren und nicht allzu weit laufen konnten; und auf dem Boot war es für sie zu gefährlich. Recht bald jedoch bewältigten sie immer weitere Spaziergänge, und sie konnte sie mit Archie segeln lassen, ohne ständig in Angst zu leben, sie könnten über Bord fallen oder von einer herumschwingenden Spiere bewusstlos geschlagen werden. Archie ging ziemlich hart mit seinen Söhnen um, ließ sie Risiken eingehen, während er aus vernünftigem Abstand zusah, das, was man heute vielleicht Laissez-faire-Erziehung nennen würde. Er erwartete von ihnen, ihren Beitrag zu leisten, über sich hinauszuwachsen und Chancen zu ergreifen, sodass sie innerhalb der Grenzen seiner Liebe zu ihnen Freiheiten und Herausforderungen erleben konnten.

Er war eisern, ja, und vorsichtig bei Geldausgaben, aber das galt auch für sie. Den größten Aufwand betrieben sie für ihre Gäste: Beide liebten es, Freunde zum Essen oder übers Wochenende einzuladen oder die Freunde der Jungs, wenn sie Ausgang vom Internat hatten oder während der Schulferien. Dann gingen sie mit ihnen aufs Moor, an den Strand oder zum Segeln. Was für ein Glück sie hatten, in diesem idyllischen Tal zwischen Moor und Ozean zu leben, ihre Kinder hier großzuziehen und jetzt zuzusehen, wie ihre Enkel bei ihren Besuchen das gleiche Privileg genießen! Und wie schwer es ist, die Einschränkungen des Alters zu spüren, zu fühlen, wie sich die Gitter schließen und die eigene Freiheit bedroht ist! Archie kämpft gegen seine steifen Muskeln an, gegen sein immer schlechter werdendes Gehör und seine körperliche Schwäche, doch Camilla sieht, dass er diesen Kampf nicht gewinnen kann.

Sie wendet ihre Gedanken von dem Problem ab und lauscht den Geräuschen des Hochsommers, dem leisen Plätschern des Bachs und dem Seufzen, mit dem das schwere, ausgeblichene Blätterdach sich verlagert. Der August ist ein stiller Monat; die Vögel singen keine Liebeslieder und brauchen ihr Revier nicht mit Warnschreien zu verteidigen. Nur der ferne, monotone Ruf der Türkentaube mit seinen drei auf- und absteigenden Tönen erklingt, und in der Nähe summt eine Biene in den ineinander verschlungenen Wicken, die in einer großen Holzwanne am anderen Ende der Veranda an einem wigwamförmigen Weidengerüst emporranken.

Camillas Gedanken wenden sich ihrem Garten zu – was sie ernten, was sie pflanzen soll –, und bald ist sie eingenickt.


Archie, der vom Bach her die Wiese hinaufkommt, hebt die Hand zum Gruß, aber sogar aus dieser Entfernung sieht er, dass sie schläft. Wenn sie aufwacht, wird sie Nackenschmerzen haben. Er hält inne, um sie anzusehen, und denkt an Mungos Vorschlag. Archie weiß, wie sehr es ihr wehtun wird, von hier fortzugehen. Doch wie sollte sie hier allein zurechtkommen, falls ihm etwas zustößt? Wäre es nicht das Beste, den Schritt zu tun, solange sie beide noch jung genug sind, um die Arbeit zu bewältigen, die damit einhergeht?

Archie denkt an die vollgestopften Dachböden, die Schränke, die aus allen Nähten platzen, und ihm sinkt der Mut. Würden sie einen Umzug überhaupt überleben? Und könnte Camilla diese gewaltige Arbeit allein schaffen? Natürlich würden ihre Söhne helfen; die ganze Familie würde sich dazu zusammentun. Sie haben Glück, dass die Jungs und ihre Familien nur eine kurze Autofahrt entfernt leben: Henry in London und Tim in Gloucestershire, also in einem Notfall nicht allzu weit entfernt. Er hatte gehofft, einer von ihnen – Henry vielleicht – würde in seine Fußstapfen treten und die Familientradition fortsetzen, doch Henry hat Medizin studiert, und Tim ist Tierarzt geworden. Sie kommen immer noch gern zu Besuch ins Tal, aber sie haben ihr eigenes Leben. Ihre Frauen arbeiten, die Kinder haben in der Schule viel zu tun. Die Enkelkinder werden größer und haben jetzt auch ihre eigenen Pläne: Clubs, Partys, Freunde. Sie kommen gern für ein paar Tage her, doch sie wachsen langsam aus den einfachen, ländlichen Freuden heraus und verlangen nach Ausflügen nach Exeter oder Plymouth, nach modernerer Unterhaltung. Er hat Verständnis dafür, aber für Camilla ist das nicht so einfach: Ihr fehlen die Kinder, und es verletzt sie, wenn die gemeinsamen Unternehmungen, die sie früher begeistert haben, sie langweilen. Wenigstens sind Camilla und er mit guten Freunden gesegnet, die mit ihren eigenen Familien die gleichen Erfahrungen sammeln. Das Wichtigste ist weiterzumachen, etwas zu haben, für das es sich lohnt, morgens aufzustehen, zufrieden und beschäftigt zu sein.

Archie umrundet die Veranda und tritt leise in die Küche. Die Hunde, die sich auf den kühlen Schieferplatten ausgestreckt haben, rühren sich kaum, als er hereinkommt. Auch sie sind nach ihrem lebhaften Vormittag mit Joe und Dora erschöpft. Er wäscht sich die Hände, schenkt sich ein Glas Wasser ein und trinkt es, denkt über Mungos Vorschlag nach. Es erscheint ihm unfair, dass sein Bruder sein Geld in einen Besitz steckt, den er nicht haben will und niemals bewohnen wird. Das Angebot ist verrückt – wenn auch sehr großzügig. Und im allerschlimmsten Fall, wenn Mungo sterben sollte, würde der Hof an seine und Camillas Söhne fallen, die ihn ohnehin einfach verkaufen würden. Als kurzfristige Lösung haben sie bereits vorgeschlagen, sich um eine Baugenehmigung für den Obstgarten zu bewerben. Er ist gut zugänglich, und ein Bauprojekt würde Bargeld in die Kasse bringen. Auf den ersten Blick würde dieser Plan auf jeden Fall das unmittelbare finanzielle Problem lösen. Archie schüttelt den Kopf. Er kann nicht klar denken und ist zu müde, um das Für und Wider abzuwiegen.

Hinter ihm kommt Camilla herein. Sie wirkt benommen und zerzaust.

»Ich habe dich gar nicht zurückkommen hören. Fürchte, ich bin eingenickt.«

»Ich konnte dich schon von unterwegs schnarchen hören«, erklärt er. »Ich habe Mungo getroffen und ihn eingeladen, mit Kit und einer Bekanntschaft von ihr aus Paris auf ein paar Drinks vorbeizukommen.«

»Eine Bekanntschaft?« Camilla wirkt interessiert. »Was für eine Bekanntschaft? Männlich oder weiblich?«

»Ich habe nicht daran gedacht, danach zu fragen. Tut mir leid. Ist das wichtig?«

Camilla schürzt die Lippen. »Vielleicht. Um wie viel Uhr?«

»Das wusste er noch nicht. Die beiden sind über den Nachmittag weggefahren, daher haben wir es offen gelassen. Ich gehe nach oben und dusche.«

»Wenn du herunterkommst, trinken wir Tee. Joe und ich haben Muffins mit Smarties gebacken.«

Archie geht durch den Flur zur Eingangshalle und spürt, wie die Wärme des Hauses, seine Vertrautheit ihn umgeben. Wie in aller Welt soll er es ertragen, es zu verlassen?

»Camilla und ich haben Muffins mit Smarties obendrauf gebacken«, sagt Joe und räumt seine Schätze aus dem Rucksack auf den Küchentisch. »Camilla hat sie in eine Blechdose getan, damit wir sie zum Tee essen können. Und ich habe die Hunde gemalt und ein paar Samen in diesen Blumentopf gedrückt. Ich darf nicht vergessen, sie zu gießen.«

»Meine Güte.« All diese Emsigkeit beeindruckt Emma. »Und wie hat sich Madame Dora benommen, während du das alles gemacht hast?«

»Sie hat ziemlich viel geschrien«, erklärt Joe ziemlich gleichgültig. »Aber Camilla hat sie herumgetragen und ihr vorgesungen. Also war das okay.«

Dora ist auf dem Heimweg eingeschlafen und liegt friedlich in ihrem Kinderwagen.

»Lassen wir sie weiterschlafen«, schlägt Emma vor, »und wir essen einen Smarties-Kuchen, ja? Sie sehen sehr gut aus.«

Joe versucht, nicht vor Stolz zu strahlen. »Wenn du magst«, erklärt er lässig. »Das war wirklich ganz einfach. Camilla hat gefragt, ob wir selbst backen, aber ich habe Nein gesagt. Du bist immer zu beschäftigt, deswegen kaufen wir unseren Kuchen.«

Emma wird von Scham überwältigt: Camilla wäre nie zu beschäftigt, um zu backen, und ganz bestimmt würde sie niemals fertigen Kuchen im Laden kaufen.

»Wir könnten es versuchen«, erbietet sie sich, »wenn du Spaß daran hast.«

»Wenn du magst«, sagt er noch einmal. Die Errungenschaften dieses Vormittags haben ihn in Hochstimmung versetzt, und er brodelt immer noch vor Energie.

Emma kocht den Tee und fühlt sich wie jemand, der kurz davorgestanden hat, etwas sehr Kostbares zu verlieren. Sie fühlt sich schwach vor Erleichterung und Dankbarkeit, weil sie es nicht zerstört hat. Wenn nur Rob hier wäre, um einen Smartie-Muffin zu essen und an ihrem kleinen Fest teilzunehmen!

»Wir können später mit Daddy skypen«, sagt sie. »Heute ist Skype-Abend. Dann kannst du ihm erzählen, dass du gebacken hast, und ihm das Bild von den Hunden zeigen.«

Joe führt einen kleinen Tanz um den Tisch auf, boxt in die Luft und ruft »Skype-Abend, Skype-Abend«, aber sehr leise, um Dora nicht zu wecken. Er klettert auf einen Stuhl, betrachtet sein Bild von Bozzy und Sam und überlegt sich, was er Daddy erzählen will.

Er ist glücklich, als wäre eine Gefahr vorüber, obwohl er nicht genau weiß, was das für eine Gefahr gewesen sein soll. Und dann sieht er Philip, der den alten Billy in seinem Rollstuhl die Straße entlangfährt, und er rennt nach draußen, reißt die Tür auf und ruft nach ihnen.

»Kommen Sie doch zum Tee herein«, schreit er. »Mummy macht ihn gerade. Und ich habe Smarties-Kuchen gebacken.«

Emma taucht hinter ihm auf, winkt Philip zu und bittet die beiden ins Haus.

»Je mehr Gäste, desto fröhlicher die Feste«, sagt sie. »Möchten Sie eine Tasse Tee?«

Star tanzt um Joes Knie herum und springt in die Höhe, um auf sich aufmerksam zu machen. Philip bückt sich zu Billy, um festzustellen, ob er gern mitmachen möchte, und sie biegen von der Straße ab.

»Gehen wir am Haus vorbei in den Innenhof«, schlägt Emma vor. »Er ist ganz gepflastert, einfacher für Billy in seinem Rollstuhl. Ich bringe den Tee dann nach draußen. Zeig ihnen den Weg, Joe!«

Joe sieht ihr an, dass sie sich darüber freut, dass die beiden hier sind und an ihrer improvisierten kleinen Feier teilnehmen. Mit wichtiger Miene führt er Philip, den alten Billy und Star auf die Rückseite des Cottages und zerrt die grünen Plastikstühle für die Party an den Holztisch. Emma kommt mit dem Tablett heraus, auf dem Teller, Muffins und Teetassen stehen. Sie wirft Philip einen fragenden Blick zu, und der schüttelt den Kopf: Billy wird mit einer Tasse nicht fertig; er würde seibern. Aber Philip legt einen der Muffins auf einen Teller und stellt ihn Billy auf den Schoß, und er zerkrümelt ihn mit der gesunden Hand und steckt die Stücke vorsichtig in den Mund.

»Ich wünschte, jemand hätte Geburtstag«, meint Joe sehnsüchtig. »Dann könnten wir singen, und es wäre eine richtige Party.«

»Mach dir nichts draus«, sagt Emma. »Es ist trotzdem schön. Und die Muffins sind köstlich.«

»Zufällig«, erklärt Philip, »hat *doch* jemand Geburtstag.«

Joe starrt ihn an. Er und Billy sehen viel zu alt aus, um Geburtstag zu haben. »Haben Sie Geburtstag?«, fragt er.

Philip schüttelt den Kopf. »Heute ist Stars Geburtstag.«

»Wie alt wird sie?«, will Joe eifrig wissen.

»Zwölf«, antwortet Philip. »Sie wird heute zwölf.«

Emma sieht ihn zweifelnd an, aber er schaut sie aus seinen

blauen Augen so unschuldig an, dass sie am liebsten vor Lachen herausplatzen möchte.

»Zwölf«, sagt Joe und blickt voller Respekt zu Star hinüber. »Sollen wir für sie singen?«

»Das mag sie«, sagt Philip. »Star hat es gern, wenn man singt, wirklich.«

Also singen sie für Star, die sie mit hochgestellten Ohren ansieht. Ihr Blick huscht zwischen ihnen hin und her, weil sie hofft, dass ein paar Krümel für sie abfallen.

Marcus hört den Gesang. Er klopft an die Tür, aber niemand öffnet. Und dann versteht er die Stimmen. »Zum Geburtstag viel Glück«, gefolgt von Beifallsrufen. Lautlos geht er den gepflasterten Weg entlang, der am Cottage vorbeiführt, pirscht sich bis an die Ecke vor und beobachtet die Gruppe auf dem Hof. Er kann kaum glauben, was er sieht: Emma und die Kinder, ja, aber bei ihnen sind zwei alte Knaben, von denen einer im Rollstuhl sitzt. Der andere hat den hageren, sehnigen Körperbau eines Landbewohners. Er ist es auch, der Marcus entdeckt und sich aufrichtet, um ihn anzusehen. Emma bemerkt, dass ihr Besucher abgelenkt ist, dreht sich um und blickt über die Schulter.

Marcus lächelt mühelos, obwohl er voller Zorn und Frustration ist, aber Emmas Reaktion – Angst und Bestürzung – ist überdeutlich, und nicht nur für ihn. Sie dreht sich wieder zu dem alten Burschen um und sagt schnell und leise etwas zu ihm; und jetzt steht er auf, als gehörte ihm das Haus, als wäre er der Gastgeber, und kommt auf ihn zu.

»Können wir Ihnen helfen?«, erkundigt er sich. »Ist das ein Freund von Ihnen, Emma?«

»Ja«, antwortet sie albern, hilflos und verlegen. »Ja. Das ist

Captain Marcus Strong. Er ist ein Freund von Rob. Sie sind Kollegen.«

Blöde Kuh. Ein Freund von Rob. Ihr wird er es zeigen.

»Ich konnte nicht anrufen«, erklärt er, tritt an dem alten Mann vorbei und lächelt auf sie hinunter. »Als wir heute Vormittag Kaffee getrunken haben, da habe ich mein Handy verloren. Ich wollte fragen, ob du es nicht versehentlich eingesteckt hast.«

Er sieht, wie sie rot anläuft. Das hat gesessen.

»Nein«, sagt sie. »Nein, ich habe es nicht gesehen. Tut mir leid.«

Der Alte steht unbeweglich wie ein Fels neben ihm. Joe ist derjenige, der Marcus einen Muffin anbietet.

»Ich habe sie gebacken«, erklärt er. »Es sind Smarties drauf.«

Marcus starrt in das kleine Gesicht, das strahlend zu ihm aufblickt. Er denkt an seine eigenen Söhne, und plötzlich fühlt er sich verwirrt und zornig. Am liebsten möchte er den Muffin nehmen, ihn zu Krümeln zerquetschen und auf den Boden werfen, Emma schnappen und in seine Arme reißen, etwas Gewalttätiges, Zerstörerisches tun. Der alte Knabe tritt näher an ihn heran, aber als Marcus sich ihm zuwendet, bereit, auf ihn loszugehen, bekommt er einen Schock. Hinter der Mauer steht, halb hinter den Zweigen eines Apfelbaumes verborgen, der Computerfreak und beobachtet ihn. Seine Miene scheint ein geheimes Wissen zu bergen, eine Warnung sogar. Bei seinem Anblick fühlt sich Marcus vollkommen desorientiert, regelrecht verängstigt. Vielleicht wird er ja *doch* beobachtet; vielleicht ist der Kerl tatsächlich vom MI5 – und jetzt könnten seine Beförderung, Kalifornien, seine ganze Zukunft auf dem Spiel stehen.

Sein Kampfgeist verlässt ihn mit einem Mal, und Marcus fühlt sich schwach. Der Alte nimmt seinen Arm, es ist keine freundliche Geste. Seine Finger krallen sich bis auf die Knochen in Marcus' Fleisch, und obwohl der alte Mann ihm zulächelt, ist sein Blick so stahlhart wie seine Finger.

»Zeit, dass Sie gehen, Junge«, sagt er leise. »Ich bringe Sie zu Ihrem Wagen.«

Marcus lässt zu, dass der Alte ihn am Cottage vorbei zum Auto schiebt und die Tür öffnet. Zu seiner Beschämung wird Marcus bewusst, dass er zittert. Ihm ist schlecht. Er setzt sich auf den Fahrersitz, greift nach seiner Wasserflasche und trinkt daraus. Der alte Mann steht gebückt an der offenen Tür und beobachtet ihn. Seine Miene ist sanft, und seine blauen Augen, die auf gleicher Höhe mit seinen sind, blicken beinahe verständnisvoll.

»Sie sehen nicht gut aus«, sagt er. »Sie sollten so schnell wie möglich nach Hause fahren.«

»Nach Hause?«, fragt Marcus düster. »Wo zum Teufel soll das sein?«

Der Alte schüttelt den Kopf. »Wo immer das ist, Junge, es ist nicht hier. Jetzt machen Sie sich davon und kommen Sie nicht wieder.«

Er knallt die Tür zu und steht wartend da, während Marcus den Motor anlässt und davonfährt. Er fühlt sich vollkommen geschlagen. Langsam und vorsichtig fährt er nach Ashburton. Knapp außerhalb der Stadt lenkt er den Wagen gegenüber der Pear-Tree-Autowerkstatt an den Straßenrand und sitzt ganz still da. Er zwingt sich, ruhig zu bleiben und klar zu denken, obwohl er sich zutiefst gedemütigt und deprimiert fühlt. Jetzt ist ihm klar, dass er bei Emma nichts erreichen wird: Zweimal hat sie ihn nun schon überlistet. Jetzt kann er nicht mehr zurück, und was sollte er auch sagen? Sie hat deutlich gemacht, dass sie es sich anders überlegt hat. Es ist vorbei, und er kann den Tatsachen ebenso gut ins Gesicht sehen. Und was den Computerfreak angeht ... Marcus schüttelt den Kopf. Nun kommt es ihm vollkommen verrückt vor, dass er vorhin wirklich gedacht hat, der Kerl könnte vom MI5 sein. Aber trotzdem wird Marcus in einem untypischen Anflug von Selbsterkenntnis klar, dass dieser kleine, unbedeutende Mann zu einem Symbol geworden ist. Ihm ist, als wäre es sein Gewissen, das ihm nachstellt und ihn beobachtet, ihn daran erinnert, wie das Leben sein könnte, wenn er sich gewissen Schwächen stellt, Hilfe sucht und sich wieder richtig unter Kontrolle bekommt.

Zusammengesunken sitzt er hinter dem Steuer. Und was jetzt? Vielleicht wird er ja tatsächlich nach Hause fahren. Er wäre einen Tag zu früh dran, doch die Jungs werden ihn begeistert begrüßen und sich freuen, ihn zu sehen. Sie werden auf ihm herumklettern und ihn umarmen, denn sie sind noch so klein, dass sie nur verstehen, dass er Daddy ist, dass sie ihn lieben und dass er zu ihnen nach Hause gekommen ist. Und vielleicht wird ja Tasha wieder die Alte sein: sarkastisch und dominant, das schon, aber ihn wie früher liebevoll so sehen, wie er ist, ihn verstehen und trotzdem lieben. Vielleicht kann er ja der Beziehung irgendeine neue Gestalt geben und Tasha überreden, es noch einmal zu versuchen.

Marcus sieht in den Spiegel, parkt aus und fährt auf die A38. Er fährt nach Osten, nach Sidbury.

Als sie vom Moor zurückkommen und wieder Empfang haben, piept Jakes Handy einmal und dann noch einmal. Zwei SMS.

»Jemand liebt dich«, meint Kit und lenkt den Wagen dicht an eine Steinmauer, damit sich ein nervöser Tourist vorbeischieben kann.

Jake lächelt und klappt sein Handy auf. Beide Nachrichten sind von Gaby. Vielleicht ist jetzt der richtige Moment, um seine Familie in die Beziehung zu Kit einzubringen. Früher oder später muss es sein, und sie wirkt so entspannt und zuversichtlich. Alles steht so gut zwischen ihnen.

»Sie sind von Gaby«, erklärt er und bemüht sich um einen beiläufigen Ton.

»Gaby?«

»Meine jüngste Tochter Gabrielle. Sie erwartet Ende nächsten Monats ein Baby. Es ist ihr erstes, daher wird sie ein wenig nervös. Das ist wohl verständlich. Madeleine fehlt ihr.«

Kit sagt nichts, und er spricht noch weiter und entwirft eine kurze Skizze seiner Töchter und deren Familien. Der Tourist ist jetzt vorsichtig vorbeigefahren, und Kit lenkt den Wagen wieder auf die Straße, aber sie spricht immer noch nicht. Ihr Schweigen hat etwas Eigenartiges, als wäre ein Schalter umgelegt worden und der Strom von Glück, der zwischen ihnen floss, sei plötzlich unterbrochen.

»Wir müssen irgendwann über sie reden, Kit«, sagt er sanft. »Es ist meine Familie. Wir können nicht so tun, als existierte sie nicht. Ich weiß, dass sie sich freuen werden, sobald sie sich an den Gedanken gewöhnt haben.«

Aus dem Augenwinkel sieht er ihre ungläubige Miene, das schnelle, skeptische Hochziehen der Brauen, und fragt sich, wie er jetzt weitermachen soll. Er hat Verständnis dafür, wie das für Kit aussehen muss – nun, nachdem Madeleine tot ist, kann er sie wieder hervorholen, abstauben und ihre Freundschaft fortsetzen –, doch sie darf auch nicht vergessen, dass es nicht ganz so ist. Sie hatte damals seine Heiratsanträge abgelehnt, ihm den Eindruck vermittelt, sie wolle frei bleiben, und dann – als sie es sich anders überlegt hatte – war es zu spät gewesen. Das Problem ist, dass er jetzt Rücksicht auf eine Familie zu nehmen hat. Es ist entscheidend, dass Kit die Gegenwart so akzeptiert, wie sie ist, und sie beide aufrichtig zueinander sind.

Da er sich schon immer Kits lebenslangem Widerwillen gegen feste Beziehungen bewusst war, fürchtet er jetzt, er könne zu schnell vorgegangen sein. Zugleich ist er aber auch enttäuscht. Es war so ein schöner Nachmittag voll wunderbarer Erinnerungen, und Jake hatte das Gefühl, sie lernten einander neu kennen. Doch sie können nicht nur über sich selbst und ihre gemeinsame Vergangenheit reden und die letzten Jahre vollkommen ignorieren. Er versteht schon, dass er mit einigen Rückschlägen rechnen muss, ein paar unerwarteten Anwandlungen von Unsicherheit, aber gleichzeitig weiß er, dass er keine vollständigen Rückzieher machen darf. Er fühlt sich wieder zuversichtlich. Dann muss er eben Zuversicht für sie beide aufbringen.

»Ganz bestimmt werden sie sich freuen«, sagt er behutsam, »doch nicht annähernd so sehr, wie ich mich gefreut habe, dich so schnell gefunden zu haben. Ich finde es sehr amüsant, dass du dich zu Mungo geflüchtet hast, um dich vor mir zu verstecken, und das Erste, was ich in Totnes sehe, seid ihr beide beim Kaffeetrinken.«

Jetzt lächelt sie und kann sich der glücklichen Erinnerung an das Zusammentreffen nicht entziehen, und er lehnt sich erleichtert zurück. Er fragt sich, ob sie einfach eifersüchtig auf seine Töchter ist, ob sie sie als Bedrohung sieht oder – was am wahrscheinlichsten ist – überhaupt nicht an sie denkt und sie einfach ausgeblendet hat. Er ist zurück in England, und sie sind wieder zusammen. Ihr wäre es lieber, sein Leben und seine Familie in Paris gar nicht zur Kenntnis nehmen zu müssen. Kit hat es schon immer fertiggebracht, die übliche Plackerei des Lebens von sich fernzuhalten, Freundschaften mit interessanten und originellen Menschen zu schließen – es hat ihn nicht im Mindesten erstaunt, sie in Gesellschaft von Sir Mungo Kerslake anzutreffen – oder sich in verrückte Unternehmungen hineinziehen zu lassen. Nur an Kits Seite würde er je darüber nachdenken, wie er die SIM-Karte aus einem gestohlenen Handy verschwinden lassen kann. Er denkt an Madeleine, versucht, sie sich in der Szene vorzustellen, deren Zeuge er heute geworden ist, und wäre am liebsten vor Lachen herausgeplatzt. Er ist durch den Spiegel getreten und genießt jede Minute.

Kit spürt, dass Jake beschlossen hat, das Thema »Familie« einstweilen ruhen zu lassen, und sie atmet erleichtert auf. Dazu ist sie noch nicht bereit. Merkwürdig und wirklich besorgniserregend, dass Gabrielles Name sie in solch eine Panik versetzt hat. Wegen Gabrielle hat Jake vor vielen Jahren ihr geplantes Abendessen abgesagt und ist nach Paris zurückgeflogen. Natürlich wird er sich nicht mehr daran erinnern; aber es ist, als wäre Gabrielle ein Synonym für sein Leben und seine Familie. Frisch und schmerzlich steht ihr die Szene wieder vor Augen ...

»Ich bin am Flughafen«, hatte er gesagt. »Es hat einen Notfall gegeben. Gabrielle ist krank. Madeleine hat sie heim nach Paris gebracht, und Gabrielle liegt im Krankenhaus. Ich nehme den nächsten Flug.«

Für uns gibt es keine Zukunft, sagte er. Aber jetzt haben sie eine zweite Chance. Sie stellt sich vor, wie sie Jakes Familie kennenlernt, sich ihrer Musterung, ihrem Urteil unterzieht. Sie versucht, sich Jake, den Filou, als Familienvater vorzustellen, der Babys auf seinem Knie wippen lässt und mit seinen Enkelkindern spielt. Das ist nicht der Jake, den sie kennt. Wie würde sie in diese Familie hineinpassen, die Außenseiterin, die Ausländerin, die neue Stiefmutter? Obwohl Kit nicht die geringste Neigung dazu verspürt, würden sie sich allem widersetzen, was für sie so aussieht, als wollte sie Madeleines Platz einnehmen. Wie soll das also gehen? Sie braucht Jake als Teil ihres Lebens, sie möchte, dass es wieder so wie früher wird. Aber sie hegt nicht den Wunsch, das neueste Anhängsel einer ausländischen Großfamilie zu sein.

Der Kummer überwältigt sie beinahe, und sie spürt, dass sie der unbekannten Gabrielle grollt, die ein weiteres Mal droht, einen Neubeginn ihrer Beziehung zu zerstören. Kit fragt sich, worum es in den SMS gegangen ist: Hat sie ihm Fragen gestellt? *Hast du sie schon gefunden?* Hat sie ihn darin gebeten, nach Hause zu kommen, ihm gesagt, wie sehr er ihr fehlt?

Jake spricht wieder, und Kit gibt sich größte Mühe, zu einer besseren Stimmung zu finden. Nach und nach kehrt wieder ein gewisses Maß an Ungezwungenheit zwischen den beiden ein. Kit versucht, ihre Ängste beiseitezuschieben, sie zu verdrängen, doch sie weiß, dass sie sich früher oder später dem Umstand stellen muss, dass es Jakes Familie gibt. Irgendwie muss man eine Lebensweise schaffen, die sie alle einbezieht und sie gleichzeitig in die Lage versetzt, sich Jakes gewiss zu sein und ihm absolut zu vertrauen. Er ist erst seit so kurzer Zeit wieder zurück, dass sie sich noch sicherer fühlen muss. Zugleich jedoch möchte sie nicht die gleichen Fehler noch einmal begehen. Im Moment ist alles ein großer Spaß und mehr ein Spiel; doch was wird geschehen, wenn die Wirklichkeit sich einstellt?

Die Freude dieses Nachmittags ist verpufft; die Angst vor ihren eigenen Unzulänglichkeiten türmt sich höher auf als ihr Glaube an Jakes Liebe.

# 20. Kapitel

Als sie zurück in der Schmiede sind, spaziert Jake auf dem Hof herum, und Mungo lehnt sich auf die untere Hälfte der Stalltür und beobachtet ihn genüsslich.

»Du hast sehr großes Glück, Mädel«, meint er zu Kit, die hinter ihm in der Küche sitzt. »Er ist umwerfend. Ich kann mir überhaupt nicht vorstellen, warum du vor ihm davonlaufen wolltest.«

»Doch, kannst du«, gibt sie zurück. »Du weißt ganz genau, warum ich mich verstecken wollte. Ein Teil von mir will immer noch flüchten. Wie in aller Welt soll das funktionieren, Mungo?«

Er schweigt einen Moment lang und ist sich bewusst, dass Kit dabei ist, sich in eine ihrer Panikattacken hineinzusteigern.

»Ich meine«, fährt sie fort, »machen wir uns nichts vor, ich bin nicht zum Familienmenschen geschaffen. Dazu fehlt mir die notwendige Selbstlosigkeit. Ich mag es, wenn sich alles nach mir richtet, und ich mache mir Sorgen, ich könnte zu alt sein, um mich jetzt noch zu ändern.«

»Ja, da fühle ich mit dir, Süße«, antwortet er. »Jesus wollte mich als Sonnenstrahl engagieren, aber wir konnten uns einfach nicht über die Arbeitsplatzbeschreibung einigen. Ich bin überzeugt davon, dass ihr einen Kompromiss finden müsst.«

Er dreht sich nicht um, doch er kann sich Kits Gesichtsausdruck vorstellen.

»Schließlich«, fährt er fort, »hat Jake eine Familie. Er liebt sie. Du kannst nicht einfach so tun, als wären diese Menschen nicht da. Aber du brauchst auch nicht zu versuchen, ihnen die

Mutter zu ersetzen. Das würden sie ohnehin nicht wollen. Sie sind keine Babys mehr. Seine Töchter sind erwachsene Frauen. Hast du schon einmal überlegt, dass sie vielleicht sehr erfreut sein werden, ihn mit jemandem zusammen zu sehen, der ihnen einen Teil der Last von den Schultern nimmt? Eltern können auch eine große Sorge sein, nicht wahr? Wahrscheinlich sind seine Töchter begeistert bei dem Gedanken, dass jemand anders für ihn verantwortlich ist.«

Wieder Schweigen.

»Was hat denn jetzt diesen Umschwung ausgelöst?«, erkundigt er sich. »Als ihr nach dem Mittagessen aufgebrochen seid, war alles noch wunderbar.«

»SMS«, sagt Kit. »SMS von Gaby. Sie ist die jüngste Tochter und steht kurz davor, ihr erstes Kind zu bekommen, und Papa fehlt ihr.«

»Das ist nur natürlich«, protestiert Mungo. »Komm schon, Süße. Benutz deine Fantasie! Ihre Mutter ist gerade gestorben. Das erste Kind kommt. Natürlich vermisst sie ihren Vater. Was ist bloß mit dir los?«

»Keine Ahnung. Ich glaube, ein Teil rührt daher, dass Gaby damals krank wurde, als Jake und ich uns gerade wiedergetroffen hatten, und er ist einfach fortgegangen, ohne zurückzusehen. Das hat wehgetan, Mungo. Komisch, wie alles wieder da war, als er von ihr gesprochen hat.«

Mungo schaut auf den Hof hinaus. Er sieht plötzlich mehr Probleme auf sie zukommen. Kits sämtliche Unsicherheiten treten wieder an die Oberfläche, und Jake und sie haben noch nicht genug gemeinsame Zeit gehabt, um eine neue, stabile Beziehung aufzubauen.

»Er liebt dich«, erklärt er bestimmt. »Darauf kommt es wirklich an. Er liebt dich ehrlich, Kit. Bitte sei nicht so dumm, das ein zweites Mal wegzuwerfen! Du hast mir erzählt, dass du diejenige warst, die sich nicht binden wollte, nicht Jake. Okay, er hat sich dann anders orientiert, und jetzt hat er da draußen eine Familie. Aber er ist bei der ersten Gelegenheit zurückgekommen, um nach dir zu suchen. Um Gottes willen, Süße, benimm dich doch nicht dein ganzes Leben lang wie eine komplette Idiotin! Nimm dir gelegentlich einen Tag frei und verhalte dich wie ein erwachsener Mensch!«

Zu seiner Erleichterung lacht sie.

»Danke, Mungo!«

»Ich weiß, ich weiß«, meint er. »Die Sache mit dem Glashaus und den Steinen. Deswegen kann ich dich ja so gut verstehen. Ich will nur nicht, dass du dir etwas Gutes entgehen lässt. Ihr beide seid so richtig zusammen, und es wird so lustig werden. Glaub deinem Onkel Mungo! Ach, übrigens, Archie hat uns alle für heute Abend auf ein paar Drinks eingeladen.«

»Was! Oh Gott! Das wird so peinlich! Sie haben keine Ahnung, dass es Jake gibt.«

»Irgendwann müssen sie es ja erfahren. Reiß dich mal zusammen!« Mungo richtet sich auf. »Er kommt herein.«

Er öffnet die untere Hälfte der Tür, und Jake tritt in die Küche. Mungo sieht zu Kit, deren Miene ziemlich verstört wirkt. Offensichtlich denkt sie an die bevorstehende Zusammenkunft.

»*Courage, ma brave*«, murmelt er. »Du musst ja an jemandem üben. Ich kann es kaum abwarten, Camillas Gesicht zu sehen.«


»Ich finde trotzdem, du hättest fragen können«, sagt Camilla, während sie Gläser und Häppchen auf die Veranda trägt.

»Ich verstehe nicht, warum es auch nur den kleinsten Unterschied macht, ob es ein Mann oder eine Frau ist«, gibt Archie ungeduldig zurück. »Ehrlich, Schatz, hör auf, so einen Wirbel zu veranstalten. Wenn es dir wirklich so viel Sorgen bereitet, hättest du Mungo anrufen und ihn fragen sollen.«

Camilla zündet die Kerzen an. Daran hatte sie auch schon gedacht, aber das kam ihr ziemlich dumm vor, vor allem, wenn Kit zufällig in der Nähe gewesen wäre, wenn er den Hörer abgehoben hätte. Sie ist einfach gern vorbereitet, möchte einen Eindruck davon haben, welche Gestalt der Abend annehmen könnte. »Eine Bekanntschaft aus Paris«, hat Archie gesagt – aber das könnte alles Mögliche bedeuten.

»Sie sind da«, bemerkt Archie, als Mungos vertraute Stimme erklingt, und er eilt ihnen entgegen. Jetzt hört sie Kit und einen weiteren Mann sprechen, der Archie begrüßt, und fühlt sich ein wenig erleichtert darüber, dass ihr Gast keine schicke, raffinierte Französin ist, die ihr das Gefühl gibt, hausbacken zu sein. Bei einem Franzosen kann man sich darauf verlassen, dass er höflich ist.

Und tatsächlich, dieser attraktive, sehr erotische Franzose gibt ihr überhaupt nicht das Gefühl, hausbacken zu sein. *Au contraire*, als er lächelnd ihre Hand nimmt, fühlt sie sich ganz verlegen, doch auf eine gute Art, und ist froh, dass sie noch eine frische Bluse angezogen und sich einen Seidenschal um den Hals geschlungen hat. Zumindest wird Letzterer die schlaffe Haut am Hals verbergen, die ihr auffällt, wenn sie in den Spiegel sieht. Aber dieser äußerst gut aussehende Jake scheint die negativen Auswirkungen des Älterwerdens gar nicht zu bemerken. Er konzentriert sich auf sie, lacht über ihre kleinen witzigen Bemerkungen und schmeichelt ihr mit seiner Aufmerksamkeit. Camilla stellt fest, dass sie auf ihn reagiert, sogar mit ihm flirtet, und sieht sich nach Kit um, damit sie es nicht missversteht und verärgert ist. Aber nein: Kit strahlt sie an und hebt ihr Glas, als könnte sie vollkommen nachvollziehen, welche Wirkung ein Mann wie Jake auf jemanden hat, der mit Archie und zwei Springer-Spaniels zusammenlebt und nicht oft vor die Tür kommt.

Camilla streicht sich das blonde Haar – es ist immer noch blond, obwohl es heutzutage dazu ein wenig Unterstützung braucht – hinter die Ohren und füllt Jakes Glas nach.

Archie sieht amüsiert zu. Camilla unterhält sich wirklich gut, und eine enorme Zuneigung zu ihr erfüllt ihn. Als sie sich das Haar zurückstreicht, erinnert ihn das an die junge Camilla, in die er sich vor all den Jahren verliebt hat. Plötzlich fühlt er sich stärker, fähiger und voller Mut. Er beschließt, dass er noch nicht bereit ist, den Ort zu verlassen, an dem Camilla und er und ihre Kinder ihr ganzes Eheleben hindurch gewohnt haben und so glücklich gewesen sind. In einem Moment hat er seine Entscheidung getroffen.

Kit unterhält sich jetzt mit Camilla und Jake, während Mungo sich ein Häppchen aussucht und die Hunde abwehrt. Archie tritt zu ihm.

»Ich habe über das nachgedacht, was du vorhin gesagt hast«, erklärt er leise. »Danke für dein Angebot, Mungo, ich weiß es wirklich zu schätzen. Aber ich habe beschlossen, eine Baugenehmigung zu beantragen, um auf dem Gelände des Obstgartens zu bauen. Das bringt Geld ein, ohne den Besitz aufzuspalten, und es verschafft uns etwas Luft zum Atmen.«

Er wird sich bewusst, dass Mungo ihn ganz eigenartig, beinahe alarmiert anstarrt, und er runzelt die Stirn und sieht ihn fragend an.

»Du brauchst dir keine Sorgen um Philip und Billy zu machen«, sagt er. »Es wird ein wenig laut werden, und ich weiß, dass sie den alten Obstgarten lieben, doch es ist nicht das Ende der Welt.«

»Aber wirst du denn die Baugenehmigung bekommen?«, fragt Mungo. »Ehrlich, ich wünschte, du würdest dir einfach von mir helfen lassen.«

»Da bin ich mir sicher.« Mungos Mangel an Begeisterung irritiert Archie ein wenig. Schließlich bleibt so der Status quo erhalten, und niemand braucht Geld hineinzustecken. »Der Obstgarten hat seine eigene Zufahrt. Das ist die beste Lösung. Nein, ich habe meine Entscheidung getroffen. Trinken wir darauf!«

Doch bevor er Mungos Glas füllen kann, ruft Camilla nach ihm und schlägt vor, dass alle noch zum Abendessen bleiben, und der Moment ist vorüber.

»Geht es dir auch gut?«, erkundigt Kit sich bei Mungo. Er sieht seltsam aus, ein wenig, als stünde er unter Schock, und sie macht sich Sorgen um ihn. Alle amüsieren sich prächtig, und sie fühlt sich wieder zuversichtlich und glücklich. Es ist, als hätte Camillas Reaktion sie dazu gebracht, Jake so zu sehen wie andere Frauen; sie sieht seine Wärme und Verschmitztheit, seine Fähigkeit, auf andere zuzugehen, und es ist, als verliebte sie sich noch einmal neu in ihn. Sie möchte, dass Mungo glücklich darüber ist, dass er sich für sie freut. Aber stattdessen wirkt er geistesabwesend, als wappnete er sich gegen etwas, das er fürchtet.

»Jake wird in der Scheune übernachten müssen«, erklärt sie Mungo. »Ist das in Ordnung? Er hat zu viel getrunken, um noch fahren zu können. Du hast ja gesagt, das wäre vielleicht möglich.«

Sie wartet darauf, dass Mungo einen Witz darüber reißt wie schon einmal, dass er sagt, Jake solle lieber seine Zimmertür abschließen. Aber Mungo nickt nur und meint, dass es in Ordnung ist, sodass Kit noch nervöser wird und ihre Hochstimmung ein wenig abfällt.

Dann steht Camilla neben ihr, und Mungo tritt weg. »Dein Jake gefällt mir, Kit«, flüstert sie ihr ins Ohr. »Er ist so attraktiv. Wir können ihn uns wohl nicht teilen, oder? Komm, hilf mir beim Abendessen! Ich will alles darüber erfahren.«

Kit sieht auf und fängt Jakes Blick auf, und er zwinkert ihr unauffällig zu. Sie erwidert sein Lächeln und folgt dann Camilla in die Küche.

Mungo lehnt an einer der Säulen, die die Veranda begrenzen, und sieht in die Dämmerung hinaus. Jake tritt zu ihm.

»Habe ich die Prüfung bestanden?«, fragt er leise. »Wie viele Punkte von zehn?«

Er sieht, wie Mungo fast widerwillig lächelt, als wäre er in Gedanken weit fort, und er wirkt sehr betrübt.

»Oh, volle Punktzahl, glaube ich«, antwortet er. »Bei Camilla haben Sie auf jeden Fall gut eingeschlagen.«

Jake spürt Mungos Niedergeschlagenheit, die Mühe, die er sich geben muss, um fröhlich zu wirken, und fragt sich, was ihn bedrückt.

»Ich habe versucht, Kit eifersüchtig zu machen«, scherzt er und hofft, ihn zum Lachen zu bringen.

Mungo schüttelt den Kopf. »Das wird nicht funktionieren. Gedanken müssen Sie sich in dieser Beziehung eher über Ihre Töchter machen. Sie sind noch nicht aus dem Schneider, wissen Sie.«

»Dessen bin ich mir durchaus bewusst, aber ich weiß nicht, wie ich das angehen soll. Was würden Sie tun?«

»Ich würde Kit bei der allernächsten Gelegenheit heiraten und es Ihren Töchtern als *fait accompli* präsentieren. Dann würde ich mich häuslich niederlassen und dafür sorgen, dass es funktioniert. Kit wird sich sicher fühlen, und Ihre Töchter werden bald einsehen, dass sich nichts wirklich verändert hat. Sie wird sich nicht in ihr Leben einmischen wollen. Doch Sie dürfen ihr einfach keine Zeit zum Zaudern lassen.«

Beeindruckt sieht Jake ihn an. »So, wie Sie es sagen, klingt es so einfach.«

»Das kann es sein, wenn Sie sich bemühen. Wie ich höre, bleiben Sie über Nacht.«

»Sie haben gesagt, das sei in Ordnung.«

»Oh, das ist es auch. Ich hatte mich nur gefragt ...«

»Was?« Argwöhnisch starrt Jake ihn an. »Wenn Sie gerade denken, was ich glaube, Mungo, dann vergessen Sie es. Abgesehen von allem anderen, könnte ich Ihnen morgen früh nicht bei Eiern und Speck ins Gesicht sehen.«

»Das ist das Problem mit euch Franzmännern«, meint Mungo. »So sensibel. Aber vielleicht haben Sie recht.«

Jake erinnert sich daran, was Kit gesagt hat. »Ich möchte bloß nicht, dass Mungo uns als seine nächste Produktion betrachtet.« Er lächelt in sich hinein.

»Besten Dank, ich kann bei meiner eigenen Verführungsszene selbst Regie führen«, sagt er. »Nicht dass ich Ihre Fähigkeiten als Regisseur anzweifeln wollte, Sir Mungo.«

»Ich werde zusehen und lernen«, versetzt Mungo trocken. »Immer gut, einen Fachmann bei der Arbeit zu sehen. Aber machen Sie voran damit, um unser aller willen.«


Philip sitzt auf der Bank vor der Hintertür und wartet auf Star, die ihre letzte Runde im Obstgarten dreht. Billy liegt schon länger im Bett. Er war zufrieden mit seinem Tag: Physiotherapie am Morgen und dann die Teeparty am Nachmittag.

Sie hatten die kleine Party beide genossen und sich durch die Gesellschaft Emmas und der Kinder belebt gefühlt, und dann war dieser junge Offizier erschienen. Verschlagen hatte er gewirkt, als wollte er Ärger machen. Emma hatte sichtlich Angst vor ihm gehabt. Sie hatte sich vorgebeugt und sehr leise und schnell gesprochen. »Gehen Sie nicht«, hatte sie ihn gebeten. »Lassen Sie uns nicht allein mit ihm!«

Einen Moment lang hatte Philip den Eindruck, der junge Bursche – Marcus – würde etwas Dummes tun. Als Philip ihn am Arm packte, spürte er, dass er zitterte und der Zorn in seinem Inneren hochloderte. Dann, nur einen winzigen Augenblick lang, dachte er an Ralph zurück, an seinen eigenen Wutausbruch und das schicksalhafte Wegrutschen der Räder, und er verstärkte den Griff und zog den jungen Mann weg. Und plötzlich hatte der Kampfgeist Marcus verlassen, und er hatte sich wegführen lassen wie ein Kind.

Als Philip zur Party zurückkam, zeigte der kleine Joe gerade Billy seine Züge, und Emma sah zu, obwohl sie in Gedanken ganz offensichtlich weit weg war.

»Er ist auf dem Weg nach Hause«, erklärte er ihr. »Er wird nicht wiederkommen.«

»Ich hoffe nicht«, sagte sie. In diesem Moment sah sie wie Izzy aus, der gleiche Blick voller Verzweiflung, Demütigung und Reue. »Ich bin so dumm gewesen, Philip.«

Er spürte das vertraute Gefühl von ohnmächtiger Liebe und den Wunsch, sie zu beschützen. Wie seltsam, dass Izzy ihm in diesem Mädchen wieder erschienen ist.

»Wir sind alle manchmal Narren«, erklärte er, weil er nicht wusste, wie er sie trösten sollte. »Gehört dazu, ein Mensch zu sein.«

Da lächelte sie, ziemlich traurig, aber trotzdem war es ein Lächeln. »Sie klingen wie Mungo«, meinte sie.

»Also dann.« Er sah zu, wie Billy eine von Joes Lokomotiven ansah und sie vorsichtig mit seiner gesunden Hand drehte, während Joe neben ihm stand und erzählte.

»Gehen Sie noch nicht«, bat Emma. »Oder ... geht es Billy nicht gut? Müssen Sie ihn nach Hause bringen?«

»Schätze, er hält noch ein Weilchen durch«, gab er behaglich zurück. »Wie wäre es mit noch einer Tasse Tee?«

Als er jetzt auf der Bank sitzt, erinnert er sich an das warme Gefühl von Freude, ja sogar Triumph, das er bei ihrem dankbaren Lächeln empfand: ein alter Löwe, der sein Revier, seine Familie verteidigt. Und er hofft, dass Marcus sicher nach Hause gekommen ist – wo auch immer sich dieses Zuhause befinden mag.

»Nettes kleines Mädel«, meinte Billy zufrieden, als Philip ihn nach Hause schob. »Nette kleine Familie. Hast dich gut geschlagen, Junge. Er wollte etwas, oder?«

»Versucht hat er es«, sagte Philip. »Hab's ihm jedoch gezeigt. Der kommt nicht wieder.«

Merkwürdig, dass er sich da so sicher war. Aber kein junger Kerl kann es vertragen, vor einer hübschen Frau von einem älteren Mann gedemütigt zu werden. Philip fühlte sich stark, als hätte die Begegnung ihm neue Kraft geschenkt. Und dann, als sie gerade wieder im Haus waren, war Andy mit einem Vorschlag gekommen. Eifrig, stark und jung hatte er am Küchentisch gesessen und seinem Großvater seine Hoffnungen und Träume unterbreitet.

»Ich habe über alles nachgedacht, Granddad. Ich würde gern etwas Eigenes anfangen, und ich hatte mit Dad darüber gesprochen, ob ich, verstehst du, hierher zu dir und Onkel Philip ziehen und den Hof wieder in Gang bringen könnte. Wieder Vieh anschaffen. Ich würde trotzdem meinen Arbeitsvertrag erfüllen und weiter Holz fällen, aber später, falls ich Erfolg habe und Archie einverstanden ist und es für euch in Ordnung ist, könnte ich euch als Pächter nachfolgen.«

Er hatte vernünftige Argumente vorgebracht und die Notwendigkeit zur Diversifizierung gesehen, doch seine Liebe zum Land war deutlich und seine Begeisterung ansteckend. Philip versprach, darüber nachzudenken und mit Archie zu reden. Und jetzt sitzt er da und fragt sich, wie Mungo wohl vorhat, das Problem mit dem Obstgarten zu lösen. Falls Andy den Hof übernimmt, wird es sich vielleicht niemals stellen – aber das Risiko wäre immer da.

Star taucht aus dem Dunkel auf und stößt mit dem Kopf sein Knie an. Er krault ihr die Ohren und spricht leise mit ihr. »Gutes Mädchen, braves Mädchen.« Sie schmiegt sich an ihn, und dann sehen sie gemeinsam zu, wie der Mond über der Hecke aufgeht, hoch über den Eschen dahinsegelt und sein Licht in dieses Tal ergießt, in dem seit Generationen Judds den Boden bewirtschaftet haben.

Angenommen, Mags hätte recht und Archie würde Häuser auf den Obstgarten bauen, sodass an die Stelle dieser tiefen Stille und samtigen Dunkelheit das Plärren von Fernsehern und grelle Lichter treten und Autos kommen und gehen würden? Einen Moment lang erscheinen sogar die Entdeckung von Ralphs Leiche und der Skandal, der darauf folgen könnte, unbedeutend im Vergleich zur Zerstörung seines eigenen kleinen Anteils an diesem uralten Tal.

Philip steht auf und geht hinein. Star läuft dicht an seiner Seite.


James packt für sein Wochenende in Oxford. Er freut sich darauf, zu Hause zu sein, bei Sally, und ihr von den Fortschritten zu erzählen, die das Buch macht. Er fragt sich langsam, ob er hier noch viel mehr erreichen kann. Der Friede und die Einfachheit sind magisch, aber er vermutet, dass er ein wenig mehr Action braucht, einen Hauch von Großstadtleben, das Heulen von Polizeisirenen, ein wenig Jugendkriminalität. Hier passiert nichts, was seine Fantasien bezüglich der düsteren Seite des Lebens fördern könnte. Es war sehr nützlich, an den Schauplätzen seines Romans herumzufahren und zu -laufen, und es ist ein echter Segen, dass er den Freiraum hat, so lange zu schreiben, wie er will, und immer wenn ihm danach ist. Aber vielleicht ist er auch bereit weiterzuziehen. Er braucht eine größere Leinwand, eine viel weitere Welt, damit er Herz und Verstand von Menschen berühren kann, ihr Leben verändern. Dies ist seine geheime Sehnsucht: Er will etwas bewegen. Aber das wird nicht hier in diesem vergessenen Tal geschehen.

Er geht nach unten, um Sally zu schreiben:

Freue mich auf zu Hause. Ich habe beschlossen, früh loszufahren, und werde auf jeden Fall zum Mittagessen zurück sein! Ich möchte heute Abend noch etwas schreiben, solange ich noch ein paar neue Ideen frisch im Kopf habe. Du weißt ja, wie das ist. Aber dann kann ich eine Pause gut gebrauchen. Ich hatte mich sogar gefragt, ob du nächste Woche ein paar Tage hierherkommen kannst, um noch gemeinsam etwas Zeit in diesem Tal zu verbringen, bevor ich endgültig packe. Du hast doch noch ein paar Urlaubstage, oder? Wir könnten die kleine Party geben, von der ich dir erzählt habe, und alle Nachbarn einladen. Ich weiß, dass Camilla sich freuen würde, dich zu sehen. Ich glaube, insgeheim hofft sie, in dem Buch aufzutauchen, aber ich kann mir nicht vorstellen, wie jemand von diesen Leuten auf meine Personenliste passen und erst recht nicht in meine Handlung verwickelt werden soll! Ein sehr klischeehaftes Dorf – abgesehen von Sir Mungo natür-

lich, doch ich vermute, dass er größtenteils in London lebt. Gerade habe ich ein wenig mit Emma von nebenan geplaudert. Als ich vorhin nach Hause kam, fand bei ihnen im Garten eine kleine Teeparty statt, bei der der alte Billy und Philip zu Gast waren. Ich habe ein wenig über die Mauer gespäht, und du wirst nie erraten, wer da war! Der komische Kerl, den ich immer wieder gesehen habe. Alle verstehen sich prächtig, und er ist ein Freund der Familie. Damit wäre das geklärt. Kurz habe ich meinen Augen nicht getraut, sondern stand bloß da und habe ihn verblüfft angestarrt. Hoffe, er hat mich nicht für unhöflich gehalten. Jedenfalls bin ich vorbeigegangen, nachdem alle weg waren, um Bescheid zu sagen, dass ich nach Hause fahre und dass wir vielleicht eine Party geben, wenn ich zurück bin. Diese Emma ist sehr nett, sehr entspannt, und der kleine Junge hat mir einen Smarties-Muffin angeboten. Du wirst ihn und das Baby mögen. Wahrscheinlich kommen sie auch auf die Party, falls Emma keinen Babysitter findet! Immerhin bringe ich ein wenig Aufregung in ihr ruhiges Leben. Sie wissen alle von den Büchern, und ich glaube, ich bin hier fast so prominent wie Sir Mungo! Freue mich darauf zu hören, was es bei dir alles Neues gibt.
Mache mich wieder an die Arbeit. Bis bald, J. xx

## 22. Kapitel

Emma wacht früh auf, sogar noch, bevor sich Joe oder Dora rühren. Leise verlässt sie ihr Zimmer, lauscht einen Moment am Fuß der Dachtreppe, und huscht in die Küche. Die Muffins sind alle aufgegessen, aber das Gemälde von Bozzy und Sam ist mit Magneten an der Tür des Kühlschranks befestigt. Emma öffnet die Gartentür, und dann steht sie draußen, atmet die kühle Luft ein und sieht hoch oben in der Buche kurz den Flügel einer Elster schwarz-weiß aufflackern.

Gestern Abend haben sie mit Rob geskypt. Joe hat aufgeregt von seinem Vormittag bei Camilla und den Smarties-Muffins geplappert, während Dora mit den Fäustchen wedelte und krähte, und dann hat Emma Rob von Mungo und Philip und der Teeparty erzählt.

»Seid ihr denn nun mit Marcus in den Zoo gegangen?«, fragte er später – und sie war in der Lage, das ganz lässig abzutun, und behauptete, das sei alles ein ziemlich dummer Scherz gewesen. Und dann fragte sie ihn, wie er die Idee fände, seine Mutter einzuladen.

»Ich bin mir sicher, dass sie das Cottage gern sehen würde, und ich weiß ja, wie sehr dein Dad ihr fehlt. Was meinst du?«

Rob war ganz offenbar erfreut über den Vorschlag.

»Sie wäre überglücklich«, sagte er. »Das ist eine großartige Idee, Ems. Ich wünschte nur, ich könnte auch dabei sein.«

»Wir auch«, antwortete sie. »Aber bald kommst du ja.«

Dann sprachen sie darüber, was sie unternehmen würden, wenn er zu Hause wäre, und Joe zeigte ihm das Bild von Bozzy und Sam, das er gemalt hatte. Und dann war es vorbei, und sie hatte zwei überdrehte Kinder zu baden. Beim Schlafengehen wurde Joe plötzlich weinerlich, weil er wollte, dass Daddy nach Hause kam.

Jetzt denkt Emma an Marcus, daran, wie Philip ihn abgefertigt hat, und fragt sich, ob er recht damit hat, dass Marcus nicht wiederkommen wird. Sie sehnt sich danach, es zu glauben, und ihr Instinkt sagt ihr, dass es stimmt, doch sie wagt nicht, darauf zu vertrauen. Beinahe hat sie das Gefühl, dass sie es nicht verdient, so leicht davongekommen zu sein. Es war so ein Glück gewesen, dass Philip und Billy bei ihr waren, als er auftauchte, und erstaunlich, wie bereitwillig Philip zu ihrer Verteidigung herbeigeeilt ist – ganz ähnlich wie zuvor Mungo. Letzterer hatte sie angerufen, um ihr mitzuteilen, dass Marcus' Handy jetzt auf dem Grund des Venford-Stausees liege und sie beruhigt sein könne.

Wie zornig Marcus sich fühlen muss, wie frustriert und gedemütigt! Zwei alte Männer, Mungo und Philip, haben ihn ausgetrickst. Jetzt kann sie Mitgefühl für Marcus empfinden; schließlich hat sie ihn mit ihrer albernen Koketterie aufgestachelt; sie trägt ebenso viel Schuld wie er. Sie fragt sich, wo er jetzt ist, hofft, dass er zu seinen Söhnen und zu Tasha fahren wird, und betet, dass er eine gemeinsame Zukunft mit ihnen haben kann. Jetzt versteht sie, dass alles vielleicht ein Versuch von ihm war, seinen verletzten Stolz wiederherzustellen und zu zeigen, dass er es trotzdem noch wert ist, geliebt zu werden.

Als sie in der friedlichen Stimmung des frühen Morgens im Garten steht, bedauert sie ihre Torheit und ist sich darüber im Klaren, dass nur Mungos Hilfe und Philips schnelle Reaktion ihr aus der Klemme geholfen haben. Sie ist gerettet. Jetzt können Rob und sie und die Kinder, umgeben von ihren neuen Freunden, hier in diesem Cottage glücklich sein. Sie ist sicher und frei.

Auch Kit ist schon wach. Sie liegt im Bett und denkt an Jake und daran, wie die drei zusammen mit Mopsa durch den späten Sommerabend nach Hause gegangen sind. Sie hatten einander untergehakt, und Kit, die zwischen Mungo und Jake ging, war sich der beiden Männer rechts und links von sich und ihrer jeweiligen Anspannungen und Sorgen bewusst. Jakes Gedanken konnte sie erraten – er versucht ständig, einen Weg für sie beide zu finden –, aber sie kann sich immer noch keinen Grund für Mungos Besorgnis denken.

In der Schmiede angekommen, hatte er Jake sein Quartier in der Scheune gezeigt, war dann zu Bett gegangen und hatte Kit und Jake zurückgelassen, die sich unbehaglich und verlegen fühlten. Kit fand es vollkommen unmöglich, sich in Mungos Küche natürlich und locker zu verhalten. Es kam überhaupt nicht infrage, Jake entweder nach oben einzuladen oder mit ihm in die Scheune zu gehen.

Stattdessen murmelte sie etwas Belangloses, küsste ihn auf die Wange und war mit Mopsa im Schlepptau nach oben gegangen, sodass Jake sich den Weg zu seinem Zimmer allein suchen musste.

Doch jetzt, nach einer unruhigen Nacht, trifft sie eine Entscheidung. Wenn sie sich eine Zukunft mit Jake wünscht, darf sie sich nicht mehr von ihrer Nervosität überwältigen lassen; sie muss ein Risiko eingehen. Sie müssen den nächsten Schritt tun, und zwar weder in ihrer Londoner Wohnung noch in Jakes Apartment in Paris, sondern auf neutralem Boden. Spontan und großzügig muss es sein, und sie möchte diejenige sein, die den ersten Schritt tut und sich dazu bekennt, sich binden zu wollen.

Kit erinnert sich an Mungos Bemerkung. »Im Alter braucht man beim Sex einen guten Sinn für Humor.«

Sie steht vom Bett auf, sieht sich im Spiegel an und greift

nach ihrer Bürste, um ihr feines, fedriges Haar zu entwirren. Sie schaut sich noch ein wenig länger an, zieht sich selbst eine aufmunternde Grimasse und wendet sich ab. Dann schlüpft Kit in ihren Morgenmantel und geht ohne Mopsa, die noch auf dem Bett schläft, nach unten. Leise huscht sie in die Küche und tritt durch die Verbindungstür zur Scheune. Vor Jakes Zimmer zögert sie, dreht dann den Türknauf und geht hinein. Er sitzt im Bett, hat sich die Kissen in den Rücken gestopft und hält eine Tasse Kaffee in der Hand. Als sie die Tür hinter sich schließt, beginnt er zu lachen.

»Warum hast du so lange gebraucht?«, fragt er und setzt die Tasse ab.

Und sie lacht mit ihm, als sie neben ihm ins Bett steigt und sich in seine Arme schmiegt.


Mungo sieht, dass Kits Zimmertür offen ist und Mopsa zusammengerollt auf dem leeren Bett liegt. Er ruft sie, und sie hebt den Kopf, kommt zu ihm gelaufen und folgt ihm nach unten. Von Kit oder Jake ist keine Spur zu sehen, und Mungo lässt Mopsa durch die Hintertür hinaus und kocht sich einen Kaffee, den er im Stehen trinkt. Ein Teil von ihm denkt erleichtert an Kit und Jake in der Scheune, wo der nächste schwierige Schritt inzwischen wahrscheinlich getan worden ist, aber vor allem geht ihm das Gespräch, das er mit Archie führen muss, durch den Kopf. Den größten Teil der Nacht hat er damit zugebracht, die Szene anhand von Philips Schilderung zu proben. Doch er weiß, dass er jetzt schnell mit Archie reden muss, bevor dieser aktiv wird und sich um die Baugenehmigung bemüht, und ihm graut davor.

Jedenfalls weiß er, wo er ihn findet. Archie wird mit den Hunden den Morgenspaziergang über das Moor unternehmen, und Mungo ist fest entschlossen, dort zu sein und ihn abzufangen, damit er unter vier Augen mit ihm reden kann. Er hat auch die unbestimmte Vorstellung, dass es von Vorteil sein wird, dass sie im Freien sind, dass Archie sich draußen auf dem Moor eher nachsichtig und verständnisvoll zeigen wird als in dem alten Arbeitszimmer seines Vaters, wo der Starrsinn des Alten immer noch in der Luft hängt.

Mungo trinkt den Kaffee aus, nimmt Mopsas Leine und tritt auf die Straße. Er passiert den alten Herm und biegt in den Weg ein, der hinauf ins offene Moor führt.


Zu schockiert, um sprechen zu können, steht Archie im Heidekraut und starrt seinen jüngeren Bruder an. Die Hunde laufen zusammen über die höher gelegenen alten Schafpfade und kläffen vor lauter Freude.

»Ich wusste nichts davon«, wiederholt Mungo. »Überhaupt nichts, bis Philip es mir vorgestern erzählt hat. Es war ein Unfall, Archie. Ich entschuldige es nicht, um Gottes willen, aber versuch es doch im Zusammenhang zu sehen. Philip ist in Panik geraten, und Billy hat die Führung übernommen. Und du musst zugeben, dass Philip recht damit hat, dass die Medien sich darauf gestürzt hätten und wir alle hineingezogen worden wären. Du und ich, Camilla und die Jungs. Sobald sie angefangen hätten, Fragen zu stellen, wäre Izzy vollkommen eingeknickt. Dann wäre alles herausgekommen. Das Baby, die Streitigkeiten, dass ich Ralph geschlagen habe.«

»Aber warum hat denn damals niemand Fragen gestellt? Wie konnte er denn so einfach verschwinden?«

Mungo holt tief Luft. Archie ist sehr zornig, und er muss behutsam vorgehen.

»Zuerst musst du daran denken, dass Ralph keine Familie

hatte. Zweitens ging es ja bei dem Ganzen darum, dass er in der Woche darauf nach Amerika fliegen wollte. Izzy hatte ihm ausgerechnet von dem Baby erzählt, als er zum Vorsprechen für eine Show in New York eingeladen worden war. Offensichtlich hatte er vor, sie damit allein zu lassen und zu gehen, doch bis zur letzten Minute erzählte er niemandem davon. Ralph und ich haben in Manchester geprobt, und Izzy war in Bristol bei einer Freundin, als er die Bombe platzen ließ. Sie hat mich unter Tränen und vollkommen verzweifelt angerufen und mich angefleht, ich solle Ralph dazu bewegen, es sich anders zu überlegen. Ich beschloss, einen letzten Versuch zu wagen. Ralph war schon praktisch auf dem Weg nach London. Also bin ich mit ihm hergefahren und habe unterwegs Izzy in Bristol abgeholt. Er hat mir erklärt, es sei sinnlos, und er habe keinerlei Absicht, das Kind anzuerkennen, aber ich vermute, er glaubte, nichts zu verlieren zu haben. Es hat ihn beinahe amüsiert. Ralph konnte sehr brutal sein. Jedenfalls hat es nicht funktioniert. Eigentlich hat es alles sogar noch schlimmer gemacht. Er war gemein zu Izzy, und schließlich habe ich ihn hinausgeworfen. Den Rest habe ich dir ja schon erzählt, aber worauf es ankommt, ist, dass Ralph ohnehin dabei war, uns zu verlassen. Er hatte seinen Koffer bei sich. Niemand hat damit gerechnet, ihn je wiederzusehen. Jedenfalls einige Zeit nicht. Natürlich fragten wir uns alle, was passiert sei, als er so vollkommen aus dem Blickfeld verschwand, doch Amerika ist groß, und wir rechneten nicht damit, dass er zurückkommen würde. Nun ja, Izzy schon. Sie hoffte, er werde es sich anders überlegen und nach Hause kommen. Und dann hat sie ein paar Wochen später das Kind verloren.

Die Sache ist die: Wir waren alle davon überzeugt, dass er fort war. Wir dachten, er hätte den Zug nach London genommen, wäre ins Flugzeug gestiegen und sei jetzt in Amerika. Sicher, wir haben alle von Zeit zu Zeit gemeint, es sei ein wenig verletzend, dass er niemals auch nur eine Ansichtskarte geschickt hatte, doch keiner von uns wäre auf die Idee gekommen, er könne tot sein.«

Archie starrt ihn immer noch aufgebracht an. »Aber was zum Teufel machen wir jetzt?«

»Darüber denke ich nach, seit Philip mir davon erzählt hat, und ich kann mein ursprüngliches Angebot nur erneuern. Wenn wir jeden zukünftigen Skandal verhindern wollen, schlage ich vor, dass ich dir den Hof zum Marktpreis abkaufe und du eine Klausel in den Vertrag einfügst, der jegliche Erschließung des Obstgartens verbietet. Nach meinem Tod werden deine Söhne alles erben, doch die Klausel wird bestehen bleiben.«

»Ist das dein Ernst? Und das soll es gewesen sein? Ich schreibe eine Klausel über den Obstgarten und vergesse sang- und klanglos, dass Ralph auf meinem Land begraben liegt?«

Mungo beobachtet seinen älteren Bruder. Er hat Archie schon früher so erlebt: Er hasst alles, was illegal ist, Heimlichkeiten. Es wird ihm entsetzlich schwerfallen, diese Angelegenheit nicht zu klären.

»Was wäre denn damit gewonnen?«, fragt er leise. »Gerechtigkeit für Ralph auf Kosten von Philips Freiheit und meinem Ruf? Und wenn dann noch ihr, Camilla und du, mit in die Sache hineingezogen würdet? Kannst du dir vorstellen, wie die Presse im ganzen Tal herumwimmeln würde, Archie? Okay. Philip hat Ralph umgebracht. Es war Totschlag. Aber man könnte es auch so sehen, dass Izzy sechs Wochen später ihr Kind verloren hat, weil Ralph sie so brutal abgeschoben und sich geweigert hat, Verantwortung zu übernehmen. Ein Leben für ein Leben. Das alles ist vierzig Jahre her, Archie. Es war ein Unfall; es war eisig kalt, und der Land Rover ist auf dem

Glatteis weggerutscht. Doch das würde man heute nur schwer beweisen können, oder? Kannst du dir Billy und Philip vor Gericht vorstellen? Und dann würden sich natürlich auch andere daran erinnern, wie Ralph und Izzy gestritten haben und dass ich mit beiden eng befreundet war. Die Medien würden sich darauf stürzen. Aber was soll das bringen?«

Er sieht, wie Archie mit der Vorstellung kämpft. Sein Herz zieht ihn in die eine Richtung und sein Verstand in die andere.

»Was soll ich Philip denn sagen?«

Ein kurzes Schweigen. »Zu Anfang vielleicht gar nichts«, schlägt Mungo vor. »Erst wenn du dich damit auseinandergesetzt hast. Immer angenommen, du bist mit meinem Vorschlag einverstanden.«

»Was bleibt mir anderes übrig?«, murrt Archie ärgerlich. »Ich kann Camilla nicht in Gefahr bringen. Oder dich.«

»Ich habe alles ausgelöst«, meint Mungo. »Habe sie hierhergebracht, habe mich so tief in die Sache zwischen den beiden hineinziehen lassen.«

Ungeduldig schüttelt Archie den Kopf. »Sei kein Idiot! Wir haben es genossen, deine Freunde zu treffen, besonders Izzy. Ich muss allerdings sagen, dass ich mir nie viel aus Ralph gemacht habe.« Er wirft Mungo einen kurzen, schuldbewussten Blick zu. »So etwas hätte ich ihm natürlich nicht gewünscht. Armer Teufel!«

»Selbstverständlich nicht. Sind wir uns dann einig? Ich kaufe den Hof, und wenn wir die Verträge aufsetzen, fügst du die Klausel ein. Du kennst dich damit besser aus als ich. Ich lasse dir auch Bargeld zukommen, um dich für den Gewinn zu entschädigen, den du durch die Erschließung des Obstgartens hättest machen können, und damit du die notwendigen Reparaturen vornehmen kannst und nicht mehr so unter Druck stehst.«

Archie zögert immer noch. Mungo wartet, während sein Bruder mit seinem Gewissen ringt.

»Ich will aber nicht, dass Camilla davon erfährt«, sagt er.

Innerlich seufzt Mungo vor Erleichterung auf. Er weiß, dass er den Kampf gewonnen hat.

»Einverstanden. Es ist sehr schwer, ein solches Geheimnis zu haben, doch je weniger Menschen davon wissen, desto besser. Ich wünschte, keiner von uns hätte davon erfahren müssen.«

»Und hart für Philip«, meint Archie unerwartet. »All die Jahre hat er damit gelebt. Armer Kerl! War ja klar, dass Billy ihn in Schwierigkeiten bringt.«

»Billy hat wahrscheinlich geglaubt, uns alle zu schützen. Er konnte sich vorstellen, was für eine Katastrophe daraus erwachsen könnte, und deswegen hat er Philip daran gehindert, Hilfe zu holen. Ralph hätte im Übrigen nichts davon gehabt. Für ihn war es zu spät.«

Er sieht, dass Archie schon beinahe überzeugt ist. Sie drehen um und gehen zusammen zum Haus zurück. Die Hunde laufen vor ihnen her.

»Dieses alte Tal hat schon Schlimmeres gesehen«, sagt Mungo. »Wenigstens war es ein Unfall. Kannst du dir vorstellen, wie viele Leichen aus alter Zeit um uns herum begraben sein müssen? Die Fehden. Die Schlachten.« Er wirft seinem Bruder einen Blick zu. »Kommst du damit klar? Du weißt schon, was ich meine. Jetzt zu Camilla und in deinen Alltag zurückzukehren?«

»Viel anderes bleibt mir nicht übrig«, gibt Archie mürrisch zurück. »Komm doch später vorbei, dann diskutieren wir über die Einzelheiten des Kaufs.« Er zögert. »Und danke, Mungo. Das ist sehr großzügig von dir. Camilla wird sich freuen. Es war ein furchtbarer Gedanke für sie, fortgehen zu müssen.«

»Großzügig war, dass du mir vor vielen Jahren die Schmiede

geschenkt hast. Ich wünschte nur, es wäre nicht so ausgegangen.«

Archie nickt; er bemerkt, dass Mungo besorgt ist. »Ist schon in Ordnung. Ich komme darüber hinweg. Ich brauche nur etwas Zeit, um es zu verarbeiten. Bis später dann.«

Als Mungo wieder in der Schmiede ankommt, sitzen Jake und Kit am Tisch und frühstücken. Sie sehen ihn mit einer Mischung aus verlegener Zufriedenheit und Belustigung an. Er grinst ihnen zu. Ihm ist, als wären ihm gerade mehrere Steine gleichzeitig vom Herzen gefallen.

»Und, meine kleinen Turteltäubchen?«, fragt er. »Darf ich davon ausgehen, dass während meiner Abwesenheit meiner bescheidenen Scheune große Ehre zuteilgeworden ist?«

»Kümmern Sie sich um Ihre eigenen Angelegenheiten«, gibt Jake zurück und erwidert sein Grinsen. Er erinnert sich an ihr Gespräch vom vergangenen Abend und beugt sich herunter, um Mopsa zu tätscheln.

»Wo warst du?«, will Kit wissen. »Sonst gehst du doch nicht so früh mit Mopsa aus. Was führst du im Schilde?«

»Kümmere dich um deine eigenen Angelegenheiten«, sagt Mungo. »Ihr seid nicht die Einzigen, die auf geheime Missionen ausziehen können, verstehst du. Schenk mir Kaffee ein und erzähl mir, wann und wo die Hochzeit stattfindet.«


James schließt die Tür des Cottages ab und legt seinen Laptop und seinen Koffer in den Wagen. Als er am Gut vorbeifährt, sieht er Philip im Hof, bremst ab und lässt das Fenster hinunter.

»Bin nur übers Wochenende weg«, ruft er. »Montagmorgen bin ich zurück. Ich hoffe, Sally kommt für ein paar Tage mit.«

Philip tritt ans Auto und lächelt auf ihn hinunter. »Fertig mit dem Buch?«

James lacht über die Vorstellung, man könnte innerhalb von Wochen ein Buch schreiben. »Schön wär's. Nein, aber die wichtigsten Notizen habe ich gemacht. Jede Menge über den Schauplatz der Handlung. Ein wunderbarer Ort zum Arbeiten hier. So ruhig. Sie haben ja keine Ahnung, was für ein Glück Sie haben, nichts mit dem Unfrieden, dem Lärm und den Konflikten des Großstadtlebens zu tun zu haben.«

Philip lächelt immer noch bedächtig und liebenswürdig, doch er zieht die Augen zusammen, als amüsierte er sich über etwas, was James nicht weiß.

Er beginnt, sich etwas unbehaglich zu fühlen, obwohl er nicht weiß, warum. »Sal und ich dachten, wir geben vielleicht eine kleine Party«, erklärt er. »Um Sie alle noch einmal zu sehen, bevor wir abreisen. Alle waren so freundlich.«

»Das wird schön«, pflichtet Philip ihm bei. »Nett, zur Abwechslung mal etwas Trubel zu haben.«

»Ja«, meint James verlegen. »Dann ist ja alles abgemacht. Bis nächste Woche.«

Er legt den Gang ein, fährt davon und wirft einen Blick in den Rückspiegel. Philip steht noch auf der Straße und hat die Hand zum Abschied erhoben. Es sieht aus, als lachte er. James schüttelt den Kopf. Die Landeier. Trotzdem ist er sehr nett, und die Party wird ein Spaß werden. An der Kreuzung hält er kurz an, biegt nach rechts ab und fährt nach Oxford, zu Sally.

## 23. Kapitel

In der Wäschekammer summt Camilla nach dem Frühstück vor sich hin, während sie Laken und Kissenbezüge sortiert und sich auf eine neue Familieninvasion anlässlich des Bankfeiertags vorbereitet. Im Geiste plant sie Menüs, stellt Einkaufslisten auf, überlegt sich Zerstreuungen. Und diese große Freude ist von Zufriedenheit darüber durchzogen, dass Archie und Mungo sich geeinigt haben. Mungo wird den Hof kaufen, und Archie wird das Cottage renovieren und vermieten können – vielleicht wieder an eine Familie – und ein paar Reparaturen am Haus vornehmen. Archie wirkt ein wenig besorgt und ziemlich ruhig, aber das liegt wahrscheinlich daran, dass es ihm schwerfällt, die Zügel aus der Hand zu geben. Möglicherweise hat er auch ein schlechtes Gewissen, weil Mungo viel Geld für etwas bezahlt, das er nicht wirklich braucht.

Nach all den Sorgen und Ängsten und den Auseinandersetzungen darüber, sich kleiner zu setzen, ist sie über dieses Ergebnis so erleichtert, dass sie Mungos Großzügigkeit sogar ein wenig zu ihren Gunsten deuten kann.

»Du hast ihm die Schmiede geschenkt«, erinnerte sie Archie, »und wir wissen, dass er genug Geld hat, Liebling. Außerdem bekommt er die Pacht für den Hof. Warum sollen wir sein Angebot nicht einfach dankbar annehmen? Wahrscheinlich tut es ihm gut, sich endlich als gleichberechtigter Teil zu fühlen. Es war ungerecht von deinem Vater, ihn so vollkommen auszuschließen. Du hast all die Jahre sehr hart dafür gearbeitet, alles zusammenzuhalten, und jetzt kann Mungo das Gefühl haben, auch seinen Beitrag zu leisten.«

Archie nickte, stimmte ihr zu, doch sie sah, dass er noch etwas auf dem Herzen hatte, über das er nicht reden wollte.

Sie kennt Archie schon lange und hat beschlossen, ihm seine Ruhe zu lassen, damit er sich allein damit auseinandersetzt. Im Moment hat sie angesichts des Familienbesuchs ohnehin genug zum Nachdenken; da ist nicht zuletzt Kits neuer Freund.

»Was hältst du von ihm?«, hatte sie Archie gefragt, nachdem Kit, Jake und Mungo nach dem Abendessen zurück zur Schmiede gegangen waren.

»Das war eine kleine Überraschung«, antwortete er. »Ich mag ihn.« Er grinste ihr zu. »Du warst offensichtlich sehr von ihm eingenommen.«

Das konnte sie nicht abstreiten; sie fand Jake umwerfend.

»Viel, viel besser als Michael, der Schreckliche«, erklärte sie. »Kit hat Glück. Anscheinend war es zwischen ihr und Jake ziemlich ernst, als die beiden noch jung waren, und dann ist etwas schiefgegangen. Anfang des Jahres ist seine Frau gestorben, und er ist zurückgekommen, um Kit zu suchen. Rührend, nicht wahr? Vielleicht hat sie ja wegen Jake nie geheiratet. Wir haben uns immer gefragt, woran das lag, oder? Ich finde es wunderschön.«

Sie fragte sich auch, ob Archie vielleicht ein wenig beleidigt ist, weil er jetzt keine ganzen Tage mehr auf dem Fluss mit Kit verbringen kann und sie in Zukunft mit Jake teilen muss. Aber Archie war guter Laune. Sie standen zusammen auf der Veranda und sahen zu, wie die Hunde über die Wiese rannten und im Mondschein einer Fährte folgten, und Archie legte ihr einen Arm um die Schulter.

»Ich habe heute Abend nachgedacht«, erklärte er. »Wir können das alte Haus noch nicht im Stich lassen. Wir halten noch eine Weile aus.«

Am nächsten Tag erzählte er ihr von Mungos Plan, doch da

war seine gute Laune verflogen, und er wirkte besorgt, obwohl er es nicht zugeben wollte.

Als Camilla jetzt mit Bettwäsche auf dem Arm am Fenster auf dem Treppenabsatz vorbeigeht, schaut sie auf die Veranda hinunter und über die Wiese bis zum Bach. Bald werden die Kinder hier sein. Es wird Spiele geben, köstliche Mahlzeiten, Spaziergänge am Fluss und in den Wäldern. Sie werden segeln gehen wollen und Archie von seinen Sorgen ablenken. Sie wendet sich vom Fenster ab und macht sich daran, die Betten zu beziehen und das Haus für ihre Familie vorzubereiten, und ihr Herz ist voller Vorfreude.

Billy sitzt im letzten Sonnenschein des Nachmittags im Obstgarten und träumt vor sich hin. Seine Gedanken fließen zusammen und dann wieder auseinander wie Flusswasser, das die Steine seiner Erinnerungen umspült. Zukunft, Vergangenheit und Gegenwart sind eins für ihn.

Philip hat ihm erzählt, dass Mungo Archie den Hof abkauft, mit einer Vertragsklausel, die jede Bebauung des Obstgartens ausschließt. Alle ihre Probleme sind auf einen Schlag gelöst. Das erstaunt Billy nicht; er wusste, Mungo würde einen Plan haben. Mungo hat immer einen Plan. Damals, als sie alle jung waren, konnte man sich stets darauf verlassen, dass Mungo ein Ass im Ärmel hatte und sie aus jedem Schlamassel herausholte. Er selbst ist Problemen nie aus dem Weg gegangen und hatte es ganz gern, wenn etwas los war. Aber Mungo hat ihm immer den Rücken freigehalten und tut das noch. Er hat großen Respekt vor Mungo. Deswegen wollte er auch nicht, dass es Ärger wegen Ralph gab. Es war ein Unfall, Philip war nicht in dem Zustand, damit umzugehen, und Billy wusste, dass es das Beste war, den Beweis zu vergraben. Und er hatte recht:

Niemand hätte etwas davon gehabt, wenn die Behörden die Nase hineingesteckt und die Zeitungen alles aufgewühlt hätten. Nicht nur Philip hätte einen hohen Preis dafür bezahlt, sondern auch Mungo. Vielleicht hätte Philip eine Strafe für diesen unkontrollierten, finsteren Moment verdient gehabt, in dem er vor Zorn außer sich geraten war. Aber trotzdem war es ein Unfall gewesen, und am meisten hätten Mungo und Izzy gelitten. Mungo, weil er schwul war, und Izzy, weil sie schwanger von Ralph war. Das Publikum hätte ihnen niemals verziehen, sie wären buchstäblich gekreuzigt worden. Natürlich hatte Philip all die Jahre Probleme mit seinem Gewissen. Er hat unter seiner Schuld gelitten, doch jetzt kann er sich endlich sicher in dem Wissen fühlen, dass Ralph niemandem mehr Schaden zufügen kann.

Und dann, gerade, als sie sich darüber freuten, dass ihr Geheimnis bei Archie und Mungo sicher war, war der junge Andy aufgetaucht, ungestüm und voller Zukunftspläne, und hatte genauso ausgesehen wie Philip, als er jung war und sie beide planten, den Hof von ihrem Vater zu übernehmen.

Sie hatten mit einer Tasse Tee gefeiert, entschieden, welches Zimmer Andy beziehen sollte, und ihn damit aufgezogen, wie schwer er würde arbeiten müssen. Dann hatte Billy die beiden sich selbst überlassen. Sie diskutierten über die Einzelheiten, und Philip wirkte genauso aufgeregt wie der junge Mann. Philip schob ihn mit seinem Rollstuhl in den Obstgarten und ließ Star bei ihm, damit sie ihm Gesellschaft leistete. Dann ging er wieder hinein zu Andy, während Billy im Sonnenschein döste.

Irgendwann später tauchte Mungo auf und setzte sich zu ihm.

»Ich hab nix gesagt«, erklärte er ihm.

Mungo nahm seine Hand und hielt sie fest. »Ich weiß, Billy«, sagte er. »Du warst immer ein guter Kumpel.«

Und jetzt seufzt Billy und erinnert sich daran, wie sie mit dem alten Herm gekämpft hatten, an diesem lange vergangenen Abend im April. Sie arbeiteten sich zwischen den gelockerten Wurzeln der Esche vor, die bis tief in diese uralte Böschung in Devon reichten, und begruben die hübsche, bemalte Teedose. Dann stellten sie den alten Herm wieder an seinen Platz. Der Baum war hohl und gefährlich, daher hatte Philip ihn Anfang der Woche gefällt und dabei die Steine der Böschung verschoben, sodass sie wieder aufgebaut werden musste.

Seite an Seite hatten Mungo und Billy an dem feuchten, kalten Frühlingsabend davorgekniet und kurz geschwiegen.

»Denk daran, kein Wort«, sagte Mungo. »Ich habe es Izzy versprochen. Sie vertraut dir und Philip vollkommen, aber hiervon weiß nicht einmal dein Bruder.«

»Ich sag nix.«

Mungo beugte sich vor und wischte dem alten Herm ein paar Erdkrumen aus dem Gesicht.

»Sie wollte ein Grab und einen Gedenkstein für ihr Baby, Billy. Das kannst du ihr doch nicht verübeln, oder? Ich habe ihr versprochen, dass wir uns darum kümmern würden. Ich wollte nicht, dass sie herkommt, dazu geht es ihr noch nicht gut genug. Aber es musste schnell getan werden.«

Gemeinsam rappelten sie sich auf die Füße. Mungo sah müde aus, und Billy legte ihm einen Arm um die Schultern.

»Keiner hat Schuld, dass das Baby zu früh gekommen ist, Junge.«

Mungo schüttelte den Kopf. »Vielleicht nicht, aber sie war zutiefst niedergeschlagen seit Ralphs Abreise. Er hat mit keinem Wort von sich hören lassen.«

»Ohne ihn ist sie besser dran«, gab er zurück und dachte an Ralph, der im Obstgarten lag. »Und du auch.«

»Wahrscheinlich hast du recht.« Mungo bückte sich noch

einmal, um den alten Herrn zu berühren, und strich mit dem Daumen an seinem lächelnden Mund entlang. »Sobald die Mauer fertig ist, pflanzen wir hier ein paar Wildblumen, Billy.«

In den Schlehen begann eine Drossel zu singen, eindringlich und wunderschön, und Billy tat, als sähe er die Tränen in Mungos Augen nicht. Zusammen gingen sie zur Schmiede zurück. Billys Arm lag immer noch um Mungos Schultern. Er schwieg, doch er spürte seine Trauer.

Jetzt träumt Billy im nachmittäglichen Sonnenschein zwischen den reifen Früchten vor sich hin, während sich Star zu seinen Füßen zusammengerollt hat. Alles wird gut.


Am frühen Abend geht Mungo mit Mopsa am Bach entlang. Kit und Jake sind voller Zukunftspläne nach London zurückgefahren. Sie wollen so schnell und in so kleinem Rahmen wie möglich heiraten, und dann werden sie zwischen Paris und London pendeln.

»Und wir kommen dich natürlich hier besuchen«, erklärte Kit. »Aber wir treffen uns auch alle in London. Das wird so ein Spaß, Mungo!«

»Und Sie müssen nach Paris kommen«, setzte Jake hinzu. »Es wird mich so stolz machen, meiner Familie und meinen Freunden Sir Mungo Kerslake vorzustellen.«

»Das scheint uns für den Anfang die beste Lösung zu sein«, meinte Kit. »Wir müssen herauszufinden versuchen, was das Beste für uns ist. Schließlich müssen wir beide auch an unsere Familien denken.«

Mungo fühlte sich zutiefst erleichtert, als er Kit so gelassen über Familien reden hörte.

»Da haben Sie es«, sagte er zu Jake. »Was ist es für ein Gefühl, dass sie uns allen so viel Freude machen?«

»Furcht einflößend«, gab Jake prompt zurück. »Ich verlasse mich auf Ihre Unterstützung.«

Mungo hat ihnen zum Abschied fröhlich zugewinkt, aber es macht ihn traurig, Kit zu verlieren und diese besondere, enge Beziehung, die sie so lange verbunden hat. Von nun an wird alles anders werden, doch er freut sich für sie und für Jake.

Veränderung liegt in der Luft; Nebel kommt auf und treibt sich kräuselnd auf dem Wasser. Die Vogelbeeren leuchten wie kleine Lampen, und das schmalblättrige Weidenröschen, das am Bachufer wächst, verblüht schon. Mungos Gedanken gelten Izzy, Ralph und ihrem gemeinsamen Kind; aber jetzt kann er endlich mit einem gewissen Maß an Frieden an die drei denken. Er hat damals Izzys Asche auf der Straße verstreut, beim alten Herm, und jetzt ist es, als wären sie im Tod alle vereint, wie sie es im Leben nie waren. Die Verbitterung, die ihn durch die langen Jahre begleitet hat, in denen er nie wieder etwas von Ralph gehört hatte – keine Ansichtskarte, kein Anruf –, ist verschwunden. Hätte er weitergelebt, hätte Ralph vielleicht alles bereut, wäre zu ihnen zurückgekehrt. Wer weiß das schon?

Mopsa kläfft kurz zur Begrüßung, und Bozzy und Sam kommen um die Biegung des Pfads gerannt. Archie folgt ihnen, die Hände in den Hosentaschen und mit düsterer Miene.

»Ich hatte gerade an Ralph gedacht«, sagt Mungo. Er nimmt die Stimmung seines Bruders wahr und beschließt, den Stier bei den Hörnern zu packen. »Wir waren damals alle ziemlich verärgert, als er uns nach all den Jahren einfach im Stich ließ, oder? Ich fühle mich jetzt froher, weil ich weiß, dass er seine Abreise vielleicht bedauert, uns vermisst hätte. Verstehst du?«

»Du meinst, dir ist lieber, dass Philip ihn überfahren und im Obstgarten vergraben hat, als schlecht über ihn denken zu müssen?«, erkundigt sich Archie verdrossen.

Mungo platzt vor Lachen heraus. »Ja, so etwas in der Art.«

Archie schüttelt den Kopf. »Du bist hoffnungslos. So warst du immer schon, sogar als Kind. Du und der gute Billy. Du hast deine ganze Kindheit hindurch in einer anderen Welt gelebt. Keine Moral, kein Verantwortungsgefühl, und dann gehst du, verdammt noch mal, her und machst noch eine einträgliche Karriere daraus.«

Mungo klopft ihm auf die Schulter. »Ich weiß. Furchtbar, nicht wahr? Manchmal schäme ich mich selbst dafür, wenn auch selten. Gehen wir zu mir und trinken etwas.«

Sie schlendern am Ufer entlang und den Weg hinauf. An der Kreuzung bleibt Mungo stehen und erweist dem alten Herm seine Reverenz. Dann folgen Archie und er den Hunden die Treppe hinauf, durch das Tor und in den gepflasterten Hof. Auf der Straße wird es wieder still, und Schatten sammeln sich unter den verschlungenen Ästen von Eschen und Dornbüschen. Der alte Herm verharrt an seinem Platz, wacht über die Wegkreuzung und bewahrt seine Geheimnisse.

## *wo dunkle Geheimnisse schlummern ...*

Marie Lamballe
DAS TIEFE BLAU
DES MEERES
Ein Bretagne-Roman
640 Seiten
ISBN 978-3-404-17188-0

Als Katharina auf dem Dachboden ihres Elternhauses eine Mappe mit Aquarellen findet, ist sie sogleich fasziniert. Die Bilder zeigen malerische Landschaften, tiefblaues Meer und einen nostalgisch anmutenden Landsitz inmitten eines verwunschenen Gartens. Doch wo befindet sich dieser magische Ort? Und wie gelangten die Bilder in den Besitz ihrer Familie? Ihre Suche führt Katharina in die Bretagne, zu einem verwitterten Landschlösschen an der Côte d'Eméraude. Das Anwesen gehört Ewan, einem attraktiven, jedoch etwas ungehobelten Bretonen, der Katharinas Neugier mit Skepsis begegnet. Die Bilder lassen auch ihn nicht los, und so tauchen die beiden ein in die Geschichte des Landschlösschens. Dabei kommen sie einem dunklen Geheimnis auf die Spur ...

Bastei Lübbe

*Eine Liebe in gefährlichen Zeiten*

Lesley Pearse
AM HORIZONT EIN
HELLES LICHT
Roman
Aus dem Englischen
von Britta Evert
576 Seiten
ISBN 978-3-404-17193-4

Mariette wird nach einer Liebelei von ihren Eltern zu Freunden nach London geschickt. Die junge Frau fühlt sich wie in eine andere Welt versetzt: Lebte ihre Familie in Neuseeland noch ohne elektrischen Strom und fließend warmes Wasser, so ist ihr neues Zuhause im Herzen der Großstadt mit allen Annehmlichkeiten der Zeit ausgestattet. Mariette genießt es außerdem, am gesellschaftlichen Leben teilzunehmen. Doch als kurz vor ihrer geplanten Rückkehr nach Neuseeland der Zweite Weltkrieg ausbricht und sie auf der Insel festsitzt, weiß Mariette nicht, was sie tun soll – bis ein Agent des Britischen Geheimdienstes sie bittet, bei einer gefährlichen Aktion zu helfen …

Bastei Lübbe